1

Les contes de la Forêt de la pierre dorée

Cœur perdu

1

Les contes de la Forêt de la pierre dorée

Cœur perdu

Anne Elisabeth Stengl

Traduit de l'anglais par
Roxanne Berthold

ADA
JEUNESSE

Éditeur : François Doucet
Traduction : Roxanne Berthold
Révision linguistique : Féminin pluriel
Correction d'épreuves : Nancy Coulombe, Carine Paradis
Conception de la couverture : Paulo Salgueiro
Photo de la couverture : © Thinkstock
Mise en pages : Sébastien Michaud
ISBN papier 978-2-89667-722-1
ISBN PDF numérique 978-2-89683-716-8
ISBN ePub 978-2-89683-717-5
Première impression : 2012
Dépôt légal : 2012
Bibliothèque et Archives nationales du Québec
Bibliothèque Nationale du Canada

Éditions AdA Inc.
1385, boul. Lionel-Boulet
Varennes, Québec, Canada, J3X 1P7
Téléphone : 450-929-0296
Télécopieur : 450-929-0220
www.ada-inc.com
info@ada-inc.com

Diffusion

Canada :	Éditions AdA Inc.
France :	D.G. Diffusion Z.I. des Bogues 31750 Escalquens — France Téléphone : 05.61.00.09.99
Suisse :	Transat — 23.42.77.40
Belgique :	D.G. Diffusion — 05.61.00.09.99

Imprimé au Canada

Participation de la SODEC.
Nous reconnaissons l'aide financière du gouvernement du Canada par l'entremise du Fonds du livre du Canada (FLC) pour nos activités d'édition.
Gouvernement du Québec — Programme de crédit d'impôt pour l'édition de livres — Gestion SODEC.

Catalogage avant publication de Bibliothèque et Archives nationales du Québec et Bibliothèque et Archives Canada

Stengl, Anne Elisabeth

Cœur perdu
(Les contes de la forêt de la pierre dorée ; 1)
Traduction de : Heartless.
Pour les jeunes de 13 ans et plus.
ISBN 978-2-89667-722-1
I. Berthold, Roxanne. II. Titre.

PZ23.S733Co 2012 j813'.6 C2012-941782-3

Pour Dean et Jill Stengl

PROLOGUE

Deux enfants, frère et sœur, jouaient près du Vieux Pont pratiquement tous les jours, quand le temps le permettait. Aucun observateur n'aurait pu deviner qu'il s'agissait d'un prince et d'une princesse. Le garçon, le benjamin, avait normalement les bras enfoncés dans la boue jusqu'aux coudes, occupé à accomplir ses exploits d'attrapeur de grenouilles. Bien que beaucoup plus coquette, sa sœur se promenait souvent pieds nus avec quelques feuilles et fleurs piquées dans les cheveux. Elle leur trouvait un air romantique, mais lorsque sa nourrice brossait ses cheveux de princesse le soir venu, elle les qualifiait plutôt de « vulgaires » en reniflant avec éloquence.

Cela n'empêchait jamais la princesse, prénommée Una, de tresser des marguerites, des violettes des champs et d'autres fleurs de la forêt qui lui tombaient sous la main en guirlandes et en diadèmes pour s'en orner, et ainsi passer d'une princesse ordinaire – ce qui était plutôt terne – en une reine des fées puissante et majestueuse. Son frère, Félix, ne tenait jamais le rôle d'une fée. Au moyen de quelques traces expertes de boue aux bons endroits, il s'était plutôt proclamé « gardien diablotin » et menait la guerre contre tous les ennemis imaginaires de la reine des fées.

Le Vieux Pont était le théâtre parfait de ces jeux pour un certain nombre de raisons. Non la moindre, le fait qu'aucun membre de leur entourage de serviteurs et de tuteurs (pas même la nourrice intrépide d'Una) n'osait les y suivre, puisque le Vieux Pont était situé dans la Forêt de la pierre dorée, au-delà des limites du jardin à sept étages du palais d'Oriana. De nombreuses légendes circulaient au sujet de la Forêt de la pierre dorée, et son histoire était suffisamment étrange pour tenir les gens éloignés. Mais Una et son frère aimaient entendre ces histoires – et plus elles étaient étranges et pleines de superstitions, mieux elles étaient. Ainsi, ils prenaient souvent la direction du Vieux Pont et faisaient de leur mieux pour troubler le silence ancien de la Forêt de la pierre dorée par leurs rires et leurs jeux.

Comme Una n'éprouvait pas l'affection que Félix chérissait pour la boue, elle inventait des aventures pour occuper son frère pendant qu'elle s'assoyait sur les planches du pont pour gribouiller des pensées et des idées dans son journal.

– Loyal diablotin, a-t-elle déclaré par un bel après-midi alors qu'ils descendaient la Colline de la pierre dorée vers le pont, tu dois partir à la recherche du filet d'or de Rudiobus perdu quelque part dans la rivière tumultueuse.

Elle a pointé du doigt le ruisseau qui coulait doucement en bordure de la Colline de la pierre dorée. Il ne s'agissait certainement pas d'une rivière tumultueuse, mais les faits ne freinaient jamais l'imagination d'Una.

— Tu dois me rapporter le filet avant le coucher du soleil, sans quoi tout mon royaume sera à jamais perdu dans les ténèbres.

— Tout de suite !

Félix a traversé le feuillage en trombe pour patauger dans le ruisseau. Il a ramassé un galet qu'il a tenu au-dessus de sa tête.

— C'est ça, Una ?

— Ça ressemble à un filet d'or, d'après toi ?

Il a étudié le galet, haussé les épaules puis l'a jeté par-derrière avant de plonger dans le ruisseau, vautré dans la joie toute garçonne de lâcher son fou dans la boue.

Una a tressé une couronne appropriée à son statut de reine des fées, l'a déposée sur sa tête avant de prendre place au milieu du Vieux Pont. Après avoir retiré ses chaussures, elle a laissé pendre ses pieds au-dessus du ruisseau en recourbant ses orteils afin qu'ils ne touchent pas tout à fait l'eau froide. Elle a tiré un bout de crayon et un petit journal d'une poche de ses jupes amples. Elle a ouvert le journal sur ses cuisses et gribouillé quelques lignes avant de froncer les sourcils et de rayer la page.

— C'est ça, Una ? a hurlé Félix, qui se trouvait plus loin dans le ruisseau.

Elle a jeté un coup d'œil. Son frère tenait une poignée d'élodées effilochées, brunes, dégoulinantes et visqueuses.

— Qu'en penses-tu ? a-t-elle répondu.

— Bien, c'est un filet !

— Doré ?

— Bah !

Il a jeté les élodées pour poursuivre sa recherche pendant que sa sœur reprenait son écriture. Elle a poursuivi ses gribouillis sans interruption pendant un certain temps, et le bruit de la quête de son frère s'est estompé pendant qu'elle était absorbée par son petit journal. Enfin, elle a souri et levé sa page pour lire son travail.

Puis, elle a froncé les sourcils pour rayer le texte de traits vigoureux. Elle a mordu le bout de son crayon en soupirant. Une grive des bois a poussé un chant au loin dans la forêt, et Una a laissé son regard errer vers les arbres de l'autre côté du Vieux Pont.

La forêt lointaine s'ouvrait à quelques pas de là ; deux, tout au plus trois. Elle était semblable à celle qui s'étalait de son côté du pont : des arbres majestueux, des pousses printanières, des feuilles humides de l'automne précédent sur le sol. Il était possible que le soleil ne brille pas avec le même éclat de ce côté, que les ombres soient plus nombreuses à rôder dans le sous-bois.

Una n'avait jamais traversé le Vieux Pont. Il s'agissait d'une loi non écrite, mais imprimée dans son esprit : personne ne traversait le Vieux Pont. Pas une fois durant toutes les années où Félix et elle avaient échappé aux mains de leurs nourrices pour courir vers ce lieu précis, l'un ou l'autre n'avait traversé les planches en bois étroites pour poser le pied dans la forêt de l'autre côté.

Elle a froncé les sourcils, bout de crayon aux lèvres.

Des kilomètres et des kilomètres de forêt s'étalaient au-delà du pont. La Forêt de la pierre dorée était la plus vaste du royaume de Parumvir ; si vaste que personne n'avait jamais tenté d'en cartographier les mystères. Et voilà Una — une fille pleine d'imagination ayant le goût de l'aventure –, et jamais elle n'avait songé à traverser le pont. N'était-ce pas étrange…

Un éclaboussement d'eau glacée sur son cou l'a sortie de sa rêverie. Una a lâché son crayon en criant.

– Félix !

Elle a regardé le crayon tourbillonner puis disparaître dans l'eau boueuse avant de fermer son journal d'un geste brusque et de se retourner.

Son frère se tenait sur la rive, les mains posées en coupe et dégoulinantes. Il a éclaté de rire.

– Réveille-toi !

– Je ne dormais pas !

– Tu n'étais pas éveillée non plus.

En riant toujours, il a grimpé tant bien que mal sur la berge escarpée pour atteindre le pont. Il s'est laissé tomber à ses côtés avec un grand sourire avant de brandir une boule de boue sous le nez de sa sœur.

– Beurk, Félix ! a-t-elle fait en repoussant sa main. Arrête ça !

– C'est tout ce qui reste, a-t-il dit.

– Tout ce qui reste de quoi ?

– Du filet d'or, a-t-il répondu. Je crois qu'un dragon l'a fait fondre.

– De l'or fondu ne se transforme pas en boue.

Il a laissé la boue couler lentement de ses doigts pour tomber en flic flac dans le ruisseau qui bruissait sous eux, puis il a jeté un coup d'œil sur son journal.

– Qu'est-ce que tu écris ?

– Rien.

Una lui a jeté un regard noir.

– Tu composes des vers ?

— Peut-être.

— Je peux voir ?

— Puis-je voir ?

Félix a roulé les yeux et a tenté de lui prendre son livre, mais elle l'a tiré vers elle en se penchant au-dessus du pont.

— Laisse-moi regarder ! a-t-il ordonné.

Elle a ouvert son journal avec un air faussement réticent. Elle a tourné son épaule pour l'empêcher de lire, puis a feuilleté le journal pour atteindre la plus récente page, où son œuvre était rayée à grands traits. Elle pouvait tout de même déchiffrer les mots qu'elle a lus d'une voix haute et chantante :

« *Je demande au ciel silencieux*
Dis-moi pourquoi ceci
Si haut je lève les yeux
Vers le ciel par les feuilles obscurci
Tu ne réponds pas à mon cri
Alors, je… »

— Alors je tombe par terre pour pleurer dans une porcherie !

Félix a ouvert grands les bras pour pousser d'autres paroles dans un *falsetto* grinçant.

— Et je cuisine une tarte aux pommes farcies ! Oh hé, chansons et confettis…

Una a refermé son livre pour lui assener un coup dans le ventre, puis un autre derrière la tête quand il s'est recourbé d'un rire malicieux.

En résistant à l'envie de le pousser dans le ruisseau à la suite de son crayon perdu, Una a plutôt ramassé les bas et les souliers à boucle laissés derrière elle pour les enfiler et se lever.

Après avoir rangé le journal dans sa poche, elle s'est éloignée de Félix pour atteindre le milieu du pont.

— Je vais traverser, a-t-elle dit.

Félix, qui se frottait toujours l'arrière de la tête, a levé les yeux.

— Quoi ?

— Oui, a-t-elle fait en hochant la tête.

Une ride résolue s'est creusée entre ses sourcils, et elle a franchi quelques pas supplémentaires sur le pont — les talons de ses chaussures provoquant un bruit sourd sur les planches.

— Je vais traverser.

— Non, tu ne traverseras pas.

Félix a balancé ses pieds sur le pont et s'est penché vers l'arrière afin de prendre appui sur ses mains. Il l'a observée, tête penchée sur le côté pendant qu'elle regardait la forêt qui s'étalait au-delà de la Colline de la pierre dorée.

— Tu ne traverseras pas, a-t-il répété.

— Je traverserai.

— Quand ?

Elle est restée silencieuse pendant de longues minutes. Félix s'est levé pour avancer à ses côtés. Ensemble, ils ont observé les ombres projetées par le feuillage.

La Forêt de la pierre dorée a attendu.

Une brise a zigzagué entre eux pour s'attarder dans les jupes d'Una avant de filer vers la forêt et faire bruisser les feuilles sur son passage. Les arbres ont ri doucement, et leurs branches semblaient pointer vers le frère et la sœur qui se tenaient solennellement sur le Vieux Pont. Quelque part au loin, du côté de la colline, une grive des bois a chanté de nouveau. La brise a fait un ricochet pour porter la chanson argentine à leurs oreilles — une chanson mystérieuse, pleine de secrets.

— Maintenant, a murmuré enfin Una. J'y vais maintenant.

Elle a fait un pas, puis un autre.

Un miaulement horrible a rempli l'air pour la faire tressaillir. Elle a fait un bond à la renverse pour trébucher sur Félix, et ils ont bien failli tomber tous deux dans le ruisseau. En se serrant l'un contre l'autre, ils ont fixé leur regard sur les arbres devant eux.

Un chat a fait son apparition.

— Ha!

Félix a éclaté de rire en pinçant Una.

— Tu as été effrayée par un minet!

— Ce n'est pas vrai!

Una lui a lancé un regard furieux et a pincé les lèvres avant de reporter son regard sur le chat.

Il s'agissait d'un long animal au pelage doré et à la queue touffue, mais dont la fourrure était une masse de nœuds et de nattes. Il est apparu au milieu d'un amas fourni de fougères, à l'autre bout du pont, et avançait avec prudence comme s'il était blessé.

— Qu'est-ce qu'il a? a demandé Una pendant que le chat descendait la berge escarpée menant au ruisseau.

Il a enfin atteint le bord de l'eau, où il a plongé le nez pour boire. Puis il a levé les yeux vers eux.

Il n'avait pas d'yeux.

— Oh, la pauvre bête! s'est exclamée Una. Le pauvre petit chat! Tu as vu, Félix?

— Pauvre petit chat, mon œil, a ronchonné Félix. Il est aussi laid qu'un farfadet. Un monstre ordinaire.

— Elle est aveugle !

Son projet de se risquer dans la Forêt oublié, Una s'est ruée du côté familier du pont pour descendre vers le ruisseau. Elle s'est tenue de front au chat qui semblait l'observer sans yeux, le bout de sa queue remuant légèrement.

— Minet, minet, minet ! l'a-t-elle appelé en tendant une main invitante.

Le chat a entrepris de laver sa patte.

— Félix ! a-t-elle lancé à son frère, qui l'observait toujours depuis le pont. Félix, va la chercher pour moi.

— Pourquoi ?

— Elle a besoin d'aide !

— Non, il n'en a pas besoin.

— Elle est aveugle !

— Ça n'est pas mon problème.

— Félix.

Elle a poussé un souffle. Puis, un éclair d'inspiration l'a frappée soudain.

— Elle est le filet d'or, Félix. Ne vois-tu pas ? Le pelage doré… La queue qui, euh, file au vent ?

Félix a roulé les yeux, mais cette persuasion a œuvré sa magie. Il est descendu du pont pour atteindre le ruisseau et le traverser jusqu'au chat. Celui-ci a levé le museau pour lui adresser un miaulement poli et n'a pas protesté quand le garçon l'a pris dans ses bras.

— Il est lourd, a grogné Félix en traversant la rivière vers sa sœur à coup d'éclaboussures. Et ses griffes s'enfoncent dans mon épaule. Jusqu'à l'os !

— Elle a besoin d'aide, a déclaré fermement Una en tendant les bras.

— Le filet d'or qui sauvera votre royaume, gente dame.

Félix lui a confié le chat. Il s'est mis à ronronner dès qu'il s'est trouvé dans les bras d'Una – un ronronnement sourd que Félix a qualifié d'odieux, mais qu'Una trouvait charmant.

– Apportons-la à la maison, a dit la princesse en se tournant pour entreprendre la longue escalade de la Colline de la pierre dorée. Je brosserai sa fourrure et lui donnerai un bon repas…

– Il n'a pas besoin d'un bon repas. Il est lourd !

– Elle est aveugle et perdue, a rétorqué Una. Elle a besoin d'un bon repas. N'est-elle pas ravissante ?

– Il est laid.

Ainsi, avec le chat drapé sur l'épaule de la princesse, les enfants sont rentrés à la maison sans avoir traversé le Vieux Pont ou exploré la forêt lointaine.

La Forêt de la pierre dorée les a regardés partir.

1

Cinq ans plus tard

– Penses-tu qu'ils viendront avant la fin de l'année, a demandé Una à sa nourrice.

– Qui viendra ? a demandé sa nourrice.

– Des prétendants, bien sûr !

Même si le soleil brillait, le vent qui soufflait par la fenêtre ouverte était froid en ce matin printanier, et Una a serré son châle autour de ses épaules pendant qu'elle attendait, assise, que Nounou termine la tâche terrible de la préparer pour la journée. Nounou, qui avait depuis longtemps cessé de jouer le rôle traditionnel d'une nourrice et occupait maintenant davantage celui de bonne et de fouineuse auprès de la princesse, a brandi une brosse et, avec la tendresse d'un jardinier qui râtellerait les feuilles mortes de l'année précédente, s'efforçait de discipliner les cheveux blond miel d'Una en une tresse acceptable. Après toutes ses années de pratique, on se serait attendu à ce qu'elle ait acquis plus de douceur. Ce n'était pas le cas de Nounou.

Elle s'est arrêtée au milieu d'un coup de brosse pour jeter un regard mauvais au reflet d'Una dans la glace.

— Qu'est-ce qui inspire ces idées folles ?

Elle a haussé un sourcil broussailleux avant de tirer de nouveau sur la tresse comme pour en chasser toute l'indocilité d'un seul coup.

— Concentre-toi sur tes leçons et ta tenue, comme toujours, et laisse à ton père le soin de s'occuper de toute cette histoire de courtisanerie et de mariage arrangé comme il se doit.

— Mais je suis majeure !

Una a grimacé de nouveau en luttant pour ne pas se lever et fuir les attaques brutales de la brosse. Elle a fait une moue déplaisante pendant que la douleur fusait de part en part de son cuir chevelu.

— Papa a toujours dit qu'il n'accepterait jamais une seule demande de la part de tout prince ou dignitaire de n'importe quel royaume du continent jusqu'à ce que je sois majeure.

— Comme il se doit.

— Bien, maintenant que j'ai dix-huit ans, ne devrais-je pas commencer à les recevoir ? Quand viendront-ils me présenter leurs respects ?

« Présenter ses respects », selon la définition donnée par les gens de la cour du palais d'Oriana, était une façon délicate de dire : « s'enquérir des possibilités de mariage avec la princesse occupante ».

— Ce n'est pas à toi d'avancer des hypothèses à ce sujet, mademoiselle la princesse, a indiqué Nounou.

Elle prononçait hypothèse « hyspothèse », et Una se gardait de rire. Même si Nounou n'avait pas grandi en apprenant un dialecte élégant, ses idées sur la rectitude du comportement d'une princesse étaient beaucoup plus approfondies que ce qu'Una avait pu apprendre de ses instructeurs en décorum.

— Des prétendants — et quoi encore ? Quand j'étais jeune, une fille ne songeait pas à deux fois à un garçon… Pas avant que son père lui ait donné le feu vert.

— Jamais ?

— Pas une seule fois !

— Pas même quand…

Nounou a assené un coup de brosse sur la tête d'Una.

— Ça suffit ! Voilà : tu es aussi soignée qu'il est mortellement possible. File à tes cours du matin, et je ne veux pas entendre un autre mot de ces sottises romanesques.

En se frottant le dessus de la tête, Una s'est levée, a ramassé une brassée de livres et s'est dirigée vers les portes de ses appartements en marmonnant :

— J'aime les sottises romanesques.

Elle est sortie de la pièce et, au moment où la porte se refermait derrière elle, elle a crié par-dessus son épaule :

— Ta jeunesse a été singulièrement vide de romance, Nounou !

La porte s'est fermée dans un bruit sourd, et la voix étouffée de Nounou s'est fait entendre :

— Tu l'as dit !

Una a regardé la porte fermée d'un air mauvais. Un miaulement exigeant a attiré son regard vers ses pieds où son chat,

Monstre, était assis, la queue enroulée autour de ses pattes avec élégance. Un sourire semblait traverser son visage de fourrure malgré l'absence d'yeux.

Elle a plissé le nez.

— Ne prends pas cet air suffisant.

Sur ce, elle a tourné les talons pour parcourir le couloir avec un chat aveugle à sa suite, mais il ne la suivait certainement pas à la façon d'un chien puisque, bien entendu, il n'était pas réellement à ses talons. Le hasard voulait qu'il emprunte la même direction, voilà tout.

— La vie n'est pas aussi romantique qu'elle devrait l'être, Monstre, a fait Una pendant qu'ils traversaient le couloir aux murs blancs pour atteindre un escalier gracieux.

Elle hochait courtoisement la tête en réponse aux gens de la cour qui la saluaient à son passage.

— Me voici, une princesse en âge d'être courtisée puis mariée, et où suis-je ? En route pour une autre leçon d'histoire ! Ensuite, il y aura un exposé sur les manières convenables à adopter avec les ambassadeurs de Beauclair, différentes de celles des dignitaires de Shippening. Puis une danse. Et pas un seul gentilhomme de bonne famille prêt à présenter ses respects en vue.

Elle a poussé un soupir devant la lourdeur du monde.

— Il n'y a jamais de changement, Monstre.

— Miaou ? a répondu le chat.

Una l'a regardé de haut.

— Tu dis seulement ça pour que je me sente mieux, n'est-ce pas ?

— Miaou.

— C'est bien ce que je pensais, a-t-elle fait en soupirant de nouveau. Un jour, Monstre, arriveras-tu à exprimer une idée originale ? Pour moi ?

Félix l'attendait dans la salle de classe — grande, mais malgré tout étouffante –, occupé à griffonner des caricatures de leur tuteur dans les marges d'un essai qu'il avait le devoir de composer. Il a à peine levé les yeux quand Una est entrée. Monstre a pris un moment pour se frotter la joue contre le genou du jeune prince avant d'esquiver un revers de la part de Félix pour ensuite s'installer sur le rebord de fenêtre afin de profiter du soleil.

Una s'est assise et a ouvert un livre au moment où son tuteur aux traits tirés entrait en se traînant les pieds. Il s'est fortifié derrière son bureau, a fixé ses lunettes sur son nez (ce qui lui donnait l'air encore plus fatigué), puis a regardé ses étudiants avec le regard d'un homme résigné à son destin.

— À quoi travaillez-vous avec une telle diligence, prince Félix ? a-t-il demandé.

Il n'empruntait jamais autre chose qu'un débit monotone.

Félix lui a montré son essai plein de gribouillis. Le tuteur a sourcillé.

— Très amusant, Votre Majesté.

— Vous voyez la taille du nez de celui-là ?

— C'est d'une ressemblance remarquable, Votre Majesté.

— Ça ne lui ressemble pas du tout, a dit Una.

Félix lui a fait une grimace.

— Ça n'est pas sensé lui ressembler. C'est ton portrait.

Durant la dispute qui a suivi, le tuteur a fermé les yeux en attendant que la tempête passe. Quand le calme s'est rétabli, il a soulevé lentement les paupières, près à affronter de nouveau le monde.

— Prince Félix, vous souvenez-vous à quel passage nous avons interrompu notre lecture hier ?

— Je le sais, a dit Una.

— C'est à moi qu'il parlait !

Elle a enchaîné :

— Nous étudiions la montée de Corrilond lors de l'Éveil du dormeur, sous le règne du roi Abundiantus IV...

— Mademoiselle je-sais-tout !

Le tuteur a repoussé ses lunettes sur son front et s'est frotté les yeux. C'était un jour comme les autres : le miroir de la veille et un aperçu du lendemain ; la monotonie de la prospérité et l'ennui bête de vies menées placidement, sans fin, aussi loin que l'esprit pouvait l'imaginer. Il n'y aurait jamais de changement, d'après ce qu'en présumaient les habitants du palais d'Oriana ; jamais.

C'est alors que le changement est arrivé.

On ne les avait pas vus depuis deux cents ans.

Ils ont d'abord ressemblé à des ombres plus profondes parmi celles de la forêt — les yeux écarquillés, le nez occupé à renifler ; aussi prudents qu'un enfant plongeant l'orteil dans une mare profonde, effrayé à l'idée d'y plonger.

Puis l'un d'entre eux s'est avancé et, avec un sourire, a fait signe aux autres de le suivre. Une créature énorme aux yeux aussi larges et blancs que la lune et à la peau semblable à une surface escarpée l'a suivi dans un mouvement étrangement gracieux. Derrière lui, un autre l'a suivi — aussi noir qu'une ombre et aux yeux brillants comme le ciel. Et les autres ont suivi. Ils sont sortis de la forêt en parade, transportant avec eux l'odeur du crépuscule, le son de l'aube, et se sont mis en rang à l'extérieur des murs de la ville de Sondhold, à l'ombre de la Colline de la pierre dorée.

Le fils d'un berger a été le premier à les apercevoir. Son cœur a bondi de frayeur — non pas en raison de leur étrangeté, car il avait été témoin de celle-ci des milliers de fois dans ses rêves. Il craignait plutôt de rêver à cet instant précis et que dès que son vieux père le surprendrait à fermer l'œil durant son tour de garde, il se mériterait toute une raclée et serait peut-être même envoyé au lit sans dîner. Alors, il s'est pincé, et quand ça n'a produit aucun résultat, il s'est pincé de nouveau.

Son troupeau paresseux a levé la tête pour observer pendant un moment la foule qui affluait avant de reprendre son broutage. Mais le chien berger, alerte, a poussé un aboiement joyeux et quitté le berger et le troupeau pour accueillir les étrangers comme s'ils étaient des amis retrouvés après une longue absence.

Le garçon a bondi sur ses pieds pour courir à son tour, en criant. Mais il a accouru dans la direction opposée, le long du chemin poussiéreux menant à Sondhold. Même s'il ne les avait aperçus que dans ses rêves, il avait reconnu les étrangers.

— Le marché ! Le marché ! a-t-il crié.

Les gardes à la porte de la ville l'ont laissé passer en se moquant de lui, mais il ne leur a accordé aucune attention.

— Le marché ! a-t-il hurlé en gagnant une trop grande vitesse qui lui a fait perdre l'équilibre, si bien qu'il s'est éraflé les paumes et les genoux.

Mais il s'est relevé d'un bond en criant de plus belle.

— Le marché de douze ans sort de la forêt !

La plus vieille grand-maman de tout Sondhold pouvait uniquement se souvenir du récit de sa grand-maman qui racontait que sa propre grand-maman avait visité le marché de douze ans. De nombreuses familles de la ville se vantaient de posséder de précieux biens de famille, d'étranges curiosités transmises de père en fils, de mère en fille depuis des générations. Une cuillère d'argent qui ne ternissait jamais, une bouilloire qui sifflait de vieilles chansons connues lorsque l'eau bouillait, une tasse qui ne laissait jamais refroidir le thé, une paire de bottes qui, lorsqu'elles étaient cirées avec le bon produit, pouvait faire avancer un homme de sept lieues en un seul pas (dommage qu'on ait épuisé la cire depuis longtemps déjà). Les articles procurés au marché de douze ans étaient rares et merveilleux sans l'ombre d'un doute ; des articles confectionnés par les fées qui valaient leur pesant d'or. Mais le marché de douze ans n'était qu'une légende.

Jusqu'à ce qu'il se présente sur la pelouse de la Colline de la pierre dorée en ce jour de début de printemps, peu de temps après l'anniversaire des dix-huit ans de la princesse Una.

Une lavandière, occupée à suspendre pour sécher sa deuxième brassée de la journée, a interrompu son travail ; ses doigts blancs et ridés se sont immobilisés un instant pendant que le fils du berger passait près d'elle en courant.

— Le marché de douze ans ! a-t-il hurlé sur son passage, et elle a échappé le chemisier propre (droit dans la poussière), essuyé son tablier et relevé ses jupes pour sortir en vitesse de la ville et gagner la pelouse verte.

Le garçon a poursuivi sa course en criant :

— Le marché ! Le marché est là !

Des commerçants près des quais ont fermé leurs kiosques et mis leurs articles sous clé.

— Le marché ! a crié le fils du berger.

La femme du cordonnier et la sœur du boulanger ont interrompu leurs commérages et cligné des yeux écarquillés avant de se joindre aux commerçants.

Le garçon a poursuivi sa course en criant jusqu'à ce que sa voix soit trop éraillée pour être entendue, mais à ce moment-là, son travail était accompli. Les habitants de Sondhold traversaient les portes à flots : la lavandière, les commerçants, la femme du cordonnier et sa progéniture ; même les gardes chargés de surveiller les portes. Ils ont tous déambulé sur le chemin poussiéreux menant de la ville à la pelouse qui s'étalait devant la colline. Là, ils ont contemplé le bazar des fées.

Ils se sont arrêtés en bordure, craignant d'avancer davantage.

Le premier à héler les habitants était un homme si incroyablement vieux que sa lèvre supérieure atteignait pratiquement son menton. Sa peau avait l'aspect d'une noix, et ses yeux ressemblaient à des cupules. Une grosse truie noire tirait son chariot bancal, sur lequel deux énormes pots en albâtre vrombissaient comme des instruments de musique qui joueraient les mêmes trois notes encore et encore. De l'eau s'est répandue quand il les a déposés, et les habitants de la ville étaient à même d'entendre chaque craquement de son corps, comme des percussions qui crépitaient en accompagnement du vrombissement.

Quand il a aperçu la foule grandissante, il cligné deux fois de ses yeux en cupules ; d'abord craintivement, puis avec un sourire.

— Venez, a-t-il lancé en levant une main noueuse invitante. Venez, habitants du Monde proche ! Venez examiner mes marchandises de plus près. Du fretin de poisson-licorne fraîchement péché dans la mer ce matin - ou le siècle dernier, selon votre vision des choses. Les poissons-licornes apprennent à chanter : entendez-les vous-mêmes ! Venez écouter les jeunes licornes de mer chanter !

Les yeux des habitants de Sondhold passaient de l'homme à leurs voisins : ils craignaient d'approcher, mais refusaient de partir.

C'est alors que la femme du cordonnier a pris la main de son plus jeune fils et s'est avancée avec assurance sur la pelouse, le menton levé avec défiance, même lorsque la sœur du boulanger lui a lancé un avertissement.

— J'aimerais les voir, a-t-elle dit à l'homme aux yeux semblables à des cupules.

Il lui a fait un grand sourire avant de soulever le couvercle d'un pot. Le vrombissement étrange s'est répandu dans l'air — trois simples notes dansant dans les oreilles de ceux qui se tenaient à proximité, mais il s'agissait des trois notes les plus douces jamais réunies.

La femme du cordonnier s'est hissée sur la pointe des pieds pour jeter un coup d'œil à l'intérieur du pot.

— Ça alors, a-t-elle soufflé.

Puis elle a ajouté :

— Puis-je les montrer au garçon ?

Le vieil homme a hoché la tête, et elle a soulevé son petit garçon afin qu'il regarde dans le pot d'albâtre. L'enfant a effectué une inspection solennelle avant de finalement déclarer :

— C'est joli.

— Du fretin de poisson-licorne ! a crié le vieil homme. Fraîchement pêché ce matin ! Je le vends à bon prix, bonne dame, et vous pourrez l'élever à la maison et entendre sa douce musique tous les jours.

Et c'est avec cette annonce que le marché s'est ouvert pour vrai. La foule qui se tenait en bordure de la pelouse ne pouvait supporter l'idée de manquer les merveilles, quelles qu'elles soient, qui s'étalaient devant elle, alors les habitants ont afflué afin de voir de plus près la centaine de stands hauts en couleur. Soudain, la pelouse qui se déployait devant la Colline de la pierre dorée est devenue aussi joyeuse qu'un festival, aussi brillante qu'un cirque et aussi frénétique qu'une fête. De la musique s'élevait des quatre coins ; de la musique bizarre jouée sur des instruments bizarres par des gens encore plus bizarres. Mais même si les chansons étaient différentes, d'une manière ou de l'autre, elles se mêlaient en des harmonies joyeuses, souvent soulignées par un air sourd et mélancolique qui piquait davantage la curiosité de ceux qui parcouraient les nombreux stands.

La rumeur s'est propagée rapidement. Bientôt, toute la population de Sondhold remuait. Des ouvrières ont feint d'être malades afin de s'absenter du travail pendant que des écoliers ne se sont même pas donné la peine de se présenter à l'école. La lavandière a laissé en plan le chemisier blanc sali, et le forgeron a laissé ses feux mourir. Comment quiconque pouvait-il s'affairer à ses tâches ordinaires le jour du marché de douze ans ?

Le tohu-bohu a bourdonné jusqu'à la crête de la Colline de la pierre dorée pour se propager dans le palais, où la princesse Una avait le nez plongé dans son livre d'histoire, vautrée dans la misère scolaire. Les dates, les batailles et le nom de rois morts nageaient devant ses yeux pendant que la fièvre printanière, cruelle et exigeante, se levait dans ses arrière-pensées. Son frère et elle avaient cessé leurs chamailleries pour le moment, et la voix de leur tuteur remplissait la pièce ; un ton monotone, long et sans fin qui ne commandait l'attention de personne, encore moins celle du tuteur.

Monstre s'est levé sur le rebord de la fenêtre. Il s'est étiré, pliant son corps en un arc, puis a donné un coup de queue. Puis, après s'être lavé rapidement pour s'assurer que ses moustaches étaient bien arrangées, il a interrompu le cours.

– Miaouuu.

Le tuteur a continué de débiter la leçon sans regarder le chat.

– Il n'était pas prévu qu'Abundiantus V prendrait la place de son père sur le trône, comme il était le deuxième fils…

– Miaouuu ! a mugi Monstre avec plus d'insistance cette fois.

Il a dégainé les griffes pour gratter la fenêtre et émettre un long grincement.

– Bête à donner en pâture aux dragons.

Félix a lancé un crayon vers le museau du chat, qui ne l'a raté que de quelques centimètres.

– Princesse Una, a fait le tuteur, nous avons déjà eu cette discussion. Auriez-vous l'obligeance de faire sortir cette créature de la pièce afin que nous poursuivions nos études sans être gênés ?

Una a râlé avant de se rendre à la fenêtre. Mais quand elle a levé les bras vers lui, Monstre s'est placé en une position lourde et maladroite afin d'échapper à sa poigne. Il s'est reposé sur le rebord de la fenêtre en poussant un autre miaulement, le museau appuyé contre la vitre.

Una a regardé par la fenêtre.

Elle a vu les couleurs. Elle a vu les mouvements. Elle a vu des gens danser au loin, comme si elle était soudain dotée d'yeux de lynx capables de discerner les moindres détails depuis une distance éloignée. Elle a ouvert la fenêtre pensivement, et la musique qui s'élevait de la Colline de la pierre dorée est entrée dans la pièce.

— Oh, a-t-elle fait.

— Miaouuu.

Monstre affichait un air satisfait.

L'instant d'après, Félix s'était levé pour se tenir près de sa sœur à la fenêtre. Il a aussi baissé les yeux sur la scène.

— Oh, a-t-il fait.

Le tuteur, les sourcils froncés, a contourné son bureau pour les rejoindre à la fenêtre. Il a regardé à son tour et aperçu ce qu'ils avaient vu. Sa bouche a formé un « oh » silencieux.

Le tambourinement de sabots dans la cour a attiré leurs regards, bien malgré eux, loin de la vision sur la colline. Una et son frère ont vu leur père, le roi Fidel, se mettre en selle en compagnie de sa garde. Le frère et la sœur ont échangé un regard avant de filer vers la porte en trébuchant l'un sur l'autre dans leur course dans la salle, l'escalier, puis la cour, sans tenir compte des piètres tentatives de leur tuteur pour les retenir. Monstre les talonnait de près.

— Père !

Una a surgi dans la cour en criant comme une petite fille, sans se soucier des regards que posaient sur elle les garçons d'écurie et les valets de pied. Depuis sa monture grise, le roi Fidel s'est tourné vers sa fille.

— Père ! a-t-elle crié. Allez-vous voir ce qui se passe ?

Elle n'avait pas à le demander.

— Oui, Una, a répondu Fidel. Je dois m'assurer que tout va bien là-bas.

— Pouvons-nous venir ? a demandé Una, et avant même que les mots ne quittent ses lèvres, Félix criait déjà des ordres aux garçons d'écurie :

— Mon cheval. Qu'on m'apporte mon cheval !

Le roi Fidel y a réfléchi un moment, les sourcils froncés. Mais c'était une belle journée, l'air était rempli d'un esprit de fête, et le visage des enfants était beaucoup trop ardent pour leur opposer un refus.

— Très bien.

Una et Félix ont cavalé de chaque côté de leur père le long de la route du Roi qui serpentait la Colline de la pierre dorée jusqu'à la pelouse grouillante de monde. Le souffle de l'océan fouettait leurs visages et transportait les épices d'autres mondes qui provenaient du marché.

Des moutons laissés à eux-mêmes traînaient sur la route quand les cavaliers sont parvenus au bas de la colline. Les animaux se sont tassés du chemin en trottinant, les agneaux suivant leurs mères. Una a aperçu un homme repartir du marché en portant un tapis finement brodé sur une épaule et des enfants qui couraient çà et là en mordant dans des pommes dorées. Un jongleur a culbuté immédiatement devant le cheval de Félix, lançant ce qui à première vue ressemblait à des couteaux, mais ensuite à des poissons argentés et puis, Una l'aurait juré, à des étoiles filantes. Un danseur aux yeux aussi larges et humides qu'une lune se couchant sur l'eau, aux pupilles de chat — trop étranges pour être qualifiées de belles ou de laides — les a dépassés en faisant une pirouette et en tirant ce qui aurait pu être des écharpes iridescentes ou peut-être des ailes. Un homme à la peau verdâtre a bondi aux côtés de la monture d'Una en tendant une main vide. Des fleurs sont écloses au bout de ses doigts, puis il lui a fait un grand sourire avant de faire la révérence.

— Des fleurs pour la charmante dame ? Un prix juste ! Toujours juste ! Je ne demande qu'une mèche de vos cheveux. N'est-ce pas un prix juste ? Une seule mèche de cheveux !

Una a guidé son cheval vers celui de son père, ne sachant pas si elle devait être effrayée ou non. Mais l'homme au teint verdâtre est reparti vers la foule en criant :

— Mes prix sont toujours justes. Des fleurs à partager !

Elle entendait toujours sa voix dans le vacarme bien après qu'il n'ait disparu.

Les gardes de Fidel ont annoncé d'une voix grave l'arrivée du roi. Mais leurs paroles ont à peine porté au-delà de la musique du marché, et la foule n'a pas cédé de passage. Les habitants de Sondhold, yeux écarquillés et émerveillés, n'ont guère accordé plus qu'un regard au roi et à ses enfants. Le roi Fidel a jeté un regard à la ronde en souriant, car malgré le bruit et le côté irréel de la scène, il était impossible de ne pas être touché par ses merveilles et l'excitation dans l'air. Il a appelé le capitaine de la garde à ses côtés pour lui dire :

— Peux-tu essayer d'établir qui est responsable ici ?

Avant même qu'il n'ait terminé sa phrase, un chemin s'est soudain ouvert parmi la foule, et l'homme le plus énorme jamais vu par Una s'est avancé. Il devait mesurer plus de deux mètres et était d'une laideur horrible. Il correspondait tant en tous points à l'image qu'elle se faisait d'un diablotin depuis sa plus tendre enfance que tous ses membres se sont mis à trembler dès qu'elle l'a aperçu. Mais malgré sa peau escarpée qui semblait vouloir se transformer en épées et en pointes de flèche, son visage était accueillant.

Il a levé la main avant de saluer le roi.

— Fidel de Parumvir, a-t-il dit, soyez le bienvenu au marché de douze ans.

Fidel a levé un sourcil avant d'incliner la tête, et parce qu'il était roi, il n'a démontré aucun signe de peur, si peur il ressentait.

— Et soyez le bienvenu à Parumvir, étranger, a-t-il dit. Vous vous êtes installé très librement sur mes terres sans même y être autorisé.

Sa voix n'était pas hostile, mais il s'adressait à lui en tant que roi et non comme un ami.

— Quel est votre nom ?

L'homme diablotin, qui se tenait à présent suffisamment près d'Una pour lui permettre de voir qu'il dépassait les oreilles du cheval de son père, s'est prosterné. Il était vêtu de blanc uniquement, serti d'une ceinture dorée et d'un long couteau sur son flanc.

— Je suis Œric, a-t-il dit quand il s'est redressé, un chevalier aux services du prince des Rives lointaines.

— Des Rives lointaines ? a répété Fidel.

C'était un nom d'une autre époque, de récits que l'on ne classait plus dans l'histoire, mais qu'on avait plutôt relégués aux légendes, et même dans les légendes, on ne faisait mention de ces récits que sous forme de mythes qu'avaient crus des héros d'une époque lointaine. Pourtant, le nom des Rives lointaines était gravé profondément dans la terre de Parumvir et dans toutes les nations du continent. Quand elle a entendu le nom, Una a surpris de nouveau l'odeur forte de la mer qu'elle avait humée en cavalant le long de la route du Roi. Elle est venue à elle en une bouffée qui dominait l'odeur des milliers d'épices et de parfums qui flottaient dans l'air du marché.

Étrange, car, ayant grandi à quelques kilomètres du port de Sondhold où de grands navires accostaient ou partaient vers des pays lointains, elle s'était habituée à l'odeur de l'océan, qu'elle ne remarquait plus. Mais elle la surprenait maintenant, cette bouffée sauvage de sel, de soleil et de tempêtes, et elle s'est demandé comment elle pouvait supporter de passer de longues heures devant un livre ou une tapisserie avec cette odeur si invitante ?

La voix de son père l'a ramenée à l'instant présent.

— Le prince des Rives lointaines vous a nommé responsable de ce bazar ?

Sir Œric a répondu :

— C'est le prince lui-même qui nous a menés ici. Bon nombre d'entre nous n'auraient pas osé venir sans cela. Il est tout près ; vous ferez sa connaissance sous peu.

— Et, entre-temps, vous et vos gens faites comme chez vous sur ma pelouse ?

Sir Œric a incliné la tête de nouveau.

— Il s'agit d'une tradition ancienne et vénérable, Votre Majesté : les gens du Monde lointain visitent ceux du Monde proche tous les douze ans afin que nous ne nous oubliions pas mutuellement. Cette pelouse même a été entretenue et est demeurée libre à cette fin. Nous vous présentons nos excuses s'il s'agit d'un dérangement, mais nous, les habitants du Monde lointain, n'oublions pas si facilement nos accords.

Fidel a songé à ces paroles un moment le visage impassible, si bien qu'Una ne pouvait le déchiffrer.

— Vous accusez un bon retard, n'est-ce pas ? a-t-il dit enfin. Vous ne vous êtes pas présentés à Parumvir à l'époque de mon père ou à celle du sien. Si je ne m'abuse, le dernier marché de douze ans remonte à deux cents ans.

— Ce qui ne représente que douze ans selon le calendrier de mes gens.

— Ainsi, vos années durent beaucoup plus longtemps que les nôtres.

— Elles sont plus courtes aussi, Votre Majesté. Et aussi plus larges et plus étroites, si on veut.

Œric a souri, et Una a entrevu des crocs acérés.

— Le temps est plus clément aux gens de Féérie.

Puis son sourire s'est effacé et ses yeux grands comme des lunes sont devenus sérieux.

— Il s'agit d'une visite d'amitié, Votre Majesté, nous apportons des marchandises qui enchanteront votre royaume. Le prince en personne vous l'assurera quand vous ferez sa connaissance. Je sais qu'il souhaite uniquement vous satisfaire de sa présence.

— Je suis impatient de faire sa connaissance.

— D'ici là, Votre Majesté, vos enfants aimeraient-ils explorer le marché ?

Fidel a regardé Una et Félix. Le prince descendait déjà tant bien que mal de son cheval, et Una ne paraissait pas moins excitée.

— Très bien…, a-t-il dit, et les deux enfants ont filé comme la balle d'un fusil.

Toute peur écrasée par la curiosité, Una a suivi son frère au plus profond de la foule massée. D'abord, les habitants de Sondhold furent trop enchantés par l'étrangeté de leur décor pour les remarquer, mais peu à peu, ils ont reconnu le visage du prince et de la princesse et se sont éloignés furtivement afin qu'un cercle vide se dessine autour d'Una et de Félix, peu importe où ils allaient. Pendant qu'elle suivait la piste de son petit frère dégingandé en observant les marchandises sous ses yeux, Una n'arrivait pas à croire qu'il s'était passé seulement une heure depuis son enfermement dans la tanière de son tuteur. Le monde avait soudain pris une teinte de romance et d'aventure, et tout était possible.

Une dame coiffée de plumes (Una n'aurait pu dire si elle les avait glissées dans ses cheveux ou si elles y poussaient naturellement) l'a invitée à regarder de plus près un vêtement fin.

— Tissé dans les odeurs de l'été, a-t-elle murmuré d'une voix qui rappelait les feuilles bruissant dans le vent.

Una a avancé le bras pour toucher le tissu, mais la dame l'a tiré brusquement vers elle.

— Il faut y mettre le prix, a-t-elle dit, il faut y mettre le prix.

— Cette dame ne s'intéresse pas à vos idioties ! a affirmé le vendeur du stand suivant.

Il s'agissait d'un nain au visage rouge et aux yeux bridés qui disparaissaient sous les plis du plus grand sourire jamais vu par Una.

— Venez par ici, belle demoiselle. Venez par ici et voyez ce que Malgril a à vous offrir !

Elle a obéi, et il a retiré une étoffe pour dévoiler des statues en argent au travail élaboré : de petits animaux aux yeux en pierres précieuses.

— Charmant, a-t-elle dit.

— Mais attendez, a fait le nain. Observez de plus près.

Elle a souri et regardé de nouveau. Les statues d'animaux étaient l'œuvre d'un ouvrier minutieux ; leurs corps étaient gravés de rinceaux. Il s'agissait de créatures dont elle ignorait l'existence ou d'êtres dont elle avait seulement entendu parler dans des histoires : un chat avec une tête de femme, un serpent ailé, un centaure et un griffon.

Elle a cligné des yeux, puis elle a retenu son souffle.

Les petites figurines avaient bougé. Ou l'avait-elle imaginé ? Elle a cligné de nouveau des yeux et, en effet, la queue de la femme-chat a remué, la gueule du griffon s'est ouverte, et le centaure a tourné la tête.

— Les rinceaux, a indiqué le nain, ont été tissés par mon frère, le grand Julnril en personne. Il s'agit de sortilèges puissants, comme ceux des golems anciens. Plaisent-ils à Votre Majesté ? Aimerait-elle en tenir une dans ses mains ?

Le nain a pris le serpent ailé pour le lui tendre, mais lorsqu'Una l'a regardé en clignant rapidement des yeux, il semblait se tordre dans ses doigts. Elle a reculé en souriant de nouveau, mais en secouant la tête.

La voix de Félix a attiré son attention.

— Vous êtes certain qu'elles sont de ma pointure ?

— Une pointure standard, mon seigneur, a répondu quelqu'un, et Una s'est retournée pour apercevoir Félix assis devant le banc d'un cordonnier, occupé à enfoncer le pied dans une botte en vieux cuir.

La botte était serrée, et Félix grimaçait d'effort pour l'enfiler. En se frottant les mains, le cordonnier souriait et professait des encouragements. En donnant un dernier coup, Félix a enfoncé son talon dans la botte et le prince s'est levé.

— Ce sont des bottes de sept lieues, n'est-ce pas ? Elles sont un peu serrées…

— Ne tapez pas du pied ! a crié le cordonnier, mais trop tard.

Una a émis un petit cri. Son frère avait disparu.

Immédiatement, le cordonnier a fait sonner une cloche et s'est mis à crier à pleins poumons :

— Voleur ! Voleur ! Arrêtez le voleur !

L'instant d'après, l'énorme sir Œric est apparu en menaçant le cordonnier du poing.

— Tu ne devrais pas insister auprès de tes clients pour qu'ils essaient tes bottes si tu ne veux pas qu'ils s'enfuient avec ta marchandise.

— Il doit payer ! Il doit payer ! a insisté le cordonnier.

— Donne-moi une paire, et je le retrouverai.

— Mais, monsieur…

— Tout de suite !

Le roi Fidel était là, dès lors, accompagné de sa garde et d'un groupe important de gens qui s'agitaient.

— Quelle direction a-t-il pris ?

— Il sera à mi-chemin vers le désert Rouge à l'heure qu'il est !

— Vous êtes bien sûr qu'il n'a pas pris la direction de la mer ?

— Ce garçon idiot n'aura pas l'intelligence de faire demi-tour et de revenir !

— J'irai le chercher pour vous, Votre Majesté, a déclaré sir Œric en enfilant une autre paire des bottes spéciales du cordonnier.

De manière incroyable, elles ont semblé grossir afin d'accommoder ses pieds énormes. L'instant d'après, il a disparu à son tour, et les cris de la foule du marché ont redoublé. Le cordonnier, un sourire fendu jusqu'aux oreilles, faisait soudain de meilleures affaires que jamais.

Una a observé toute la scène en riant et en éprouvant un peu de jalousie du plaisir que Félix avait. Elle s'est tournée vers les statues en argent, mais à sa surprise, elle a plutôt plongé le regard dans une paire d'yeux énormes au milieu d'un visage gris comme la pierre.

— Chère dame, aimeriez-vous que je prédise votre avenir ?

Elle n'avait jamais vu d'homme plus laid que celui qui se tenait devant elle ; il était encore plus laid que le massif sir Œric. Il était petit — petit parce qu'il était recroquevillé sur lui-même — et quand il a souri, ses lèvres ont découvert des rangées de crocs acérés. Mais, en même temps (et là, elle a froncé les sourcils, car de toute évidence, ses yeux lui mentaient d'une manière ou de l'autre), il était aussi beau. À l'image des statues en argent qui bougeaient uniquement quand elle clignait des yeux, cet homme rabougri semblait changer de visage l'espace de brefs moments, comme si un voile glissait sur ses traits pour retomber. Et alors, il était beau.

Il s'est incliné. Il portait des vêtements de cérémonie rouges, et sa tête était recouverte d'un capuchon doré dont le rebord était serti de broderies élaborées. D'un bras drapé d'une longue manche, il a esquissé un grand geste pour pointer une tente, elle aussi rouge et brodée de fil d'or. Des perles scintillantes pendaient au-dessus de l'ouverture, et l'intérieur était noir.

— Chère dame, a-t-il dit, vous venez d'atteindre l'âge de la majorité : je le vois dans vos yeux. N'êtes-vous pas curieuse de savoir ce que vous réserve ce jour, cette semaine, ce mois, cette année ? D'entrevoir peut-être votre futur amant, de voir le sourire de vos enfants ? Torkom d'Arpiar n'est pas un charlatan. Torkom d'Arpiar connaît les secrets et les partagera avec vous.

Sa laideur disparaissait graduellement à mesure qu'il parlait, et son visage semblait de plus en plus digne de confiance. Après tout, sir Œric n'avait-il pas déclaré que les gens du marché effectuaient une visite d'amitié ? Si elle allait faire confiance à ce diablotin, pourquoi ne pas faire confiance à cet être magnifique ?

Elle l'a suivi dans la tente. Les perles ont brillé comme des étoiles quand l'homme les a retenues, et elle est entrée dans une pièce éclairée d'une lumière chaude et rosée. Des rideaux vaporeux et sertis de broderies et de perles pendaient de la tige centrale, et elle a dû les repousser pour s'enfoncer plus profondément dans la tente. L'intérieur était plus spacieux qu'elle n'aurait pu le deviner de l'extérieur. Étrangement, l'espace semblait grandir à son passage. Mais la lumière rosée était belle, et la pièce avait une fragrance trop douce pour qu'elle soit effrayée.

Enfin, Una a tiré un dernier rideau, qui avait la sensation d'un laiteron sous ses doigts, et a trouvé un petit tabouret avec coussin et une caisse d'un bois pratiquement noir.

Le voyant a surgi à ses côtés et, en lui prenant la main, l'a guidée gentiment vers le tabouret.

— Assoyez-vous, chère dame, assoyez-vous, a-t-il dit. Torkom vous dévoilera vos secrets. Ayez confiance en son savoir. Ayez confiance en ses paroles.

Elle lui faisait confiance. La douce fragrance l'empêchait de faire autrement. Le parfum des roses l'enivrait même si elle n'arrivait pas à en reconnaître l'odeur. Elle a laissé l'homme l'asseoir sur le tabouret recouvert d'un coussin. Pendant un moment, il est demeuré penché au-dessus d'elle en tenant la main d'Una si près de ses lèvres qu'elle a cru qu'il allait la baiser. Mais ses yeux étaient plutôt occupés à examiner la bague à son doigt.

— Quel charmant bijou, a-t-il dit. Ce sont des opales, n'est-ce pas ?

En humant la fragrance des roses, Una a hoché la tête.

— Ma mère me l'a donnée. Avant sa mort. Je la porte toujours.

— Ah!

Le sourire de Torkom s'est élargi.

— Quel cadeau. Un cadeau venant droit du cœur. Certainement pas un cadeau duquel se départir trop rapidement.

— Je la porte toujours, a répété Una avant de retirer sa main.

Elle a posé les deux mains sur ses cuisses en prenant soin de recouvrir sa bague.

Torkom a reculé en s'inclinant avant de s'agenouiller pour ouvrir la caisse en bois.

Fascinée, Una l'a observé plonger les mains à l'intérieur pour en sortir un objet étrange. Elle a d'abord cru qu'il s'agissait d'un bouclier, car il en avait la taille et la forme et se terminait en pointe. Mais l'objet avait une forme subtilement concave et l'extérieur était noir et rugueux — une rugosité naturelle comme celle d'une pierre. Cependant, l'intérieur brillait d'une lueur dorée, et autour, l'air frémissait comme si l'objet émettait de la chaleur.

Torkom, dont les dents dévoilées ressemblaient presque à un sourire qui aurait tout aussi bien pu être une grimace de douleur, a tendu l'objet étrange à Una.

— Chère dame, a-t-il fait d'une voix sifflante. Chère dame, si vous l'osez, voyez votre avenir. Regardez à l'intérieur.

Il a tendu le bouclier noir sens dessus dessous vers elle, et Una s'est penchée vers l'avant.

De l'air chaud s'est élevé de la surface dorée pour souffler sur son visage. À l'intérieur, elle a aperçu son reflet, son visage grimaçant, mais curieux. Rien de plus.

— Prenez-le, a murmuré Torkom.

Elle n'arrivait pas à le voir à travers la brume provoquée par la chaleur et l'éclat de l'or, mais sa voix opérait comme par magie à son oreille.

— Prenez-le, chère dame.

Elle a tendu les mains pour prendre le bouclier.

La chaleur a percé ses doigts et ses bras pour s'enrouler autour de sa tête comme une vigne embrasée. Elle a haleté, mais était incapable de détourner le regard de la surface illuminée, qui a frémi soudain comme de l'or fondu.

Un visage a pris forme. Des yeux noirs entourés de flammes, une peau blanche comme un os et des dents comme les crocs d'un serpent. Le visage l'observait, et elle ne pouvait y arracher son regard. Une voix a explosé dans son esprit, ne parlant pas à l'aide de mots, mais dans une langue faite de chaleur et de fumée qui brûlait dans son esprit :

« La bien-aimée de mon ennemi ! J'ai joué pour toi, n'est-ce pas ? J'ai joué pour toi et j'ai gagné ! N'es-tu pas celle que je cherche ? »

Una était incapable de répondre, incapable de détourner les yeux. La chaleur émanant du bouclier doré était semblable à des bras qui la tireraient vers le bas pour rapprocher son visage du bouclier, et les mots embrasés ont grondé autour d'elle, comme le tonnerre.

« Où es-tu ? Où es-tu ? »

Puis une autre voix s'est élevée.

— Ça suffit !

2

Des mains ont empoigné les épaules d'Una pour la remettre sur ses pieds, et la chaleur est tombée d'elle comme un cocon flétri. Elle a échappé le bouclier, et la vision s'est brisée. Elle a senti la faiblesse gagner son corps et elle serait tombée si des bras forts ne l'avaient pas retenue. Elle a cligné plusieurs fois des yeux avant que sa vision ne s'éclaircisse et s'est surprise à lever le regard vers le visage pâle d'un étranger.

Il lançait un regard noir qui n'était cependant pas réservé à Una.

— Comment oses-tu ?

Sa voix était douce, mais elle a résonné dans la tête de la princesse par sa menace et son autorité.

Una a reculé, les jambes molles. L'étranger semblait être réticent à la laisser aller, mais elle a repoussé ses mains. Une ligne brûlait ses doigts là où elle avait touché le bouclier. Elle s'est tournée pour voir le voyant, la laideur personnifiée, qui se frottait les mains et souriait d'un air obséquieux.

— *Eshkhan !*

À la façon dont il avait prononcé le mot, Una s'est demandé s'il s'agissait d'une malédiction.

— *Eshkhan,* je ne fais que vendre ma marchandise.

— Comment oses-tu ? a répété l'étranger. Tu transformes mon marché en un carnaval diabolique.

— Je ne fais que vendre ma marchandise ! a réitéré Torkom. J'ai posé la question, et la demoiselle a accepté d'entrevoir son avenir.

L'étranger n'a rien dit, mais s'est tourné vers Una. Il était jeune, s'est-elle aperçu, bien que plus âgé qu'elle, et ses yeux fervents l'effrayaient. Elle s'est éloignée de lui.

— Madame, a-t-il dit, sortez, je vous prie. Ne touchez à rien d'autre dans cet antre.

Elle a ressenti un picotement aux mains.

— Je… je ne vois pas en quoi ça vous regarde, monsieur.

Elle a emprunté un ton plus brusque qu'elle ne l'aurait voulu, mais les mots roulaient de sa langue comme des flammes.

— Mes échanges avec ce gentilhomme ne regardent que moi.

L'étranger lui a tendu une main.

— Sortez, madame, a-t-il indiqué. Sortez de ce lieu.

Elle l'a fixé du regard sans le voir. Son esprit tentait désespérément de se remémorer la vision dont elle avait été témoin : la voix, le visage. Mais la vision avait disparu comme un rêve, ne laissant derrière que sa chaleur. Elle a tenté de parler sans être capable de trouver les mots, alors elle est passée près de l'étranger, a écarté les rideaux de ses bras pour entrer dans le labyrinthe de rideaux brodés. Elle s'est immédiatement perdue, incertaine où se trouvait la sortie et comment l'atteindre.

Quelqu'un lui a saisi le bras. Elle a regardé pour apercevoir les griffes grises de Torkom.

— Vous devez payer, chère dame, a-t-il dit. Vous devez payer votre vision.

Il a porté sa main à son visage en se pourléchant les lèvres à mesure qu'elle s'approchait de sa bouche. La bague d'Una a brillé dans la lumière rosée et s'est reflétée dans ses yeux blancs.

— Une si grande valeur, a dit le voyant. Un prix si élevé…

— Torkom.

Le voyant a tremblé à la voix de l'étranger, puis a laissé tomber la main d'Una.

— Une gracieuseté d'Arpiar, a-t-il marmonné. La première vision est gratuite.

L'étranger s'est de nouveau tenu aux côtés d'Una et a glissé une main sous son coude.

— Si tu oses appâter quelqu'un d'autre dans ta tanière, Torkom, je m'assurerai personnellement que tu rentres à Arpiar. Et cette fois, tu ne quitteras plus le pays. Tu as ma parole. À présent, fais tes bagages et quitte ce marché.

L'homme laid a fait une longue révérence en fermant ses grands yeux et en marmonnant de nouveau :

— *Eshkhan.*

L'instant d'après, il avait disparu, et Una s'est aperçu qu'elle se tenait tout juste devant l'entrée où étaient suspendues des perles.

L'étranger a soulevé les perles pour lui céder le passage hors de la tente. Le soleil était d'un éclat cru après la lueur rosée de la tente, et Una s'est protégé les yeux d'une main. Elle a pris une grande inspiration en regrettant l'odeur des roses avant de se tourner vers l'étranger qui émergeait de la tente derrière elle. Dans la lumière du jour, il paraissait encore plus pâle, bien que ses yeux fussent sombres. Ses traits n'étaient ni beaux ni laids ; tout simplement ordinaires. En réalité, il était l'homme le plus banal qu'Una n'ait jamais vu. Même si, son côté raisonnable devait l'admettre, elle avait peut-être déjà aperçu un homme plus ordinaire sans le remarquer.

Son regard a croisé celui d'Una.

— Chère dame…

Elle a levé la main pour apercevoir de nouveau la ligne de brûlure qui parcourait ses doigts.

— Mon cher monsieur, vous possédez une nature singulièrement impertinente que je trouve particulièrement… particulièrement… dents de dragon !

Il s'agissait là de l'expression la plus plébéienne qu'elle connaissait. Nounou aurait explosé si elle l'avait entendue, mais Una a été enchantée de lire la surprise sur le visage de l'étranger.

— Vous n'aviez aucun droit de vous mettre le nez dans mes affaires. Avez-vous la moindre idée de qui je suis ?

— Vous n'êtes pas vous-même, a-t-il répondu d'une voix douce. L'encens d'Arpiar et la vision…

— Mon cher monsieur ! l'a-t-elle interrompu de nouveau. Je suis la princesse Una de Parumvir, et vous ne parlerez que lorsque je vous en donnerai la permission.

À son agacement, il a souri comme s'il réprimait un rire. Puis, il a fait la révérence.

— Je suis le prince des Rives lointaines.

De toutes les misères qui accablaient sa jeune vie, la plus terrible, aux yeux d'Una, était sa tendance à sentir des taches rouges émerger sur son visage quand elle était troublée ou embarrassée. Son nez, surtout, se mettait de la partie. Ceci en soit suffisait à lui faire croire aux fées — les méchantes fées — qu'on négligeait d'inviter aux grands dîners et qui se présentaient aux baptêmes en ricanant, le cœur plein de vengeance : « Elle rougira par taches — des taches bien brillantes - à la moindre provocation. »

Una sentait à ce moment lesdites taches se manifester comme de petits fanions rouges donnant le signal de toutes leurs forces : « Vous voyez ! Encore une fois, elle s'est mis les pieds dans les plats ! Comme il faut, talon et tout ! »

Sans dire un mot, elle s'est détournée pour traverser le marché par là où elle était arrivée.

La foule s'était dispersée de nouveau et n'était donc plus amassée autour du stand du cordonnier. Cela signifiait probablement que Félix était de retour, en sécurité, que les bottes dérobées avaient été remises à leur propriétaire et que le spectacle était terminé. Una ne jetait le regard sur aucun marchand, peu importe la détermination avec laquelle ils criaient, remuaient ou tentaient de la cajoler : elle a regagné l'endroit où sa jument grise et docile était attachée, près du vieux gentilhomme qui vendait du fretin de poisson-licorne.

Son père et son frère s'y trouvaient. Le roi Fidel réprimandait un Félix au visage coupable pendant que les membres de la garde se tenaient quelques pas plus loin où ils prétendaient ne pas entendre la remontrance ; la tête tournée suffisamment pour paraître désintéressée sans toutefois manquer un seul mot. L'un d'entre eux a dissimulé un rire dans une toux peu convaincante.

Sir Œric, qui se trouvait aussi à proximité, a salué Una en inclinant la tête, mais elle n'y a pas répondu. Elle s'est plutôt dirigée vers son père en ignorant l'air renfrogné de Félix.

— Je suis prête à rentrer maintenant.

— Una !

Fidel s'est tourné vers elle en affichant un air soulagé.

— Je commençais à me demander si tu n'étais pas disparue à sept lieues d'ici toi aussi. Que vais-je faire avec vous deux ?

— Nous ramener à la maison, a fait Una. J'en ai terminé de ce marché ridicule. Il est rempli d'idiots.

Fidel n'était pas dupe. Il a examiné sa fille d'un air critique.

— Qu'as-tu mijoté ?

— Rien, père ! Je…

— Ne soyez pas en colère contre votre fille, roi Fidel, a fait une douce voix. C'est moi qui l'ai retenue.

Una a fermé les yeux en souhaitant que le sol s'ouvre sous elle et l'avale tout rond. Toutefois, la nature de l'univers semblait se liguer contre elle, et aucun gouffre n'a fissuré le sol sous ses pieds. Elle a plutôt entendu son père demander d'une voix sévère :

— Et qui êtes-vous, monsieur ?

L'étranger s'est incliné.

— Pardonnez-moi. Je suis le prince Aethelbald des Rives lointaines.

Le prince Félix a marmonné :

— Aethelbald ? Je ne pense pas que nous puissions pardonner ça.

Una lui a jeté un regard furtif qui lui promettait silencieusement un sombre avenir, mais Félix n'a fait aucun effort pour cacher son hilarité.

Heureusement, le prince des Rives lointaines n'a pas semblé le remarquer.

— J'avais prévu d'abord me présenter à vous, Votre Majesté, mais les circonstances ont dicté une autre voie. Toutefois, permettez-moi maintenant d'exprimer ma joie de me trouver dans votre beau royaume.

Fidel l'a fixé du regard. Una était incapable de s'imaginer son père (qu'elle imaginait être né roi avec sa barbe et une couronne dorée sur la tête) bouche bée de la sorte. Mais pendant qu'il observait le prince étranger, son expression laissait entendre qu'il comparait et écartait mentalement un certain nombre de réponses. Au final, il s'est fixé sur :

— Ainsi, vous êtes le maître et seigneur de tous ces gens ?

Il a pointé vers la myriade de gens qui grouillaient sur la pelouse du marché.

— Je suis leur prince, a-t-il répondu. Mais bon nombre d'entre eux ne m'appellent pas maître.

— Ah.

Une pause a suivi — une de ces pauses où tout le monde éprouve le besoin d'ajouter une remarque profonde, mais où tout ce qui vient à l'esprit est « Ah oui. Eh bien… ». Una a profité de l'occasion pour se glisser plus près de son père bien que, pour ce faire, elle a dû se tourner et faire face au prince des Rives lointaines ce qui, elle le comprenait, la rendait aussi mal à l'aise que de le savoir juste derrière elle. Elle a étudié le bout de ses chaussures pour éviter de le regarder.

— Ah oui. Eh bien, a fait Félix en s'avançant pour tendre la main à l'autre prince qui l'a serrée chaleureusement. Je suis Félix, prince héritier et tout le bazar, héritier du trône même si Una est mon ainée. Ne la laissez pas vous duper. Elle fera semblant d'accepter la succession royale, mais si elle est de l'humeur désirée, vous…

— Félix ! se sont exclamés Fidel et Una, mais de deux tons bien différents.

Félix a relâché la main de l'autre prince et a reculé avec un grand sourire.

Le roi Fidel s'est avancé, bien décidé à reprendre la maîtrise de la situation.

— Je vous souhaite la bienvenue à Parumvir, prince A… Apple…

— Aethelbald.

— Prince Aethelbald. Si vous désirez partager le repas du soir à ma table, votre présence sera des mieux reçues.

— Ah, a fait le prince Prince Aethelbald, c'était là mon souhait. Bien que j'aie voyagé en compagnie du marché, mon premier désir était de vous présenter mes respects, Votre Majesté, et plus particulièrement à votre fille.

Una a cillé.

Son père a demandé :

— Présenter vos respects ?

— C'est exact, Votre Majesté.

Fidel s'est raclé la gorge. Un roi peut se racler la gorge pour exprimer bien des choses : ce raclement exprimait un vif intérêt.

— Et combien grand est votre royaume ?

— Quelle grandeur pouvez-vous imaginer, roi Fidel ?

— Une grandeur imposante.

— Mon royaume est encore plus grand.

— Ah.

Une autre pause. L'esprit d'Una s'était buté à un mur il y avait déjà quelques phrases et trouvait seulement maintenant la force de sauter par-dessus. Mais plutôt que de bondir gracieusement, son esprit a percuté le mur tête première pour fracasser des briques et émettre un long et silencieux :

« Noooooooooon ! »

À titre de princesse, cependant, elle a gardé un visage serein.

— Joignez-vous à nous pour le dîner, je vous prie, prince Aethelbald, a dit le roi Fidel.

Avec ces mots et quelques autres formules de politesse, le roi et le prince ont pris les arrangements nécessaires. Puis le roi Fidel a fait signe à sa garde, a ordonné à ses enfants de prendre place sur leurs montures, et Una s'est retrouvée à cavaler sur le chemin du Roi, stupéfaite et engourdie.

Félix a guidé son cheval près du sien.

— Applebald ! a-t-il murmuré.

Elle l'a fouetté de sa cravache d'équitation sans se soucier de savoir si les membres de la garde trouveraient son geste vulgaire.

— J'ai le nom Aethelbald en horreur !

Nounou, occupée à attacher les cheveux d'Una en une tour imposante quoique précaire sur le dessus de sa tête, a gloussé avec sympathie.

Un essaim d'activités bourdonnait dans le palais d'Oriana avec les préparations hâtives pour donner un festin au prince des Rives lointaines et à son entourage, attendus au coucher du soleil. On polissait la plus belle argenterie, on remplissait les chandeliers de nouvelles bougies et l'on a même sorti la grande tapisserie de la galerie du roi dans la cour afin de la battre jusqu'à ce que les gardiens postés là se mettent à tousser et soient couverts d'une fine couche de poussière. Pour couronner le tout, on avait ficelé la princesse Una dans sa meilleure robe, une création qu'elle détestait et qui était composée de trois couches de soie, de deux couches de mousseline et d'une structure de métal qui faisait en sorte d'accentuer certaines parties à la mode. Puis Nounou avait fait asseoir Una à sa table de toilette, où le vrai travail — le domptage des cheveux frisottants de la princesse - avait commencé.

— Je te le dis ! a fait Una en secouant la tête, si bien que sa coiffure est retombée de part en part de son visage.

Nounou a grogné, s'est craqué les jointures avant de saisir fermement le menton de sa princesse pour lui remettre la tête droite. Elle a entrepris de lui brosser les cheveux avec une vigueur renouvelée.

— C'est un nom lourd, a indiqué Una.

— Lourd, mademoiselle la princesse ?

Nounou a pris une pince à cheveux d'entre ses dents pour l'enfoncer dans la chevelure avec plus de force que d'efficacité.

— Tu sais, a fait Una en se renfrognant, grassouillet, les pieds plats. Lourd. Difficile à digérer.

— Hum-hum.

Nounou a saisi une autre pince d'entre ses dents et a ajusté son tir.

— Le prince Aethel-je-ne-sais-quoi, est-il lourd ?

— Aïe ! Le prince n'est rien de moins que lourd.

— Est-il gras ?

— Eh bien… non.

— Il a les pieds plats ?

— Pas tout à fait.

— Difficile à digérer ?

— La lourdeur est aussi bien un état d'esprit qu'une facette corporelle, Nounou.

— Je vois.

— Non, tu ne vois pas ! Aïe. Essaies-tu de me faire saigner ?

Una a poussé un soupir en observant Nounou dans le miroir, occupée à mettre en place une fausse mèche bouclée de la couleur du miel afin qu'elle pende de manière « attirante » (comme le diraient les experts en mode de Parumvir) sur le côté de son visage.

— Les princes lourdauds, a-t-elle dit, n'ont aucun côté romantique. Ils sont trop occupés à prendre des décisions pratiques sur l'économie, le commerce et d'autres trucs.

— Cela semble approprié pour un homme qui règnera un jour sur un royaume, a indiqué Nounou en fermant un œil pour inspecter son travail.

Nounou était une femme pratique, pour qui un geste romantique était l'équivalent de ramasser ses chaussettes sales et de se laver les mains avant le dîner. Et si ces gestes comportaient une certaine pointe de romantisme, Una n'était pas en mesure de l'apprécier.

— Les princes lourdauds, a dit Una en tirant sur une fausse boucle jusqu'à qu'elle rebondisse à sa place, ne connaissent rien à rien de la poésie et à peu près rien de la musique.

— Les pauvres petits.

Nounou a choisi une grosse plume blanche dans une collection d'accessoires, l'a levée pour en juger l'effet avant de la rejeter en échange d'une plume pourpre encore plus grosse.

— Ils ne reconnaîtraient pas le clair de lune s'il pendait au bout de leur nez et ne remarquent jamais les étoiles.

— Ils sont aveugles aussi, n'est-ce pas ?

Una a fait le dos rond, le menton posé sur sa main, les yeux croisés pour voir une pluie de plumes tomber doucement sur la table de toilette. Monstre a bondi sur ses genoux et frémi la queue sous son nez. D'un air absent, elle a glissé sa main sur sa tête et son dos.

— Les princes lourdauds ne se tiennent pas sous la fenêtre d'une dame au crépuscule pour entonner des chansons sur ses vertus et comparer sa beauté aux jours d'été et leur amour aux plus vastes mers.

— J'espère bien que non !

Nounou a enfoncé les dernières pinces à cheveux en les enroulant pour être certaine qu'elles restent en place.

— Un vrai prince, qu'il soit lourdaud, grassouillet ou autre, ne se rendrait pour rien au monde à la fenêtre d'une dame une fois la nuit tombée.

Elle a reniflé.

— Et Aethelbald me semble un nom aussi bon qu'un autre. Un nom est aussi bon que la personne qui le porte. J'avais un oncle Balbo qui se faisait taquiner en raison de son nom et pourtant, il était le meilleur éleveur de porcs dans tout le pays. En fait, il possédait une truie qui pesait deux fois mon poids !

Il s'agissait là de toute une réussite de la part de l'oncle Balbo, car les dimensions de Nounou étaient plutôt impressionnantes. Néanmoins, ses paroles n'ont aucunement influencé la pensée de la jeune Una.

— Oh, Nounou ! Tu es si peu romantique !

— Ça suffit les pleurnicheries, mademoiselle la princesse, a fait Nounou avec une douceur surprenante tout en tapotant la tête d'Una.

La douceur s'adressait davantage à la coiffure qu'à la jeune fille, mais Una a tenté d'apprécier son geste.

— Tu es aussi belle que dame Gleamdren, et ton prince aux pieds plats ne manquera pas de tomber amoureux de toi dès qu'il posera les yeux sur toi.

— Miaouuuu ! a fait Monstre.

— Tomber amoureux ?

Una a plissé le nez. Les deux plumes fixées des deux côtés de sa tête sont retombées comme les oreilles d'un chien de chasse. Elle a tiré de nouveau sur la fausse mèche par mesure de prudence.

— J'en doute fort.

— À présent, qui n'est pas romantique ?

Le soleil s'est couché en brûlant d'une lumière aussi rouge que les yeux d'un dragon avant de disparaître à l'horizon et de laisser le monde dans la pénombre.

Un par un, les marchands sur la pelouse ont rempaqueté leurs marchandises. L'homme aux yeux en cupules a posé des couvercles sur ses grands pots, étouffant ainsi la chanson du fretin de poisson-licorne, puis a soulevé les pots vers son chariot bancal. Il a hélé sa truie, et l'équipage est parti clopin-clopant sur la pelouse aplanie avant de disparaître dans les ombres de la forêt. La femme aux cheveux de plumes a plié ses étoffes et est partie en douceur comme une feuille portée par le vent. Les jongleurs ont glissé leurs balles et leurs poignards dans leurs poches, les danseurs ont enroulé leurs foulards comme des oiseaux rabattant leurs ailes.

Ils ont formé une file longue et régulière vers la Forêt de la pierre dorée — de là où ils étaient venus — aussi silencieusement qu'ils étaient arrivés, jusqu'à ce que les seules preuves de leur présence sur la pelouse soient quelques babioles brillantes à peine plus grosses que des billes, une fleur travaillée dans une pièce d'argent qui s'épanouissait et fanait encore et encore à chaque clignement d'yeux et quelques autres bibelots. La faible odeur de roses persistait dans un coin de la pelouse. À mesure que la nuit tombait, même ces dernières traces ont disparu pour se fondre dans la mémoire, aussi distantes que les mythes les plus anciens.

Mais le prince des Rives lointaines, l'affreux sir Œric et deux autres grands chevaliers ont grimpé le chemin du Roi jusqu'au palais d'Oriana, où les gardes de la porte ouest ont tremblé en leur cédant le passage dans la demeure de Fidel.

3

La salle à manger de Fidel était plus ancienne que l'ensemble du palais d'Oriana. Elle avait été érigée à l'époque du roi Abundiantus V, des centaines d'années plus tôt, dans le style ancien de portes donnant sur l'est et sur l'ouest. Au milieu de la salle, sur une estrade, s'étalait la longue table du roi.

Le roi lui-même prenait place sur une chaise dorée qui faisait dos au mur du nord, sur lequel était suspendue une tapisserie fantastique qui mettait en vedette une jeune femme et une licorne (qui, soit dit en passant, ne ressemblait en rien aux poissons-licornes aperçus au marché le matin même, mais plutôt à la figure classique du cheval à corne).

Félix, qui souffrait l'agonie dans son collet qui faisait saillie derrière sa tête comme la queue d'un paon, était assis à la droite de son père. Una, qui n'était pas de meilleure humeur, s'est assise de l'autre côté de Félix, en partie parce que la tradition le voulait et en partie parce que le roi Fidel comptait sur elle pour s'assurer que son frère ferait montre de ses meilleures manières – une attente qu'Una supportait parfois difficilement.

La chaise élégante à la droite du roi demeurait inoccupée. Autrefois, la mère d'Una avait présidé sur tous les grands festins de Parumvir depuis ce siège, mais des années étaient passées depuis, et la chaise était demeurée vide depuis la mort de la reine. Una, quand elle a pris place aux côtés de son frère (et que les lacets qui soutenaient ses jupons ont émis un grincement dangereux alors qu'elle arrangeait ses jupes), s'est permis un dernier vain espoir que le prince Aethelbald, lorsqu'il arriverait, prendrait place à la gauche de son père. Ce serait, après tout, un honneur approprié pour le prince d'un royaume soi-disant si vaste.

Mais non, le côté pratique de sa personnalité insistait pour lui dire qu'elle entretenait un trop grand espoir. Elle devait se résigner, elle le savait, à le voir s'asseoir près d'elle pour la soirée. Elle a jeté un coup d'œil sur le siège libre situé à sa droite, comme par hasard, en poussant un soupir qui a fait doucement gonfler l'une des plumes dans sa chevelure.

– Pourquoi fais-tu cette tête ? a demandé Félix avec un sourire narquois.

Être empesé dans ses plus beaux vêtements lui était toujours désagréable, et Una a choisi de l'ignorer et d'exprimer par ses épaules raides et sa mâchoire serrée, avec un calme glacial, qu'elle ne souhaitait pas parler. Mais Félix n'était pas du genre à saisir les signaux non verbaux.

– Vaut mieux un prétendant que pas de prétendant du tout, non ?

– Félix, a fait Fidel d'un ton d'avertissement.

Le prince s'est affalé sur sa chaise en silence et a tiré son collet. Una a pris un moment pour scruter d'un bout à l'autre la salle. Des tables plus basses que celle à laquelle elle était attablée étaient remplies par divers membres de la cour du palais d'Oriana ; des nobles de Parumvir de passage, des barons, des ducs et des dames de haut rang ; tous les dignitaires et ambassadeurs d'autres royaumes et provinces, de Milden, Beauclair et Shippening. Chacun d'entre eux était là pour accueillir le prince du Monde lointain.

Et chacun d'entre eux observait Una. Elle détestait cela.

— Pssst ! a sifflé Félix en lui donnant un coup de coude.

Elle s'est tournée vivement pour le regretter quand sa tour de cheveux a tangué de façon menaçante. Elle a levé une main pour la stabiliser, puis a jeté un regard noir sur son frère.

— Quoi ?

— Tu veux savoir quelque chose de louche au sujet de ton amoureux ?

— Non, a-t-elle dit. Il n'est pas mon amoureux.

— Tu n'es pas curieuse ?

— Pas le moindrement.

Mais elle l'était, bien sûr, alors Félix a enchaîné :

— Les gens racontent qu'il a des pouvoirs magiques et nous a tous jeté un sort.

Il a affiché un air suffisant, même en tirant sur son collet.

— Que penses-tu de ça ?

Una a froncé les sourcils en repensant à l'homme qui s'était tenu silencieux devant son père. De toutes les visions remarquables qu'elle avait eues ce jour-là, le prince Aethelbald les surpassait toutes par le simple fait d'être remarquablement quelconque. L'idée que ce gentilhomme calme et posé puisse jeter des sorts à quiconque était si farfelue que même l'imagination élastique d'Una ne pouvait se la représenter.

— Ne dis pas de bêtises, Félix, a-t-elle dit en relevant le nez. Je pense que si sortilège il y avait eu, je l'aurais remarqué.

Felix a fait un sourire satisfait en remuant les sourcils.

— Et ce n'est pas tout.

Una a préservé un silence glacé pendant près de trois secondes avant de céder.

— D'accord, quoi d'autre ?

Le prince s'est penché vers elle et a changé sa voix en murmure.

— Songe à sa façon d'apparaître de nulle part en se déclarant prince, et tout le monde le croit. Il affirme : « Je suis le prince des Rives lointaines », et tout le monde le croit. Il affirme : « Je suis le prince des Rives lointaines », ce à quoi nous répondons : « Oh, splendide, venez dîner avec nous ! » Comment être certains de ce qu'il affirme ? Quand avons-nous jamais entendu parler des Rives lointaines, à part dans les comptines ?

Una a cillé. Félix avançait un bon argument. Pourtant, pas une fois au cours de l'après-midi, alors qu'elle avait dressé la liste de toutes les raisons pour lesquelles elle n'aimait pas le prince Aethelbald (en commençant par son nom), avait-elle songé au fait qu'il était peut-être indigne de confiance. Son visage, aussi ordinaire fut-il, n'était pas un visage à mettre en doute. Mais elle ne pouvait expliquer cette pensée à Félix.

— Eh bien, a-t-elle dit, il est sorti de la forêt. Et nous avons tous vu ces gens étranges sur la pelouse. Nous avions seulement entendu parler d'eux dans les histoires aussi.

— Les avons-nous réellement vus ?

— Bien sûr que oui ! Tu dis n'importe quoi !

— Voilà le problème, Una. Est-ce possible que tout ça n'était qu'une illusion ? Un tour de magie de ce soi-disant prince pour nous amener à croire son histoire ? a fait Félix en opinant de la tête avec componction. Je te le dis, Una, ton prétendant est un enchanteur bien plus dangereux qu'il ne le paraît.

Una a roulé les yeux.

— Depuis quand es-tu si perspicace ?

— J'ai toujours été le plus brillant.

— Oh, c'est ce que…

Sa répartie a été interrompue par le grondement des portes de l'est qui s'ouvraient. À ce bruit, tous les membres de l'assemblée, à l'exception du roi et de ses enfants, se sont levés, et la voix d'un héraut a annoncé :

— Aethelbald, fils du grand roi des Rives lointaines, prince des gens du havre.

Malgré elle, Una a tendu le cou pour voir le prince de nouveau. Les paroles de Félix, même si elle persistait en son for intérieur de croire qu'elles n'étaient que des bêtises, l'avaient captivée. Après tout, cet homme était surgi de la forêt qui avait la réputation d'être enchantée (ou du moins mystérieuse, ce qui revenait au même), et peut-être y avait-il une certaine vérité dans cette idée de pouvoirs magiques. Si c'était le cas, le prince prenait soudain une allure beaucoup plus romantique dans l'esprit d'Una, qui s'est demandé si peut-être sa première impression de lui n'avait pas été trop précipitée.

Trois hommes sont passés par les portes avant le prince. D'abord, sir Œric, resplendissant dans ses vêtements verts et blancs, mais terrible dans sa corpulence et sa laideur. Le suivait un autre gentilhomme revêtu de manière similaire, mais de stature beaucoup moins imposante et aux cheveux d'un roux doré. À sa suite est entré un homme dont la peau noire reluisait d'un éclat quasi bleuté sous les bougies des chandeliers et dont les yeux rappelaient le ciel d'une journée d'été.

Puis a suivi le prince Aethelbald.

— Enfin, a murmuré Félix, peut-être pas si enchanteur.

Una a poussé un soupir et s'est adossée contre sa chaise. Peut-être n'était-ce pas de la faute du prince ? Après trois hommes aussi splendides que ses chevaliers, il ne pouvait faire autrement que de paraître petit et pâle et peu avenant malgré ses habits élégants. Peut-être que dans un contexte différent, il aurait fière allure, paraîtrait excitant et brûlant d'un feu intérieur. Aux yeux d'Una toutefois, il était la lourdeur personnifiée.

Mais à quoi pouvait-on s'attendre d'un homme prénommé Aethelbald ?

Les membres de la cour de Parumvir balayaient leurs regards du prince à Una. Elle aurait voulu qu'ils se mettent tous à loucher pendant qu'elle fixait les yeux sur son assiette. Du coin de l'œil, elle a aperçu le prince Aethelbald approcher et s'incliner devant le roi.

— Salutations, prince des Rives lointaines, a dit Fidel en avançant une main gracieuse sur la table. Vous êtes le bienvenu en ma demeure. Je vous prie d'inviter vos chevaliers à s'asseoir là où on leur a préparé une place. Quant à vous, vous devez vous asseoir à ma table. Là, aux côtés de ma fille.

Una a fermé les yeux. Un autre faible espoir détruit.

— Je vous remercie, Votre Majesté, a répondu le prince Aethelbald, et rien de plus, ce qui ne témoignait pas d'une grande imagination du point de vue d'Una.

Elle a refusé de lever les yeux quand il a contourné la table pour prendre place près d'elle, mais s'est plutôt plongée dans l'étude de sa fourchette.

Le roi Fidel a frappé des mains, et les musiciens ont commencé à jouer pendant que des serveurs filaient çà et là en portant de grands plateaux en argent. Una faisait tourner la bague sur son doigt en se pinçant les lèvres pendant que le regard du prince Aethelbald s'attardait sur son profil pendant ce qui a paru être une éternité, mais probablement moins d'une minute, en réalité.

Enfin, il a parlé…

— J'espère que…

Au moment où Una disait…

— Je souhaite que…

Ils se sont tus tous les deux, et Una a lancé un regard de son côté. Il souriait, ce qui l'a agacée.

— Continuez, je vous prie, a-t-il dit.

— J'ai… j'ai oublié ce que j'allais dire.

Ces satanées taches rouges ! Elle les sentait se dessiner sur sa peau, mais elle a relevé le menton en espérant les repousser.

— Dans ce cas, permettez-moi de vous demander, a dit le prince, comment vont vos mains.

Ses mains. Les taches rouges ont surgi dans toute leur splendeur, et aucun coup de menton n'aurait pu les refouler. Était-ce là une quelconque demande en mariage étrange ? Nounou avait-elle raison et était-il déjà amoureux d'elle ? Malgré les plumes ?

Elle l'a regardé à la dérobée de nouveau, en espérant que la plume pourpre qui s'affaissait cacherait une grande partie de son visage rouge.

— Monsieur ?

Aethelbald souriait toujours, mais ses yeux étaient sérieux. Il a avancé le bras pour toucher l'une de ses mains, qui reposait à côté de sa fourchette. Elle l'a retirée précipitamment en se demandant combien de dames à l'œil de lynx avaient surpris le geste avant de joindre les mains sur ses genoux.

— J'ai cru que vous les aviez brûlées plus tôt aujourd'hui, a indiqué Aethelbald d'une voix encore plus douce en retirant lui-même sa main.

— Brûlées ?

Una a froncé les sourcils, les yeux tournés vers ses cuisses. Quand elle a prononcé le mot, un bref souvenir a traversé son esprit ; un souvenir fait de chaleur et d'odeur de roses. Mais à présent que son esprit s'y attardait, elle n'aurait pu dire tout à fait d'où lui venait ce souvenir. Était-ce quelque chose qu'elle avait vu ? Elle a ouvert les mains pour les examiner sans pouvoir distinguer la trace d'une brûlure.

— Vous vous trompez, monsieur, a-t-elle dit.

Il n'a pas répondu, mais quand elle a osé lever de nouveau les yeux vers son visage, elle a constaté qu'il ne souriait plus, mais l'étudiait avec sérieux. Que le ciel lui vienne en aide, car ce diner allait être long !

De l'autre côté de la princesse, Félix avait posé le coude sur la table et se penchait vers eux pour entendre leur conversation. Elle s'est retenue pour ne pas le pincer, ce qu'il savait et le faisait sourire de toutes ses dents. Désespérée de briser le silence, elle est parvenue à poser bravement une question.

— Prévoyez-vous demeurer longtemps à Parumvir ?

— Très longtemps, a répondu Félix.

— Je ne te parlais pas !

— Oups.

Aethelbald a souri de nouveau, et Una aurait voulu saisir les deux plumes dans ses cheveux, les battre très fort et s'envoler. Mais le prince des Rives lointaines s'est contenté de répondre :

— J'ignore pour le moment combien de temps je profiterai de l'hospitalité de votre père.

Il a pris une gorgée de sa coupe avant de la poser sur la table et d'ajouter :

— Cela dépendra de bien des choses.

Felix a étouffé un rire. Avant qu'Una n'ait la chance d'enfoncer son coude entre les côtes de son frère, il a annoncé, d'une voix qui portait dans l'ensemble de la pièce :

— Dites-moi, qu'est-ce qui vous amène à Parumvir en ce beau printemps, prince Aethelbald ? Dois-je comprendre que vous êtes venu présenter vos respects ?

Una a écarquillé les yeux.

« Félix ! », a-t-elle crié intérieurement, mais elle a serré les lèvres.

— À ma sœur, n'est-ce pas ?

Un murmure a parcouru l'assemblée. Depuis son siège aux côtés de Félix, le roi Fidel s'est raclé la gorge de façon éloquente. Mais le prince Aethelbald est resté assis un moment à contempler sa coupe.

— Personne ici ne doit feindre l'ignorance quant au but de ma visite, a-t-il indiqué d'un ton doux, mais autoritaire. En ce qui me concerne, je n'ai pas honte de l'annoncer.

L'instant d'après, sous le regard horrifié d'Una, là, devant l'assemblée, avant même que la soupe ne soit servie (ce qui, d'une manière ou l'autre, rendait le moment encore plus horrible), le prince Aethelbald a poussé sa chaise pour s'agenouiller à ses côtés. Elle s'est surprise à baisser les yeux sur son visage aimable et ennuyeux. Elle a détourné le regard, la bouche ouverte, à la recherche d'une aide quelconque, mais l'ensemble de la cour de Parumvir observait la scène avec elle en retenant son souffle.

— Je vous aime, princesse Una, a dit Aethelbald. Je serais honoré et transporté de joie si vous consentiez à devenir ma femme. Voulez-vous m'épouser ?

4

— Tu as refusé sa demande ?

— Bien sûr que oui, Nounou !

Una était de nouveau assise à sa table de toilette, où Nounou défaisait son travail de l'après-midi, tirant les mèches bouclées et les plumes et laissant les cheveux d'Una retomber dans son dos.

— Comment pouvais-je faire autrement ?

— Oumph, a fait Nounou.

— Qu'essaies-tu de dire ?

— Rien du tout, mademoiselle la princesse, rien du tout.

Una s'est tournée sur son siège pour lever le regard vers Nounou qui s'était rembrunie comme une tempête.

— Tu penses que j'aurais dû accepter sa demande.

Nounou a reculé en tenant à la main une brosse en soie comme s'il s'agissait d'un étendard de guerre.

— Un tel parti, et tu t'es contentée de dire : « Non, merci ».

Elle a secoué la tête, et la brosse a frémi dans sa main.

— Le prince des Rives lointaines qui, selon toute vraisemblance, est l'un des royaumes les plus vastes et les plus riches n'ayant jamais existé, te demande de l'épouser…, et tu refuses.

Una s'est levée de son tabouret. Une plume laissée dans ses cheveux a glissé vers son visage pour la chatouiller son le nez, et Una l'a repoussée.

— Il dit m'aimer alors que nous nous sommes à peine parlé. Cela n'a aucun sens !

— C'est romantique.

— C'est ridicule.

— Regarde qui parle.

Una a froncé les sourcils en songeant au côté ironique de ce renversement des rôles. Puis elle a haussé les épaules.

— Je ne le connais même pas.

— Il est le prince d'un puissant royaume, a répondu Nounou en pointant la brosse vers le nez d'Una. Et toi, ma chère, tu es une princesse. Que dois-tu savoir de plus ?

Una est passée en balayant le sol de sa traîne et en perdant d'autres plumes au passage. Monstre leur a donné des coups de patte quand elles ont glissé devant son museau.

— Je ne l'épouserai pas en raison de son rang, et c'est tout.

— Tu es une princesse. Pour quelle autre raison les princesses se marient-elles ?

Una a ouvert vivement la porte vitrée pour sortir sur le balcon. La brise printanière était fraîche sur son visage, mais elle s'en souciait peu.

— Je n'épouserai pas cet homme, Nounou.

Elle a levé le menton dans un mouvement impérieux.

— Je ne l'épouserai jamais, et rien de ce que tu diras ne me convaincra de faire autrement !

Elle a claqué la porte, ce qui a fait vibrer la vitre, et s'est avancée vers la balustrade de son balcon. Ses appartements au troisième étage du palais donnaient sur les jardins, qui étaient bordés par la lumière du brillant croissant de lune. Elle s'est appuyée contre la balustrade en prenant une grande inspiration, les yeux fermés. Là, dans la soirée calme, elle pouvait presque imaginer le murmure de la mer au-delà de la colline. Mais quand elle a ouvert les yeux, ce n'est pas l'océan qu'elle a aperçu, mais l'étendue sombre de la Forêt de la pierre dorée, qui débutait aux limites du jardin éclairé par la lune pour s'étaler sur la colline et dans les acres de forêt impénétrable au-delà.

— Miaouuu ? a fait Monstre, assis à ses pieds.

Una a baissé le regard sur son chat.

— Je ne l'épouserai pas, a-t-elle chuchoté.

Le vent a soufflé sur son visage, et elle a tourné de nouveau les yeux vers la forêt. La cime sombre des arbres ondulait et laissait passer la lueur de la lune à travers les branches.

— C'est mon choix. Et je ne l'épouserai pas.

La Forêt de la pierre dorée l'a observée en silence jusqu'à ce qu'elle prenne enfin son chat et rentre dans sa chambre. Une grive des bois, qui aurait dû être perchée pour la nuit, a élevé son chant vers la lune.

Cette nuit-là, il faisait trop chaud, dans la chambre. La courtepointe d'Una était lourde, et même en ouvrant les tentures du lit, l'air était suffocant.

Una était couchée, les yeux rivés sur le baldaquin brodé. La braise dans le foyer projetait une lueur morne. Les rideaux étaient fermés, mais un rayon argenté de la lune perçait l'étoffe, et cette lumière argentée mélangée à la lueur sanguine de la braise permettait à Una de discerner l'image au-dessus de sa tête.

Sa mère l'avait brodé peu après la naissance d'Una. Elle l'avait confectionné spécialement pour Una et, ne fût-ce que pour cette raison, Una l'adorait. Des piqûres dorées et vigoureuses captaient la lumière du feu et dépeignaient les contours du seigneur Lumé d'une aura brillante. Il portait les habits d'un chanteur comme ceux qui étaient autrefois invités à tous les baptêmes et mariages royaux, cependant, ceux de la broderie étaient beaucoup plus majestueux et se déployaient comme des flammes.

Le seigneur Lumé était le soleil et il entonnait la *Mélodie*.

Devant lui, piquée à l'aide de délicats fils d'argent, se tenait sa femme, dame Hymlumé, la lune, et elle entonnait l'*Harmonie*. Elle portait des vêtements comme jamais Una n'en avait vus, et la princesse se demandait comment sa mère les avait imaginés. Una songeait qu'elle préfèrerait de beaucoup porter les vêtements argentés de Hymlumé plutôt que les modes pimpantes dont les tailleurs royaux l'affublaient.

Durant de nombreuses nuits d'insomnie de son enfance, Una avait étudié les visages de Lumé et de Hymlumé, comme ils avaient été confectionnés par sa mère défunte, en se demandant quelles chansons ils entonnaient. Les chansons de la sphère, comme on les appelait, étaient autrefois connues dans le royaume de Parumvir, lui avait dit son tuteur. Mais il y avait très, très longtemps, à une époque où les gens étaient assez naïfs pour croire aux mythes au sujet du soleil et de son épouse la lune. Il s'agissait de jolies histoires à tisser dans des tapisseries, sans plus.

Certaines nuits, cependant, si les fenêtres étaient laissées grandes ouvertes et qu'elle entendait les murmures de la forêt et le chant occasionnel de l'oiseau nocturne, Una pouvait imaginer entendre les traces d'une chanson ; le souvenir estompé d'un hymne pouvant être entonné par les soleils et les lunes.

Mais pas ce soir-là. Ce soir-là, Una fixait du regard les visages brodés, et son imagination était incapable de s'attarder sur des chansons et des mythes. Il faisait trop chaud.

Monstre a poussé un gros soupir. Il dormait sur l'oreiller près de sa tête, et elle le sentait remuer dans son sommeil. Soudain, il a levé la tête pour entreprendre de se laver les pattes. Le mouvement agaçait Una. Elle l'a poussé hors du lit, a compté jusqu'à dix, puis l'a senti bondir de nouveau sur le lit. Il est retourné sur l'oreiller, s'y est laissé tomber avant de remuer la queue sous son nez. Elle en a pincé le bout. Il l'a enroulée autour de son corps, et là s'est terminée la bataille pour la nuit.

Elle a fixé de nouveau du regard les visages brodés au-dessus d'elle. Il faisait chaud. Beaucoup, beaucoup trop chaud.

Elle a songé à se lever pour ouvrir la fenêtre, mais ses membres étaient trop fatigués. Trop fatiguée pour bouger, trop fatiguée pour dormir, Una allait rôtir jusqu'à ce que mort s'ensuive. De la sueur perlait sur son front. La bague de sa mère était serrée autour de son doigt — si serrée qu'elle craignait que son doigt tombe. Le visage de Lumé avait les yeux baissés sur elle, ses bras tendus, si bien que les flammes de ses habits brûlaient autour de lui. Il la brûlait de son regard incessant. Elle aurait voulu pouvoir le couvrir d'une manière ou de l'autre, aurait voulu échapper à la chaleur.

L'air frémissait de vapeurs. Elle les voyait remuer dans la lumière de la lune, et même le clair de lune bouillait. Elle a fermé les yeux et tenté de prendre une grande respiration, mais en était incapable.

Quand Una a rouvert les yeux pour regarder Lumé et son épouse, ils avaient disparu. La nuit a dévoré sa vue et l'a tirée dans son rêve.

La dame attend dans un monde incolore bien à elle. Elle est assise seule sur un trône embué où elle n'attend personne et n'espère rien. Son monde est silencieux à l'exception d'un son doux et subtil qu'elle est la seule à entendre.

Ce sont les sanglots de rêves qui n'existent plus.

Les années passent, et elle écoute et attend, ses yeux patients baissés.Ses yeux ont le blanc du vide, le blanc du néant, et son visage est un masque d'onyx. Personne n'ose prononcer son nom véritable.

Le battement d'ailes à la porte de son monde trouble le silence et enterre les soupirs des pleureurs. La dame ne lève pas les yeux, mais entend les pas lourds approcher et ressent la chaleur du feu. Un sourire tord sa bouche ; le premier mouvement qu'elle a décrit depuis des années.

– *Ma sœur, dit une voix pleine de feu, je suis ici pour jouer.*

– *Mon frère, répond-elle, j'en suis ravie.*

Elle lève les yeux pour croiser son regard, qui était aussi sombre que le sien est blanc. Il est un dragon, énorme et noir, mais à mesure qu'il approche de son trône, il décroît pour devenir un homme. Une flamme est couvée dans la pupille de chaque œil.

– *Il s'agit d'une femme cette fois, dit son frère.*

– *Homme ou femme, ça n'a aucune importance, rétorque-t-elle.*

– *Je veux qu'elle soit mon enfant.*

– *As-tu apporté les dés ?*

Il brandit une main. La peau est pâle comme celle d'un lépreux, étirée sur les os noirs, et chaque doigt se termine par une griffe. Dans sa paume, il tient deux dés dont les faces sont marquées d'étranges devises.

– Je veux qu'elle soit mon enfant, répète-t-il, et de la fumée s'échappe de sa langue fourchue. Elle est la bien-aimée de mon ennemi.

– Roule les dés, dit la dame sans le quitter des yeux.

– Je la veux, ma sœur.

– Roule les dés.

Il les entrechoque bruyamment dans sa main, puis les jette sur le plancher bouillonnant de brume. Le regard de la dame ne quitte pas son visage pendant qu'il suit la progression des dés. Quand enfin ils s'immobilisent, elle voit le triomphe le traverser comme une vague.

– Le jeu est terminé, dit son frère. J'ai gagné.

– Elle est à toi, alors, répond la dame. Prends-la. Mais prends garde, mon frère. Tu n'as pas encore gagné.

Son frère gronde et dévoile des dents pointues, noircies par le feu.

– Quand j'en aurai terminé, peu importera que je gagne ou perde ! Mon ennemi sera accablé d'une douleur inconsolable. Le cœur de sa bien-aimée ne sera jamais sien.

La dame ne répond pas à ces paroles, mais ses yeux vides brillent une dernière fois pour croiser les charbons brûlants du regard de son frère.

– Dans ce cas, prends-la, mon frère. Mais ne touche pas à ceux qui m'appartiennent.

– Je respecterai notre jeu, ma sœur.

Avec ces dernières paroles, le dragon se retire et redevient qui il est réellement en survolant les frontières du pays de sa sœur.

Una s'est éveillée dans la douleur.

Quelque chose de rude écorchait la peau de ses mains, et elle a ouvert les yeux en sursautant quand elle a surpris Monstre lui lécher les doigts avec la même détermination qu'il mettait sur ses pattes. Elle s'est assise et a retiré ses mains.

– Que les dragons te mangent, Monstre ! a-t-elle sifflé, mais il y avait du soulagement dans sa voix.

Le rêve avait presque déjà quitté sa mémoire, mais la chaleur demeurait.

Elle est demeurée assise, les mains portées contre sa poitrine pendant un bon moment ; le regard posé sur son chat qui, lui, était assis, la langue tirée et le visage aveugle tourné vers elle. Puis elle a baissé les yeux sur ses mains.

Elles étaient rouges. Une brûlure virulente marquait les doigts de ses deux mains, comme si elle avait saisi un fer chaud. Ses doigts élançaient. Qu'avait-elle pu toucher, pour se brûler de la sorte ?

Même si la pièce demeurait étouffante, Una a découvert qu'elle pouvait bouger. Elle s'est glissée de sous sa courtepointe pour traverser la pièce en titubant en direction de sa cuvette. Elle a grimacé quand ses doigts à vif ont effleuré la porcelaine froide, mais elle a versé l'eau du pichet dans la cuvette pour ensuite y plonger les mains. L'eau froide l'a soulagée légèrement, mais la douleur ne s'est pas estompée.

En marmonnant, elle a tendu les bras pour ouvrir les rideaux et ouvrir la fenêtre. Une brise a flotté dans la chambre, et le clair de lune éclairait maintenant le sol sans entrave. Una a levé des yeux fatigués vers le ciel de la nuit. Sur un coup de tête, elle a levé ses mains, desquelles de l'eau de la cuvette tombait. Les marques rouges brillaient avec le même éclat que les tisons du foyer.

Mais sous son regard, les marques se sont effacées. Comme si le clair de lune était une pommade soulageante, la brûlure a refroidi, la rougeur s'est dissipée, puis les marques ont disparu. La douleur était un souvenir qui lui-même s'évaporait, si bien qu'elle s'est demandé si elle y avait rêvé.

La brise sur son visage lui faisait du bien. Le monde était humide en raison d'une pluie printanière tombée plus tôt, et la nuit était fraîche, ce qui avait motivé Nounou à fermer la fenêtre avant de se retirer. Il était trop tôt pour laisser la fenêtre ouverte dans la nuit du printemps.

Pourtant, la chambre avait semblé être sur le point de rôtir, quelques instants plus tôt.

En laissant les fenêtres ouvertes et en se résignant à être grondée par Nounou le matin venu, Una s'est remise au lit et a tiré la courtepointe jusqu'à son menton. Monstre a reniflé sa joue, et ses moustaches ont picoté sa peau. Elle l'a repoussé. Puis elle a fermé les yeux.

Le chat s'est juché sur l'oreiller à ses côtés, aussi silencieux qu'une statue et remuant à peine, à l'exception d'un coup occasionnel de bout de queue. Quand enfin il a été certain qu'elle dormait, Monstre a bondi du lit, a avancé à pas feutrés vers la fenêtre et est sorti dans la nuit.

Malgré l'heure tardive, dans une autre aile du palais, un feu brillait toujours dans un foyer en marbre. Le prince Aethelbald était assis devant, le dos vouté, les coudes posés sur les genoux, où il étudiait les flammes dansantes ou peut-être les ombres derrière. La pièce était silencieuse, si ce n'était que le crépitement des tisons, jusqu'à ce qu'un coup de griffe à l'extérieur de la fenêtre attire son attention.

— Miaouu ?

Aethelbald s'est levé et dirigé vers la fenêtre. Le grattement s'est intensifié, de même que les miaulements.

Après avoir tiré les rideaux et ouvert le loquet, Aethelbald est tombé nez à nez avec le museau rose d'un visage à moustaches. Le chat s'est glissé dans la pièce avec grâce, a pris place dans le fauteuil confortable où le prince était assis l'instant d'avant et a entrepris de faire sa toilette. Aethelbald a croisé les bras et regardé le chat pendant quelques instants de patience avant de dire :

— Alors ?

Le chat a donné un dernier coup de langue à sa fourrure avant de tourner les oreilles vers le prince.

— Mon seigneur, a-t-il dit, elle rêve de lui.

Aethelbald n'a pas répondu. Il s'est dirigé vers le foyer, a posé une main sur le manteau en observant les flammes.

— En es-tu certain ? a-t-il demandé enfin.

— Je l'ai senti, a affirmé le chat aveugle. J'ai senti la mort. J'ai senti l'odeur de roussi.

Le prince a fermé les yeux et hoché la tête.

Le chat est descendu du fauteuil en un bond pour se frotter contre les chevilles du prince en ronronnant et en remuant la queue.

— Les choses doivent-elles réellement se passer ainsi, mon prince ?

— Oui.

— Il ne l'a pas encore trouvée.

Le chat a cessé de ronronner et a remué le museau en songeant aux mots à employer. Enfin, il a dit :

— Je me suis attaché à cette fille. Je détesterais la voir…

— Non, a fait le prince à voix basse.

Le chat a fouetté l'air de sa queue une fois avant de s'éloigner de quelques pas en gardant les oreilles tournées vers Aethelbald.

— Je sais, a-t-il dit. Je sais que vous l'aimez plus que je ne l'aimerai jamais. J'aimerais seulement… J'aimerais comprendre.

— Je ferai tout ce je peux pour elle, a indiqué Aethelbald. Tout.

Il a posé sur le chat un regard plein de compassion.

Le chat a senti l'expression qu'il était incapable de voir et, sous le regard du prince, s'est remis à ronronner.

— Savez-vous ce qui a provoqué ces cauchemars ? a-t-il demandé.

— Torkom vendait des visions au marché, aujourd'hui.

— Ce vieux lutin ? a fait le chat en se hérissant. Qu'est-ce qu'il fabrique ici, si loin de chez lui ?

— Sa malice habituelle.

Le visage d'Aethelbald a pris une expression dure.

— Elle a touché une écaille de dragon.

— Torkom a osé vendre…

Le chat a montré les dents

— Démon allié du dragon !

Aethelbald s'est retourné vers le feu. Les flammes dansaient et jouaient devant ses yeux, se tordant avidement sur les bûches. La lumière éclairait ses joues et son front, mais projetait de l'ombre sur ses yeux.

— Les tisons sont déjà allumés, sir Eanrin, a-t-il fait à voix basse. Bientôt, le feu s'embrasera.

Il a fermé les yeux et esquissé un mouvement rapide de la main.

— Je t'en prie, retourne auprès de la princesse. Protège ses rêves du mieux que tu le peux.

Le chat s'est incliné comme le voulait sa race ; d'une façon à la fois hautaine et respectueuse. Puis, il a tourné le dos pour bondir par la fenêtre, où il a disparu dans le clair de lune et l'obscurité.

5

Peu de choses déplaisaient autant à Félix que de s'entraîner seul dans la cour d'exercice. Mais les hommes de la garde de son père ne trouvaient jamais le temps de s'exercer avec lui, et ses propres serviteurs étaient complètement incompétents à l'escrime — ou, du moins, prétendaient l'être lorsqu'ils s'exerçaient avec le prince. Par conséquent, très tôt le matin, Félix a pris seul la direction de la cour d'exercice, son épée en bois sanglée sur son flanc, et a entrepris les étirements de base.

Bien entendu, il n'avait pas à se rendre à la cour, pour s'exercer. Le palais d'Oriana était doté d'une pièce où les nobles et leurs fils pouvaient étudier l'art de l'escrime et du duel. Mais Félix trouvait qu'il manquait d'authenticité dans l'apprentissage des armes, entouré de miroirs aux cadres en or et les pieds posés sur un plancher de bois ciré. Il ne visitait cette pièce que pour ses leçons en compagnie de son maître d'escrime ; un homme au visage pincé qui insistait pour dire, d'une voix aiguë, que l'escrime était un art.

— À quoi me servira l'art sur le champ de bataille ? lui avait déjà demandé Félix.

Le maître d'escrime avait refusé de lui répondre. Sa bouche s'était serrée en une ride sévère, et il avait frappé le poignet du prince du plat de son épée en lui disant de prendre la première position.

Félix ne s'exerçait jamais dans cette pièce à moins d'une absolue nécessité. Il préférait de beaucoup le sable et le gravier de la cour d'exercice de la garde, là où les vrais hommes opposaient leur dextérité à celle de leurs pairs et apprenaient la préparation à la guerre, à la bataille, à la gloire et à l'honneur. Rien de tout ça n'avait à voir avec l'art.

Mais les hommes de la garde refusaient de s'exercer avec lui. Félix soupçonnait qu'ils riaient de lui quand il avait le dos tourné et s'exerçait seul contre l'un des mannequins de bois qui pendaient des poutres à intervalles à la grandeur de la cour.

Felix a fléchi les doigts et étiré ses bras et ses jambes avec une mine renfrognée. Il s'était disputé avec son premier serviteur avant de se rendre à la cour ce matin-là, car ce dernier avait encore une fois insisté pour qu'il utilise la pièce réservée aux nobles afin de s'exercer avec les fils de barons ou d'autres gourdes du genre. Félix n'avait pas cédé, mais en descendant l'escalier menant à la cour, il s'était vu obligé d'écouter les chuchotements des trois serviteurs qui le suivaient et il les soupçonnait de parler de son maniement de l'épée en termes peu flatteurs.

Félix a regardé le mannequin devant lui d'un air mauvais, a tiré son épée de bois et a pris la première position en le saluant d'abord, comme le voulait sa formation. Un ricanement a fusé de quelque part, et il a jeté un regard noir par-dessus son épaule, mais aucun des membres de la garde présents dans la cour ne regardait de son côté. Personne d'autre ne s'exerçait pour l'heure, cependant, quelques hommes étiraient leurs muscles en bordure de la cour. Félix a fait face à son adversaire inanimé, a levé l'épée et lui a assené un coup. Le mannequin s'est balancé sur la poutre ; sa propre épée de bois battant l'air inutilement. Félix a reculé dans un bond, en plaçant son pied d'attaque derrière l'autre pied et en se tenant sur la pointe des pieds. Il avait exécuté la manœuvre avec perfection, a-t-il pensé, et s'est demandé si quelqu'un parmi la garde de son père l'avait remarqué.

Ses serviteurs, réunis près de l'entrée nord du palais, murmuraient entre eux et refusaient de regarder de son côté. La mine du garçon s'est renfrognée davantage et menaçait de tracer des rides permanentes sur son visage. Il a repris la première position et s'est avancé, pied d'attaque à l'avant, pointé vers le sol. Il l'a posé sur le sol en commençant par le talon et a ramené son pied arrière, pointe avant, comme lui avait montré son maître. Une autre feinte, et il frappé le mannequin à l'épaule.

Il s'est balancé, son visage vide tournant de façon menaçante devant lui, et Félix aurait soudain voulu le frapper très fort sur la tête à plusieurs reprises. Il a resserré la main sur son épée et a dû se contraindre à reculer pour reprendre la première position plutôt que de passer sa frustration sur le mannequin inoffensif. Il aurait voulu qu'un de ses serviteurs se balance à cette poutre.

— Mauvaise posture.

Félix a sursauté et bondi vers la droite. Le prince Aethelbald se tenait à quelques pas, les bras croisés sur la poitrine.

— Qu'avez-vous dit ? a demandé Félix en fronçant les sourcils.

— Vous avez exposé votre dos à votre adversaire, a indiqué Aethelbald.

Il a secoué la tête, les sourcils arqués dans un air de reproche.

— Vous êtes, à proprement parler, mort. Il n'existait aucun repli possible.

Félix a roulé des yeux et haussé les épaules en fendant l'air de son épée.

— C'est un mannequin.

— C'est votre adversaire.

— Je doute qu'il s'en prenne à moi.

Félix a tourné le dos à Aethelbald pour esquisser de nouveau une feinte vers son mannequin. Il l'a frappé droit dans l'estomac, et le mannequin a fait un tour complet. Il s'agissait d'un coup satisfaisant, et Félix se sentait mieux. Mais quand il a posé de nouveau les yeux sur Aethelbald, le prince des Rives lointaines le regardait toujours d'un œil critique.

— Quoi ? a ordonné le garçon.

— Il vous aurait désarmé.

— Quoi ?

Aethelbald a pointé le mannequin de la tête.

— S'il était vivant, il vous aurait désarmé.

Félix a ricané.

— Tout le monde se prend pour un critique.

— Oui, a indiqué Aethelbald, mais personne d'autre, à ce que je peux voir, ne s'est donné la peine d'exprimer sa critique.

Félix et Aethelbald ont tous deux jeté un regard à la ronde sur la cour, et encore une fois, Félix a eu l'impression que tout le monde avait été occupé à le regarder, mais venait tout juste de tourner la tête pour faire semblant de rien. Il a regardé ses serviteurs à la dérobée qui bâillaient et prenaient appui contre le mur, faisant la sieste comme des vaches dans le pré.

Félix s'est retourné vers Aethelbald, puis a haussé les épaules.

— J'ai été formé, a-t-il dit, et par le meilleur maître d'escrime du royaume, si vous voulez tout savoir.

— Pas un soldat, je présume, a fait Aethelbald en souriant.

— Les soldats ordinaires ne forment pas les princes.

— Un soldat ordinaire vous conseillerait de ne pas baisser la garde. À moins de vouloir être transpercé, bien sûr.

Félix a soufflé d'un air exaspéré avant de pointer le mannequin de son épée de bois.

— Il n'est pas vivant. Il ne me transpercera pas.

— Voilà pourquoi vous devriez vous exercer avec quelqu'un qui pourrait le faire.

Aethelbald a décroisé les bras, et Félix a vu qu'il tenait d'une main une épée d'exercice en bois. Il s'est avancé pour se tenir à côté du mannequin, les bras ballants sur les flancs, pas plus mobile ou agile que le mannequin. Mais ses yeux ont pétillé.

— Je peux voir par l'expression sur votre visage, prince Félix, que les mains vous démangent de me frapper solidement.

Felix l'a toisé de la tête aux pieds, les yeux à demi fermés.

— Vous dites que ma posture est mauvaise. Regardez la vôtre !

Aethelbald a haussé les épaules, mais est demeuré immobile du reste.

— Frappez-moi, a-t-il dit.

Félix a rectifié sa poigne sur son épée.

— Ferez-vous le salut d'abord ?

Aethelbald a souri de nouveau.

— Je suis un mannequin, prince Félix. Un mannequin vous a-t-il déjà salué ?

En grinçant des dents, Félix a pris la première position. Il a exécuté son attaque avec précision : ses pieds exactement au bon endroit, les bras étendus dans les sens opposés, la pointe de son épée parfaitement parallèle au sol. Il a filé vers sa marque avec la vitesse d'une fléchette, et même son maître d'escrime aurait été fier.

Mais l'instant d'après, il s'est retrouvé à trébucher vers l'avant, la main vide, les bras battant l'air pour retrouver l'équilibre, et le prince Aethelbald se tenait derrière lui, immobile à l'exception du bras qui tenait l'épée et qui retombait lentement contre son flanc. Felix s'est retourné immédiatement pour jeter un coup d'œil de l'autre côté de la cour. Aucun des hommes de la garde ne regardait de son côté, mais comment savoir qui avait été témoin de l'échange ? Il s'est tourné vers Aethelbald en tentant de masquer sa colère.

— Comment…

— Où est votre épée ? a demandé Aethelbald.

Félix l'a cherchée des yeux pour constater qu'elle avait atterri à près de trois mètres de lui. Il a couru pour la récupérer, mais Aethelbald lui a hélé :

— Vous êtes exposé de nouveau, prince.

Félix a attrapé son épée et s'est levé en la tenant devant lui, pointée et prête.

— Je récupérais mon arme ! a-t-il lancé avec hargne.

— Croyez-vous que votre adversaire vous donnera toujours cette chance ?

Encore une fois, le prince des Rives lointaines se tenait comme un pantin de bois, les pieds enracinés dans le gravier.

— Frappez-moi.

Félix s'est mis en garde, les bras étendus en ligne droite et dans le sens opposé, et il a allongé de nouveau une botte. C'était parfait ; le mouvement artistique d'un danseur s'exhibant sur une scène. Pourtant, au final, il s'est retrouvé désarmé de nouveau et a jeté un regard noir qui ne cachait pas sa fureur.

— Votre arme ? a demandé Aethelbald.

Félix l'a récupérée pour attaquer de nouveau. Et il a été désarmé pour une troisième fois. Il a saisi son épée, a attaqué et perdu. Avec des yeux qui lançaient des poignards à Aethelbald, il a crié :

— Vous ne pratiquez pas l'escrime dans les règles, monsieur !

— À l'image de vos ennemis, a rétorqué Aethelbald.

Félix a observé la position horrible d'Aethelbald. Elle dénotait clairement l'inexpérience ; pourtant, Félix a soudain remarqué quelque chose dans sa posture qui laissait entendre autre chose. Bien qu'Aethelbald se tînt comme un bloc de bois, ses genoux étaient légèrement fléchis, et quelque chose dans la masse de ses épaules suggérait la force et la rapidité. Ces détails passeraient inaperçus pour quiconque ne venant pas d'être désarmé par quatre fois, dans des attaques successives et, chaque fois, par un seul coup.

Félix s'est avancé de nouveau pour être désarmé de nouveau, mais cette fois, il a saisi son épée pour attaquer sans préambule et forcer Aethelbald à abandonner sa position de bloc de bois et à engager le combat. Mais au terme de celui-ci, Félix s'est tenu la main vide.

— Que faites-vous ? a-t-il crié, mais alors, sa voix contenait moins de colère et davantage de curiosité. Vous faites quelque chose que je ne vois pas. De quoi s'agit-il ?

Aethelbald a souri, et bien que Félix soit à l'affût, il n'a détecté aucun amusement plein de suffisance, seulement du plaisir.

— Je vais vous l'enseigner. Prenez votre arme. Surveillez vos arrières, prince !

Il a donné une petite tape sur les épaules de Félix en battant en retraite. Félix a roulé des yeux et grogné, mais il a repris son arme et s'est tourné pour prendre une position défensive.

— Apprenez-moi, a-t-il dit.

Ce matin-là, Una s'est éveillée frigorifiée. Nounou l'a réprimandée en disant que c'était de sa faute, pour avoir laissé tout cet air frais et malsain entrer dans la pièce alors que n'importe quelle personne sensée aurait gardé les fenêtres fermées. Monstre a refusé de quitter son nid entre les couvertures au pied du lit, forçant ainsi la domestique à faire le lit autour de lui. Una aurait voulu rejoindre son chat et recouvrir sa tête d'édredons toute la journée. Elle était grincheuse et avait mal dormi. Une vague impression de rêves la hantait, mais elle ne se remémorait rien de précis.

Tout ça était la faute du prince Aethelbald, elle en était certaine. Elle a souhaité qu'il se brûle la langue sur le gruau du matin.

Les cours étaient annulés ce jour-là en raison de la visite du prince Aethelbald. Una planifiait faire passer le temps dans les jardins, où elle coucherait ses pensées dans son journal à mesure qu'elles se formeraient dans son esprit. Mais après son petit déjeuner en privé et avant même de pouvoir s'enfuir vers les jardins, Una est tombée sous la main de Nounou qui l'a assise devant son travail de tapisserie.

— Cela te calmera les nerfs, a fait Nounou.

— Je vais m'empaler.

Una était médiocre aux travaux d'aiguille ; un manque d'aptitudes qui était empiré par sa profonde aversion pour ce passe-temps.

— Tu dis des idioties, a répondu Nounou.

Cette réponse n'admettait aucune réplique, alors Una a pris place au bout d'une large tapisserie (qui dépeignait une scène sanglante du poème épique *Le Fléau de Corrilond*), et Nounou s'est installée à l'autre bout.

S'en est suivi un long silence, car elles ne s'étaient pas encore réconciliées de leur dispute de la veille. En n'ayant rien d'autre que de fastidieux travaux d'aiguille pour s'occuper, Una ne trouvait aucun répit pour son esprit qui, à chaque occasion, revenait sur cette terrible scène du dîner de la veille.

« J'ai fait du mieux que je pouvais », se répétait-elle encore et encore. « J'ai géré la situation avec le plus de grâce possible. Qu'aurais-je pu faire d'autre ? »

Aussi clairement que le son d'une cloche, elle a entendu le ricanement de Félix pendant que le reste de la cour explosait dans une rafale de murmures qui se percutait contre ses oreilles.

Una a a secoué la tête pour tenter de chasser ce souvenir, mais elle continuait de voir le visage du prince Aethelbald agenouillé devant elle avec une telle incertitude pleine d'espoir dans les yeux.

« Qu'aurais-je pu faire d'autre ? », s'est-elle demandé de nouveau en piquant sa tapisserie avec violence.

Elle a cousu une troupe de soldats et de villageois qui fuyaient les flammes d'un monstrueux dragon rouge que Nounou piquait dans le coin opposé. Les gens tissés par Una avaient davantage l'apparence de haricots empilés aux bras en brindilles et aux jambes dépassant de tous les bords. Elle a transpercé le cœur d'un homme-haricot de son aiguille.

Elle avait balbutié. Devant tout le monde, absolument tout le monde, elle avait balbutié ! Tous les ducs, les comtes et les ambassadeurs l'avaient écoutée bégayer.

— Hum, oui… Eh bien, je veux dire, je suis désolée.

Après ces paroles, elle avait eu le bon sens, grâce au ciel, de fermer la bouche, de prendre une grande respiration et d'essayer de nouveau.

— Merci, prince Applebal… Aethelbald, avait-elle dit lentement pour exprimer les mots avec le plus d'ordre possible. Je ne peux accepter votre… votre offre aimable en ce moment.

Una a tressailli à ce souvenir.

Aethelbald s'était relevé, le visage indéchiffrable, et s'était incliné de nouveau.

— Merci, princesse Una, avait-il dit. J'espère que nous apprendrons à mieux nous connaître. Peut-être considérerez-vous mon offre sous un meilleur jour plus tard.

Sur ces mots, il avait rapproché sa chaise de la table où il avait entrepris de siroter son vin.

Ce dîner allait passer à l'histoire comme étant le plus long de tous les temps. Una a soufflé à travers ses dents avant de tirer sur un nœud dans son fil qui refusait de passer dans l'étoffe. Elle a levé les yeux vers Nounou qui l'ignorait ostensiblement.

— J'abandonne !

Una a rejeté son travail pour se diriger vers la pièce adjacente à sa chambre en appelant une domestique au passage.

— Apporte une bonne quantité d'eau chaude !

Nounou s'est assise et a baissé son travail.

— Où penses-tu aller, mademoiselle la princesse ?

— Je vais donner un bain à Monstre.

Una a repoussé la courtepointe de son lit pour découvrir son animal endormi et avant même qu'il ne cesse de bâiller, elle l'a attrapé par la peau du cou.

Si quelque chose pouvait la distraire, c'était bien de donner un bain à son chat.

Aethelbald et Félix se tenaient côte à côte ; Aethelbald démontrait les mouvements, et Félix les copiait. Les pas étaient plus compliqués que n'importe quels pas qu'ils avaient déjà tentés ; pourtant, à mesure qu'Aethelbald les lui expliquait, Félix était à même d'en constater la simplicité sous-jacente. Enfin, après de nombreuses tentatives, il a compris et pourtant, il n'arrivait pas encore à amener ses muscles à lui obéir.

— Dans un véritable affrontement, a expliqué Aethelbald, il n'y a aucune place pour l'art. Aucune posture, aucune chorégraphie. Il y a l'attaque et la défense, et vous devez être prêt pour l'une ou l'autre ou les deux à tout moment.

Néanmoins, Félix a observé avec respect et admiration le prince des Rives lointaines exécuter des pas compliqués qui lui permettaient de se transformer immédiatement, passant de bloc de bois à souffle de vent, évitant les attaques de Félix et le désarmant au même moment. S'il ne s'agissait pas là d'un art, Félix n'avait aucune idée de ce qui l'était. Encore une fois, le garçon s'est tenu aux côtés d'Aethelbald pour imiter ses mouvements.

Le soleil s'est levé lentement dans le ciel, et bientôt, de la sueur coulait de chaque centimètre du corps de Félix. Il a pourtant continué à s'exercer. Aethelbald a pris une position offensive et est passé à l'attaque pendant que Félix tentait de mettre en pratique ce qu'il lui avait enseigné. Encore et encore, il a échoué et s'est retrouvé désarmé et piétiné.

Mais enfin, ses mouvements étaient bons, son rythme exact, et il a regardé triomphalement l'épée d'Aethelbald voler dans les airs. Il a poussé un cri de victoire, a levé l'épée au-dessus de sa tête pour la faire tournoyer dans les airs. L'instant d'après, il était couché sur le dos, le prince des Rives lointaines était agenouillé sur sa poitrine, et Félix avait le souffle coupé.

— Même désarmé, votre ennemi est dangereux, a dit Aethelbald. Ne l'oubliez pas, Félix.

Il s'est levé et a aidé le garçon à se remettre sur ses pieds.

— Vous avez mérité une pause, mon ami. Venez.

Épuisé et le visage rouge, Félix a suivi le prince Aethelbald vers les casernes. Il s'est soudain aperçu qu'il avait des spectateurs. Des hommes de la garde se tenaient en rangée en bordure de la cour en le pointant du doigt comme des commères.

Félix a rougi en songeant à quel point il devait avoir l'air d'un idiot, mais Aethelbald lui a assené une tape dans le dos.

— Ils sont impressionnés, a-t-il dit.

— Par vous, peut-être, a répondu le garçon.

— Par vous, prince Félix. Ils n'ont jamais vu une telle prestation de soldat de votre part auparavant, j'en suis sûr.

Aethelbald l'a guidé vers un banc contre le mur externe des casernes, et les deux hommes se sont assis et ont étiré les pieds devant. Chaque muscle du dos et des épaules de Félix élançait, mais il s'agissait d'une douleur agréable. Il a fermé les yeux pour souffler.

— Est-ce ainsi qu'on enseigne l'art de l'épée aux Rives lointaines ?

Aethelbald a ricané doucement à ses côtés.

— D'une certaine manière.

Félix a ouvert les yeux pour les plisser en les levant vers l'autre prince.

— Est-ce que tous vos chevaliers combattent de la sorte ?

Aethelbald a appuyé la tête contre le mur.

— Mes chevaliers maîtrisent des compétences et des styles de combat appris dans leur pays.

— Vos chevaliers ne sont pas originaires des Rives lointaines ?

— Ils sont les chevaliers des Rives lointaines, mais leurs origines sont nombreuses et variées.

Félix a médité sur ceci un moment en songeant aux hommes étranges qui avaient accompagné ce prince peu avenant à la salle à manger du palais la veille.

— D'où vient sir Œric ? a-t-il demandé en se remémorant le chevalier énorme aux yeux en soucoupes et à la peau semblable à de la pierre qui avait accueilli son père au marché.

— Vous ne me croiriez pas si je vous le disais.

— Oui, je vous croirais.

— Non.

— Donnez-moi une chance !

Aethelbald a eu un sourire en coin pour le jeune prince.

— Sir Œric vient du royaume du roi Vahe du peuple voilé, le lointain pays d'Arpiar.

Félix a froncé les sourcils.

— Vous vous moquez de moi, a-t-il grogné. Arpiar n'existe pas réellement. C'est une histoire. C'est le pays des lutins…

Il a marqué une pause au moment où ses pensées rattrapaient ses paroles.

— Sir Œric est un lutin ?

— Non.

— Mais les histoires racontent qu'Arpiar est le royaume des lutins. Si je devais définir quelqu'un comme ressemblant à un lutin…

— Et néanmoins, Œric n'est pas un lutin.

Félix s'est plongé dans le silence où il méditait sur des pensées qui tourbillonnaient dans son esprit. Une minute ou deux sont passées, et il a soudain eu conscience de voix provenant du coin de l'immeuble où Aethelbald et lui avaient pris appui.

— Trop étrange à mon goût, a affirmé la première voix. Je ne suis pas en faveur des mystères — à quoi bon le nier ?

— Qui sont ces gens ? a demandé une autre voix. Ils émergent de la forêt sans même en demander la permission et s'installent dans la résidence de notre roi… Comment savoir s'ils sont dignes de confiance ?

— Ils ne sont pas de notre race, a indiqué le premier. Ça, c'est une certitude.

— Ma grand-mère m'a averti, a enchaîné la première voix. Elle a dit : « Il ne sort rien de bon de la forêt ».

— Et nous savons tous que ta grand-mère est une source de sagesse.

— Eh bien, j'ai confiance en la vieille !

L'instant d'après, deux gardes ont tourné le coin. Ils se sont arrêtés quand ils ont aperçu Félix et Aethelbald. Aethelbald n'a pas bougé : les yeux fermés, la tête appuyée contre le mur et l'air d'être profondément endormi. Mais Félix a surpris les regards inquiets échangés entre les gardes, qui se sont dépêchés de filer sans même s'incliner devant leur prince.

Félix a donné un coup de coude à Aethelbald.

— Ils ne vous aiment pas.

Aethelbald a grogné.

— D'où venez-vous, prince Aethelbald ?

— De la forêt, selon leurs dires, a répondu Aethelbald.

— Mais d'où venez-vous réellement ? Vous dites être le prince des Rives lointaines, mais cet endroit existe-t-il vraiment ?

— Il est aussi réel qu'Arpiar.

— Ça m'aide beaucoup !

Aethelbald a bâillé soudainement et a étiré les bras au-dessus de la tête.

— Les gens ont peur de l'inconnu, prince Félix. Ils sont effrayés par ce qu'ils ne comprennent pas.

— Ils ont peur de vous, a fait Félix. De vous et de vos chevaliers.

— À juste titre.

Félix a croisé les bras.

— Je n'ai pas peur de vous.

Aethelbald a haussé un sourcil en baissant de nouveau les yeux sur lui.

— Peut-être devriez-vous.

Il s'est levé.

— Venez. Voyons si vos muscles se souviennent de ce que vous avez essayé de leur montrer ce matin.

Félix a grogné, mais s'est levé et a suivi le prince des Rives lointaines jusqu'au milieu de la cour. Il a tiré son épée et a fait tourner ses bras pour délier ses épaules. Mais avant de prendre position, il a demandé :

— Avez-vous vraiment l'intention d'épouser ma sœur, prince Aethelbald ?

Aethelbald a décrit un arc avec son bras de combat, puis a fait la même chose de l'autre.

— Je l'espère.

— Elle ne vous prendra pas pour mari, a dit Félix.

— Peut-être que non.

— Elle ne vous aime pas.

Aethelbald a souri avec ironie avant de prendre son épée de bois.

— C'est ce que j'ai cru comprendre hier soir.

— Elle ne changera pas d'avis.

— Peut-être que non.

— Non, je connais ma sœur.

Félix a accentué ses paroles par un coup d'épée.

— Elle ne vous aime pas et elle ne changera pas d'avis. Il n'y a pas plus têtu qu'elle.

— Mais je suis résolu, a répondu Aethelbald. Nous verrons qui l'emportera au final.

Félix a reniflé.

— Je miserais sur Una.

— Comme le devrait un bon frère. En garde, prince Félix !

Félix a à peine eu un moment pour réagir avant qu'un coup ne lui fasse perdre son épée, qui a volé d'un bout à l'autre de la cour. Avec un cri de surprise, il s'est précipité à sa suite et a tout juste eu le temps de la ramasser et de la placer entre Aethelbald et lui avant que ce dernier passe à l'attaque. Il a riposté avec faiblesse, et l'instant d'après, l'épée d'Aethelbald a fendu l'air pour s'arrêter à une fraction de centimètre de son cou.

Le souffle de Félix s'est pris dans sa gorge, et ses yeux ont croisé ceux de l'autre prince. Le regard d'Aethelbald était illisible, mais ses yeux ne semblaient pas regarder Félix, mais à l'intérieur de lui, derrière le quelconque masque qu'il portait pour plonger jusqu'à son âme.

Félix a détourné le regard.

— Vous auriez dû essayer la manœuvre que je vous ai enseignée, a fait Aethelbald. Au combat, elle vous aurait sauvé la vie. Recommençons, Félix.

Cette fois-ci, quand Aethelbald est passé à l'attaque, les pieds de Félix ont semblé bouger d'eux-mêmes pour effectuer les pas qu'il avait répétés toute la matinée. Bien qu'imparfaite, sa réaction était assez réussie, et il a enlevé l'épée d'Aethelbald de ses mains. Aucun cri de victoire ne s'est échappé de ses lèvres, cette fois. Son épée a fendu l'air, et sa pointe s'est arrêtée juste devant le cœur d'Aethelbald. Ils se sont tenus immobiles comme des statues pendant un long moment.

— Bien, a enfin dit Aethelbald.

L'éclat de sabots a attiré leur attention. Ils ont tous deux tourné la tête vers la porte ouest de l'autre côté de la cour. Une troupe de cavaliers se tenait immédiatement à l'extérieur de la porte. Les cavaliers enfourchaient tous des alezans, à l'exception de leur chef, qui lui chevauchait un cheval de combat noir plus grand et plus puissant que tous les autres. Le chef a échangé quelques mots avec le capitaine posté à la porte et, bientôt, on a fait signe à ses hommes et à lui de pénétrer dans la cour. La troupe comptait au moins vingt cavaliers.

— Je sais qui c'est.

Félix a essuyé de la sueur sur son front en observant les cavaliers entrer dans la cour et descendre de leurs montures.

— Nous avons appris leur venue il y a quelques jours. C'est l'emblème de Beauclair sur leurs capes, et leur livrée est celle du palais royal.

Il s'est tourné vers Aethelbald avec un sourire malin sur les lèvres en remuant son épée dans sa direction.

— Je pense que vous aurez un peu de concurrence à présence. Voilà Gervais, prince héritier de Beauclair.

Aethelbald n'a rien dit, mais a observé les garçons d'écurie sortir s'occuper des chevaux pendant que l'intendant du palais surgissait à la grande porte d'entrée pour accueillir les nouveaux venus. Le grand chef, dont la cape était bleue et striée de fils argentés, ne s'est pas incliné à son tour devant l'intendant, mais a accepté d'être escorté par lui dans le palais.

Aethelbald a dépassé silencieusement Félix pour récupérer son épée. Puis il s'est tourné vers Félix.

— En garde, mon ami.

— Quoi ? Non !

Félix a observé sa propre épée tournoyer dans les airs encore une fois.

6

Un certain nombre de murmures et Nounou exclamant un « Quoi ? » dans un couloir à proximité n'a pas suffi à distraire Una de sa tâche en cours. Elle était agenouillée près d'une cuvette remplie à rebord de bulles savonneuses en agrippant fermement Monstre par la peau du coup d'une main et en brandissant une brosse à récurer de l'autre, ce qui était difficile étant donné qu'elle portait d'épais gants à crispins en cuir. Elle a poussé la langue contre sa joue en signe de concentration. Les miaulements braillards de Monstre s'étaient transformés en grognements sourds et séditieux qui ne laissaient rien présager de bon. Elle l'a frotté de toutes ses forces pendant qu'elle en avait encore la chance.

– Princesse !

– Hé, attends ! Méchant chat, non…

Una a hurlé avant de perdre sa prise et de voir sa calamité de chat échapper à sa poigne autrefois paralysante. Les griffes de Monstre ont trouvé de nombreuses parties exposées, y compris le bout du nez d'Una, et l'instant d'après, il a disparu sous le lit en laissant une trace de bulles sur son passage. Una s'est rassise bruyamment sur le sol, a essuyé le sang qui coulait du bout de son nez et a rivé un regard irritable sur Nounou.

— Si tu ne…

— Lève-toi de ce plancher, ma fille ! a crié Nounou en agitant les mains avec énervement. Mais que fais-tu, au nom de la lune ?

— Je donnais un bain à mon chat, comme je te l'avais dit, a répondu froidement la princesse en regardant sa bonne traverser la chambre vers la penderie, l'ouvrir brusquement pour se mettre à fouiller.

— Je n'arrive pas à me souvenir de la dernière fois où Monstre a eu… Que fais-tu ? Pourquoi fouilles-tu… Oh, Nounou, non !

Nounou a sorti la meilleure robe si détestée d'Una et l'a jetée sur le lit avant de retourner vers le placard pour pêcher des chaussures qui lui serraient horriblement les pieds.

Una s'est levée péniblement et, dans sa hâte, a enfoncé un bras dans la cuvette jusqu'au coude. Le crispin s'est rempli de bulles sales.

— Je ne porterai pas cette robe, Nounou. Je me moque de savoir si le prince Aethelbald dînera ou non avec nous ce soir, je ne porterai pas…

— Cesse de faire la maligne, mademoiselle la princesse.

Nounou a jeté les chaussures par-dessus son épaule avant d'émerger du placard un instant plus tard. Son visage rougeaud était légèrement plus coloré que d'habitude.

— Le prince Gervais de Beauclair est arrivé il n'y a pas dix minutes. Il est venu présenter ses respects !

La bouche d'Una est devenue béate, puis s'est fermée pour se rouvrir sans dire un mot.

— Gervais ? est-elle parvenue enfin à demander. Le prince Gervais ?

Des centaines de pensées ont dansé dans son esprit au même moment. Aucun autre royaume de ce côté du continent n'avait une réputation à moitié aussi palpitante que celui du prince Gervais. Le royaume de Beauclair était situé immédiatement au sud de Parumvir, mais la notoriété de sa musique et du palais d'Amaury, théâtre de bals et de divertissements somptueux où le roi Grosveneur gouvernait, s'étalait bien au-delà. Selon la rumeur, le prince était le danseur et le chanteur le plus brillant du royaume et un grand favori auprès des dames tant jeunes qu'âgées. Son nom même conjurait des notions de romance partout où il était mentionné.

Una a retiré vivement les gants à crispin et le foulard qu'elle avait noué sur ses cheveux et s'est précipité vers la table de toilette pour inspecter l'éraflure sur son nez. Elle saignait.

— Quelle barbe, pourquoi père ne m'a-t-il pas prévenue de sa visite ?

— Probablement dans le but de prévenir une semaine entière de panique hystérique comme celle que tu vis maintenant…

— L'as-tu vu, Nounou ?

Una a tamponné son éraflure à l'aide du mouchoir.

— À quoi ressemble-t-il ?

— Je l'ai seulement entrevu dans l'entrée du rez-de-chaussée. Oh, il est éminent, très éminent !

Nounou lançait des paniers et des jupons çà et là avec un abandon jamais vu.

— On dit qu'il est arrivé avec une escorte de vingt cavaliers, tous revêtus de bleu et aux montures qui portent des cloches à la bride. Je crois bien qu'il m'a fait un clin d'œil.

— Un clin d'œil ? Nounou !

Una s'emmêlait dans son jupon en essayant de le boutonner à la taille, mais ses doigts, ridés par l'eau chaude, tremblaient trop fort pour lui permettre de manipuler les boutons.

Nounou a rougi comme une écolière.

— Je me trompe peut-être. Tiens, laisse-moi boutonner ce jupon pour toi. Juste ciel ! Tu l'as enfilé à l'envers. Tourne-toi.

— A-t-il dit quelque chose ? a demandé Una.

— Je l'ai entendu demander à être présenté à Sa Majesté, et l'intendant de ton père lui a demandé s'il aimerait d'abord faire un brin de toilette et se reposer, mais il s'est contenté de rire. Quel rire musical.

— Nounou !

— Bien, c'est vrai, et ça ne m'ennuie pas de le dire. Je suis peut-être assez vieille pour être ta grand-mère, mais je ne suis pas encore morte, mademoiselle la princesse. Voilà. Maintenant, enfile ceci.

Nounou a aidé Una à enfiler les jupes volumineuses de sa robe tout en continuant de jacasser.

— Tu dois te rendre immédiatement au hall d'accueil afin d'être présentée au prince. Puis le roi a ordonné qu'on donne un dîner pour lui ; un dîner raffiné auquel les nobles les plus puissants seront conviés, comme Beauclair est notre plus grand allié, tu comprends. Pas même le prince Aethelbald a reçu un tel accueil ! Assieds-toi et laisse-moi faire quelque chose de tes cheveux : tu n'es pas à demi présentable. Ne peux-tu pas arrêter de saigner ?

Un quart d'heure plus tard, encore une fois poudrée et arrangée comme le voulait le summum de la mode de Parumvir, Una a descendu l'escalier, une main tremblante posée sur la rampe et l'autre tentant désespérément de relever ses jupes lourdes pour lui permettre de marcher.

— Le prince Gervais, a-t-elle murmuré pour elle-même. Voilà un beau nom, je me dois de l'admettre. Nounou ne m'a pas dit s'il est beau, mais il doit l'être, selon toute vraisemblance. Je me demande s'il me trouvera jolie. Oh, Monstre, diable de chat, pourquoi a-t-il fallu que tu m'entailles le nez?

Elle a touché la croûte qui se formait sur son nez avant de soupirer avec regret devant la porte du hall d'accueil. Après avoir pris une profonde respiration et relevé le menton, elle a hoché la tête afin que le héraut annonce son arrivée.

Le prince Gervais n'était pas beau.

Mais ça n'avait pas d'importance. Il possédait un air de grâce et peut-être une faible trace de dédain au coin des lèvres qui faisaient tout son charme. Et quand il souriait, on oubliait les défauts de son visage ou de sa silhouette.

Il a adressé un sourire éclatant à Una quand elle est entrée dans le hall d'accueil, car il se tenait déjà près de Fidel, à qui il avait été présenté peu de temps auparavant. Una a cligné des yeux sous son regard et a été prise d'un étourdissement soudain. Les regards curieux des gens de la cour se sont évanouis devant l'éclat du sourire brillant du prince Gervais.

— Princesse Una, a dit Gervais quand Fidel a eu terminé les présentations et que chaque personne qui devait s'incliner ou faire la révérence s'était excutée.

Son accent était aussi prononcé et lisse que le velours.

— J'avais entendu parler de votre beauté bien avant aujourd'hui, ce qui m'a incité à venir à votre rencontre. Mais aucune rumeur, peu importe son extravagance, ne s'approchait du contact de votre présence radieuse.

Una savait que peu importe ce que Gervais essayait d'exprimer par cette remarque, il n'était probablement pas tout à fait honnête : sa meilleure robe ajoutait environ quinze kilos à sa silhouette, à des endroits peu flatteurs, et elle a senti une attaque de taches rouges se manifester sur ses joues. La princesse Una était une jolie fille, mais peu de gens l'auraient deviné à ce moment-là. Néanmoins, le visage du prince Gervais exprimait le pur éblouissement, et comment Una pouvait-elle en croire autrement ? Son cœur s'est mis à battre de façon non déplaisante dans sa poitrine.

— Le prince héritier Félix et le prince Aethelbald, a annoncé le héraut de l'autre côté du hall.

Les taches se sont multipliées sur la peau d'Una. Elle s'est tournée pour apercevoir son premier prétendant, en compagnie de son petit frère. Ils avaient tous deux le visage rouge en raison de l'exercice, mais leur tenue était propre.

— Ah, te voilà, a dit Fidel en agitant la main en guise de salutations. Gervais, permettez-moi de vous présenter mon héritier, Félix. Et voilà le prince Aethelbald des Rives lointaines, qui vient tout juste d'arriver de loin.

— Ah ! Enchanté.

Gervais a dévoilé un autre sourire brillant et s'est incliné.

— Bonjour, monsieur, a répondu Aethelbald à voix basse.

La scène était exactement ce qu'Una avait prévu : aux côtés de l'éclatant prince Beauclair, Aethelbald s'éclipsait dans l'obscurité.

Le roi Fidel conviait rarement sa cour à un repas. De temps à autre, à l'occasion des fêtes, on dressait des tables dans la salle à manger et l'on invitait les dignitaires et les gens de la cour à partager le repas. En pareille occasion, la famille royale faisait preuve du panache approprié. Mais ces occasions étaient peu nombreuses et, par conséquent, beaucoup plus impressionnantes quand elles survenaient.

Un magnifique banquet deux soirs de suite sans une seule fête en vue suffisait à jouer avec la patience des cuisiniers et des serveurs employés par le roi. Mais en l'honneur du prince Gervais, aucune extravagance n'était de trop. Après tout, comme Fidel l'avait dit pour encourager son personnel, il ne faudrait pas que le prince héritier de Beauclair, en comparant l'hospitalité du palais d'Oriana et de celui d'Amaury, trouve que ses hôtes manquent de soins, n'est-ce pas ? Non, aucun cuisinier de Parumvir n'accepterait que ces dandies insignifiants de Beauclair se prennent pour ses supérieurs. Ainsi, le festin était d'une distinction spéciale, surpassant même le dîner servi à l'honneur du prince Aethelbald la veille.

La grande salle à manger a été ouverte, et tous les habitants moindrement notables de Parumvir ont pris place aux longues tables devant des couverts dorés pour dîner en présence du roi. Les hommes de Beauclair et des Rives lointaines se mêlaient aux comtes et aux barons de Parumvir, et à la table du roi, placés au centre de la pièce, étaient assis Fidel, ses deux enfants, les deux prétendants de la princesse Una, de même qu'une poignée de ducs et de nobles.

Una s'est retrouvée aux côtés de Gervais, ce qui l'a réjouie et bouleversée à la fois. Elle éprouvait de la difficulté à manger en sentant le regard de ce dernier se glisser constamment vers elle et elle espérait désespérément que ses taches rouges étaient moins visibles à la lumière des bougies. Elle a passé la majeure partie du repas à déplacer la nourriture dans son assiette, incapable d'en transporter une miette à sa bouche. Un Monstre subtilement parfumé était assis à ses pieds sous la table, où il faisait sa toilette et touchait parfois la jambe d'Una de sa patte, mais elle a résisté à l'envie de lui donner des amuse-gueules en pareille compagnie.

Pour empirer le tout, le prince Aethelbald était assis de l'autre côté d'elle. Il n'a pas adressé la parole à Una, et cette dernière ne s'est pas donné la peine de regarder de son côté. Mais être consciente de chacun de ses mouvements rendait parfois difficile la concentration d'Una sur le prince de Beauclair.

Gervais était infiniment charmant. Il parlait d'une voix assez claire pour être entendu d'un bout à l'autre de la pièce, si bien que les gens assis non loin de la table royale tournaient la tête pour écouter ce qu'il avait à dire. Il était possible d'entendre sa voix de chanteur derrière sa voix normale, a songé Una, et l'une devait être aussi plaisante que l'autre.

Félix, qui était assis de l'autre côté de Gervais et à la droite de son père, a demandé, la bouche pleine de pain :

– Quelle sorte de chasse pratiquez-vous à Beauclair, prince Gervais ?

« De la chasse ! », Una a songé avec dégoût.

Le prince talentueux et musical qui était assis près d'elle ne trouvait certainement pas le temps de prendre part à des jeux si enfantins. Elle a roulé des yeux en direction de son frère, qui lui a répondu par une grimace à la dérobée. Mais Gervais s'est calé dans sa chaise et, en levant sa coupe de vin, a déclaré :

— La chasse à Beauclair est aussi bonne que dans toute autre forêt. En saison, je chasse le cerf, l'ours et même le sanglier sauvage.

— Le sanglier ? a demandé Félix d'un air impressionné.

La chasse au sanglier n'était plus pratiquée à Parumvir depuis maintenant plusieurs générations.

— En effet, a indiqué Gervais. Difficile de trouver une bête plus féroce ou satisfaisante à chasser.

Il a jeté la tête derrière pour pousser un rire sec, et Una s'est surprise à être en accord avec Nounou : son rire était musical.

— Mais ce n'est rien, a-t-il dit, en comparaison avec la quête que j'ai menée l'automne dernier.

Félix s'est avancé sur sa chaise en affichant l'air empressé d'un chiot.

— Qu'est-ce qui est plus féroce qu'un sanglier ?

— Un dragon, jeune Félix, a fait Gervais.

Le silence s'est installé dans la salle après ses paroles, et les gens attablés à proximité ont levé les yeux.

— Un dragon ? a soufflé Félix.

— Un dragon, mon garçon.

Gervais a déplacé sa chaise afin de pouvoir croiser les jambes de côté, la coupe de vin toujours à la main.

— Un jour, l'automne dernier — en fin d'après-midi, je crois — j'étais à la chasse avec mes hommes en bordure de Gris Fen. Nous pourchassions un sanglier sauvage — une créature vieille et grisonnante, mais rusée avec l'âge. Le sanglier avait déjà tué deux de mes chiens, en plus d'estropier un de mes hommes. Mais j'étais déterminé à ne pas être dissuadé : je n'aurais aucun repos tant que la tête de cette créature ne serait pas accrochée à mon mur. Cependant, son destin en serait autrement.

Il a marqué une pause pour prendre de petites gorgées de vin pendant qu'Una et Félix se penchaient vers lui, le visage impatient. Gervais a posé sa coupe.

— Quand j'ai surgi de l'ombre des arbres d'un marais, les yeux fixés sur la piste de ce sanglier, mon attention a soudain été détournée par un grognement énorme et hideux.

Ses yeux se sont enflammés et, à la lumière des bougies, son visage était à la fois effrayant et terriblement fascinant.

— Un grognement si brutal, a-t-il dit, si prompt à glacer le sang que mes hommes se sont figés sur place, trop effrayés pour avancer l'espace d'un moment. Mais le moment est passé pour moi, et pendant que mes hommes étaient immobilisés par une terreur mortelle, j'ai crié : « Attendez-moi ici ! », car je ne voulais pas leur faire courir de risques. J'ai poursuivi ma cavale en suivant les cris épouvantables, qui résonnaient encore et encore, à intervalles réguliers. En avançant, je me suis dit que rien dans le monde ne pouvait produire un son si terrible, excepté un dragon.

Una a hoché solennellement la tête, les lèvres entrouvertes, et le prince Gervais lui a adressé un autre sourire avant de poursuivre son récit.

— Tout l'après-midi, j'ai traqué ma proie au plus profond du marais ; parfois à pied, car mon bon cheval n'arrivait pas à me porter dans les bourbiers plus profonds. Des serpents nageaient près de mes pieds, venimeux et mortels, mais j'ai poursuivi ma route, déterminé à trouver cette bête pour en libérer mon royaume, peu importe où elle se tapissait. Le son est monté pour devenir un rugissement si puissant que j'ai su que le monstre devait se trouver à proximité.

La boule de poils chaude aux pieds d'Una a grogné quand Gervais a prononcé le mot « monstre ». Una a donné une petite poussée à son chat qui est sorti de sous la table et s'est glissé hors de la salle à manger.

— Enfin, a dit le prince Gervais, j'étais certain que la bête se trouvait immédiatement après la prochaine montée. Je trouvais étrange de n'apercevoir aucune trace de fumée, de flamme ou de brûlure sur mon chemin, mais je me suis consolé en me disant qu'il s'agissait probablement d'un jeune dragon… Même si je l'avais traqué, peu importe sa taille ! J'ai tiré mon épée.

Il a pris le couteau près de son couvert pour le brandir dans les airs de façon dramatique.

— Avec un cri féroce, j'ai bondi au-delà de cette dernière montée.

Il a frappé la table de son poing, ce qui a provoqué un sursaut chez les gens près de lui et fait cliqueter les verres et l'argenterie. Les gens de la cour attablés à proximité tendaient l'oreille et retenaient leur souffle en silence.

— Eh bien, qu'avez-vous trouvé ? a demandé enfin Félix.

— Rien.

Gervais a levé les mains avant de se carrer dans sa chaise en riant.

— J'étais là, les pieds enfoncés dans la boue jusqu'aux chevilles, entouré par des kilomètres de néant. Dégoûté, j'ai tourné les talons pour repartir quand j'ai entendu de nouveau le grand cri. « GRAAAAAUP ! GRAAAAAUP ! »

Il a ouvert et fermé la bouche de façon comique.

— J'ai baissé les yeux sur mes pieds et qu'ai-je trouvé ? a-t-il fait en levant un poing. Une grenouille-taureau, pas plus grande que ma main et gonflée comme le ballon d'un enfant.

Presque toute l'assemblée a éclaté de rire, et Gervais, en secouant la tête, a terminé son récit :

— Bien entendu, j'ai tenté de l'écraser, mais la bête féroce s'est enfuie en bondissant, et tous mes efforts héroïques ont été vains. Aucune prime pour la tête de ce dragon !

— Oh, mais vous vous êtes montré brave, a dit Una, puis en rougissant de son audace, elle a baissé rapidement les yeux sur son assiette. Je veux dire, bien, vous ignoriez de quoi il s'agissait et vous l'avez pourchassé tout de même. Et seul ! Cela prend du courage.

Elle a relevé les yeux avec aplomb pour recevoir un clin d'œil qui lui a coupé le souffle.

Gervais s'est penché vers l'arrière jusqu'à ce que sa chaise ne tangue que sur deux pattes et a pris sa coupe de vin.

— Et vous, monsieur ?

Il s'est tourné vers Aethelbald, qui était assis en silence, occupé à couper sa viande. Una avait oublié sa présence.

— J'ai entendu des histoires de votre royaume depuis que j'étais un petit garçon pas plus haut que le genou de ma nourrice. Vous avez certainement eu votre lot d'aventures. Avez-vous déjà traqué des dragons ?

Aethelbald a continué de couper sa viande.

— Oui, a-t-il dit.

— Vraiment ?

Gervais a marqué une pause et pris de petites gorgées de son vin. Une ride s'est creusée sur son front, mais sa peau est redevenue lisse quand il a adressé un autre sourire bref à Una.

— Racontez-nous, mon bon prince, a-t-il dit. Est-ce un récit de force et de courage comparable au mien ?

Il a ri.

Aethelbald s'est arrêté pour regarder son assiette, sa fourchette levée à mi-chemin de sa bouche.

— Non, a-t-il fait avant de prendre une bouchée.

— Quoi ? Allez, mon brave, vous devez bien avoir une histoire à raconter. Avez-vous mené une troupe de trente hommes ? Votre épée a-t-elle goûté au sang d'un dragon ?

Gervais a posé un coude sur la table pour se pencher en direction d'Aethelbald.

— Nous sommes tous impatients d'entendre votre récit, prince des Rives lointaines.

Les yeux de Gervais brillaient et observaient l'autre prince avec attention, alors Una a essayé de donner à son visage une expression d'intérêt. Dans son for intérieur, toutefois, elle aurait voulu que Gervais cesse d'essayer d'amener ce bloc de bois à faire la conversation et continue plutôt de parler.

Aethelbald a jeté un regard vers Una. La lumière des bougies a projeté des ombres étranges sur son visage. Son expression, a compris Una, était triste, profondément triste. Elle a senti son cœur se serrer et a détourné le regard.

« Est-ce ma faute ? », s'est-elle demandé. « Il sait que je ne veux pas de lui. C'est mon choix. J'ai tous les droits de tomber amoureuse de qui je veux. »

— Allons, Aethelbald, l'a encouragé Félix. Écoutons votre histoire.

Aethelbald a posé son couteau et sa fourchette avant d'étendre les mains de chaque côté de son assiette.

— Ce récit n'est pas approprié en pareille compagnie, a-t-il dit, puis il s'est levé. D'ailleurs, je ne souhaite pas le raconter.

Il a hoché la tête en direction du roi.

— Si vous voulez bien m'excuser ?

Après s'être incliné devant les convives, il est sorti de la salle. Des servants se sont dépêchés à libérer sa place.

— Je l'aime bien, a déclaré Gervais en levant sa coupe pour saluer la porte par où Aethelbald venait juste de disparaître. L'humilité est une qualité rare chez l'homme, et je la respecte.

Il a bu à son court toast avant de sourire de nouveau à Una ; son sourire n'était que légèrement sardonique.

7

Elle a rêvé de nouveau, cette nuit-là.

Nounou a bien fermé les fenêtres, et Una s'est glissée sous les couvertures, convaincue qu'elle n'arriverait pas à fermer l'œil. Son imagination se perdait dans un tourbillon romantique où elle dansait et pirouettait si vite qu'aucun musicien de la cour n'aurait pu la suivre.

— Bonne nuit, mademoiselle la princesse, a dit Nounou en quittant la pièce, mais Una ne s'est même pas donné la peine de répondre.

Le prince Gervais était si beau ! Le prince Gervais était si charmant ! Le prince Gervais était venu lui présenter ses respects !

Deux princes en deux jours ! Qui l'aurait cru ?

Pas qu'elle se souciait de la cour que lui faisait Aethelbald, bien sûr. Pas plus qu'elle n'était concernée par le regard triste qu'il lui avait lancé avant de quitter le banquet. Pourquoi se soucierait-elle d'yeux sombres — aussi doux qu'ils soient —, quand le prince Gervais était là et si attentif ?

Ainsi ont continué de défiler les pensées d'Una, et elle s'est tournée et retournée de façon intermittente pendant que la lueur du feu faiblissait et baissait. Elle a tapoté ses oreillers si souvent que Monstre a fini par pousser un râle furieux avant de se diriger vers le pied du lit, où il s'est roulé en boule comme un suisse, la queue enroulée sur son nez.

Puis la chaleur est venue.

Elle s'est levée de la même façon que la veille, emportant avec elle le souvenir soudain du rêve qu'Una avait oublié. Les deux visages : le premier noir, le second blanc ; l'un fait de glace et l'autre de feu. Elle s'est remémoré le cliquetis des dés, et son cœur s'est mis à battre à toute vitesse. Le désir de bondir du lit et de fuir la chambre s'est emparé d'elle, mais encore une fois, ses membres étaient semblables à la pierre, et elle n'arrivait même pas à battre des cils. La bague de sa mère s'est serrée autour de son doigt, et ses mains élançaient en raison d'une brûlure.

Les deux visages dans son esprit se sont mêlés pour devenir un visage énorme, entouré de feu, et Una a plongé dans son rêve.

« Il n'y a rien d'autre que le feu, et au sein du feu, une voix. »

« Où es-tu ? »

« Je te cherche depuis cinq ans. Cinq années gaspillées. »

« Bien-aimée de mon ennemi, j'ai joué pour toi, n'est-ce pas ? J'ai joué pour toi et j'ai gagné ! N'es-tu pas celle que je cherche ? »

« Où es-tu ? »

Una s'est éveillée tôt le lendemain en raison d'un picotement étrange sur ses joues.

En ouvrant un œil, elle a surpris le museau rose de Monstre. Même s'il ne pouvait la voir, il sentait qu'elle était réveillée et a poussé immédiatement un miaulement qui n'acceptait pas la réplique, en posant une patte de velours sur son nez.

Una a repoussé son chat et s'est levée. Sans savoir pourquoi, elle a regardé la bague de sa mère. Le centre des opales brillait profondément quand elles étaient inclinées vers la lumière. En faisant tourner sa bague à l'aide de son pouce, Una a ouvert la paume de son autre main sans trop savoir ce qu'elle cherchait. Le souvenir d'une brûlure était insistant dans son esprit. Le prince Aethelbald n'avait-il pas dit quelque chose à ce sujet ?

Eh bien, elle n'allait certainement pas penser à Aethelbald par un matin comme celui-ci ! Elle a serré les mains en poings. Le prince Gervais était venu au palais d'Oriana, et elle devait se préparer dès maintenant à recevoir ses respects.

Una a décidé de s'habiller avant que Nounou ne surgisse et choisisse sa toilette pour elle : elle a enfilé une robe simple et non contraignante, a ramassé ses cheveux en une tresse qui retombait dans son dos et a glissé son petit journal dans une poche.

— J'ai besoin d'air, a-t-elle annoncé à Monstre qui se tortillait autour de ses chevilles en ronronnant comme un fou. Demande à la domestique de te nourrir quand elle arrivera. Je vais marcher.

Elle s'est sentie un peu vilaine quand elle s'est glissée hors de sa chambre et a parcouru le couloir. Nounou était contre l'idée de princesses allant quelque part sans être accompagnées — ou prenant des décisions indépendantes tout court, en fait. Mais il y avait des servants et des valets de pied dans chaque passage et recoin, et Una a à peine eu le temps de se sentir négligée, même quand elle s'est esquivée vers les jardins. Des jardiniers étaient déjà occupés à élaguer des taillis et à prendre soin de platebandes variées. Ils se sont inclinés à son passage, et elle a répondu par un hochement de tête.

Son esprit tourbillonnait avec le même type de pensées qui avaient perturbé son sommeil la veille.

— Me demandera-t-il de l'épouser ? a-t-elle murmuré en regardant avec sérieux une statue qui s'élevait dans une platebande de vivaces.

Il s'agissait d'une statue étrange, une représentation de son arrière-arrière-arrière (et encore plus) grand-père, le roi Abundiantus V. Taillé dans de la pierre blanche, il se tenait debout, une main posée sur le manche de son épée et l'autre reposant sur sa poitrine, les doigts enlaçant une paire de lunettes grotesques qui pendait au bout d'une chaîne. Son visage de marbre fixait Una d'un air renfrogné, comme s'il y avait tant de choses plus importantes auxquelles songer en ce matin printanier qu'à l'amour et à la romance.

Una ne croyait pas que cet arrière-grand-sir et elles auraient été d'accord sur bien des sujets.

Elle a déambulé dans le sentier du jardin.

Gervais allait certainement la demander en mariage. Il ne se serait pas rendu à Parumvir dans un autre but.

— Mais s'il ne m'aimait pas ?

Son visage s'est ridé d'inquiétude.

— Il est un tel favori des dames, à ce que l'on dit. Il dispose du choix en ce qui a trait aux femmes. Pourquoi songerait-il à m'épouser ?

Elle a donné un coup de pied à un caillou sur le sentier et l'a regardé ricocher sur la pelouse.

— Je suis une princesse. Il songera à m'épouser pour cette raison, du moins. Mais y songerait-il, si ce n'était pas le cas ?

De la musique a dérivé jusqu'à ses oreilles. Una s'est arrêtée et a jeté un coup d'œil à la ronde. Le doux grattement d'un instrument à cordes flottait dans le sentier depuis le jardin qui s'étalait au haut de la colline, plus près du palais. Il portait le nom de Jardin de roses, même si plus de vingt années étaient passées depuis la dernière fois où on y avait vu une rose s'épanouir. Maintenant, il y poussait plutôt des pivoines et des clématites — un poème de couleurs. Una s'est tournée en ramassant ses jupes pour retracer ses pas. En entrant dans le Jardin de roses, elle a entendu une voix profonde, lisse et riche qui chantait :

« *Oh, mon amour est comme la lune bleutée*
Qui flotte dans le ciel quand juin annonce l'été !
Oh, mon amour est comme une colombe blanche
Qui s'élève dans le ciel du dimanche ! »

Una a levé une main vers sa tête en souhaitant de toutes forces avoir attendu et laissé Nounou coiffer ses cheveux avant de sortir ce matin. Trop tard à présent, alors elle a continué d'avancer en suivant la voix charmante.

« *Oh, mon amour est comme une douce mélopée*
Qui ne semble jamais durer. »

Elle a tourné un coin du sentier pour apercevoir une charmille ornée de clématites sous laquelle se tenait le prince Gervais. Il pinçait les cordes d'un luth élégant, et ses yeux ont croisé les siens dès qu'elle est apparue dans son champ de vision. Il a souri, et elle a craint que son cœur ne cesse de battre pour de bon cette fois.

« Oh, mon amour est comme un vin frais
Si seulement elle m'appartenait ! »

Il a joué quelques accords additionnels avant de poser la main sur les cordes pour en étouffer le ronflement.

— N'arrêtez pas, a dit Una. C'était charmant.

— L'avez-vous aimée ? a demandé Gervais avant de gratter de nouveau les cordes. C'est une chanson du grand Eanrin de Rudiobus dédiée à son amour véritable, la belle Gleamdren, cousine de la reine. La tradition veut que cette chanson soit seulement entonnée à...

Il a posé le luth de côté avant de lui faire la révérence.

— À une femme d'une rare beauté.

Des taches rouges ont surgi en vagues sur son nez. Una s'est détournée, une main appuyée sur son cœur, et a jeté un regard à la ronde à la recherche des jardiniers. Les plus près travaillaient à plusieurs platebandes de là et lui tournaient le dos en signe de discrétion. Elle a réfléchi avec l'énergie du désespoir en espérant qu'une remarque intelligente ou pleine d'esprit se manifeste d'elle-même, mais le dos des jardiniers ne l'a inspirée aucunement.

— J'espère... J'espère que vous appréciez votre visite à Parumvir, est-elle parvenue à dire.

Le prince Gervais s'est avancé à ses côtés, et elle sentait son regard s'attarder sur son profil.

— Princesse Una, a-t-il fait d'une voix basse et douce, saviez-vous que vos yeux brillent comme des étoiles ?

D'où cette analogie aux étoiles pouvait lui venir de si bon matin, Una n'aurait pu le deviner, mais cela avait peu d'importance en pareil moment. Elle s'est mordu la lèvre avant de forcer un sourire nerveux.

— Oh ?

— Pourrais-je mentir à une personne telle que vous ?

Il a gloussé doucement à cette idée.

— Dès le premier instant où j'ai plongé le regard dans la profondeur bleue et limpide de vos yeux, a-t-il dit, j'ai su que je pourrais m'y noyer et mourir heureux.

Une petite partie d'elle a grimacé quand il a fait erreur sur la couleur de ses yeux. Mais Una a fait taire cette pensée et a levé les yeux vers le visage pas si beau, mais terriblement fascinant du prince de Beauclair.

— Je pense… Je pense que je préfèrerais que vous ne mouriez pas, a-t-elle admis avec bravoure.

— Vraiment, princesse Una ?

Gervais a levé une main comme s'il allait l'avancer pour lui toucher la joue, mais s'est retenu au dernier moment.

— Je pense bien, a-t-elle dit.

Pourquoi souhaitait-elle soudain avec une telle force de voir les jardiniers se retourner ?

— Princesse, a murmuré Gervais. Una, je me demandais si je pouvais… Parler à votre père ?

Una a cillé.

— Mon père ?

— Oui.

Elle a froncé les sourcils.

— Je suppose que oui. Je veux dire, je ne vois pas pourquoi vous ne le pourriez pas. Vous êtes son invité, après tout…

Gervais s'est raclé la gorge et s'est rapproché d'une fraction de centimètre.

— Je veux lui parler d'un sujet délicat.

— Délicat ?

— Oui.

Il avancé le bras pour lui prendre la main. Les yeux d'Una se sont écarquillés, et sa bouche est devenue béate.

— Me comprenez-vous, Una ?

— Oh ! a-t-elle haleté avant de se maudire intérieurement quand le prochain mot à traverser ses lèvres a été un retentissant : Euh !

Le bruit de pas sur le gravier du sentier a transpercé ses oreilles comme celui d'un canon qui ferait feu. Una a retiré sa main avant de tournoyer pour apercevoir le prince Aethelbald avancer à grands pas sur le sentier du jardin. Il les a aperçus à ce moment-là et a marqué une pause. Une expression vive a traversé son visage pour disparaître l'instant d'après derrière un masque immuable. Il s'est incliné avant de poursuivre sa route sans dire un mot et disparaître à un tournant.

Una a reculé devant Gervais et lui a fait la révérence.

— Je vous remercie, prince, pour… cette chanson charmante, a-t-elle dit avant de tourner les talons pour pratiquement courir hors du jardin en serrant ses jupes de ses deux mains.

— Oh là là, a-t-elle chuchoté en battant en retraite et en souhaitant que les battements de son cœur se calment.

Elle a regardé en arrière pour voir Gervais hisser le luth sur son épaule et s'éloigner de la charmille ornée de clématites.

— Je pense que je suis amoureuse... Oh, dents de dragon !

En prononçant cette phrase peu distinguée, elle est tombée comme une masse sur le sentier du jardin. Dans sa fuite, elle avait négligé de regarder où elle allait et n'a pas vu Aethelbald qui se dressait devant elle.

— Princesse Una, a-t-il dit en lui tendant la main, vous allez bien ? Je suis désolé. Je n'avais pas l'intention de vous faire sursauter.

Vraiment, les taches méritaient un congé, après toutes les heures supplémentaires effectuées au cours des derniers jours. Elle a refusé la main tendue d'Aethelbald et s'est levée tant bien que mal en essuyant le gravier de l'arrière de ses jupes.

— On n'a pas idée de se faufiler ainsi devant les gens, a-t-elle explosé. Vraiment, monsieur, il y a des convenances à respecter !

— Je me tenais bien en vue.

— Vous ne pouviez pas être bien en vue puisque je ne vous ai pas vu.

— Vous m'auriez peut-être vu si vous regardiez où vous alliez.

— Je regardais où j'allais jusqu'à ce que j'arrête... de regarder...

Elle a croisé les bras, puis les a décroisés en se rappelant Nounou lui dire que les princesses ne devaient jamais croiser les bras. Mais alors, elle ne savait plus qu'en faire, alors elle les a croisés de nouveau.

— Que voulez-vous ?

Lui souriait-il ? Son impolitesse n'avait-elle donc aucune limite ?

— Princesse Una, a-t-il dit, je souhaitais seulement vous demander comment allaient vos mains.

Elle lui a jeté un regard noir.

— Mes quoi ?

— Vos mains.

Il a avancé le bras et, à sa grande surprise, lui a pris une main. Trop étonnée pour savoir comment réagir, elle l'a observé retourner sa paume et l'approcher de son visage pour l'examiner. Son sourire avait disparu à présent, remplacé par une expression solennelle. Elle se tenait immobile, la bouche béate, à le regarder étudier ses doigts en essayant désespérément de se souvenir de la réaction appropriée en pareille situation. Aucun des livres sur l'étiquette que Nounou lui avait fourrés sous le nez n'avait traité de l'inspection spontanée des mains.

Aethelbald a enfin levé les yeux pour croiser son regard.

— Vous êtes gravement brûlée, a-t-il dit.

Elle a retiré sa main pour étudier elle-même ses doigts. Il n'y avait aucune marque visible.

— Ce n'est pas vrai.

— Je vois ce que vous êtes incapable de voir, a-t-il répondu.

Elle a levé les yeux pour croiser de nouveau son regard. Ses yeux étaient sombres et mouchetés de taches dorées en bordure. Et d'une certaine manière, en les observant, elle a eu l'impression qu'ils n'étaient pas tout à fait humains. Tout l'aspect sauvage du marché de douze ans, le souffle des grandes distances et l'odeur du ciel se cachaient dans ce regard. L'espace d'un bref moment, Una l'a cru.

— Me permettez-vous de soigner vos blessures ? a-t-il demandé.

Le moment est passé.

— Vous ne manquez pas de culot, prince Aethelbald.

Ses paroles n'ont pas eu le ton royal qu'elle avait espéré leur insuffler. En fait, elle a constaté que son ton rappelait celui de Nounou, ce qui l'irritait.

— J'ignore ce que vous cherchez à accomplir en me donnant des ordres de la sorte.

— En vous donnant des ordres…

— D'abord, vous m'êtes tombé dessus au marché !

— Tombé dessus…

— Ensuite, vous m'avez embarrassée devant toute la cour !

— Princesse, je…

— Et maintenant, toutes ces balivernes au sujet de blessures invisibles, et vous avez interrompu le prince Gervais, et je ne vois pas en quoi cela vous regarde ce que je fais, et je pense que vous êtes simplement… Et voilà tout !

Una s'est interrompue en se demandant si ce qu'elle venait de dire avait la moindre parcelle de sens. À en juger au visage du prince Aethelbald, la réponse était non.

— Eh bien, maintenant, vous le savez, a-t-elle conclu avant d'attraper ses jupes par poignes pour se préparer à le dépasser avec Sa Majesté.

Mais il a fait un pas de côté pour la bloquer.

— Princesse, a-t-il dit aimablement, je vous prie de me croire lorsque je vous dis que je me soucie de vous et que je ne souhaite que votre bien-être.

— Vous pouvez cesser de vous inquiéter. Mon être se porte assez bien, merci. Bonjour.

À son soulagement, il l'a laissée partir. Elle a traversé le sentier menant au palais en faisant craquer le gravier sous ses pas et en se disant qu'elle n'allait pas regarder derrière. Que le ciel lui vienne en aide, elle n'allait pas se retourner pour voir s'il continuait de l'observer !

Mais c'est ce qu'elle a fait. Et il la regardait.

En grinçant des dents, Una a filé vers ses appartements, déterminée à ne plus jamais les quitter.

8

En laissant ses serviteurs traîner à sa suite, Félix est parti à la recherche d'Aethelbald dans la cour d'exercice. Il a aperçu le prince des Rives lointaines debout près des casernes, occupé à parler avec un de ses chevaliers. Le garçon a traversé la cour à la course, son épée de bois cognant contre sa jambe. Quand il s'est approché, il s'est aperçu que le chevalier qui se tenait devant Aethelbald n'était pas l'un des trois qu'il se souvenait avoir vu au banquet quelques soirs plus tôt. Celui-ci était grand et mince, et ses cheveux étaient aussi dorés que des pissenlits. Il s'est tourné à l'approche de Félix, et le jeune prince s'est immobilisé de surprise.

Les yeux du chevalier étaient couverts de carrés de soie.

Félix est resté figé là où il s'était arrêté, et le chevalier aveugle s'est retourné vers le prince en parlant d'une voix claire et joyeuse, mais avec un certain tranchant sous-jacent.

— Je ne peux pas dire que je lui fasse tellement confiance, mon prince, a-t-il dit. Je demande votre pardon, mais il n'a pas la réputation d'être fiable.

— Regardez qui parle, a fait le prince. Des jeux d'argent, sir Eanrin.

— Appelez ça de la recherche clandestine, mon prince, a dit le chevalier. Tout ça pour vous servir, bien sûr.

— Bien sûr.

— Mais ça ne m'ennuie pas de dire que j'aimerais récupérer ce qu'il me doit. Cette fripouille me doit beaucoup d'argent, et je n'ai pas encore entendu le tintement de l'or.

— Je m'en occupe immédiatement, a indiqué Aethelbald. Retourne à tes responsabilités. Et Eanrin ?

— Mon prince ?

— Plus de recherche clandestine dans mon intérêt, je t'en prie.

— Vos désirs sont mes ordres, mon prince !

Le chevalier s'est incliné de façon élégante et, après avoir tourné momentanément le visage vers Félix en fronçant le nez, il est sorti de la cour d'exercice.

Aethelbald a baissé les yeux sur Félix.

— Qui est-il ? a demandé Félix. De quoi cela retourne ?

— Personne et rien ne vous concernant, prince Félix, a répondu Aethelbald.

Il a posé les yeux sur l'épée qui se trouvait sur le flanc de Félix.

— Êtes-vous venu vous exercer ?

Félix a fait un grand sourire avant de tirer son épée d'entraînement pour la pointer vers le menton d'Aethelbald.

— Vous sentez-vous brave, prince des Rives lointaines ? Je pense que je vais vous écraser, aujourd'hui !

Les lèvres d'Aethelbald ont esquissé un demi-sourire, mais il a secoué la tête.

— Je dois d'abord régler une affaire importante. Plus tard, peut-être.

— Pourquoi plus tard ? a demandé Félix. Vous êtes ici maintenant. Votre affaire peut attendre un affrontement ou deux.

Il a entendu l'un de ses serviteurs glousser et s'est retourné pour leur jeter un regard noir à tous les trois. Ils ont affiché une expression sérieuse en prétendant être occupés par autre chose dans la cour. Félix s'est retourné vers Aethelbald pour lui dire à voix basse :

— Ils ne pensent pas que vous vous exercerez de nouveau avec moi. Ils pensent que vous vous jouiez de moi hier et que je vous embête à présent.

Aethelbald les a regardés avant de retourner son attention sur Félix en repoussant l'épée de bois de son visage.

— Qu'en pensez vous ?

— Je pense que vous avez peur de vous exercer avec moi. Vous craignez que je ne vous vainque cette fois.

Aethelbald a secoué la tête.

— Il est difficile de m'appâter, prince Félix, a-t-il dit avant d'avancer dans la cour.

La bouche béate, Félix l'a regardé partir avant de brandir soudain l'épée et de lui lancer :

— Très bien, alors ! Espèce de lâche !

En entendant ses serviteurs ricaner, il s'est retourné et, en grognant comme un chien blessé, il s'est attaqué à un mannequin d'exercice avec une telle force que ce dernier est presque tombé de la poutre.

— Je n'ai pas besoin de vous, de toute façon, a-t-il marmonné en roulant les épaules et le cou.

Il a pris la première position pour se préparer à une nouvelle attaque sur le mannequin.

— Une belle position, a lancé une voix à l'accent très prononcé. Vous avez très certainement été formé par un maître, prince Félix.

Félix a marqué une pause, le bras tenant l'épée de bois étendu devant lui. Le prince Gervais se tenait en bordure de la cour, poings plantés sur les hanches et une longue épée le long de sa jambe. Félix a hoché la tête avec courtoisie avant de compléter son attaque — moins vigoureuse que la dernière, mais plus précise. Il a souri, les lèvres pincées, et admiré son travail.

Gervais a applaudi.

— Très bien, jeune sir, s'est exclamé le prince de Beauclair.

Il a avancé dans la cour en retirant le ceinturon de son épée.

— Dites-moi, Félix, avez-vous une autre épée d'exercice ? Je serais honoré de m'exercer avec vous, si vous êtes volontaire.

Félix a regardé le prince souriant en répugnant à l'idée d'un combat avec lui. Chacun des mouvements de Gervais était rempli de la grâce d'un danseur ; la qualité même que le maître de Félix peinait à lui faire intégrer depuis les dernières années. Mais ses serviteurs les observaient en chuchotant. L'idée du combat hérissait Felix, mais il a dit :

— Je suis volontaire si vous l'êtes, prince Gervais.

Gervais a souri au garçon (un sourire que Félix voulait chasser de son visage à coups de poing) et a appelé un membre de sa garde.

— Apporte-moi une arme.

Il a déposé son épée pour prendre l'épée de bois qu'on lui tendait. Félix l'a regardé s'étirer pendant un moment, et son cœur s'est serré. Même durant ses exercices d'étirement, Gervais avait l'air d'un maître.

Les deux princes ont pris position l'un devant l'autre et ont fait un salut. Tout de suite après, Gervais a étendu le bras, a incliné le torse vers l'avant et a levé la main à la hauteur de l'épaule en avançant. Ses mouvements étaient si rapides et fluides que Félix ne pouvait que parer les coups et bondir vers l'arrière, évitant ainsi un coup de quelques centimètres. Les battements de son cœur ont accéléré pour résonner dans sa gorge pendant que l'adrénaline filait à toute allure dans ses veines. Ils ont croisé l'épée, le bois cognant le bois dans un bruit sourd. Félix a évité les coups trois fois, quatre fois, avant de sentir un coup d'épée sur sa jambe. Le coup faisait mal, et il a refoulé un juron derrière une grimace.

– Bien, a dit Gervais en souriant toujours. Vous êtes habile, jeune prince, très habile. Encore ?

Félix ne pouvait refuser devant les hommes de la garde de son père et ses serviteurs railleurs. Il a fait le salut au prince, leurs épées se sont croisées de nouveau et, cette fois, Gervais a percé sa défense en un instant pour le toucher avec force sur l'épaule. Félix s'est détourné en jurant entre les dents, les oreilles rouges d'embarras.

– Allons, vous ne pouvez pas vous arrêter là, a lancé Gervais. Vous vous débrouillez si bien, prince Félix.

Félix décelait le rire derrière sa voix, et le sang lui est monté à la tête avec colère. Il a fait un salut, a pris la première position et, cette fois, il s'est engagé assez rapidement pour prendre l'offensive en premier, ce qui a surpris l'autre prince pendant un moment. Mais Gervais continuait de rire même en croisant l'épée et, l'instant d'après, Félix a senti un bon coup d'épée contre sa cuisse.

— Vraiment, vous serez une fine lame un de ces jours, a fait Gervais. Encore, prince Félix ?

Rien dans le monde ne semblait aussi important que de retirer de façon permanente le sourire moqueur du visage de Gervais. Mais Félix savait, après trois échanges, qu'il ne pouvait espérer toucher le prince de Beauclair. Ils ont croisé l'épée de nouveau.

— Quand j'ai défait le comte d'Elbeuf, a dit Gervais, l'homme d'épée le plus célèbre dans son domaine, j'ai exécuté cette manœuvre.

Il a fait une feinte, Félix est tombé dans le piège pour être frappé durement sur le bras l'instant d'après.

— Encore, prince Félix ?

Félix a repassé dans son esprit toutes les façons possibles de décliner cette offre tout en conservant une touche de dignité pour découvrir qu'il n'en existait aucune. Il a fait un salut, et un nouvel échange s'en est suivi.

— Quand j'ai croisé le baron Dronhim de Milden, a affirmé Gervais, j'ai essayé ceci.

Félix a tenté de contrer le coup, mais s'est déplacé trop lentement, et l'épée de bois a frappé son autre bras. Il s'est demandé combien d'ecchymoses ses serviteurs compteraient en ricanant quand ils l'aideraient à s'habiller ce soir-là.

— Encore, prince Félix ?

— Un instant !

Haletant, Félix s'est tourné pour faire quelques pas afin de reprendre son souffle.

Il a posé une main sur ses côtes, là où une crampe commençait à se former. En fermant les yeux, il a grogné entre ses dents :

— Si elle épouse ce fils de lutin, je vais…

Il a ouvert les yeux pour apercevoir Aethelbald qui se tenait à quelques mètres de là, les bras croisés. Aethelbald l'a regardé, les lèvres serrées en une mince ligne, et a arqué les sourcils.

Félix a pris une grande respiration avant de se retourner vers le prince Gervais.

— Je suis prêt, prince, a-t-il dit avant de faire un salut.

Gervais a fait ce grand sourire qui lui était propre avant de répondre à son salut. Puis il est passé à l'attaque. Les pieds de Félix ont bougé de la manière compliquée qu'il avait mis en pratique la veille — un peu maladroitement, mais assez rapidement —, et son bras a brandi l'épée. Il a trébuché à la fin de sa manœuvre, mais a tourné la tête pour voir l'épée de Gervais voler dans les airs et tomber bruyamment sur le gravier derrière lui.

Même les serviteurs ont cessé de chuchoter.

Félix a bondi vers l'avant pour frapper durement la cuisse de Gervais, qui essayait toujours de se lever.

— Touché ! a-t-il crié. Match !

Gervais a juré vertement avant de reculer en se frottant la cuisse.

— Qu'avez-vous fait ? a-t-il demandé.

Félix lui a fait un grand sourire et a haussé les épaules.

— Je vous ai désarmé ! Un autre échange, prince Gervais ?

Gervais a juré de nouveau, mais entre les dents cette fois, puis est allé chercher sa vraie épée en bordure de la cour, laissant là celle de bois.

— Ça suffit pour aujourd'hui, prince Félix, a-t-il dit. Peut-être demain. Nous verrons.

Il a bouclé son ceinturon d'épée à la taille et est sorti de la cour sans dire un mot, passant Aethelbald par le fait même. Le prince des Rives lointaines a posé une main sur son épaule et lui a dit quelque chose d'une voix trop basse pour permettre à Félix d'entendre. Mais Félix ne s'en souciait guère. Dans son for intérieur, il bouillait et a dû faire appel à toute sa concentration pour maintenir un air calme en se penchant pour récupérer l'épée d'exercice de Gervais afin d'aller la ranger.

— Quand j'ai défait le prince de Beauclair, a-t-il murmuré en souriant d'un air diabolique, bien sûr de lui-même, j'ai utilisé cette petite manœuvre…

Una a passé la majeure partie de la journée à l'intérieur, à travailler à sa tapisserie. Elle se sentait mieux à l'abri à l'intérieur. À l'abri de quoi, elle n'aurait pu le dire, mais plus à l'abri, il n'y avait pas de doute. Nounou était assez perspicace pour sentir que la princesse était dans un état d'esprit délicat et l'a donc laissée tranquille même si elle a remarqué qu'Una emmêlait davantage le fil qu'à l'habitude.

Una voyait à peine son travail. Elle continuait de revivre les événements survenus dans le jardin ce matin-là pour découvrir, à sa frustration, qu'elle ne pouvait apprécier le souvenir de la chanson romantique de Gervais, car il était obscurci par l'impolitesse d'Aethelbald.

Comment avait-il osé lui prendre la main de la sorte ? Feindre son inquiétude ? Comme si elle était incapable de voir si elle s'était blessée aux mains.

Monstre a bondi sur ses genoux pour se mettre à mâchonner le fil. Una l'a regardé faire un moment sans vraiment le voir jusqu'à ce qu'il ait défait la moitié d'un homme-haricot en armure. En revenant soudain à elle, Una a grondé :

– Monstre, méchante bête !

Elle a jeté le chat par-dessus le bras du fauteuil avant reprendre sa broderie avec plus de volonté que jamais, déterminée à s'attarder sur le sujet du prince Gervais.

Il allait parler à son père, n'est-ce pas ? Bien sûr que oui. Pourquoi perdre du temps ? Il l'aimait, alors il parlerait à père, et les arrangements seraient pris avant le dîner.

D'accord, il ne l'avait pas tout à fait demandée en mariage, pas en termes propres. Mais de quelle autre façon une fille pouvait-elle interpréter une chanson telle que celle entonnée par le prince Gervais à son intention dans le jardin ?

Una a essayé de freiner l'expression sombre qui tirait le coin de ses lèvres, mais elle s'est installée sur son visage de toute façon. Un nœud s'est formé dans son fil encore une fois, et elle l'a tiré si fort que le visage du pauvre homme en broderie s'est tordu de façon grotesque.

Il y aurait un autre dîner, ce soir-là. Gervais était un homme d'une telle noblesse et d'un tel prestige qu'un seul dîner d'État ne pouvait suffire. Il y aurait un autre dîner où toute la cour se réunirait et où son père annoncerait ses fiançailles. Il y aurait un tonnerre d'applaudissements : elle sentait des taches de rougeur se former à cette pensée. Bien entendu, le prince

Gervais entendrait la nouvelle sans broncher. Tout le monde l'acclamerait, et il sourirait, et…

« Je me demande ce qu'en pensera le prince Aethelbald. »

Le fil s'est brisé quand Una a tiré avec trop de force, et elle a dû trouver ses petits ciseaux. Elle a entrepris de couper avec une énergie qui n'était pas vraiment nécessaire.

« Je me fiche de ce que pensera le prince Aethelbald. »

Il partirait, bien entendu. Demain matin, probablement, une fois l'annonce faite. Il pénétrerait dans la forêt de la même façon étrange dont il en était venu, et elle ne le reverrait jamais plus.

— Et ce sera mieux ainsi, a-t-elle marmonné en serrant un nouveau nœud au bout du fil.

— Qu'as-tu dit, mademoiselle la princesse ? a demandé Nounou en levant les yeux de son dragon brodé.

— Rien.

Una a entrepris d'ajouter du fil argenté au casque d'un nouveau soldat — un jeune homme à l'aspect féroce qui brandissait une épée légèrement crochue devant les flammes écarlates qui ondulaient vers lui. Mais elle ne voyait pas la scène excitante devant ses yeux. Elle se tenait plutôt de nouveau dans le Jardin de roses et écoutait la chanson de Gervais aussi clairement que s'il la chantait toujours. Elle a senti sa gorge se serrer quand le prince à fière allure s'est tenu si près. Et elle a encore ressenti le battement de son cœur quand elle a reconnu le prince Aethelbald avancer dans le sentier.

« Je me demande à quoi il a pensé quand il nous a aperçus. »

Mais, bien sûr, elle ne s'en souciait guère.

Ce soir-là, Nounou a consenti à ce qu'Una porte sa deuxième meilleure robe qui, heureusement, était un peu moins encombrante que la meilleure. Una a à peine émis un bruit pendant que Nounou l'habillait et coiffait ses cheveux. Elle devait être d'une beauté exceptionnelle au dîner, et bien qu'elle ne se sentît pas très jolie dans ses plus beaux atours, il faudrait qu'elle s'en remette aux experts en mode de Parumvir, car ce soir-là, ses fiançailles seraient annoncées.

Quand Una est arrivée à la salle à manger, elle l'a trouvée verrouillée sans signe de festin ou de festival nulle part. En fronçant les sourcils, elle a pris la direction de la salle à manger plus intime où sa famille dînait presque tous les soirs. Le valet de pied à la porte la lui a ouverte et, à surprise, Una a constaté que seuls son père et son frère y étaient attablés, déjà occupés à manger.

– Pourquoi portes-tu tes beaux habits ? a demandé Félix, la bouche pleine.

– Eh bien, je…

Una n'a pas fini sa phrase, mais a pris sa place sans dire un mot. Un domestique a posé une assiette devant elle, et elle a entrepris de couper sa viande en silence. C'est seulement après avoir coupé chaque morceau en deux plusieurs fois qu'elle a osé lever les yeux pour demander :

– Le prince Ger… Les princes ne dîneront pas avec nous ce soir, père ?

Elle a espéré que sa voix ne tremblait pas autant qu'elle le soupçonnait.

Félix, qui buvait un café à petites gorgées, s'est étouffé et brûlé la langue, a couvert sa bouche d'une main en hurlant qu'on lui apporte de l'eau. Pendant ce tumulte, le roi Fidel ne pouvait pas parler, ce qui a laissé la question d'Una sans réponse. Mais quand son frère a finalement cessé son vacarme, son père s'est tourné vers elle pour lui dire :

— Le prince Gervais est reparti en direction de son pays cet après-midi.

Le cœur d'Una a cessé de battre pendant un moment. Elle a levé une serviette à son visage. Parti ? Déjà ? Tout juste après lui avoir exprimé ses sentiments le matin même ? Elle a appuyé la serviette avec plus de force contre sa bouche. Peut-être ne l'avait-elle pas encouragé suffisamment ? Peut-être avait-il cru qu'elle ne partageait pas ses sentiments ?

— Reviendra-t-il ? a-t-elle demandé.

— J'espère bien que non, a dit Félix en touchant doucement sa langue de l'index.

Una a froncé les sourcils en regardant son frère.

— Que veux-tu dire ? Tu l'appréciais bien hier soir quand vous parliez de chasse, de gibiers et de trucs du même acabit.

— Mon opinion a changé depuis, a répondu Félix en plissant les yeux. Où t'es-tu cachée toute la journée pour ne pas en entendre parler ?

— Entendre parler de quoi ?

— De ses…

— Les enfants ! a interrompu Fidel. Félix, il ne s'agit pas de faits connus, et même si je sais que ce sera bientôt le cas, car rien n'arrête les ragots de la cour, je préfèrerais que tu n'en sois pas la source principale.

Il s'est tourné vers Una.

— J'ai entendu certaines nouvelles ce matin en ce qui concerne le comportement de ce jeune homme.

Una sentait les taches rouges se manifester et danser sur son nez. Avait-il entendu parler de la chanson dans le jardin ?

Était-ce là un comportement déplacé ? La scène lui avait semblé bien innocente.

— Père, je…

— Il semblerait que le prince Gervais soit actuellement banni de la demeure de son père en raison de dettes énormes contractées au jeu, a dit Fidel à voix basse. Il n'a pas la permission de rentrer à la maison tant qu'il ne les aura pas payées. Passe-moi le sel, Félix, je te prie.

La bouche d'Una s'est ouverte et refermée.

— Un mariage à une princesse riche est un bon moyen de gagner rapidement de l'argent, a indiqué Félix.

Un silence inconfortable s'est installé dans la pièce, brisé uniquement par le bruit de Félix qui coupait sa viande.

— En êtes-vous certain ? a enfin demandé Una d'une petite voix.

— Très, a dit le roi Fidel. J'avais déjà entendu des rumeurs sur ses habitudes, bien sûr, mais la preuve reçue ce matin a suffi à me convaincre de ne plus vouloir le laisser entonner d'autres chansons d'amour dans mon jardin.

— Il a fait ça ? a demandé Félix en levant les yeux de son assiette.

— Mais quelle preuve, père ? a demandé Una. Un homme a droit à la présomption d'innocence, alors quelle preuve possible…

— Un billet à ordre remis à l'un des chevaliers des Rives lointaines, a dit Fidel. Gervais doit une belle somme à l'un des hommes d'Aethelbald ; une somme qu'il est incapable de rembourser.

— Aethelbald, a murmuré Una.

— Le billet est signé par Gervais et marqué du sceau de son anneau.

Fidel a secoué la tête.

— Le pauvre garçon n'a pas tenté de le nier, mais a fait ses bagages cet après-midi sans un mot. Je pense que le coup qu'il a encaissé dans la cour d'exercice a réussi à lui faire avaler ses paroles d'argent.

Félix a gloussé faiblement pour lui-même.

Cependant, l'esprit d'Una ne se concentrait que sur une chose : le chevalier du prince Aethelbald. Qui d'autre que le prince Aethelbald aurait pu dévoiler ce renseignement au roi ? Una a fixé son café d'un air si mauvais que ce dernier a presque bouilli de nouveau.

— Puis-je être excusée, père ? a-t-elle demandé en se levant sans attendre la réponse.

— Tu ne veux pas de ta viande ? a lancé Félix, mais Una ne l'a pas entendu.

Il n'y avait aucun domestique dans le couloir, alors elle s'est arrêtée pour prendre appui sur un mur, les doigts appuyés sur ses tempes. Ce n'était pas ainsi que les choses devaient se passer ! Gervais devait la demander en mariage. Elle était censée accepter. Elle devait l'épouser et…

Le tourbillon de ses pensées s'est arrêté brusquement. Voulait-elle l'épouser ? Bien sûr que oui. Elle était amoureuse de lui, n'est-ce pas ?

Ses pensées se sont emmêlées à toute vitesse pendant que des larmes lui montaient aux yeux.

— Princesse Una ?

Elle a levé les yeux. Le prince Aethelbald se tenait devant elle.

— Vous n'allez pas bien, princesse ? a-t-il demandé. Devrais-je appeler…

Elle savait qu'il lui parlait, mais elle n'arrivait pas à entendre avec le bourdonnement dans ses oreilles. Un ballot de mots s'est réuni dans sa gorge pour sortir de sa bouche dans un fouillis insensé.

— Comment avez-vous de vos affaires osez-vous !

Ses yeux brûlaient.

— Plus jamais vous parler pourquoi avez-vous vous êtes insupportable !

— Princesse ?

Il a reculé d'un pas, son visage plein de douleur et de confusion.

— Êtes-vous...

— Ne faites pas bcmslant — semblant - de ne pas comprendre de quoi je parle !

— Je ne présume pas le savoir, mais je peux probablement le deviner, a-t-il admis. Le prince Gervais...

— En quoi ça vous regarde j'aimerais bien le savoir. En quoi ? Eh bien ?

— Princesse, je n'ai jamais déclaré...

— Comment osez-vous salir son nom, comment osez-vous, à mon père !

Una souhaitait désespérément s'exprimer avec élégance, mais tout ce qui est sorti de sa bouche était un catégorique :

— Je ne veux pas de vous, monsieur le noble, partez, ce n'est pas de vos affaires !

Si ses paroles n'étaient pas limpides, son langage corporel ne laissait planer aucun doute. Le prince Aethelbald a reculé d'un autre pas et s'est incliné.

— Princesse, je comprends...

— Vous ne comprenez pas !

— … votre détresse, mais laissez-moi me défendre…

Elle a essayé de dire : « Je ne veux pas entendre votre défense dérisoire », mais a plutôt dit :

— Je dérisoire ne veux pas de vous !

Et elle a tourné les talons pour partir en coup de vent.

Il l'a suivie sur une courte distance pour lui parler à voix douce.

— Je ne me suis pas adressé à votre père, Una. J'ai parlé au prince Gervais au nom de mon domestique à qui le prince devait une forte somme. J'ai conseillé vivement à Gervais de parler lui-même au roi Fidel pour lui admettre sa position, comme tout homme honorable le ferait.

Una a ramassé ses jupes et incliné le menton avant de filer dans l'escalier vers ses appartements, laissant le prince Aethelbald derrière.

Una a passé la soirée à imaginer toutes les réparties brillantes qu'elle aurait pu servir à Aethelbald, ce qu'elle n'avait pas fait, mais ferait avec plaisir dès que l'occasion se présenterait. Elles étaient toutes verbeuses et pleines d'esprit, mais elles rateraient toutes la cible si elle les balbutiait, ce à quoi la princesse n'a pas songé. Elle les a notées dans son journal et s'est exercée mentalement à les dire jusqu'à ce qu'elles roulent parfaitement de la langue de son imagination et que le prince Aethelbald rampe à sa place comme un chien battu.

Il arrivait parfois que l'idée qu'Aethelbald avait bien agi se glisse aux limites de son esprit. Après tout, il n'avait pas propagé les rumeurs. Gervais avait sali sa réputation à lui seul.

Mais elle refusait de s'attarder à ses pensées, car elle aurait pu en conclure qu'elle devait des excuses à Aethelbald, ce qui ne pouvait être vrai.

Nounou n'était d'aucune aide.

— Quel bon à rien gâté et corrompu, a-t-elle marmonné en rangeant la chambre de la princesse. Le ciel soit loué, le prince Aethelbald a dévoilé la vraie nature de ce coquin de polisson.

Una, assise à la fenêtre pour regarder la lune se lever et peaufiner ses flèches verbales, s'est tournée vers Nounou en fronçant les sourcils.

— Ce n'est pas ce que tu disais à son sujet hier. Hier, tu le trouvais beau et intelligent.

— Eh bien, il est peut-être beau et intelligent, a fait Nounou, mais ça ne change pas le reste de sa personne. Et le reste de sa personne est un coquin de polisson qui ne pense à rien d'autre qu'à son propre plaisir.

— Il a parlé à père de lui-même, cependant, a insisté Una. Cela prenait du courage, tu ne penses pas ? Seul un homme bien serait capable d'admettre ses défauts avec une telle humilité.

— Je ne dis pas qu'il est dépourvu de vertu, mais ça ne fait pas moins de lui un escroc, un hypocrite…

La flamme de l'amour était bel et bien éteinte dans la poitrine de Nounou. Una s'est retournée vers la fenêtre en poussant un profond soupir et a regardé l'horizon qui s'assombrissait.

— M'aimait-il réellement, Nounou ? a-t-elle demandé. Qu'il soit un joueur endetté ou non, penses-tu qu'il m'aimait réellement ?

— Pfft, quelle importance ? Qu'il t'aimait ou non, il s'aimait encore davantage. Désireux de t'épouser pour ton argent, la fripouille…

— Peut-être m'aimait-il, cependant, et ne se souciait pas de l'argent ? Peut-être que ma fortune n'était qu'une bénédiction de plus ?

Les sourcils d'Una se sont arqués.

— Crois-tu que ce soit possible ?

Nounou a secoué la tête.

— Crois ce que tu veux si cela te soulage, mais je dis que c'est bon débarras, peu importe.

Una a fait le dos rond, menton dans la main, et s'est mise à flatter Monstre d'un air absent. Celui-ci était enroulé en boule sur ses genoux où il ronronnait sans se soucier de savoir si oui ou non le monde tombait en miettes.

« Peut-être que je ne méritais pas qu'il m'aime autant qu'il s'aime lui-même ? »

La lune a paru moins romantique qu'elle l'avait déjà été.

9

Le lendemain matin, Una souffrait d'un mal de tête carabiné et elle a prétendu être malade afin de rester au lit. Nounou y a opposé un refus catégorique.

— Mais j'ai mal à m'en fendre la tête !

— Ton mal de tête est vraiment des plus subtils, car je n'aperçois pas l'ombre d'une craque.

— Une leçon d'histoire me tuerait, aujourd'hui, Nounou. Vraiment !

— Je n'en doute pas. Maintenant, debout !

Y avait-il déjà eu une époque, s'est demandé Una en se dirigeant d'un pas lourd vers sa salle de cours, où elle avait réellement espéré vivre plus d'excitation ? Pas même une semaine n'était passée depuis le jour où le marché de douze ans avait suinté de la forêt comme une brume pour y disparaître de nouveau et laisser dans son sillage beaucoup de tracas et de confusion. Si seulement ce misérable prince des Rives lointaines n'était jamais venu, elle célébrerait peut-être aujourd'hui ses fiançailles à Gervais.

Et serait bien en voie d'épouser un joueur insolvable.

— Priiiiiou ? a fait Monstre qui marchait sur ses talons.

Una a baissé les yeux sur lui en poussant un soupir.

— Je ne serai pas reconnaissante, chat, a-t-elle dit. Cet Aethelbald ferait mieux de prendre sa suite et de filer à toute vitesse vers là d'où il vient, car je ne serai pas reconnaissante. Que le ciel me vienne en aide !

Mais elle a jugé préférable d'écarter l'idée de sonner les cloches au prince. Non, une réserve glaciale devrait produire le même résultat et l'empêcherait peut-être d'avoir l'air d'une femme de poissonnier. Elle a pris sa place dans la salle de classe en jurant se venger par le silence absolu en invoquant tous les serments solennels qu'elle pouvait inventer et en refusant de regarder son frère qui tentait de lui passer une note.

Monstre s'est assis à ses pieds en reniflant et en remuant ses moustaches. Pendant que le tuteur fouillait dans ses notes et poussait le premier raclement de gorge d'usage avant de commencer son cours sur la guerre de l'imposteur et la construction du palais d'Oriana, le chat a fait une sortie en douce.

Monstre a traversé les couloirs d'Oriana, la queue brandie haut comme une bannière, et les domestiques se sont assurés de ne pas lui bloquer le passage puisque la princesse leur avait strictement ordonné de « le traiter avec bonté ». Ainsi, de cette simple manière, Monstre avait droit aux respects réservés à un seigneur, qu'il acceptait comme s'ils lui revenaient de droit, en prenant rarement la peine de reconnaître la présence des gens sur son passage.

Il s'est rendu jusqu'aux casernes, dans des quartiers reculés où les chevaliers des Rives lointaines s'étaient installés. À titre de chevaliers, ils auraient dû être hébergés dans les plus beaux appartements du palais d'Oriana, mais ils savaient à quel point leur présence surnaturelle rendait nerveux les habitants du palais et avaient donc décidé de se regrouper seuls, en silence, en évitant même les hommes de la garde de Fidel.

L'énorme Œric et un chevalier plus petit, sir Rogan, aux yeux verts comme l'herbe, s'exerçaient dans la cour. Ils se sont séparés en roulant des yeux au passage de Monstre, mais se sont tout de même inclinés, même s'il ne pouvait voir ni l'un ni l'autre de leurs gestes. Le chevalier à la peau foncée, sir Imoo, était assis sur un banc à proximité, occupé à polir un long poignard, mais il s'est levé pour s'incliner lui aussi à l'approche de Monstre. Seul le prince des Rives lointaines, également assis à observer Œric et Rogan se battre, ne s'est pas levé. C'est à lui que le chat a fait la révérence.

— Bonjour, Eanrin, a dit le prince.

— Bonjour, mon seigneur, a dit le chat et, après avoir levé le museau pour en juger la hauteur, il a bondi sur le banc. Continuez, je vous prie, a-t-il dit à Œric et à Rogan, qui ont repris leur exercice.

L'épée de sir Œric était en bois, mais le chevalier de plus petite stature employait une vraie arme. Même lorsqu'un coup portait, il n'avait aucune chance de percer la peau solide comme la pierre d'Œric.

Monstre s'est lavé une patte pendant un moment pendant que le prince continuait d'observer ses chevaliers. Puis, le chat a parlé :

— Mon prince ?

— Oui, Eanrin ?

— Si vous me permettez de vous dire…

Aethelbald a attendu avant de l'encourager gentiment :

— Oui ?

— Ce qu'il vous manque ; et je le dis avec le plus de respect possible, vous comprenez.

— Je t'écoute, a dit le prince des Rives lointaines.

— Ce qu'il vous manque, a dit le chat, est la confiance. Car bien que vous régniez sur le Monde lointain et sur la forêt entre les deux d'une main de maître, des frontières des Collines de l'enfer jusqu'aux vastes étendues de la Dernière mer et au-delà, vous n'avez tout simplement pas la moindre idée de la façon de vous comporter avec les femmes.

Sir Imoo, concentré sur son poignard, a grogné avant de déguiser sa réaction en une toux. Le prince Aethelbald a dit :

— Et que suggères-tu ?

— Je ne suis qu'un humble chat domestique, a dit le chat, mais s'il y a une chose en laquelle j'ai pleinement confiance, c'est la conviction de mon charme.

— Voilà bien des paroles de chat.

— Peu importe l'hostilité de l'objet de mon affection, un ronronnement opportun, un doux roucoulement, un cadeau chassé de manière experte et à peine mâchonné opéreront toujours leur magie. Songez-y, mon prince.

Aethelbald a arqué un sourcil.

— Me suggères-tu de me mettre à la chasse à la souris ?

— Des musaraignes font aussi l'affaire. Je laisse des crapauds au prince Félix. Sur son oreiller.

— Et nous connaissons tous la grande affection qu'il te porte, a marmonné sir Imoo.

Monstre a reçu ses paroles avec un reniflement.

— Exactement ! Et si rien de tout ça ne fonctionne, mon prince, vous pouvez chanter. N'importe quelle princesse appréciera un homme qui lui fait la sérénade dans un jardin, au clair de lune. Je le fais moi-même à chaque pleine lune : je meuble l'air des sons suaves de ma voix.

— Jusqu'à ce que la gouvernante te jette de l'eau de vaisselle froide sur la tête, a dit sir Imoo.

Le chat a plié les oreilles.

— Cette vieille mégère est dure d'oreille.

Le prince a croisé le regard d'Imoo au-dessus de la tête du chat aveugle en secouant légèrement la tête. Puis il a dit au chat :

— Eanrin, même si j'apprécie beaucoup ta sollicitude…

— Je ne vis que pour vous servir, mon prince.

— … Je pense que tu dois me laisser lui faire la cour à ma manière.

— En doublant la jeune fille à chaque occasion ? Miiiiaou ! Est-ce là l'esprit qui a gagné le dévouement éternel de la belle Gleamdren, la cousine aux yeux dorés de la reine Bebo ?

— Et quand exactement as-tu gagné le dévouement de dame Gleamdren ? Aux dernières nouvelles, elle refusait de te parler.

— Un léger contretemps.

— Qui dure depuis quelque mille ans.

— Mais j'ai détecté un léger adoucissement dans ses manières quand j'ai visité Rudiobus au siècle dernier. Elle m'a regardé une fois.

Aethelbald a souri.

— Elle aurait eu de la difficulté à te jeter une chaussure à la tête sans te regarder, Eanrin.

— Ah oui. Vous en avez entendu parler, n'est-ce pas ? Un vrai signe d'un cœur qui fond, je vous le dis ! Plus hostiles elles paraissent, et plus vous pouvez être certain qu'elles sont la proie d'émotions tumultueuses. Croyez-moi, mon prince, j'en sais un bout sur les affaires du cœur. Ne suis-je pas le poète lyrique le plus célébré de tous les temps ? Vous pouvez être certain que votre dulcinée se languit secrètement de vous et que sa langue acérée et son expression glaciale ne sont que des masques pour cacher la profondeur de ses sentiments ! Il est votre responsabilité — non, votre devoir — de saisir chaque occasion de lui rappeler votre amour ardent. Apporte-lui des fleurs. Écrivez-lui des sonnets. Je les rédigerai pour vous si vous le voulez : vous n'aurez pas à les lui dire. Cela marchera, c'est sûr. Elle sera si épuisée de repousser vos avances qu'elle finira par y céder.

Le silence a suivi ces paroles, brisé uniquement par le bruit sourd de l'épée de bois et la voix de sir Rogan qui criait « Aïe ! ».

Puis le prince Aethelbald a repris la parole.

— Eanrin.

— Mon prince ?

— Pourquoi ne vas-tu pas chasser une balle de laine ?

Puis trois semaines ont passé et l'été est arrivé dans une flambée glorieuse, plein de soleil, de boutons d'or et d'après-midi parfumés.

L'humeur d'Una ne prenait pas la même teinte.

Par un tel après-midi, Una a repoussé sa tapisserie pour ramasser son journal et s'échapper dehors en ignorant les cris de Nounou lui rappelant de faire attention au soleil, de ne pas brûler son nez, et avait-elle oublié son chapeau ?

— Au diable le soleil et au diable mon chapeau, a marmonné Una en se glissant dans le couloir.

Elle ne désirait rien de plus qu'on lui laisse la paix et que le monde entier disparaisse. Pourtant, c'était impossible. En marchant à la hâte dans le couloir, elle a croisé une quantité innombrable de valets de pied et de domestiques qui se sont tous inclinés et ont fait la révérence à son passage. En descendant l'escalier, elle a croisé un vieil homme de la cour et son épouse qu'elle ne connaissait ni d'Ève ni d'Adam, mais qui se sont tous deux inclinés pour la saluer par un « bon après-midi, princesse Una ».

Elle s'est souvenue de cette histoire d'aventure qu'elle avait lue quand elle était plus jeune et dans laquelle une princesse-héroïne s'était déguisée pour sortir en cachette du palais et s'aventurer à la campagne dans la poursuite d'une quête grandiose et glorieuse. D'accord, cette escapade avait mené à beaucoup d'événements déplaisants pour la princesse, mais l'histoire avait néanmoins inspiré Una.

L'après-midi du jour même, elle avait ordonné à une domestique de lui prêter sa robe, avait frotté des cendres du foyer sur ses mains et son visage et, armée du seau d'eau sale de la domestique, était sortie avec assurance de ses appartements.

Le premier valet de pied qu'elle a croisé s'était incliné pour demander :

— Puis-je vous aider, princesse ?

Una avait laissé tomber les déguisements, depuis.

Dans les jardins, les rayons de soleil l'ont accueillie, et elle a levé son visage non protégé pour profiter de son éclat. Que son nez soit brûlé par le soleil ! Au moins, la brûlure cacherait ses taches rouges.

Ce dont elle avait désespérément besoin, a-t-elle songé, était d'un bref moment seule avec ses pensées. Ce moment n'allait pas survenir dans ses appartements ni à tout autre endroit dans l'enceinte du palais d'Oriana. Les jardins n'étaient pas non plus tout désignés pour trouver le calme, car les jardiniers armés de cisailles y abondaient et lui lançaient des regards boudeurs à son passage comme pour la défier de songer qu'elle remplissait un but utile pendant qu'eux et les gens de leur acabit travaillaient dans le soleil d'été. Elle a hoché la tête à leur intention avant de poursuivre son chemin d'un pas rapide en s'efforçant de n'attirer l'attention de personne.

Des clématites et des trompettes de Virginie fleurissaient en bravant la chaleur et grimpaient le long du mur du sud. Una ne voulait pas marcher parmi les fleurs, ce jour-là. Les fleurs, à son avis, avaient perdu leur romantisme d'autrefois depuis une certaine sérénade dans un certain jardin. Elle a ramassé ses jupes pour filer dans le sentier. Des fleurs formaient un arc d'une certaine élégance au-dessus de la porte du sud, qui était petite en comparaison avec la porte principale du côté ouest du palais. La porte du sud était seulement utilisée par les domestiques, les épiciers et les jardiniers.

Ce jour-là, quand Una s'est approchée de la porte, elle a entendu des cris ; des cris brusques et colériques. Le bruit l'a fait sursauter, et elle s'est glissée derrière un arbuste en se demandant si elle osait poursuivre son chemin. Les cris sont devenus plus forts.

— Hé ! Si vous ne me laissez pas passer, je m'assurerai d'en aviser votre officier supérieur, et vous souhaiterez ne jamais…

— Mais oui. Comme si vous étiez un grand ami de mon officier supérieur. Écoutez, monsieur, nous ne laissons pas n'importe qui gambader par ici, et quiconque vous dira le contraire…

Una a jeté un coup d'œil par-dessus l'arbuste pour voir deux gardes à la porte. Il y avait toujours des gardes postés à cet endroit, mais elle les remarquait pour la première fois, car la porte du sud était un coin si discret du palais. Mais à présent, les deux gardes grognaient et luttaient, leurs grandes mains serrées autour des bras du personnage le plus extravagant qu'Una avait jamais vu.

Il avait le teint foncé, mais sa tenue dominait toute autre impression qu'il pouvait donner. Il portait un costume jaune vif aux rayures bleues et rouges qui allaient dans toutes les directions. Le col et les manches étaient coupés en triangles étranges, et — croyez-le ou non — des cloches d'argent y pendaient. Una a cligné plusieurs fois des yeux avant de se tapir de nouveau derrière l'arbuste.

Mais l'étranger l'avait déjà aperçue.

Il a fait un pas vers l'avant, en échappant presque à la poigne des gardes, et s'est mis à crier en tendant une main.

— Dame ! Chère dame ! a-t-il crié. Vous semblez être de bonne nature. Dites à ces gardes noirs de me lâcher…

Una s'est esquivée dans un autre sentier avant que les gardes ne l'aperçoivent. Elle a entendu plusieurs autres cris de colère, puis le bruit de coups.

— Et prenez votre chapeau avec vous ! a hurlé un des gardes.

Le bruit métallique des grilles qui se referment a résonné à ses oreilles. Una a filé dans le sentier entre les gueules-de-loup et les lis en se demandant quel genre d'homme inciterait les gardes trop cléments du palais à fermer les grilles sur son nez. L'événement donnait l'impression d'une invasion ou d'un passage de livre d'histoire. Quelle idée terrible !

Mais romantique aussi, d'une certaine façon.

Una a souri légèrement en s'enfonçant dans les jardins, loin du palais et de ses grilles.

Des statues en marbre blanc d'anciens rois et reines de Parumvir s'élevaient à intervalles réguliers le long du sentier du jardin à sept étages où un héros légendaire se tenait parfois bravement entre les haies taillées. Au septième étage, au plus près de la limite de la Forêt de la pierre dorée, s'érigeait une statue de marbre encore plus ancienne du fléau de Corrilond, un dragon long et serpentin. Son corps faisait légèrement tressaillir, serpentant du côté du sentier pour arquer le cou afin que sa gueule s'ouvre assez grand pour permettre à Félix d'y mettre la tête, ce qu'il faisait souvent quand Una et lui marchaient ensemble. L'expression sur son visage n'était pas tellement menaçante : Una la trouvait ressemblante à celle de Monstre quand il bâillait.

Il fallait peu de temps pour franchir le jardin du premier au septième étage si on empruntait l'escalier de galets ronds qui le traversait directement sans explorer les divers niveaux. À mi-chemin de la colline, les jardins se terminaient de façon abrupte pour être engloutis par la Forêt de la pierre dorée.

Una aimait les jardins de sa demeure, mais affectionnait bien davantage la forêt.

Très certainement, les chevaux refusaient de s'aventurer sous son ombrage, et les hommes et les femmes tremblaient à cette idée. Mais pour Una, la forêt était un réconfort solitaire, remplie de souvenirs de son enfance et, ces jours-ci, le seul lieu où elle savait pouvoir trouver la solitude.

Elle y est entrée ce jour-là et a pris une profonde respiration. La Forêt de la pierre dorée avait une vieille odeur. Ni de moisi ni antique. Et certainement pas l'odeur de lavande séchée qui émanait de Nounou, ni même celle des livres anciens de la bibliothèque dont l'écriture d'encre en pattes de mouche s'effaçait. L'odeur de la forêt se transformait selon la saison. À présent, en ce début d'été, quand Una est passée sous l'abri des arbres, elle a pris une grande inspiration d'air rendu riche par la végétation ; parfaitement sain, avec la trace d'une épice sans nom, portée par la mer à l'horizon.

Elle a avancé en écrasant les feuilles mortes de l'automne dernier sous ses pas pendant que des pousses vertes se balançaient vers elle depuis des branches qui poussaient au bas des arbres. Il n'y avait aucun chemin dans la Forêt de la pierre dorée ; seulement de petits sentiers abattus par les cerfs. Cependant, Una suivait des repères avec aisance sans jamais perdre son chemin entre les jardins et le Vieux Pont.

Elle s'est déplacée rapidement dans la forêt, cet après-midi-là. L'éte l'entourait dans toute sa gloire, mais elle n'arrivait pas à l'apprécier comme il le fallait. Là, sous l'ombre des arbres, Una s'est souvenue à moitié de son rêve sans être capable de le saisir complètement.

Chaque nuit, le même rêve (ou des rêves si similaires qu'ils auraient bien pu être le même) la hantait. Pourtant, chaque matin, quand elle s'éveillait, elle ne se remémorait rien d'autre qu'un vague malaise et une impression de serrement au doigt où brillait la bague de sa mère. Mais comme la bague y glissait avec la même aisance, elle ne l'a pas ôtée.

Le départ de Gervais était certainement la cause de ses nuits sans sommeil, a-t-elle décidé à l'approche du Vieux Pont. Un jour, sa douleur à son sujet passerait, et elle dormirait de nouveau, mais d'ici là, elle devait l'endurer, tout simplement.

Elle a mis le pied sur le pont. Combien de temps était passé depuis sa dernière venue ici ? Ses jours de jeunesse lui manquaient, quand Félix et elle s'aventuraient ici pour s'amuser à leurs jeux puérils. En souriant, elle s'est souvenue du jour où ils avaient trouvé et secouru Monstre, qui faisait maintenant partie intégrante de sa vie.

Una s'est assise, a retiré ses chaussures et a plongé les pieds dans l'eau, profitant de son débit froid. Puis elle a sorti son journal et son bout de crayon pour écrire :

« *Je ne lui accorderai pas mon pardon. C'est mon choix. Il a chassé le prince Gervais, et même si c'était pour le mieux au final, ça n'était pas de ses affaires. Alors, je ne le lui pardonnerai pas, et c'est tout.* »

Elle a cessé d'écrire, car ses pensées ne la menaient pas plus loin. Si seulement elle était capable d'exprimer tout ce qui se bousculait en elle, elle y trouverait peut-être un soulagement. Mais aucune inspiration ne venait, et elle est demeurée assise en silence un bon moment.

Une grive des bois a chanté depuis les branches au-dessus d'elle. Elle a levé les yeux et cru entrevoir sa poitrine tachée. Elle a ouvert le bec, et une série de notes a est sortie comme de l'eau qui coule, puis elle a battu des ailes pour disparaître dans la forêt au-delà du Vieux Pont. Malgré tout, son chant de clochette d'argent continuait d'être porté par le vent. Una a écouté en songeant soudain qu'il s'agissait peut-être de mots.

Elle a tourné une nouvelle page de son journal pour inscrire rapidement :

« J'ai tendu l'oreille pour écouter ton histoire,
J'ai écouté sans pouvoir entendre.
Quand tu as choisi de franchir ce sentier envahi par les herbes,
Je suis restée seule, la peur au ventre.

Le chant de la grive a cessé pour soudain éclater de nouveau, mais il émanait de plus loin cette fois, du plus profond de la forêt.

Encore une fois, Una a rédigé en vitesse les mots qui lui venaient à l'esprit :

« Un silence froid couvre la distance,
Et s'étend de rivage à rivage.
Dans mon esprit, je suis ton long périple,
Mais plus jamais je n'emprunterai ce passage. »

Le chant de la grive a pris fin, et Una a cessé d'écrire. Elle a relu ses lignes en se grattant la tête à l'aide du crayon. Un sourire a envahi son visage. Ces vers étaient, osait-elle l'espérer, bons. Elle ne pouvait tout à fait deviner leur signification. Il y avait tant de significations dans la vie, et si peu d'entre elles voulaient dire quoi que ce soit. Pourquoi la vie était-elle si déroutante ?

Néanmoins, Una avait rédigé des vers pour la première fois depuis des semaines, et pas même Félix ne les aurait raillés.

Le craquement de feuilles a attiré son attention, et son cœur a battu la chamade. Le bruit venait du côté opposé du Vieux Pont.

Pas une fois durant toutes ses années à jouer dans la Forêt de la pierre dorée sur ce pont ou de ce côté du ruisseau avait-elle vu ou entendu quoi que ce soit venant de l'autre côté du pont à l'exception de l'oiseau occasionnel et, bien sûr, de Monstre. Elle a bondi debout en titubant légèrement, et a reculé ; ses pieds nus laissant des empreintes de pas. Elle a examiné les ombres de la forêt au-delà du pont.

Une silhouette s'est approchée, la tête penchée, occupée à observer ses pas. Elle est parvenue à la surface dégagée juste avant le pont et a levé les yeux.

— Prince Aethelbald !

Il a sursauté, reculé d'un pas, secoué la tête et regardé de nouveau.

— Princesse Una ?

D'un pas rapide, il a glissé vers le lit du ruisseau qu'il a traversé directement plutôt que d'emprunter le pont. De l'eau s'écoulait de ses bottes quand il a gravi la berge du côté d'Una pour la supplier.

— Princesse, que faites-vous là ? Je vous en prie, descendez du pont !

Elle a serré son journal contre son flanc et s'est léché les lèvres.

— Je… je pourrais vous poser la même question.

Elle ne lui avait pas reparlé depuis la soirée qui avait suivi le départ de Gervais. À quelques reprises, il avait fait une tentative polie d'engager la conversation, mais fidèle à sa parole, elle l'avait snobé. Le souvenir du départ soudain de Gervais et de l'embarras qui avait suivi était encore bien frais dans sa mémoire. Elle a levé le menton et tenté de s'adresser à lui de façon hautaine.

— Ce que j'essaie de dire est que nous sommes dans la forêt appartenant à mon père. Que faites-vous à vous y promener ? Mon père est-il au courant ?

Aethelbald l'a suppliée de nouveau.

— Je vous en prie, princesse Una, descendez du pont. Cette forêt n'appartient pas à votre père, et je n'ai besoin d'aucune permission. Mais vous…

— Elle est à mon père, s'est-elle emportée en reculant. Elle pousse dans son royaume, par conséquent, elle lui appartient. J'ai tous les droits de me tenir sur les terres de mon père, n'est-ce pas ?

Il a jeté un regard du côté de la forêt de l'autre côté du pont.

— Avez-vous déjà traversé le pont ? a-t-il demandé.

Una a cillé.

— Traverser le Vieux Pont ? Bien sûr que non.

Le prince a poussé un long souffle.

— Vous demeurez de ce côté ?

Ses bras étaient tendus, comme s'il voulait la tirer du pont. Craignant qu'il ne s'exécute, elle est descendue des planches pour poser les pieds sur la berge herbeuse.

— Personne ne traverse le Vieux Pont, a-t-elle dit.

— Bien.

Elle a baissé les yeux sur la terre et l'herbe qui collaient à ses orteils trempés. Aethelbald s'est approché d'elle. Elle voulait lui demander ce qu'il faisait là, ce qu'il avait fait de l'autre côté du ruisseau — ce côté où personne ne s'aventurait —, mais pour une raison ou l'autre, les mots refusaient de se former dans sa bouche. Elle était incapable de le lui demander, malgré son désir, et elle s'est mordu la langue de frustration.

Cependant, Aethelbald était clairement soulagé.

— Ce côté appartient à votre père, a-t-il dit. Restez de ce côté, princesse. Mais dites-moi, venez-vous souvent seule ici ?

— Bien sûr que oui, a-t-elle dit. Je vous l'ai dit : cette forêt appartient à mon père, et j'y suis parfaitement en sécurité.

— Vous n'y avez jamais croisé personne ?

Elle lui a jeté un regard mauvais.

— Pas avant aujourd'hui.

Elle a marqué une pause avant d'ajouter, presque comme une excuse :

— Félix m'accompagne. Parfois. Il le faisait avant.

— Ah, a fait Aethelbald.

Il a lancé un dernier regard de l'autre côté du Vieux Pont, a pincé les lèvres, puis l'a regardée de nouveau. Ses yeux se sont arrêtés sur son journal, et il a fait un demi-sourire en hochant la tête dans sa direction.

— Vous venez ici pour lire ?

Elle a serré son journal plus fort.

— Non.

Il a remarqué alors le crayon qu'elle tenait à la main droite.

— Pour écrire alors ? Êtes-vous écrivaine ?

— Parfois, a-t-elle admis.

— Des histoires ? De la poésie ?

— De la poésie.

— J'ignorais que vous étiez poète.

Il parlait avec un sourire qui a surpris Una par sa chaleur et son intérêt. Elle s'est regardé les pieds pour l'éviter.

— Comptez-vous suivre l'exemple du grand Eanrin de Rudiobus ?

— Par les lumières du ciel, non ! a-t-elle lancé rapidement. Je n'oserais pas me comparer à son génie.

— Eh bien, voilà un soulagement, en tout les cas, a fait le prince, qui a souri de nouveau, même si Una, qui venait de lever les yeux, n'arrivait pas exactement à déchiffrer son expression.

Il lui a demandé :

— Peut-être m'en réciterez-vous une partie un jour ?

Elle n'a pas répondu. Dans son for intérieur, Una aurait voulu le faire. À l'exception de Félix, qui ne comptait pas, personne ne l'avait jamais interrogée sur ses essais poétiques : personne n'avait manifesté la curiosité de les lire ou de l'entendre les déclamer.

Mais elle a serré les lèvres.

Aethelbald a regardé le sol à ses pieds, et sa mâchoire remuait comme s'il tentait de dire quelque chose. Enfin, il a parlé :

— Puis-je…

— Si vous songez encore à me demander comment vont mes mains, non, elles ne sont toujours pas brûlées.

Il a cligné des yeux, et toute trace de sourire est disparue de son visage.

— J'allais vous demander si je pouvais vous raccompagner chez vous.

La honte la démangeait quelque part dans son esprit. Comment pouvait-elle se comporter comme une telle mégère ? Mais elle a repris ses sens et secoué la tête.

— Vous allez rester ici seule ?

— Oui, a-t-elle fait, et, après, a ajouté : Merci.

— Il se fait tard.

Elle a haussé les épaules, ce qui n'était pas un geste particulièrement élégant, mais elle s'en fichait à ce moment-là.

Il a poussé un soupir avant d'avancer de quelques pas sur la colline, en direction des jardins, puis il s'est arrêté pour se retourner vers elle.

— Ne traversez pas.

Tout de suite après, Aethelbald avait disparu.

Una a cligné des yeux en regardant l'endroit où il s'était tenu. Étrange. Même si elle savait qu'il n'était pas disparu parmi les fougères et les arbres, une partie d'elle avait l'impression qu'il avait simplement disparu — là un moment, disparu l'instant d'après. Elle a froncé les sourcils en essayant de se remémorer leur échange. Elle savait qu'ils avaient parlé de poésie. Y avait-il eu autre chose ? Il y avait confusion dans sa mémoire, probablement en raison de son embarras à lui parler après tant de semaines de silence. Comme il avait été gênant de le croiser ici !

Elle a poussé un rire bref. La rencontre aurait presque pu être romantique s'il s'était agi de n'importe qui d'autre. Mais elle semblait bien être condamnée au prosaïque.

Una s'est attardée dans la forêt jusqu'à ce qu'elle soit bien certaine qu'Aethelbald soit parti avant de retourner sur le Vieux Pont pour y récupérer ses chaussures. Puis, quand le soleil a commencé à disparaître derrière les arbres, elle a elle aussi repris le chemin du jardin étagé. D'une certaine façon, elle se sentait mieux qu'au moment où elle avait fui sa chambre en après-midi. Elle n'arrivait pas exactement à mettre le doigt dessus, mais quelque chose avait changé ; quelque chose d'important.

Elle a souri quand elle est sortie de la forêt pour mettre le pied au niveau le plus bas du jardin et avancer dans le sentier. Le soleil se couchait rapidement à présent, et Nounou serait furieuse contre elle d'être restée dehors si longtemps. Mais en soirée, elle aurait l'occasion de relire ses nouveaux vers en sachant qu'elle avait fait quelque chose d'elle-même. La vie n'avait peut-être pas beaucoup de sens, mais n'était peut-être pas complètement horrible non plus.

Elle se tenait au second niveau et suivait le sentier en longeant le mur quand elle a entendu un bruit semblable à celui de pierres frottées l'une contre l'autre. Surprise, Una a levé les yeux vers le chemin qui s'assombrissait sans voir quoi que ce soit. Elle a entendu le bruit de nouveau et a levé les yeux juste à temps pour voir une silhouette sombre bondir sur elle depuis le mur.

10

Una a hurlé pendant que la silhouette sombre et elle culbutaient sur le sentier du jardin ; la princesse écrasée sous le poids de l'autre. Des clochettes ont tinté faiblement, puis une main s'est glissée sur sa bouche pendant qu'un « chut » prononcé d'un ton urgent sifflait à son oreille.

— Oh, silence. Je suis si désolé ! Silence, je vous en supplie !

Elle a crié de nouveau — mais le son était étouffé par la main — et a lutté pour se libérer. Le corps qui la recouvrait a remué afin de ne plus l'écraser avec autant de force, et elle a libéré un coude dont elle a essayé de faire usage. Son agresseur a esquivé le coup en baillonnant toujours son visage de la main, et il a chuchoté de nouveau :

— Je le répète : je suis désolé, vraiment. J'ignorais que vous étiez ici. C'est terriblement impoli de ma part, je le sais, mais il semblerait que je sois incapable de ne pas faire une entrée remarquée, peu importe mes efforts.

Sa voix lui était vaguement familière même si elle n'arrivait pas à la replacer. Comme elle n'avait rien de menaçant, elle s'est détendue quelque peu sous la poigne de son agresseur. Il l'a laissée s'asseoir.

— Êtes-vous bien calme ?

Elle a hoché la tête même si son souffle était haletant contre ses doigts.

— D'accord, je vais vous relâcher. Je vous en prie…

Elle a bondi debout dès qu'il l'a libérée et s'est tournée vers lui, ses pieds glissant sur le sentier en gravier. Dans la lumière rougeâtre du coucher de soleil, elle a aperçu un étrange costume jaune strié de rayures voyantes. Il a bondi sur ses pieds au même moment qu'elle, et elle a ouvert la bouche pour prendre une profonde respiration, bien préparée à hurler de toutes ses forces s'il approchait d'un pas.

Mais, à sa grande surprise, il a regardé furtivement son visage avant de se prosterner à ses pieds. Alarmée, Una a reculé, mais il a avancé les mains vers elle en criant, d'une voix étouffée :

— Je vous en prie ! Pouvez-vous pardonner ce ver de terre, ô jeune fille des plus douces, de son impardonnable impolitesse et d'avoir osé fondre sur vous, pour ainsi dire ? Allez-vous le lui pardonner ou provoquerez-vous sa mort d'une flèche de vos yeux ? Oh, frappez-moi, gente dame, frappez-moi, car je mérite la mort… Non ! Restez !

Il s'est agenouillé en se couvrant le visage devant le regard d'Una.

— Je ne mérite pas une telle mort ! s'est-il exclamé. Non ! Ce serait une fin beaucoup trop noble pour une créature aussi ignoble que celle qui se trouve devant vous, de mourir du regard d'une dame aussi belle. Non, nommez plutôt une autre manière de mener à ma mort, et je courrai l'accomplir. Devrais-je me jeter de cette colline ?

Il a bondi, et elle a reculé, toujours haletante, mais il s'est hissé sur le piédestal d'où s'érigeait la statue de son arrière-arrière-arrière (et bien plus) grand-père, Abundiantus V, dont la tête était tournée pour regarder par-dessus son épaule de marbre. Il semblait jeter un regard noir au jeune homme, qui a enroulé un bras autour de sa taille de pierre dans un geste des plus familiers pour se tenir en équilibre à côté du vieux roi.

— Elle dit que je dois mourir, a annoncé l'étranger à la statue en agitant une main en direction d'Una. Pleurerez-vous ma perte ?

Le roi Abundiantus avait un regard sévère.

L'étranger s'est retourné avec un sanglot et a posé le regard vers le jardin.

— Adieu, cher monde ! Je paie le prix de ma maladresse, de mes manigances vaines. Ma grand-mère m'a déjà dit que j'en arriverais là. Oh, mamie, si seulement j'avais écouté tes sages conseils quand j'étais encore au berceau !

Il a fait semblant de sauter, mais a figé une jambe dans les airs, les bras tendus, et a jeté un regard vers Una.

— Adieu, gente dame. Pour vous, je mets fin à une carrière illustre. Le siège de Rudiobus ne fut pas une plus grande tragédie, mais il faut dire que dame Gleamdren n'arrivait pas à votre cheville.

Il s'est préparé pour un autre saut, mais s'est arrêté en saisissant le poing blanc du roi Abundiantus.

— Je suppose que ma mort ne pourrait pas être remise à demain, n'est-ce pas ?

— Je…, a commencé Una.

— Non ! a-t-il crié. Pour vous et votre dignité meurtrie, je dois périr dès maintenant. Allez, immonde sacripant ! Fais face à ton destin !

Avec un cri étouffé — pas très fort, mais à glacer le sang —, il s'est balancé du piédestal, a fait une culbute sur le sentier et s'est couché, immobile, aux pieds d'Una. Son bras gauche a remué.

Una observait la scène.

L'étranger a soulevé une paupière.

— Satisfaite, chère dame ?

À sa grande surprise, Una a éclaté de rire.

Son nom, lui a-t-il dit, était Léonard, et il était un bouffon sans emploi.

— Un bouffon ? a demandé Una.

— Oui.

Toujours couché sur le sol, il a agité la main dans un grand geste.

— Chanteur, conteur, acrobate et clown. Aussi connu, a-t-il fait avant de tousser d'un air modeste, sous le nom de fou.

Una a secoué la tête en souriant, les sourcils froncés.

— Vous pouvez vous lever si vous le désirez, fou.

— Merci, gente dame.

Léonard s'est levé en un bond et s'est mis à brosser la poussière de son costume déjà passablement souillé et, par le fait même, a fait tinter une douzaine de clochettes d'argent.

Una l'a regardé de la tête aux pieds. Son cœur battait toujours la chamade après la frousse ressentie, mais il était difficile de demeurer effrayée d'une créature à l'aspect si comique.

— Qu'est-ce qui vous a donné l'idée de vous jeter sur moi depuis le mur ?

Il a grimacé.

— Oui, à ce sujet… je suis désolé ?

— Est-ce une question ?

— Je présume que oui. Je mets le mot à l'essai. Normalement, je constate que « désolé » ne suffit pas, alors je ne me donne même plus la peine de l'essayer. Toutefois, vous me semblez indulgente, alors j'ai cru bon m'y risquer.

Una s'est couvert la bouche pour étouffer un petit rire.

— Pourquoi grimpiez-vous le mur du jardin ?

— Ils refusaient de me laisser passer la porte, a-t-il dit.

— Ils ne laissent pas entrer n'importe qui, vous savez, a fait Una. Pas par la porte du sud. Vous pouvez passer par la porte de l'ouest le troisième et le cinquième jour de la semaine, si vous désirez parler au roi. Les gardes ne vous jetteront pas à la porte, ces jours-là.

— Ah, mais je ne suis pas un roturier qui porte une requête. J'ai des papiers spéciaux sur moi ; une lettre de recommandation signée par le roi Grosveneur de Beauclair lui-même.

— Vous arrivez de Beauclair ?

— En effet, gente dame, directement du palais d'Amaury où j'ai diverti le monarque dudit royaume de façon brillante.

Il a fait tournoyer sa main de façon élégante en parlant, mais Una ne l'a pas remarqué, car elle étudiait la boucle de ses chaussures.

— Avez-vous vu le prince pendant votre séjour ?

— Le prince Gervais ? Non, je crois qu'il n'est actuellement pas le, euh, bienvenu à Amaury, bien que je ne sois pas admis dans le secret des détails.

— Oh, bien sûr, a fait Una en haussant les épaules, les yeux toujours rivés sur ses chaussures, mais le bouffon a continué de parler.

— J'arrive depuis la cour de Beauclair afin de chercher du travail auprès du roi de Parumvir, a indiqué Léonard. S'il accepte de m'embaucher.

— Vous embaucher pour faire le clown ?

— Ça et chanter, raconter des histoires, effectuer des prestations acrobatiques merveilleuses — même si mon chant, je ne le souhaiterais pas à mon pire ennemi, mes histoires en ont endormi plus d'une et mes talents acrobatiques sont piètres à leur meilleur. Mais mes pitreries… Ah ! Ne jugez pas trop rapidement de mon talent, ô dame de peu de foi ! Là, dans l'art magistral des âneries, se cache tout mon génie.

Il a fait une grande révérence en retirant de sa tête son étrange chapeau couvert de clochettes, si bien que ses cheveux sombres pointaient dans toutes les directions autour de son visage et ont failli toucher le sol au plus bas de sa révérence. Quand il s'est redressé, il a attrapé quelque chose.

— C'est à vous, gente dame ?

Il a levé son journal.

— Oh oui, a-t-elle dit en le prenant. Merci.

— Un livre de sonnets, peut-être ? a-t-il demandé en souriant d'une manière charmeuse. Des histoires de romance et d'aventure ?

— Oh non, a-t-elle dit. C'est seulement, bien…

Elle a souri à son tour, surprise de son aisance à parler à ce personnage étrange.

— En fait, il s'agit de mes œuvres. Je… j'écris des vers de temps à autre.

— Vraiment ? Excellent ! s'est-il exclamé. J'ai moi-même écrit une chanson ; une pièce pas tout à fait utile dans mon domaine, cependant. Les bouffons ne sont pas censés entonner des airs mélancoliques.

— J'aime les chansons mélancoliques, a dit Una.

— C'est vrai ? Alors, vous adoreriez cet air. Composé dans l'esprit immortel du grand Eanrin en personne, il vous arrachera certainement des larmes. Dommage que je sois un bouffon. Si j'étais tout autre, je le chanterais pour vous.

Una a plissé les yeux.

— Eh bien, n'êtes-vous pas sans travail ?

— Oui.

— Dans ce cas, vous n'êtes pas un bouffon. Vous êtes un gentilhomme sans emploi, libre d'entonner des chansons mélancoliques, n'est-ce pas ?

Le bouffon a hoché la tête et s'est frotté le menton.

— Comme cette dame manie avec adresse l'arme à double tranchant de la logique !

Il s'est frappé un genou.

— Pour cela, belle dame, je vous offre le plus mélancolique des cantiques mélancoliques jamais chantés en ces lieux.

Il a pris une pose.

— *Le destin tragique de Dada Dadais.*

Una a rigolé, mais il a levé une main pour la faire taire et, le visage crispé comme s'il vivait une grande douleur, il a entonné :

— « *Avec une pugnacité plaintive, le Dada Dadais*
Remuait le bachebou et essayait
De bécher avec son museau
Et de chasser le papuseau.

« Mais à son désarroi, l'impeccapable Glair
L'observait attentivement avec son flaflair
Notre pauvre petit Dada sentait son regard noir
Et a baissé son œil louchelot et cessé d'y croire.

« Ah, triste Dada Dadais, il mouffle et rouffle,
Mais son museau pointu craint l'escarmouche,
Et cette impeccapable Glair, comme une mégère,
A frappulé son museau et l'a servi pour dessert ! »

En terminant le chant par une fioriture, Léonard a essuyé une larme sur sa joue, et Una a éclaté de rire. Il a arqué un sourcil.

— La dame rit ! Ah, dans quel monde vivons-nous, où les innocents rient des souffrances d'un pauvre Dada, dadais ou non.

— Qu'est-ce que la chanson signifie ? a demandé Una.

Le bouffon a paru encore plus insulté.

— Si l'art doit être expliqué, il n'en vaut clairement pas la peine, n'est-ce pas ?

Una a ri de nouveau de bon cœur. Quand elle a repris son souffle, elle a secoué la tête.

— Sir Léonard le bouffon, il se fait tard, et je dois rentrer à la maison. Vous joindrez-vous à moi ? Mon père vous accueillera, j'en suis certaine, et vous trouverez peut-être un lit pour la nuit. À moins, bien sûr, que vous soyiez attendu ailleurs…

Elle a rougi devant son audace et s'est presque senti soulagée quand le bouffon a secoué la tête.

— J'ai bien peur de devoir refuser votre offre, douce dame, car ce soir, je cherche la demeure du roi de Parumvir en personne, le roi Fidel.

Il a fait un grand geste pour indiquer le palais de la main, qui s'élevait au-dessus d'eux, au sommet de la colline.

— Ses bouffons de garde — et je dis « bouffon » dans le sens le plus vil, car je vous défie de trouver la moindre trace d'un sens de l'humour parmi eux — m'ont refusé l'entrée, mais j'espère pouvoir présenter mes références à un intendant ou à une gouvernante ce soir et peut-être être reçu par le roi demain. Il est grand temps pour moi de trouver un nouvel emploi, car mes vêtements sont élimés, et mon ventre est creux. Ainsi, vous voyez, belle dame…

— Oh, mais le roi Fidel est mon père, a dit Una. Oui, et je suis certaine qu'il vous donnera du travail si vous le désirez ; nous n'avons pas de bouffon à la cour.

— Votre père ? Alors…

Le bouffon l'a regardée des pieds à la tête en analysant sa simple robe de jour, les feuilles dans ses cheveux, la saleté sur ses chaussures. Puis il a regardé son visage de nouveau, et le sien a perdu toute trace de bouffonnerie.

— Votre Altesse ! Princesse ! Je dois demander votre pardon avec le plus grand des sérieux. Je suis un malotru et un balourd. J'aurais dû voir par vos yeux, vos manières que vous étiez membre de la royauté.

Avec ces mots, il a fait une véritable révérence ; une révérence gracieuse de surcroit.

Una a senti les taches rouges apparaître sur son nez et était contente que la lumière soit tamisée.

— Je vous en prie, s'est-elle dépêchée à dire. Non, comment auriez-vous pu savoir ? N'y songez plus du tout.

Il lui a fait un doux sourire, aucunement tapageur. Avec cette attitude, malgré ses vêtements criards, Léonard semblait presque normal.

— Votre invitation hospitalière tient-elle toujours, princesse ?

— Bien sûr. Venez, je vous en prie, a-t-elle dit.

— Dans ce cas, a-t-il fait en offrant son coude, permettez-moi de vous raccompagner à la maison.

11

Les domestiques et les gens de la cour ont fixé du regard Una qui menait un jeune homme excentrique dans les couloirs du palais, mais elle les a ignorés.

– Par ici, a-t-elle fait signe à Léonard avant de filer dans les couloirs.

Elle s'est aperçu qu'il devait être beaucoup trop tard pour dîner, alors elle a accompagné le bouffon au salon où son père se retirait normalement pour jouir de quelques minutes de paix en soirée. Mais Fidel n'y était pas.

En fronçant les sourcils d'un air un peu embarrassé, Una a ordonné au bouffon de rester là pendant qu'elle partait à la recherche d'un domestique. Le premier homme qu'elle a croisé était l'intendant du palais ; un homme morne à l'allure toujours impeccable. Elle l'a attrapé par la manche.

– Où est mon père ?

Il a toussé et replacé ses manchettes.

– Sa Majesté est en conférence dans son bureau privé, votre Altesse.

— En conférence ? Le ventre plein ?

C'était inhabituel pour Fidel.

— Avec qui ?

— Le prince des Rives lointaines, votre Altesse.

Le ton de l'intendant laissait entendre qu'il avait des affaires bien plus importantes à faire que de satisfaire la curiosité d'Una, alors elle l'a laissé partir.

— Aethelbald, a-t-elle marmonné en se rembrunissant.

Elle avait presque oublié leur rencontre dans la forêt plus tôt ce jour-là. Avait-elle dit quelque chose — quoi que ce soit — qu'elle ne souhaitait pas voir le prince Aethelbald répéter à son père ? Aurait-elle droit à une remontrance demain ? Elle a reniflé de frustration et tordu les lèvres. Pourquoi le prince Aethelbald ne pouvait-il pas la laisser tranquille pour une fois ?

Bien que, force lui était d'admettre, il soit possible qu'ils ne parlent pas d'elle du tout. D'une certaine manière, cette pensée était encore plus exaspérante.

Elle est retournée auprès du bouffon qui l'attendait pour le trouver occupé à contempler une série de portraits dans le couloir où elle l'avait laissé. Il ne s'agissait pas d'œuvres de grande qualité ou, plutôt, Una l'espérait. Si elles étaient exactes, alors ses ancêtres n'avaient pas beaucoup de front et avaient tendance à avoir le teint verdâtre.

Mais le bouffon, à son approche, ne regardait pas la représentation de l'un de ses ancêtres. Il était plutôt occupé à étudier un petit tableau beaucoup plus ancien. Les silhouettes sur cette toile, même si elles n'étaient pas une représentation plus proportionnelle que les peintures des arrières-sirs d'Una, étaient dessinées avec grâce et avaient de la vie dans leurs membres et des expressions sur leurs visages. Trois hommes se tenaient sur les rives d'un lac noir : le premier portait une couronne sur la tête pendant que les deux autres étaient ligotés par des chaînes. Autrement, leurs visages étaient identiques. Au milieu du lac, un homme était couché sur un autel doré qui s'érigeait du lac. Près de l'autel se tenait une femme au corps recourbé et au visage caché dans ses mains comme si elle pleurait.

Una devait être passée devant cette toile un millier de fois sans s'être arrêtée pour le regarder. À présent qu'elle l'avait vue, elle la trouvait laide. Pourtant, le bouffon semblait captivé.

— Léonard ?

Elle a répété son nom plusieurs fois avant de finalement toucher sa manche. Il a sursauté, mais a immédiatement masqué son expression par un sourire.

— Vous êtes de retour.

— Aimez-vous cette toile ? a-t-elle demandé.

— Pas du tout. C'est une œuvre infecte, n'êtes-vous pas d'accord ?

Mais son regard est revenu sur la peinture comme s'il trahissait sa volonté.

— Je pense l'avoir déjà rencontré.

Il a pointé l'homme couché sur l'autel doré, au milieu du lac. Même si la silhouette était minuscule, l'artiste avait dessiné de façon très élaborée un visage de squelette entouré de cheveux noirs.

Le dessin était morbide, aux yeux d'Una.

Le bouffon a ri, puis s'en est détourné brusquement.

— Il me rappelle un aubergiste de Lunthea Maly qui m'a jeté dans la rue après une prestation.

— Vous avez été à Lunthea Maly ? a demandé Una, le souffle coupé, oubliant la peinture laide et laissant Léonard la guider loin de celle-ci même si elle s'est rendu compte, après quelques pas, qu'elle aurait dû le guider, au contraire. Vous avez voyagé en Extrême-Orient ?

— J'ai habité quatre ans à Lunthea Maly, la ville des fleurs parfumées qui, en effet, est aussi parfumée que des marguerites écrasées qu'on laisserait pourrir au fond d'une brouette par une journée d'été.

Il lui a fait un clin d'œil malicieux.

— J'ai même donné une prestation dans la grande salle du palais d'Aromate, demeure de Sa Majesté impériale, l'empereur Khemkhaeng-Niran Klahan de Noorhitam en personne !

— Vous avez donné un spectacle pour un empereur ?

— Mes bouffonneries lui ont tellement plu qu'il m'a donné un paon, a fait Léonard avant de tousser en signe de modestie. Bien entendu, le grand vizir s'est présenté à ma porte le lendemain matin pour reprendre l'oiseau en déclarant que l'empereur s'était montré trop enthousiaste avec ce cadeau. Mais c'est l'intention qui compte, n'est-ce pas ?

Après ces paroles, l'estomac du bouffon a poussé un grognement énorme, et Léonard a posé les mains sur son ventre d'un air embarrassé.

— Pardonnez-moi, gente dame. Je n'ai pas mangé un vrai repas depuis bien de semaines, je crois. Depuis mon départ de Beauclair.

— Venez voir mon père dans ce cas, a fait Una en lui prenant le bras. Il vous embauchera et je vous promets que vos prestations vous vaudront plus qu'un repas.

— Espérons-le, a dit le bouffon de l'air triste d'une personne qui n'osait plus souvent espérer.

Mais Una l'a mené au bureau de son père, déterminée à le voir embauché au palais d'Oriana, du moins pendant un certain temps.

Le couloir menant au bureau de son père était vide, à l'exception d'un domestique qui se tenait immédiatement à l'extérieur de la porte où il étouffait un bâillement du dos de la main. Il a repris une position bien droite à l'approche d'Una, même s'il a eu un air méprisant pour l'habit bigarré et étrange de Léonard.

— Attendez ici, a dit Una au bouffon.

Il s'est adossé à la fenêtre devant la porte du bureau, mains derrière le dos, et a remué les pieds. Elle a hoché la tête à l'intention du domestique, qui affichait toujours un air méprisant, et lui a fait signe de partir avant de frapper à la porte.

Personne n'a répondu. Depuis l'autre côté, elle entendait le bruit de voix qui montaient et descendaient et s'est souvenue alors que son père était en conférence avec le prince Aethelbald. Elle a hésité en se demandant si elle devait frapper de nouveau quand, soudain, la voix de son père s'est élevée pour être entendue à travers la lourde porte en bois.

— C'est absurde, monsieur, complètement absurde, pardonnez-moi de le dire.

Le prince Aethelbald a répondu, mais de son habituel ton bas et frustrant, et Una n'a pu discerner une parole. Son père a répondu.

— Il s'agit de ma fille. Je le verrais de mes propres yeux, ne pensez-vous pas ?

Le cœur d'Una s'est pris dans sa gorge. Elle savait que c'était mal d'écouter aux portes, mais elle n'arrivait pas à s'écarter de celle-ci. Elle a plutôt tendu l'oreille.

Les paroles d'Aethelbald étaient toujours indiscernables, mais Fidel a dit :

– Nous ne courons aucun danger. Le Pays du Sud peut bien être réduit en cendres : cela ne veut rien dire ! Parumvir n'a jamais tenté cette race.

Une autre pause durant laquelle Aethelbald a parlé, puis ce fut le tour de Fidel.

– Faites ce que vous croyez être le mieux, prince Aethelbald, mais laissez ma famille et moi tranquilles. Je ne doute pas que vous croyiez à chaque parole de votre avertissement. Vous êtes un homme bon et honnête. Mais vous ne connaissez pas Una aussi bien que moi.

Una s'est éloignée de la porte. Elle souhaitait désespérément appuyer l'oreille contre la serrure pour entendre chaque mot.

Mais une partie d'elle avait peur.

Elle ne pouvait donner de nom à cette peur. Néanmoins, en écoutant la voix de son père, elle a pris conscience d'un serrement sur son doigt. Sa bague d'opale a pincé de nouveau, et son doigt s'est gonflé autour. Elle l'a fait tourner pour relâcher la pression.

Léonard s'est approché derrière elle.

– Princesse ?

Il n'a pas eu l'occasion de continuer. La porte du bureau s'est ouverte, et le prince Aethelbald en ait sorti, la tête basse et les mains serrées le long de son corps. Il a vu Una et s'est arrêté, ses yeux jetant d'abord un regard furtif sur ses mains, puis sur son visage. Il a ouvert la bouche, et Una a cru qu'il allait lui parler.

Puis il a remarqué la présence du bouffon derrière elle. Il a fermé la bouche et, sans un bruit, s'est éloigné en vitesse dans le couloir.

Fidel s'est présenté à la porte.

— Una ! a-t-il lancé d'un ton vif.

Le teint du roi était gris. Mais l'instant d'après, il s'est forcé à sourire et a parlé d'une voix aimable.

— Mais qui amènes-tu donc avec toi ce soir, mon enfant ?

Le regard d'Una a cessé de suivre la silhouette d'Aethelbald qui s'éloignait, et elle a souri à son père.

— Il s'agit d'un bouffon, père.

— Ah oui ?

Fidel a regardé Léonard de la tête aux pieds en levant un sourcil.

— Vraiment.

Le bouffon a fait une révérence gracieuse au roi.

Fidel a hoché la tête et croisé les bras.

— Une autre créature perdue sortie de la forêt, Una ? Celui-ci a-t-il, aussi, seulement besoin d'un bon repas et d'un bain ?

— Que le ciel nous vienne en aide, il serait bien assez reconnaissant, a marmonné le bouffon.

— Oh, mais davantage !

Una s'est avancée aux côtés de son père pour lui serrer le bras.

— Il est si amusant, père, et nous n'avons pas eu de bouffon depuis des années. Pensez-vous que nous pourrions l'embaucher ? Il est sans travail et a besoin d'un poste et, en vérité, il est si drôle qu'il m'est impossible de le décrire.

— Du calme, ma fille, a dit son père en levant une main.

Puis il s'est tourné de nouveau vers Léonard.

— Qui es-tu et d'où viens-tu ?

Léonard s'est incliné avec élégance selon une manière étrangère dont Una n'avait jamais été témoin.

— Je me nomme Léonard la langue de foudre, Votre Majesté, bouffon professionnel et inoffensif, a-t-il dit. J'arrive de nombreux endroits : Noorhitam et Aja, Milden et Shippening. Plus récemment, le palais d'Amaury de Beauclair, où j'ai entrepris d'amuser la cour du roi Grosveneur. Mais je suis originaire du Pays du Sud.

Son regard s'est rivé à celui de Fidel. Si le roi s'est demandé à ce moment-là si certaines des paroles qu'il avait prononcées derrière sa porte close avaient été portées jusqu'au couloir, s'il s'est préoccupé de savoir ou non si le bouffon les avait entendues, son visage ne l'a pas montré. Avec des visages fermés comme des masques rigides, les deux hommes se sont regardés sans se dévoiler et sans en apprendre davantage sur l'autre.

Mais Una a entendu la voix de son père dans sa mémoire, plus sévère qu'elle ne l'avait jamais entendue :

« Le Pays du Sud peut bien être réduit en cendres. »

Elle a baissé les yeux et remué les mains devant son ventre. Puis, afin de briser le silence interminable, elle a dit :

— Demandez à voir ses papiers, père. Il dit porter une lettre de recommandation du roi Grosveneur.

Léonard a présenté le document désiré pour permettre à Fidel de le passer en revue, et le sceau et la signature étaient authentiques.

Fidel a hoché la tête en grognant.

— Je t'hébergerai pour la nuit, a-t-il dit. Je ne tiens pas des spectacles pour ma cour à la manière du roi Grosveneur, et le palais d'Oriana n'est pas l'hôte de festivités à la manière d'Amaury. Mais tu pourras divertir ma famille ce soir, et nous parlerons de la possibilité d'une embauche à long terme quand tu auras fait tes preuves. D'accord ?

— Volontiers, Votre Majesté, a dit Léonard en faisant une révérence très basse.

Una est retournée à sa chambre pour manger un dîner léger et subir une réprimande pas si légère de la part de Nounou. Mais elle n'y pas tellement prêté attention dans son empressement à se rendre au salon privé de son père pour assister à la première prestation de Léonard. Nounou a critiqué l'apparence d'Una et l'a obligée à s'asseoir à sa table de toilette où elle a tiré les brindilles et les feuilles de ses cheveux. Una s'est prêtée à cet exercice avec toute la bonne grâce possible tout en tenant son dîner sur ses genoux afin de manger pendant que Nounou travaillait.

Son repas et sa toilette terminés, Una a échappé aux soins de Nounou et a descendu l'escalier à toute vitesse. La porte du salon avait été laissée ouverte pour elle, et elle a aperçu la lueur du feu de foyer et entendu Félix parler à quelqu'un à l'intérieur.

Mais elle s'est arrêtée dans le couloir.

L'étrange toile représentant le lac noir a attiré son regard.

En fronçant les sourcils, elle s'en est approchée pour étudier le visage de la silhouette qui dormait sur la pierre dorée. La scène était tirée d'une légende, elle le savait, mais elle ne se souvenait pas d'en avoir entendu parler durant les leçons de son tuteur.

Le couloir était plongé dans l'ombre. Les domestiques avaient posé des bougies dans les bougeoirs muraux, mais il n'y avait aucun bougeoir près de ce tableau. Néanmoins, la peinture dorée de la pierre captait le peu de lumière disponible et donnait l'impression que la toile était plus brillante : le visage des hommes enchaînés était effrayé, celui du roi, affolé, et la femme près de la pierre semblait être à deux doigts de se briser sous le poids de sa peine. Le dormeur au visage blanc était comme fait de pierre.

« Le Pays du Sud peut bien être réduit en cendres. »

— Princesse Una.

Elle s'est tournée pour trouver Aethelbald debout dans l'embrasure de la porte du salon. Il s'est approché d'elle dans le couloir, bien malgré Una.

— Princesse, il fait noir ici. Venez près du feu.

Una n'a pas bougé à l'exception de ses yeux, qui sont passés furtivement de la toile au prince Aethelbald pour revenir au tableau.

— De quoi parliez-vous avec mon père plus tôt ? a-t-elle demandé dans un murmure.

Il a baissé la tête, à la recherche des mots justes. Puis il a tendu une main pour prendre la sienne.

— Princesse, je vous en prie, me permettriez-vous de…

Elle l'a contourné en arrachant sa main à sa poigne et s'est dépêchée d'entrer dans le salon. Son père sommeillait dans un fauteuil confortable, et Félix était assis en tailleur devant le feu, où il s'amusait à un jeu compliqué de bâtonnets et de billes qu'il avait créé de toutes pièces. Il demandait souvent à Una de se joindre à lui pour une partie, mais comme il avait tendance à changer le règlement à son avantage, Una acceptait rarement. Cependant, Monstre, enroulé près du prince, avait tourné la tête pour sembler observer de manière si alerte chaque claquement de bille et de bâtonnet qu'on aurait dit qu'il avait des yeux pour le voir.

Monstre a roucoulé ses salutations à l'arrivée d'Una et a levé son museau rose. Una l'a pris avec elle vers un fauteuil placé devant celui de son père. Aethelbald l'a suivie dans la pièce en refermant doucement la porte, mais est resté dans l'ombre. Una sentait ses yeux rivés sur elle, mais elle refusait de se tourner vers lui. Elle a plutôt flatté son chat, le regard perdu dans les flammes.

« Je pense l'avoir déjà rencontré », avait dit le bouffon au sujet du dormeur au visage blanc de la toile.

Étrangement, Una avait la même impression. Où et quand, elle n'aurait pu le dire. L'impression la tourmentait. Monstre s'est mis à ronronner, mais ce son n'a pas réussi à la soulager.

La porte s'est ouverte, et le bouffon s'est glissé dans la pièce.

— Ah oui, a dit le roi Fidel en s'éveillant et en hochant la tête vers Léonard. J'avais presque oublié. Je t'ai demandé de nous divertir ce soir, n'est-ce pas ?

— C'est exact, Votre Majesté, a répondu Léonard.

Il était toujours vêtu du costume jaune bigarré et, d'une certaine manière, paraissait encore plus ridicule dans le salon familier. Il portait un luth semblable à celui du prince Gervais.

Una, heureuse de quitter l'isolement de ses pensées, a déposé Monstre sur le sol et s'est levée pour accueillir Léonard.

— Je vous avais dit que je vous trouverais un emploi, n'est-ce pas ? a-t-elle chuchoté en souriant.

— Il ne faut pas compter les poussins avant qu'ils ne soient éclos, a-t-il chuchoté en retour. Votre père a déclaré n'avoir aucunement besoin d'un fou à temps plein, et je pourrais bien me retrouver sur le carreau.

Il a entrepris d'accorder son instrument qui faisait un bruit aigre entre ses mains.

— Mais je ne profiterais pas de cette occasion si ce n'était de vous. J'espère pouvoir vous rendre votre gentillesse de façon appropriée. Il m'a donné une chance pour vous faire plaisir.

— Cela me fait plaisir, a dit Una, mais faites-le rire, et vous serez embauché pour votre mérite.

— Je m'évertuerai à vous obéir, gente dame.

— Una, a fait le roi Fidel, pipe à la bouche, viens t'asseoir près de moi et laisse le bouffon jouer de son instrument.

Una a obéi.

Léonard a terminé d'accorder son instrument et a joué un accord mineur et grave.

— Écoutez ! a-t-il hélé en prenant une position sinistre et en répétant le même accord. Écoutez l'histoire que je vais vous raconter. Ce n'est pas une histoire pour les cœurs sensibles !

Félix a levé les yeux de son jeu de bâtonnets en essayant, sans y parvenir, de prendre un air intéressé.

— Ce n'est pas une histoire pour les femmes timides, ni une histoire pour les jeunes enfants ou les bébés.

Il a pincé de nouveau les cordes pour faire entendre un « blouuuuum » grave.

— C'est une histoire à affoler le sang dans vos veines, à vous faire tourner la tête et à faire loucher vos yeux encore et encore.

« Blouuum ! »

— C'est une histoire d'une terreur des plus sombres devant la plus profonde inconscience.

— Hein ? a fait Félix, et Una a rigolé.

Le bouffon a continué de jouer cette chanson à demi parlée, à demi chantée. Sa voix chantante était profonde sans être belle. Mais il chantait avec beaucoup d'esprit, et l'objectif de l'histoire n'était pas sa mélodie.

« Il était une fois une dame au visage des plus beaux et à l'esprit insipide
Qui un jour s'est assise pour tricoter.
Tricoter, tricoter, ho !
Qui un jour s'est assise pour tricoter. »

Il a raconté l'histoire d'un monstre sombre, un ennemi ayant une forme diabolique, qui s'est attaqué à cette dame un soir où elle était seule dans ses appartements. Il a parlé de son visage horrifié devant la bête. Il a parlé de sa tentative de fuite, bloquée par la créature. Elle a essayé de se cacher, mais encore et encore, le monstre contrecarrait ses plans. À un moment, elle a brandi hardiment une arme pour poignarder la bête, mais en vain, et s'est trouvée au bout du rouleau, debout sur une chaise de soie pendant que sa némésis rampait vers elle.

Au tout dernier moment, un héros est entré sous la forme d'une domestique bien portante qui a écrabouillé la créature à l'aide d'un mouchoir avant d'entreprendre de raviver la dame avec des sels.

À la fin du récit, Una et Félix haletaient de rire, pas tellement en raison de l'histoire, mais de la façon dont le bouffon la racontait avec ses expressions exagérées de peur, d'indignation, de courage et de bestialité et en bondissant partout dans la pièce tout en pinçant les cordes de son instrument. Le roi Fidel riait de bon cœur et, quand Una l'a regardé à la dérobée, elle a vu que le prince Aethelbald faisait un grand sourire.

— Excellent, a fait le roi Fidel en applaudissant avec ses enfants pendant que le bouffon jouait les derniers accords. Cher bouffon, nous sommes très heureux de t'avoir parmi nous. Si tu es à moitié aussi bon dans le récurage des planchers que tu l'es à raconter des histoires, nous pourrons conclure un accord.

Un des sourcils du bouffon a frétillé, mais il a ôté son chapeau pour faire la révérence. Une élégante révérence, a pensé Una, voire raffinée.

12

Cette nuit-là, dans son rêve, Una marchait dans un sentier qu'elle ne reconnaissait pas, au milieu d'un jardin profané.

Ces lieux avaient probablement été magnifiques, autrefois. La courbe de la colline et ce qu'il restait des massifs et des bosquets élégants témoignaient de soins d'artiste. Mais tout était sombre et décharné autour d'elle – tout l'endroit n'était qu'une grimace de douleur. Rien ne poussait plus haut que le genou d'Una avant d'être coupé et piétiné, comme si une force brutale qui ne pouvait supporter la vue de verdure florissante lui avait lancé un éclair de gris et de noir. Même le soleil, qui brillait dans un ciel de plomb, ressemblait à une cicatrice rouge.

Elle a parcouru le sentier qu'elle ne connaissait pas en s'approchant d'un grand palais qu'elle ne reconnaissait pas. Ce n'était pas celui d'Oriana, mais plutôt une structure à l'architecture étrangère. Ce qui avait déjà dû être d'élégants minarets était devenu des tours qui s'effritaient comme si elles avaient été mâchées. Des pierres qui avaient peut-être des tons riches étaient couvertes d'une couche de cendres.

En regardant la scène, Una a senti la haine monter dans son âme. Quel endroit maléfique cela devait être ; un endroit diabolique pour mériter d'être réduit en ruines de la sorte. Elle n'avait jamais abhorré un endroit avec une telle force.

Pourtant, ses pieds continuaient de la porter vers l'avant.

Il attendait dans l'embrasure de la porte — l'homme au visage blanc cadavérique.

— Princesse, a-t-il dit à son approche, tu es à venue à moi.

Elle a ouvert la bouche pour répondre, mais plutôt que des mots, un cri a rempli sa gorge et a coulé de sa bouche comme de l'eau. Le son emplissait son corps en entier ; un bruit aveuglant, engourdissant et affreux.

— Où es-tu ?

Sa voix rugissait ; sombre sous la blancheur du cri d'Una.

— Où es-tu ? J'ai attendu assez longtemps !

Una s'est éveillée en sueur. Sa bague lui pinçait le doigt, et ses mains brûlaient. Elle s'est assise et a repoussé la courtepointe qui semblait s'accrocher à elle et l'étouffer comme un serpent qui s'enroulerait autour d'elle. En haletant de façon frémissante, elle s'est frotté le visage de ses mains brûlantes.

— Priiiiou ?

Monstre a levé la courtepointe du museau et a essayé de se faire une place sur ses cuisses, mais Una l'a repoussé. En prenant une longue respiration pour tenter de calmer les battements de son cœur, elle s'est hissée hors du lit et a titubé vers la table sur laquelle était posé un pichet d'eau.

Il était vide. La domestique avait dû oublier de le remplir.

— Dents de dragon !

Elle a tiré les rideaux. La fenêtre était déjà entrouverte, mais l'air de la nuit d'été ne lui a procuré aucun soulagement. Elle sentait des larmes lui piquer les yeux et elle a posé la tête contre le cadre de la fenêtre un moment.

Elle ne s'était jamais souvenue de ses rêves à son éveil. Mais ce soir-là, la vision est demeurée dans son esprit avec la même vivacité que si elle marchait toujours dans ce jardin détruit. Aussi frappante que si elle regardait l'homme au visage blanc dans les yeux à ce moment-là.

Des souvenirs de ses autres rêves s'écoulaient lentement depuis la frontière de sa conscience pendant qu'elle se tenait là à regarder le jardin. Elle n'en comprenait pas la signification, mais se demandait maintenant comment elle avait pu les oublier. Ses doigts élançaient, et elle se mourait d'avoir de l'eau.

La lune a transpercé un nuage pour briller sur son visage. Soudain, Una désirait encore plus marcher dans cette lumière que d'avoir de l'eau ; elle voulait respirer la lumière et la laisser refroidir ses entrailles.

— Miia ?

Monstre a avancé une patte pour toucher son genou.

— Va-t-en, a-t-elle dit en lui jetant un regard noir.

Elle a traversé la pièce en vitesse pour fouiller au fond de la penderie et en sortir une robe de nuit. Elle l'a enfilée et est sortie de la chambre.

Quelques serviteurs étaient postés à différents endroits le long des couloirs d'Oriana, mais la plupart sommeillaient à cette heure si avancée de la nuit. Una est passée devant eux sans les déranger et s'est rendue jusqu'aux jardins sans croiser une âme éveillée. Aucune lanterne n'éclairait les sentiers du jardin, à cette heure. Mais la lune brillait, et les yeux d'Una se sont suffisamment faits à la pénombre pour lui permettre de marcher dans les sentiers familiers. Le gravier lui faisant mal aux pieds, mais elle l'a à peine remarqué en raison de ses mains douloureuses.

Monstre la suivait à la trace ; une ombre silencieuse.

Elle n'a pas marché loin : ce n'était pas nécessaire. En inspirant de grandes bouffées du clair de lune, Una a senti la chaleur quitter lentement son corps. Le serrement de sa bague a diminué. Mais quand elle a regardé ses mains, elle a été surprise d'y voir des lignes de brûlure écarlates d'un bout à l'autre de ses doigts. Même dans la lumière tamisée de la lune, la rougeur vive était visible. Elle a serré ses mains en poings.

Plus loin dans le jardin étagé, une grive des bois a chanté. Sa voix argentée a flotté dans l'air chaud et coulé autour d'elle comme de l'eau. Elle s'est tournée vers le chant et a haleté.

Le prince Aethelbald avançait vers elle dans le sentier. La lune projetait son ombre devant lui.

Il l'a aperçue au même moment. Il s'est arrêté, et Una ne pouvait voir son visage dans l'ombre. En resserrant sa robe de nuit, elle a attendu qu'il décide de venir à elle ou de partir.

— Priiiou ?

Monstre a bondi devant pour trottiner vers les pieds d'Aethelbald. Le prince s'est agenouillé pour caresser la tête du chat et murmurer quelque chose qu'Una ne pouvait entendre. Monstre a remué la queue et poussé plusieurs cris jacasseurs. Puis il s'est jeté dans les buissons comme s'il venait d'entendre une souris. Una s'est sentie abandonnée par son chat quand Aethelbald s'est relevé pour avancer vers elle.

— Princesse, l'a-t-il saluée.

Puis elle s'est préparée à entendre sa série de questions : « Que faites-vous ici ? Que faites-vous debout à cette heure ? ».

Mais il lui a plutôt dit :

— Je pars.

« Il part ? »

Elle a froncé les sourcils et serré les poings en enroulant les bras autour de son corps. Pour une raison ou l'autre, Una ne trouvait rien à dire.

— Je dois partir immédiatement, a-t-il dit.

Elle a hoché lentement la tête. Aethelbald n'a fait aucun signe pour démontrer qu'il allait tenir parole et partir immédiatement, mais est plutôt resté devant elle durant un long moment de silence. Enfin, Una est parvenue à murmurer :

— Pourquoi ?

— L'un des miens est menacé, a-t-il dit, au sud, très loin. Le danger grandissait depuis un moment, mais bientôt, il sera intenable. Je dois partir avant qu'il ne soit trop tard.

— Faites... faites ce que vous devez faire, prince Aethelbald.

Una a baissé les yeux sur ses pieds avant de prendre une autre respiration chevrotante. La douleur de ses mains était atroce. Elle a cru qu'elle allait crier.

Aethelbald a avancé la main pour prendre la sienne. Cette fois, elle ne l'a pas retirée, mais l'a laissé retourner sa paume. Les brûlures étaient vilaines sous le clair de lune. Avec douceur, Aethelbald a touché les blessures, et bien qu'une partie d'Una la pressait de s'enfuir aussi loin qu'elle le pouvait, elle est demeurée immobile et silencieuse. Son toucher était apaisant, et une partie de la terreur de son rêve s'est dissipée.

— Una, a-t-il dit gentiment, je ne veux pas vous quitter. Je pars, car il le faut.

Elle a essayé de lui parler encore une fois, mais sa langue était épaisse dans sa bouche. Elle s'est rembrunie davantage, et ses doigts se sont repliés comme pour former des griffes.

— Je vous reviendrai.

Elle a reculé d'un pas, mais il n'a pas relâché sa poigne. En serrant les dents, elle a essayé de lui arracher son bras, mais il a tenu bon. Puis un éclair a fusé dans ses yeux, et elle lui a jeté un regard noir.

— Je... je ne veux pas que vous reveniez !

Elle a regretté ses paroles dès qu'elles ont quitté ses lèvres. Mais il était trop tard pour les rappeler. La douleur a effleuré les ombres du visage d'Aethelbald, mais il a tenu sa main encore un moment.

— Néanmoins, je vous reviendrai.

Ses yeux étaient doux, mais ils l'effrayaient. À quoi avait-elle pensé, de s'aventurer seule dehors, la nuit ? Qu'est-ce qui lui avait pris ? Un rêve idiot ? Les images de celui-ci sont sorties de son esprit avec la même rapidité qu'elles l'avaient inondé, et elle se sentait profondément embarrassée, consciente de se tenir dans le clair de lune avec le dernier homme avec qui elle aurait voulu se tenir dans le clair de lune.

— Je vous en prie, Una, a-t-il dit, laissez-moi soigner vos blessures avant mon départ...

Elle a retiré sa main avec rudesse et a reculé si vite qu'elle a marché sur le bord de sa robe de nuit et a failli tomber. L'ourlet s'est déchiré dans un bruit long et sonore, et elle savait qu'elle aurait droit à une autre réprimande de Nounou quand celle-ci découvrirait le dommage. Elle a éclaté de colère :

— Je n'ai aucune blessure, prince des Rives lointaines ! Je ne sais pas de quoi vous parlez ! Je vais parfaitement bien, et tout irait parfaitement bien si vous laissiez une fille tranquille pour une fois. Je ne peux même pas faire une promenade sans que vous me pourchassiez ? Partez maintenant, si c'est ce que vous allez faire ! J'aurais voulu vous voir partir bien avant ! J'aurais voulu… J'aurais voulu que vous ne soyiez jamais venu !

Des larmes lui sont montés aux yeux et ont coulé sur ses joues, et elle savait qu'il pouvait les voir. Que des dragons le mangent ! Elle a tourné les talons pour partir, mais au moment où elle filait vers la porte du jardin, elle a entendu ses bottes qui écrasaient le gravier, car il courait à sa suite.

— Una, a-t-il dit en tendant un bras pour lui bloquer le passage.

Aethelbald ne l'a pas touchée, mais elle a reculé comme si elle avait été mordue.

— Je vous aime, Una, a-t-il dit. Je reviendrai demander votre main. D'ici là, je vous en prie, ne donnez pas votre cœur.

L'instant d'après, il était parti.

Una s'est tenue seule près de la porte du jardin à regarder le jardin vide. À l'est, le ciel commençait à s'illuminer même si de nombreuses étoiles continuaient de briller au-dessus d'elle.

Elle est retournée à sa chambre étouffante et s'est mise au lit. Avant de s'endormir, elle a jeté un regard sur ses mains. Aucune marque en vue. Elle a enfoui son visage dans l'oreiller et s'est endormie.

Quelques heures plus tard, le prince des Rives lointaines et ses trois chevaliers étaient partis. Quand Una a posé des questions qui, elle l'espérait, semblaient désintéressées à la table du petit déjeuner, son père l'a informé qu'Aethelbald lui avait fait ses adieux la veille et avait quitté Oriana avant l'aube.

— Je suppose que tu as fini par le chasser, a fait Félix en remuant son gruau d'un air morne.

— Je n'ai rien fait de tel. Je me suis simplement exprimée clairement. Et qu'est-ce que cela peut bien te faire ? Tu ne l'as pas exactement traité comme un invité favorisé.

— Je m'en fiche, a fait Félix en haussant les épaules, mais sa mauvaise mine suggérait le contraire.

Il s'imaginait retourner à ses exercices d'escrime en compagnie de ses serviteurs, et l'idée ne lui donnait aucun plaisir.

— Qu'il parte, dis-je. Ce n'est pas comme si nous avions besoin de lui.

— Non, a dit Una. Non, nous n'avions certainement pas besoin de lui.

Mais elle n'avait pas d'appétit, ce matin-là.

Fatiguée après une nuit sans repos, Una a demandé à être exemptée de ses cours et est retournée dans ses appartements. Alors qu'elle tournait le coin vers l'aile est, où ses appartements étaient situés, elle a remarqué un domestique qui passait la vadrouille avec ardeur. Elle s'est arrêtée, surprise, quand son cerveau fatigué l'a reconnu lentement.

— Léonard !

Elle a secoué la tête avant d'avancer dans le couloir dans sa direction.

— Je vous ai à peine reconnu, sans votre costume. Où est votre chapeau ?

Le bouffon, qui avait un air particulièrement éloigné des bouffonneries dans un sarrau brun comme un sac de papier, a laissé tomber la vadrouille dans son seau et s'est redressé.

— Princesse Una.

Il a avalé difficilement sa salive.

— Allo. Oui, je suis dans tout un état, n'est-ce pas ?

— Que faites-vous ? a demandé Una en riant.

Il lui a répondu par un sourire, mais son sourire était forcé.

— Il semblerait que je ne peux gagner mon pain par les bouffonneries à temps plein. Je dois m'endurcir aux rigueurs des tâches les plus basses auxquelles un homme puisse se plier, comme de nettoyer les planchers de ceux… Eh bien, c'est un emploi, n'est-ce pas ? Il faut se montrer reconnaissant.

— Oh, s'est dépêchée à dire Una, je vous en prie, je ne voulais pas me moquer de vous. Ce n'est que temporaire de toute façon, non ? Vous n'aurez pas à pratiquer ce métier très longtemps, j'en suis certaine.

Léonard a arqué un sourcil.

— Vous êtes bonne pour votre humble serviteur, gente dame.

Il a hoché la tête de manière courtoise avant de se pencher pour récupérer sa vadrouille.

— Non, vraiment, je suis désolée, a dit Una. Vous êtes réellement un merveilleux bouffon, vous savez, et je suis certaine que vous trouverez du travail…

— J'ai suffisamment de travail, de toute évidence. Et vous ne pensez pas qu'il soit étrange qu'une princesse présente ses excuses au personnel de nettoyage ?

Il s'est incliné et lui a tourné le dos. Ses bras remuaient vigoureusement pour pousser la vadrouille en avant et en arrière.

Una, qui n'avait jamais été rabrouée par l'un de ses serviteurs, n'a rien trouvé à dire. Elle a filé dans le couloir en se demandant pourquoi elle se sentait embarrassée.

Mais avant qu'elle ne puisse se rendre très loin, Léonard l'a appelée.

— Gente dame ?

Elle s'est arrêtée, surprise, avant de se retourner.

Le bouffon se tenait, les deux mains sur le haut du manche de la vadrouille, et se frottait l'arrière d'une jambe avec le pied de l'autre.

— Gente dame, je ne crois pas que vous devriez accepter le prince des Rives lointaines, a dit le bouffon, quand il reviendra. S'il revient.

Una s'est crispée.

— Je ne vois pas en quoi cela vous concerne, mon bon ami.

Elle a parlé froidement, d'une voix qui se voulait souveraine. Mais les taches rouges se sont éparpillées sur son nez de toute façon.

Léonard l'a fixé effrontément des yeux pendant un bon moment avant de baisser le regard pour se concentrer à l'étude de ses pieds.

— Bien entendu, l'opinion d'un récureur de planchers ne compte pas, gente dame.

Una s'est dépêchée de regagner ses appartements.

13

Un autre prétendant a annoncé son intention de présenter ses respects au palais d'Oriana.

– Par la barbe de Lubdan, ils sont plus nombreux que les mouches en juillet, vos prétendants, mademoiselle la princesse ! s'est exclamée Nounou.

– De qui s'agit-il cette fois ? a demandé Una.

Elle a à peine levé les yeux de sa tapisserie du Fléau de Corrilond quand Nounou est entrée dans la chambre pour lui annoncer la nouvelle. Elle n'arrivait pas à s'enthousiasmer dans aucune mesure sur le sujet comme elle le faisait avant. Jusqu'à présent, les prétendants lui avaient apporté du désarroi avant tout.

– Le duc de Shippening, a dit Nounou. Un homme puissant, le maître de Capaneus, la plus grande ville portuaire du continent !

Una s'est arrêtée, l'aiguille tirée à moitié à travers l'œil d'un homme-haricot.

– Le duc de… Mais Nounou, il est plus âgé que père !

— Un âge robuste, pratiquement la fleur de l'âge.

— Pratiquement ?

— Assez près, de toutes les façons. Et ses propriétés sont…

— On l'a nommé l'homme le plus lourd au sud de Beauclair !

— Comme j'ai dit, il est très riche…

— Je parlais de son poids et non de sa bourse !

Nounou a reniflé.

— Une bonne santé est toujours désirable chez un époux. Tiens, mon oncle Balbo était un homme de bonne ampleur, mais il prenait toujours…

Una a cessé d'entendre Nounou faire l'éloge des vertus du fameux oncle Balbo pour fixer un regard horrifié à son travail d'aiguille. L'homme-haricot sur lequel elle travaillait actuellement avait la bouche ouverte pour lâcher un cri silencieux en fuyant l'attaque des flammes brodées. Una a senti son propre visage refléter l'expression de l'homme.

— Le duc de Shippening ? a-t-elle dit en fermant les yeux. Pourquoi moi ? Pourquoi une autre princesse ne peut-elle pas être bénie par de tels prétendants ?

Avant que Nounou ait tout à fait terminé son monologue, Una a bondi sur ses pieds pour filer hors de la pièce, sourde aux cris de Nounou :

— Où vas-tu maintenant, mademoiselle la princesse ? Si tu vas dans la forêt et que tu reviens avec des bavures partout, tu verras bien si je…

La porte s'est refermée, et Una s'est dépêchée à parcourir le couloir sans trop savoir où elle allait. Malgré toute la grandeur du palais d'Oriana, de ses centaines de pièces, de ses larges corridors et de ses grandes salles à pilliers, elle s'y sentait prisonnière comme un oiseau en cage. Pas même les jardins lui paraissaient accueillants quand elle s'y est retrouvée, car plutôt que de profiter de leur beauté estivale, elle ne sentait que les murs qui se dressaient tout autour. Alors, elle a relevé ses jupes pour prendre de nouveau la direction de sa forêt bien-aimée.

Cinq semaines étaient passées depuis le départ du prince Aethelbald, et l'été explosait dans toute sa splendeur, y compris en moucherons et en insectes. Mais dès qu'Una a pénétré dans la Forêt de la pierre dorée, les insectes ont disparu et la chaleur du soleil a été remplacée par la fraîcheur des bois. Elle a suivi les repères familiers jusqu'au Vieux Pont.

Le duc de Shippening ?

Toute la romance semblait avoir été balayée de sa vie d'un grand coup. Il vaudrait mieux qu'elle abandonne maintenant l'idée et se prépare plutôt au rôle de princesse célibataire de Parumvir…

— Aïe ! C'était mon pied.

Una a crié et reculé d'un bond.

— Oh, Léonard ! C'est vous !

Assis à l'ombre d'un chêne aux branches étalées se trouvait le bouffon. Il avait croisé les mains derrière la tête et étendu les jambes devant lui, face au ruisseau du Vieux Pont. Il a ramené un pied à lui pour le frotter.

— Ai-je marché sur vous ? a demandé Una.

Elle a senti les taches rouges prendre leur place habituelle et s'est couvert le visage d'une main, un peu embarrassée.

— Non, a fait le bouffon.

Il s'est levé de manière polie, a essuyé la saleté et les fougères de son pantalon et s'est incliné avec toute la courtoisie d'un seigneur.

— Vous m'avez donné un coup de pied. Un bon coup de pied. Comme si vous vouliez me fracturer les os.

Mais alors, il a aperçu la détresse sur son visage et a secoué la tête.

— Non, gente dame, vous m'avez à peine touché. Vous sembliez avancer d'un pas si décidé que j'ai craint qu'en restant muet, je risquais de vous voir avancer dans le ruisseau et vous y noyer sans même le remarquer.

— Sans me remarquer ou sans remarquer ma noyade ?

— Les deux probablement, a-t-il fait avec un grand sourire. Vous venez souvent ici ?

Una a hoché la tête. Elle s'est soudain surprise à se rappeler sa rencontre avec Aethelbald à cet endroit même, bien des semaines plus tôt. Mais elle a secoué la tête pour chasser cette pensée. Aethelbald était parti, et si tout se passait comme elle le prévoyait, il ne reviendrait pas. Elle a croisé les bras et toisé le bouffon du regard.

— Que faites-vous ici ?

Il a incliné la tête.

— Vous voulez dire, bien sûr, pourquoi n'êtes-vous pas occupé à passer un coup de balai ou de vadrouille ou à toute autre tâche servile du genre au moment où nous nous parlons ?

— Ce n'est pas…

— Mais en réalité, gente dame, cette humble racaille a déjà rempli sa part de travaux humiliants ce matin, et on lui a donné congé cet après-midi pour exercer ses folâtreries. Et il a bien besoin de s'exercer, car il commence à croire qu'il devra abandonner cette brillante carrière.

— Quoi ? Pourquoi ?

— Pourquoi ? Elle me demande pourquoi ?

Léonard a recueilli une poignée de glands et a entrepris de jongler en parlant.

— Trois fois, a-t-il dit, trois fois j'ai été témoin d'un bâillement de la princesse hier soir durant ma chanson. Pas une, pas deux, mais trois fois ! Et malgré tout, ma gente dame me demande pourquoi.

— Ne soyez pas bête, a dit Una.

— Je n'y peux rien. C'est mon travail.

— Mais je n'ai pas bâillé quand vous chantiez, Léonard !

— Alors, pourquoi avoir couvert votre bouche de votre mouchoir ? Je l'ai vu de mes yeux !

Il a incliné la tête — l'image même du découragement —, mais a continué de jongler avec les glands à la vitesse de l'éclair.

— Je tentais de ne pas rire trop fort ! a dit Una dont les yeux essayaient de suivre la progression des glands. C'est la vérité. Alors, vous voyez, vous devez poursuivre votre brillante carrière, bouffon. Qui m'amuserait, si vous l'abandonniez ?

Il a levé les yeux.

— Est-ce vrai que je vous amuse, gente dame ?

— Vous m'amusez énormément.

Elle a secoué la tête.

— Idiot, comment pourrais-je ne pas l'être ? Vous avez attaché des clochettes à vos coudes et à vos genoux. Au moment même où je ne pensais pas que vous puissiez avoir l'air plus ridicule !

— Je suis drôle cependant, n'est-ce pas ?

Sur ces mots, il a jeté les glands dans les airs en feignant la maladresse ; un tour qu'il avait dû répéter un millier de fois, car il fallait une certaine adresse pour donner l'impression que les glands allaient dans n'importe quelle direction pour ensuite lui tomber sur la tête, un à un. Il a fait une grimace différente à chaque coup, et Una a éclaté de rire.

— Vous vous moquez de moi, a-t-il dit en la menaçant du poing, mais je sais que vous êtes jalouse en secret. Ah !, soupire la dame, si seulement je pouvais porter des clochettes aux coudes, alors ma vie serait pleine.

— Dieu m'en préserve, a fait Una. Il n'y a de place que pour un seul fou à Oriana, je crois bien.

— Surtout un fou aussi grandiose que moi, a répondu le bouffon sans sourire. Et qu'est-ce qui vous amène ici, princesse Una ?

Elle a poussé un soupir.

— Des prétendants.

— Vous donnez l'impression qu'ils forment une horde à l'attaque. Combien sont-ils, cette fois ?

— Le duc de Shippening.

— Ah. Comparable à une demi-douzaine, au moins.

Léonard a tourné le dos pour marcher à grands pas vers le Vieux Pont sans toutefois y mettre le pied. Il est plutôt descendu le long de la berge du ruisseau pour ramasser des cailloux. Il a jonglé avec eux pendant un moment avant de les rejeter dans le ruisseau et se mettre à la recherche d'autres cailloux.

Una s'est assise sur le pont en laissant ses pieds se balancer dans le vide et a observé le bouffon.

— Avez-vous déjà…, a-t-elle commencé avant de s'interrompre pour réfléchir aux bons mots. Avez-vous déjà rêvé de quelque chose pendant si longtemps, ne désirant rien d'autre que de voir ce rêve se réaliser, pour découvrir au final que peut-être que ce n'était pas ce que vous vouliez réellement ?

Il a jonglé légèrement avec trois pierres.

— Je pense qu'on appelle cela grandir.

Il est passé à la jonglerie d'une main, et les petites pierres humides brillaient sous le soleil.

Una a observé la scène sans la voir et a continué de réfléchir à voix haute.

— Mais alors, vous vous sentez perdu, sans votre rêve.

Elle a joué avec sa bague d'opale, l'a fait tourner sur son doigt pour regarder la lumière se réfléchir à l'intérieur.

— Comme si la moitié de votre cœur avait été emportée par le rêve.

Léonard a jeté les quatre pierres une à une dans le ruisseau, ce qui a créé une série de ploufs.

— Les rêves sont un sujet épineux, gente dame. Il vaut mieux se raccrocher à ce que l'on sait. Sachez quel est votre devoir, sachez quelle est votre voie, et faites tout ce que vous pouvez pour accomplir votre objectif. Ne laissez pas vos rêves contrecarrer vos projets. Les rêves n'accompliront jamais le travail d'une résolution ferme.

Una l'a regardé en repoussant des mèches de longs cheveux tombées devant ses yeux.

— Et quelle est la résolution ferme, Léonard, que vous tiendrez malgré vos rêves ?

Il ne s'est pas tourné vers elle, mais a plutôt fixé l'eau des yeux. Le courant murmurant avait avalé ses pierres sans même provoquer une ondulation à la surface. Elle l'a observé tandis que son visage se rembrunissait.

— J'ai pris la résolution, a-t-il dit à voix basse, de rentrer à la maison dès que possible.

— À la maison ? a-t-elle demandé. Vous voulez dire le Pays du Sud.

Il a hoché la tête.

— Est-ce très loin ?

— Très loin, gente dame.

« Le Pays du Sud peut bien être réduit en cendres. »

Una en savait très peu au sujet du Pays du Sud, situé à la pointe extrême-sud du continent ; une péninsule liée à Shippening seulement par un mince isthme. Mais des rumeurs circulaient sur ce pays, surtout depuis les cinq dernières années. Il était coupé du reste du continent à présent, tenu prisonnier par… Les rumeurs à ce sujet étaient vagues. Mais ni le roi ni la reine n'avaient été vus depuis longtemps ; personne, en fait, n'était passé par les sentiers montagneux qui entouraient le Pays du Sud — ni dans un sens ni dans l'autre. Et une fumée épaisse planait comme la mort sur le pays.

Una a frissonné. Nounou ne lui permettait pas d'écouter les commérages, mais elle ne pouvait faire autrement que d'entendre les bribes d'information qui circulaient. Le Pays du Sud était si éloigné des préoccupations de sa vie qu'elle avait prêté peu d'attention aux rumeurs. Mais elle se souvenait de mots surpris çà et là.

« Mort. Démon. »

« Dragon. »

« Le Pays du Sud peut bien être réduit en cendres. »

— Est-ce vrai, Léonard ? a-t-elle demandé en faisant tourner sa bague sur son doigt de nouveau. Est-ce vrai ce que l'on raconte sur… sur votre pays d'origine ?

— Peut-être que oui, peut-être que non.

Il a jeté une pierre plus grosse qui a fait un grand plouf au milieu du ruisseau.

— J'ignore ce que l'on raconte.

Un frisson a parcouru Una malgré la journée chaude.

— Vous êtes-vous évadé avant que le Pays du Sud ne soit fait prisonnier ?

Le regard de Léonard a obliqué de son côté.

— Est-ce vraiment important de savoir comment et quand je me suis évadé, si « évasion » est le terme exact ? Je suis ici, mes gens sont là-bas. Mes amis. Ma famille. Alors, je dois y retourner.

— Pouvez-vous faire quoi que ce soit, cependant ?

Una savait qu'elle ne devrait pas se montrer indiscrète quand il était évident que le bouffon ne voulait pas parler de sa vie, mais les questions sortaient de sa bouche malgré tout.

— En cinq ans, personne n'a réussi à entrer au Pays du Sud en vie. Ne pensez-vous pas qu'il vaudrait mieux en rester loin pour l'instant ? Que pourriez-vous faire en y retournant ?

— Princesse Una, a-t-il répondu, vous êtes jeune et douce. Vous ne savez rien de ce genre de choses. Je ne suis peut-être qu'un fou, mais même un fou doit accomplir son devoir, et quand le devoir se présente à lui, il doit s'y conformer. Que peut-il faire d'autre s'il souhaite continuer de se voir comme un homme ? Peut-être qu'il m'est impossible d'aider mes gens. Peut-être vivrai-je assez longtemps pour être témoin de leur destruction et périr dans le même feu. Néanmoins, je dois y aller.

Il lui a tourné le dos et donné un coup de pied à une pierre qui a atterri à son tour dans le ruisseau.

— Dès que je réunirai suffisamment de fonds pour mon voyage.

— Dans ce cas, je pense que vous êtes un fou très brave, a dit Una d'une voix douce.

— Si je n'étais pas fou, pensez-vous que je pourrais me montrer brave ?

Ils ont croisé le regard en silence. Et Una a songé qu'elle n'avait jamais rencontré un homme aussi résolu. Même le prince Gervais n'aurait pas ce courage.

À quoi le bouffon pensait, elle ne pouvait l'imaginer, mais il souri lentement et a mis fin au moment en louchant et en lui tirant la langue, si bien qu'Una a ri et a secoué la tête.

– Clown!

– Les noms que vous me donnez, a-t-il répondu en ôtant son chapeau couvert de clochettes pour faire une grande révérence. Gente dame, le jour se fait vieux. Si je ne rentre pas bientôt, on me posera des questions, et croyez-vous que cet humble balayeur pourra échapper à un coup de pied de ses supérieurs, s'il détourne une princesse de son horaire de la journée?

Alors, Una a pris le bras qu'il lui offrait et lui a permis de la raccompagner pour grimper la colline, traverser le jardin étagé et retrouver Nounou et sa réprimande bien préparée. Una est demeurée assise en silence le reste de l'après-midi, laissant les mots de Nounou entrer par une oreille et sortir par l'autre tout en s'efforçant de ne pas s'arrêter aux pensées qui s'immisçaient dans son esprit.

« Dommage qu'il soit un bouffon. »

« Mais ça suffit! Reprends ton travail et souviens-toi de qui tu es. »

Léonard avait dit qu'elle était douce. Le pensait-il réellement?

– Dents de dragon! a marmonné Una en s'attaquant à sa tapisserie avec un entrain et une vigueur qu'elle ne lui avait pas accordés depuis longtemps et en se piquant le doigt de son aiguille.

La tâche d'essayer d'empêcher le sang de couler sur son œuvre l'a bien distraite de ses pensées.

Le duc de Shippening s'est présenté cinq jours plus tard.

Après l'avoir vu, pas même Nounou ne pensait qu'Una devait songer à accepter sa proposition. Malgré tout son côté pratique, Nounou ne souhaitait pas voir sa princesse bien-aimée dans les mains d'un homme de deux fois son âge et de cinq fois sa taille. Mais elle n'a pas exprimé son opinion : lorsqu'on la lui a demandée, elle a refusé d'émettre tout commentaire sur lui. Il était sage de ne jamais parler en mauvais termes d'une personne aussi riche et puissante que le duc.

Quant à Una, elle pouvait à peine le regarder sans trembler.

Il s'est joint à la famille royale pour le dîner, ce soir-là, discutant en grommelant de Capaneus, de son vaste domaine, de ses centaines de serfs et de ses acres infinis de territoire, de ses aventures de chasse, dont le sanglier sauvage tué de ses mains nues (la bouche de Félix est presque tombée jusqu'à ses clavicules), et des autres détails charmants de sa vie domestique.

— Oui, a grommelé le duc, la vie est bonne et facile, je dois l'admettre, mais il me manque une chose, et c'est la douce main d'une femme. N'es-tu pas d'accord Fidel, mon vieux ? Que serions-nous sans nos femmes, hein ?

Le roi Fidel a levé son verre en restant muet. Quand il avait appris la visite du duc qui souhaitait « présenter ses respects », son cœur s'était serré — pas qu'il craignait de perdre sa fille aux mains de cet homme, mais parce qu'il connaissait le duc depuis l'enfance alors qu'ils étaient obligés de partager leurs jeux comme tous les autres enfants de la noblesse. Il retenait de vifs souvenirs d'avoir servi de siège à ce garçon gras ; des souvenirs que le temps n'améliorait pas.

— Alors, que penses-tu de toutes ses rumeurs au sujet d'un dragon ? a demandé le duc quand le repas tirait à sa fin et qu'il avait terminé ses histoires.

Même s'il parlait au roi, ses yeux reposaient sur Una. Elle aurait voulu s'évaporer dans l'air.

— J'essaie de ne pas y prêter trop d'attention, a répondu le roi Fidel. Ce ne sont pas les premières rumeurs de dragon qui circulent, mais aucun dragon ne s'est jamais approché de Parumvir.

— Ah, mais c'est différent, a fait le duc en piquant sa fourchette dans un dernier morceau de bœuf avant qu'un serviteur ne lui retire son assiette. À Shippening, j'ai entendu dire qu'un dragon tourmente le Pays du Sud depuis bien des années maintenant. Je sais que le Pays du Sud est bien loin de Parumvir, mais il n'est pas loin de Shippening. Le commerce avec le Pays du Sud est non existant, et personne n'entend parler de la famille royale ou de l'un ou l'autre des ambassadeurs. On dit que le prince héritier, Cœur-de-Lion, a été tué par la créature. Les autres sont peut-être vivants — qui sait ? Mais dernièrement, il y a des changements. Selon la rumeur, le Dragon a quitté le Pays du Sud pour se diriger vers le nord, à la recherche de quelque chose.

— Qui le dit ? a demandé le roi Fidel.

— Oh, récemment, quelques traînards du Pays du Sud se sont frayé un chemin jusqu'à Shippening et ont annoncé que le

Dragon cherche à procréer. Il recherche probablement des personnes prometteuses, hein ?

— Vous voulez dire qu'il veut s'accoupler et pondre un œuf ? a demandé Félix dont l'imagination voyait les dragons comme des lézards de grande taille à la langue fourchue comme un serpent.

Le duc a hurlé de rire en frappant le poing sur la table plusieurs fois. Una a baissé la tête et les épaules.

— S'accoupler ? Pondre un œuf ? a hurlé le duc. Garçon, as-tu lu des contes de fées ? Ne sais-tu pas d'où viennent les dragons ?

— Je t'en prie, a dit le roi Fidel, je préfèrerais que tu…

— Je ne fais qu'éduquer le garçon, Votre Majesté ! s'est exclamé le duc. Par les temps qui courent, vaut mieux savoir à quoi nous nous mesurons. La vie n'est pas un joli conte de fées, tu sais. Quand ce dragon viendra…

— Arrête, a dit Fidel.

Le duc s'est tu.

Ils ont terminé le repas en silence avant de se retirer au salon comme d'habitude. Au désarroi d'Una, le duc a été invité à se joindre à eux et a accepté. Il a pris place dans le fauteuil près de celui d'Una, a allumé sa pipe et a entrepris de souffler de la fumée dans sa direction en ricanant tout bas quand elle toussait. Elle a jeté des regards désespérés à son père, mais il était préoccupé par ses pensées. Félix a sorti son jeu de bâtonnets, et la pièce était silencieuse, à l'exception du cliquetis des bâtonnets et des quintes de toux étouffées.

Finalement, la porte s'est ouverte, et Léonard est entré. Il portait toujours son costume jaune étrange, même s'il était maintenant beaucoup plus propre qu'à sa première rencontre avec Una et rapiécé de morceaux d'étoffe de tons turquoise, orange et rose pâle éclatants là où il y avait eu des trous. Dans l'ensemble, il semblait être le produit d'un confectionneur de courtepointes aveugle, ce qui était probablement le but désiré.

Il a marqué une pause dans l'embrasure de la porte pour observer la scène devant ses yeux. Una a souri, mais il ne l'a pas regardée. Son regard toisait le duc, qui sommeillait, pipe aux lèvres. Léonard a levé une main pour jouer un accord aigre sur son luth et s'est exclamé :

— Hé oh ! Quelle bande joyeuse vous formez ce soir !

Il a bondi vers le milieu de la pièce dans un tel tintamarre de bruits et de clochettes qu'Una a échappé son aiguille et que le duc a poussé un « ouf ! » en s'éveillant dans un sursaut.

— Baisse le ton, bouffon, a dit le roi Fidel. Nous sommes heureux de te voir, mais dois-tu retentir de la sorte ?

— Retentir ? Votre Majesté, je commence à peine à carillonner !

Il y avait une lueur étrange dans les yeux du bouffon, et son sourire n'avait rien de plaisant, a songé Una. Elle l'a fixé du regard, atterrée de le voir ignorer les ordres de son père pour produire un autre son fort et discordant avec son luth.

— J'ai composé une nouvelle chanson, a-t-il dit. Ou plutôt, j'ai revu la composition d'une vieille chanson en l'honneur de notre très estimé invité.

— C'est bien de ta part, fou, a dit le duc en donnant de coups sur sa pipe pour en vider les cendres sur le tapis. Je n'ai pas entendu une bonne chanson depuis longtemps.

— Je ne peux promettre une bonne chanson, a dit le bouffon. Mais je vous offre ma chanson, telle qu'elle est. *Le destin tragique du rustre brutal.*

La bouche d'Una s'est ouverte, béate, quand Léonard a entonné une variante de la chanson qu'il lui avait jouée le jour de leur rencontre. Seulement, cette fois, il chantait avec un grand sourire hypocrite sur le visage.

« Avec une audace d'empoté, le rustre brutal
Traînait et flânait et tentait tant bien que mal
De courir le jupon et de jouer la comédie
Pour faire la cour à la dame jolie.

« Mais à son désarroi, on lui a fait savoir
Que sa cour était sans espoir.
Notre pauvre rustre brutal sentait son regard noir,
Car ses histoires l'ennuyaient, vous pouvez me croire.

« Ah, triste rustre brutal, comme il essayait d'être gentil,
Mais sa cour était loin d'être réussie.
Car, voyez-vous, son nez était couvert de poux
Ce qui, chez la dame, ne provoquait que le dégoût. »

Le duc de Shippening s'est esclaffé en se frappant le genou.

— Voilà toute une chanson ! a-t-il crié. Bravo ! Une autre, garçon ! Et pourquoi pas un jeu quelconque pour détendre l'atmosphère ? Vous êtes aussi raides que des poteaux !

Ce n'était pas tout à fait vrai, car Félix se tenait le ventre pour éviter d'aboyer de rire pendant que son père lui jetait un regard noir. Una était devenue blême dès la première strophe, et des taches rouges tapissaient son nez et ses joues.

— Fou ! a hurlé le duc. Chante encore, je te dis ! Mets ta langue bien fourchue au travail !

— Non, a fait le roi Fidel en tournant son regard furieux vers Léonard, qui était debout bien droit, les yeux rivés au mur devant lui. Je crois que tu as terminé, bouffon. Au revoir.

Léonard s'est incliné et a quitté la pièce dans un dernier cliquetis de clochettes.

— Eh bien, Votre Majesté, s'est exclamé le duc, je n'ai pas été autant diverti depuis des années. Est-il à votre emploi à long terme ? Sinon…

Sans demander à être excusée, Una s'est levée et a bondi hors de la pièce. L'air de cette chanson horrible résonnait dans ses oreilles, de même que le rire gras du duc. Les larmes lui sont montées aux yeux pendant qu'elle avançait à l'aveuglette dans le couloir.

Quelqu'un lui a pris le bras pour la tirer dans un passage latéral où elle s'est tournée pour se trouver nez à nez avec le bouffon.

— Que croyez-vous faire ? a-t-elle crié en repoussant sa main.

Son cœur battait fort, et elle était certaine qu'elle allait s'étouffer dans les mots qui s'embrouillaient dans sa gorge.

— Insulter notre comment avez-vous vous avez réussi à quoi pensiez-vous…

— Vous ne pouvez épouser ce rustre, a-t-il dit d'une voix dure, presque menaçante.

Léonard la regardait, les yeux si ronds et effrayés qu'elle a dû enfouir le visage dans ses mains.

— Je n'ai pas l'intention d'épouser ce rustre, a-t-elle grogné, maintenant capable de parler puisqu'elle était à l'abri de son regard. Je n'ai l'intention d'épouser personne — pas que cela vous regarde !

— Gente dame…

— Vous avez réussi à vous faire congédier, espèce de fou !

— Non ! a fait Léonard d'une voix sèche.

Il a pris les mains d'Una pour les ôter de son visage.

— Gente dame, a-t-il dit, regardez-moi. Je vous en prie. Je ne suis pas un fou.

Elle a tourné le visage pour s'adresser au mur.

— Je ne vois pas quel autre nom donner à un roturier qui insulte un invité royal et se fait…

— Non, Una, a fait Léonard.

Il a serré ses mains dans les siennes.

— Je ne suis ni un fou ni un bouffon. Je suis le prince Cœur-de-Lion du Pays du Sud.

14

– Quoi ?

– Je vous en prie, regardez-moi, Una, a dit le bouffon. Je suis le prince Cœur-de-Lion du Pays du Sud.

Una a cligné des yeux. Puis elle a repoussé ses mains et a reculé.

– Vous… Vous êtes un fou mâché par le dragon.

– Non, je ne le suis pas.

Il a marqué une pause avant d'ajouter :

– Bien, oui, peut-être le suis-je. Mais là n'est pas la question. Je suis Léonard le bouffon depuis cinq bonnes années maintenant, mais mon vrai nom est Cœur-de-Lion, et je suis le…

– Prince du Pays du Sud.

Elle a reculé jusqu'à ce qu'elle se bute au mur derrière.

– Une histoire bien crédible.

– Vous ne me croyez pas ?

– Non.

Il a serré les dents avant de pousser un souffle de colère.

— Je sais. Vous avez pris l'habitude de me voir frotter les planchers et les fenêtres. Ce n'est pas une position très princière, n'est-ce pas ? Alors, que dois-je faire, pour vous prouver mon identité ? M'entailler le bras pour vous montrer combien mon sang est bleu ?

— Vous pourriez plutôt m'expliquer pourquoi vous me mentez ou pourquoi vous m'avez menti. Ce serait un excellent début.

Il a ôté son chapeau couvert de clochettes et s'est passé une main dans les cheveux, si bien qu'ils pointaient vers le haut comme des touffes d'herbe.

— C'est une histoire assez longue à raconter, a-t-il dit avant de pointer vers le sol. Voulez-vous vous asseoir ?

— Non.

— Cela pourrait prendre un certain temps.

— Alors, vous feriez mieux de commencer avant que je ne perde ce qu'il me reste d'intérêt.

Il a plissé les yeux, et ses mains ont serré son chapeau de bouffon comme s'il avait voulu le déchirer en deux.

— Je vais m'efforcer d'être bref. Je suis le prince héritier du Pays du Sud…

— Nous avons déjà couvert le sujet.

— Chut ! Laissez-moi parler.

Mais il a dû mettre un moment à réfléchir aux bons mots avant de reprendre son récit. Enfin, il a parlé à voix basse sans regarder Una et en tirant toujours sur son chapeau.

— Il est arrivé de nulle part. Je me souviens du jour, du moment exact où j'ai vu le feu déchirer le ciel. Nous n'avions reçu aucun avertissement. Du moins… eh bien, comment peut-on être averti d'une telle chose ? Bien entendu, nous avions entendu des histoires, mais nous n'aurions jamais cru en voir un. Ils appartiennent à l'histoire ancienne du Pays du Sud, avant le commerce avec le continent, avant que nos ancêtres s'assagissent et cessent de vouer le culte à de tels monstres. Il y a des centaines d'années.

» Mais il est arrivé par un beau jour de printemps, il est tombé du ciel comme un météorite. En peu de temps, il a semé la destruction dans la campagne entourant la ville, a mis le feu aux casernes des gardes de mon père, a emprisonné mes parents et dix-huit autres nobles dans la demeure des anciens et a demandé une rançon à leurs proches. Le Dragon a demandé qu'on lui apporte de la viande de bœuf de première qualité et l'obéissance instantanée de tous, peu importe ses demandes.

Le prince-bouffon a frissonné à ce souvenir.

— Il rampait sur le terrain du château, détruisait les jardins, brûlait les murs. J'ignore combien de gens il a tués de son seul souffle empoisonné. L'air était lourd, plus putride que vous ne pouvez l'imaginer.

Un souvenir est venu à Una pendant qu'elle écoutait. Un souvenir qui lui venait d'elle ne savait où. Elle a vu un grand château et un jardin en ruines ; un ciel lourd de fumée et de vapeurs.

— Où étiez-vous à ce moment-là ? a-t-elle demandé dans un murmure.

— J'étais parti faire une randonnée de cheval avec mon amie ce jour-là et n'étais pas au château quand le Dragon est arrivé. Nous avions cavalé jusqu'au Pont des cygnes, à l'extrémité sud des terres de mon père, mais nous avons aperçu le feu tomber depuis le pont et sommes retournés au château le plus vite possible. À notre approche, mon amie était terrifiée par les bruits et les odeurs et m'a supplié de cavaler avec elle jusqu'au domaine de son père plutôt que d'affronter ce feu…

— Elle ?

Le mot s'est échappé spontanément, et Una a rougi.

Le prince-bouffon a souri.

— Une amie, je vous assure. Mais j'ai refusé de l'écouter et ai cavalé de front vers le monstre, armé uniquement d'un couteau. Ça n'avait pas d'importance. L'épée la plus puissante forgée par les hommes ne transpercerait pas la carapace de cette grande bête.

— Qu'a-t-il fait quand il vous a vu ?

Il a secoué la tête d'un air contrit.

— Il a ri. Il a ouvert son énorme gueule et a rugi de rire ; ses dents enroulées de flammes. « Prince Cœur-de-Lion ! », a-t-il dit. « Bienvenue. Souhaites-tu mettre ton courage à l'épreuve contre moi ? »

» Les vapeurs de son souffle m'ont étouffé, si bien que je pouvais à peine respirer, et mon cheval s'est cabré de terreur, m'a fait tomber et a galopé au loin. J'étais seul, haletant et impuissant. Le Dragon a rampé jusqu'à moi, et j'étais incapable de bouger en raison de la sensation de brûlure dans mes poumons. Il m'a regardé de ses yeux rouges. Une éternité a semblé passer pendant qu'il me regardait ; son regard brûlait ma peau. J'ai cru que j'allais mourir ; j'ai espéré mourir.

Una a avancé le bras pour lui toucher la main. Il a attrapé sa main pour la serrer fort entre les siennes.

» Enfin, il a dit : « Tu es un morceau tentant, petit prince. Mais hélas, j'ai perdu à ce jeu il y a longtemps. J'ai bien peur qu'il faille que je te laisse aller. Peut-être devrais-je plutôt te manger ? »

» Puis il a plongé son regard encore plus profondément dans mes yeux. J'avais l'impression que ma chair et mes os brûlaient pour ne laisser que mon esprit lutter, nu dans l'herbe.

» « Ah ! a dit le Dragon. Peut-être n'es-tu pas une collation, après tout. Tu m'aideras, n'est-ce pas ? Bien sûr que oui. Lève-toi, petit prince, et voyage par le monde. Je t'envoie en exil. Mais nous nous reverrons, et peut-être retrouveras-tu ton trône après tout ? »

Le visage de Cœur-de-Lion était très blême pendant qu'il relatait les mots du Dragon, et sa voix changeait quand il les prononçait. Puis il est resté silencieux un long moment avant de reprendre son récit.

— J'ai repensé à ces paroles un millier de fois pour tenter d'y voir une signification, voire un indice pour détruire le monstre. Mais ils me semblent aussi dénués de sens aujourd'hui qu'au milieu de toute cette chaleur et de ce poison.

Il a secoué lentement la tête, comme s'il essayait de se libérer du souvenir.

— C'est tout ce dont je me souviens de cette journée. Quand je me suis réveillé, une semaine était passée. Mon amie m'avait amené au domaine de son père, à Middlecrescent. Elle m'a soigné d'une fièvre horrible qui a presque pris ma vie. La fumée de dragon flottait lourdement sur tout le pays, à ce moment-là.

» Ce jour-là, même si j'étais encore faible, j'ai fait mon bagage, sauté en selle et est voyagé vers le nord. À Shippening, j'ai trouvé du travail à titre de ménestrel.

Il a fait un sourire, plutôt triste aux yeux d'Una, en mentionnant ce fait.

— J'ai toujours eu un don pour faire le clown et j'ai appris bien des tours en voyageant à la campagne. J'ai occupé le poste de fou à diverses cours et dans divers manoirs à Beauclair, Milden, et au-delà. Mais c'est en voyageant vers l'est que j'ai appris une chose ou deux sur les dragons.

— Comme la manière de les tuer, vous voulez dire ? a demandé Una.

— Peut-être, a-t-il fait en baissant le regard sur ses pieds. Mais je commence à craindre de n'avoir jamais l'occasion d'essayer.

— Pourquoi pas ?

— Le Pays du Sud est loin, très loin de Parumvir, surtout à pied. Le salaire d'un bouffon n'est plus ce qu'il était, surtout pour un bouffon nouvellement congédié.

— Pourquoi continuer de jouer la comédie, alors ?

Una a libéré sa main avant de s'éloigner de lui.

— Dites à mon père qui vous êtes, a-t-elle dit. Dites-lui ! Il vous fournira certainement du matériel et même des soldats, j'en suis certaine. Mon père est un homme généreux. Je sais que…

— Gente dame, l'a-t-il interrompu, quelles preuves puis-je fournir pour prouver mon histoire ? J'ai vendu il y a longtemps tout petit gage que je possédais pouvant prouver mon héritage afin d'acheter du pain. Ma seule preuve est mon visage que ma famille, si elle est toujours vivante, pourrait reconnaître. Si jamais je suis en mesure de retourner près d'eux, je tuerai ce monstre et je reconquerrai mon royaume. Et je reprendrai enfin mon titre d'héritier du Pays du Sud. C'est seulement alors que j'aurai le droit de parler à votre père. Pour l'heure, je ne peux demander son aide et je ne peux lui demander…

Il s'est interrompu pour la regarder, les yeux attentifs et tristes.

— Oh, a-t-elle chuchoté.

— Alors, vous voyez, il vaut mieux que je parte, a-t-il dit. Je ne peux supporter de voir tous vos prétendants en sachant que je n'ai pas le droit… de vous faire la cour à mon tour.

— Oh, a-t-elle chuchoté de nouveau.

— Una.

Il s'est approché et s'est tenu assez proche pour lui permettre de sentir la chaleur de son souffle sur son front, mais il ne l'a pas touchée.

— Una, je dois partir. Je dois combattre un dragon, reconquérir mon royaume. Je ne serai peut-être pas en mesure de revenir.

— Je comprends.

— Me donnerez-vous votre confiance ? a-t-il demandé.

Elle est demeurée silencieuse un long moment. À son agacement, deux souvenirs ont traversé son esprit.

Le premier était celui de Gervais, qui se tenait dans le jardin pour entonner une chanson choisie spécialement pour elle.

Le deuxième était celui du prince Aethelbald, qui tendait une main pour l'arrêter.

« Je vous aime, Una. Je reviendrai demander votre main. »

— Una ?

Le prince-bouffon a prononcé son nom doucement. Elle sentait son regard brûler sur sa tête inclinée.

— Una, faites-moi confiance.

— D'accord, a-t-elle dit avant de lever les yeux et de lui sourire. D'accord, prince Cœur-de-Lion, je vous ferai confiance.

Il a fait un grand sourire.

— Merci.

Sur ces mots, il s'est tourné pour avancer à grands pas dans le couloir.

— Attendez ! a crié Una en courant à sa suite. Partez-vous tout de suite ?

— Immédiatement. Je dois trouver un emploi afin d'économiser pour mon long périple. Una, j'ignore combien de temps je serai parti et je ne pourrai pas communiquer avec vous dans l'intervalle…

— Ne vous inquiètez pas pour moi ! a-t-elle dit.

Elle a pris son bras pour l'arrêter.

— Je vous en prie, Léonard… Cœur-de-Lion. Je vous en prie, avant de partir…

Sans trop savoir ce qu'elle faisait, Una a retiré sa bague d'opale. Elle est demeurée coincée sur son doigt un moment et elle a cru qu'elle serait incapable de l'ôter. Mais alors, elle a glissé de son doigt, et Una l'a tendu au prince-bouffon.

— Tenez, a-t-elle dit en la pressant dans sa main. Elle appartenait à ma mère. J'ignore quelle est sa valeur, mais elle doit approcher de la rançon d'un roi, je crois. Utilisez-la pour votre périple… et revenez bientôt.

Il a pris la bague en la faisant tourner pour voir la lumière se refléter au centre des pierres irisées. Puis il a levé les yeux vers Una de nouveau. Avec douceur, il a levé une main pour toucher sa joue d'un doigt.

— Faites-moi confiance, Una, a-t-il murmuré de nouveau.

Puis il est parti et elle ne l'a pas revu avant très longtemps.

Il n'y a rien de mieux qu'un secret pour créer une aura de mystère autour d'une fille, et Una est devenue un grand mystère pour tous ceux qui l'entouraient durant les jours qui ont suivi.

— Chère enfant ! s'est exclamée Nounou quand Una a fondu en larmes pour aucune raison apparente un matin, trois jours après le départ du bouffon. Chère enfant, qu'est-ce qui te trouble ?

— Rien, a dit Una en s'essuyant les yeux et en soupirant. Rien. N'est-ce pas un beau monde, Nounou ? Je veux dire, en général, tu sais ?

Nounou a fermé un œil pour la regarder de côté.

— Vraiment ?

Una y a réfléchi.

— Non. Pas vraiment.

Elle a fondu de nouveau en larmes en fouillant à la recherche d'un mouchoir entre deux hoquets. Monstre, qui était assis à ses pieds, a miaulé et touché son genou d'une patte. Elle l'a repoussé.

— Non, c'est un monde cruel.

Nounou s'est dit qu'elle devait rapporter immédiatement cette conversation au roi Fidel.

— En es-tu certaine ? a demandé Fidel.

— Je sais ce que j'ai entendu. Je sais ce que j'ai vu, a dit Nounou.

— Mais qu'est-ce que ça signifie ?

— Je vous dirai ce que ça signifie, sir, a dit Nounou. Elle est amoureuse, voilà ce que ça signifie, et ses sentiments n'ont rien à voir avec ce qu'elle éprouvait pour le prince Gervais non plus ! Non, il s'agit d'un amour plus sérieux. Elle passe sa journée à soupirer avec une expression de souffrance noble. Alors, soit l'amour est non partagé, soit l'élu est loin en ce moment. D'une manière ou l'autre, je reconnais les symptômes.

— Amoureuse ?

Fidel s'est frotté les sourcils.

— Si tu as raison, j'espère que c'est la seconde proposition, Nounou. S'il est au loin, cela élimine le duc.

— Le duc ? Bonté, non ! s'est exclamée Nounou.

À ce moment opportun, le duc en personne a fait son entrée.

— Sa Majesté !

Sa voix a grondé aux oreilles de Fidel, et les genoux du roi ont tremblé légèrement aux vifs souvenirs d'étouffement qui ont traversé son esprit. Mais il a repris ses sens et a dit :

— Mon bon duc, quelque chose te trouble…

— Si quelque chose me trouble ? a crié le duc, et les fenêtres ont vibré. Si quelque chose me trouble, tu me demandes ? Sa Majesté, je n'hésite pas à te dire que quelque chose me trouble bien comme il faut !

Il a juré vertement, et Nounou a serré les lèvres et a joint les mains.

— Je suis désolé de l'entendre.

Fidel a remarqué avec fierté que sa voix était demeurée calme.

— Peu importe ta doléance, j'espère…

— Ta fille !

— Una ?

— Peu importe son nom. Pourquoi ne pas m'avoir dit qu'elle était fiancée ?

— Fiancée ? se sont exclamés le roi et Nounou.

Le duc a juré de nouveau.

— Tu aurais pu préserver ma fierté d'un seul mot, Sa Majesté. Mais non, tu me laisses entrer dans la fosse aux lions, les yeux fermés, professant mon amour et mes plans de mariage et demandant quelle est la dot…

— Una est loin d'être un lion.

Le duc a brandi une main.

— N'essaie pas de jouer la carte de la jouvencelle innocente et sans malice avec moi ! Tu lui as demandé de jouer le jeu, n'est-ce pas ? Tu voulais te venger de quelques mauvais tours puérils, hein ? Eh bien, je te dirai ce que j'en pense !

Ce qu'il a fait durant le quart d'heure qui a suivi, jusqu'à ce que le roi Fidel convoque ses gardes pour escorter le duc courroucé ailleurs.

— Et ainsi s'envole notre alliance avec Shippening.

Fidel s'est affaissé dans le fauteuil bien rembourré derrière son bureau en soupirant.

— Oh, Una. Fiancée en secret ? Et à qui ?

— Qui d'autre que le prince Aethelbald ? a indiqué Nounou.

— Aethelbald ?

— Bien sûr. Et maintenant, elle se languit de lui : il est parti depuis des semaines. La pauvre petite chérie a dû craindre de me le dire en raison de sa fierté : elle était tellement contre l'idée de l'accepter pendant si longtemps…

— Attends, a dit Fidel. Ça ne ressemble pas à Una — et ça ne ressemble certainement pas au prince Aethelbald. Il ne serait pas fiancé à elle sans m'en informer. D'ailleurs, il était loin d'être heureux en quittant Oriana ; il ne ressemblait certainement pas à un homme nouvellement fiancé.

— Pourquoi aurait-il paru heureux ? a demandé Nounou. Il quittait sa dame pour qui sait combien de temps ? Comme je vous l'ai dit, elle présente tous les signes d'un amour patient. Peut-être l'a-t-elle refusé pour changer d'idée après son départ ? Qui d'autre que le prince Aethelbald a tenté de lui faire la cour, j'aimerais bien le savoir.

— Oui, a murmuré le roi Fidel. Moi aussi.

Il s'est levé, le visage sombre devant ses pensées.

— Merci, Nounou, de ton avis. À présent, où se trouve ma fille ?

Fidel a trouvé Una qui errait dans les jardins en regardant les nuages d'un air rêveur. Elle a souri en apercevant son père.

— Bon après-midi, père, a-t-elle dit. N'est-ce pas un beau monde ?

— Quelle est cette histoire de fiançailles ? a demandé Fidel, qui préférait ne pas tourner autour du pot.

— Je ne suis pas fiancée, a dit Una. J'ai refusé le duc.

Fidel s'est tenu là à examiner sa fille. Elle ne semblait pas particulièrement changée à ses yeux. Peut-être y avait-il des traces de « souffrance noble », comme l'appelait Nounou, ou d'autres bêtises du genre, mais c'était peut-être le fruit de son imagination.

— Tu n'es pas fiancée ? a-t-il demandé. Le duc semblait persuadé du contraire.

Una a rougi.

— Je ne peux rien changer à ce que le duc croit. Vous savez que je ne peux pas me fiancer sans votre bénédiction.

— Et tu sais que tu l'auras pourvu que l'homme de ton choix sache qu'il ne faut pas mettre les doigts dans la soupe et qu'il ne soit pas criblé de dettes, a dit le roi.

Il a plongé le regard dans les yeux d'Una ; un regard qu'elle a soutenu un court moment avant de se détourner.

— Una, qu'as-tu dit au duc pour lui donner l'impression que tu étais fiancée ?

— Rien, je…

— Una ?

Sa lèvre a remué, et elle a reniflé.

— Je… Je lui ai dit que mon cœur appartenait à un autre. Il m'a demandé ce que ça avait à voir avec le mariage, et je lui ai dit « tout », puis je l'ai éconduit.

À ces mots, elle a fondu dans un autre de ses récents torrents de sanglots dont son père n'avait pas encore été témoin. Il n'arrivait pas à se souvenir de la dernière fois où il avait vu Una pleurer et ne savait pas trop quoi faire à ce sujet.

— Allons, allons, mon enfant, a-t-il dit en lui tapotant l'épaule. Allons, allons. Ce n'est pas si terrible. Il reviendra bientôt, je n'en ai aucun doute.

— Le croyez-vous ? a demandé Una en levant des yeux remplis de larmes. Comment le savez-vous ?

— Il s'est entretenu avec moi avant de partir, bien sûr, a dit Fidel, heureux de voir son visage s'éclairer. Il a promis de revenir dès que toute cette affaire de dragon serait réglée.

— C'est vrai ?

Una rayonnait comme l'éclat du jour qui transperce d'épais nuages.

— Oh, père, comme c'est parfaitement merveilleux !

Elle a jeté ses bras autour de son cou, et il lui a tapoté le dos avec plus d'aise.

— Je ne sais pas en ce qui a trait au « parfaitement », a-t-il dit. Tu lui as fait des adieux bien sévères, au pauvre homme.

— Que voulez-vous dire ?

Una a parlé dans le creux de l'épaule de son père.

— Bien, selon ce que j'en sais, il n'avait pas beaucoup d'espoir, mais je suis certain qu'il reviendra malgré tout, et tout ira bien. Il a donné sa parole.

Una s'est défait de son étreinte pour le regarder d'un air interrogateur.

— J'ai promis de lui faire confiance, et je l'attendrai jusqu'au jour du jugement dernier si nécessaire. Comment est-ce là des adieux sévères ?

Fidel a froncé les sourcils.

— Peut-être t'a-t-il mal comprise ? Il était très abattu quand il m'a parlé. Mais sois sans inquiétude. Ces petits malentendus sont facilement dissipés. Et je serai fier d'appeler un tel homme mon fils.

Il a ri.

— N'importe qui sauf le duc serait une bénédiction. Mais ne lui rapporte pas mes paroles.

Una a ri, puis a reniflé pour chasser d'autres larmes.

— Je suis si heureuse que vous voyiez les choses ainsi, père, même s'il est pauvre. Mais je sais qu'il réussira à reprendre le pouvoir. Vous serez fier, mais pas autant que moi !

Fidel a froncé de nouveau les sourcils.

— Un instant. Reprendre le pouvoir ? Il ne l'a pas perdu, selon ce que j'en sais. À quelles rumeurs as-tu prêté l'oreille, mon enfant ?

— Je ne sais que ce qu'il m'a dit. J'ai confiance en sa parole.

— Nous parlons bien du prince Aethelbald, n'est-ce pas ?

— Aethelbald ?

Una a cillé.

— Aethelbald !

Elle a fait une moue dédaigneuse.

— Eh bien alors, de qui venons-nous juste de parler ? a demandé Fidel.

— Mais du prince Cœur-de-Lion du Pays du Sud, bien sûr. De Léonard, père.

— Le bouffon ?

15

Le roi Fidel n'a pas accueilli la nouvelle d'un bon œil.

Après son explosion initiale, cependant, il a accepté d'écouter sa fille avec une grâce considérable, à son avis.

— Alors, vous voyez, a conclu Una, Léonard — je veux dire, Cœur-de-Lion — ne pouvait pas s'adresser à vous en toute honnêteté, n'est-ce pas, père ? Il s'est conduit de la bonne manière, de la manière la plus honorable qu'il le pouvait.

Comme la force du choc avait quelque peu diminué, Fidel a limité ses commentaires à un simple :

— Je crois bien qu'il ne pouvait pas s'adresser à moi, ce propre à rien errant. Encore bien heureux qu'il n'ait pas essayé de te soutirer de l'argent !

Una a songé brièvement à la bague de sa mère, mais la passion a bouilli dans sa poitrine quand elle s'est écriée :

— Père, comment pouvez-vous présumer qu'il est mensonger ? A-t-il fait quoi que ce soit pour mériter votre défiance ?

— Oh que oui ! Il s'est fiancé à ma seule fille. Un bouffon sans le sou qui arrache des promesses à une princesse !

— Nous ne sommes pas fiancés !

Una a remué les mains en signe de frustration.

— Il ne m'a arraché aucune promesse : je lui ai accordé librement ma confiance.

— Le croire aveuglement, sans preuve qu'il est le supposé prince mort d'un royaume tourmenté par un dragon ?

Fidel a frappé un poing dans sa paume.

— S'il était devant moi…

— Oui, je lui fais confiance, a dit Una. Et sans preuve ! N'est-ce pas là la définition de la confiance ? Croire aveuglément ?

— Non, a grogné son père. Ce n'est pas de la confiance, c'est de la bêtise ! Si un homme demande ta confiance, voilà un signe certain que tu ne devrais pas la lui accorder. La confiance doit être donnée de façon inhérente, sans demande verbale. La confiance, c'est de connaître la nature d'un homme, de savoir la vérité et de se fier à cette nature et à cette vérité malgré les obstacles. La confiance, ma chère, ne signifie pas de se jeter dans le vide pour un homme dont tu ne connais pas la nature…

— Peut-être que je la connais !

— Peut-être crois-tu la connaître ! Peut-être ne la connais-tu pas.

Les yeux d'Una débordaient de larmes, mais il ne s'agissait pas des larmes de passion qu'elle avait versées au cours des derniers jours. Il s'agissait d'un flot continu de larmes lancinantes et chaudes sur son visage. Elle a tourné le dos à son père.

Fidel a soupiré et posé les mains sur ses épaules, mais elle les a repoussées.

— Mon enfant, a dit le roi d'une voix plus douce, si tu m'avais dit avoir promis d'attendre le prince Aethelbald…

— Je le méprise !

— Mépris ou non, si tu m'avais dit avoir promis de l'attendre, je me réjouirais. Je connais sa nature et j'ai confiance en sa parole et serais heureux de te voir lui faire confiance aussi.

— J'ai confiance en Léonard — Cœur-de-Lion.

— Tu ne connais même pas son nom véritable.

— Je le connais !

Una a secoué la tête avec force.

— Il est Cœur-de-Lion ! Il a été obligé de vivre dans le secret, mais ce n'est pas une raison pour ne pas lui faire confiance. Parfois, les gens sont forcés de faire des choses qu'ils ne veulent pas faire comme cacher leur vrai nom, leur véritable identité. Mais je crois qu'il est qui il dit être.

— Qui ? Le bouffon ou le prince ?

— Les deux ! Il est les deux, père. Je sais qui il est et lui ferai confiance jusqu'à ma mort !

Un lourd silence a suivi, et Fidel a saisi l'occasion de ravaler sa colère.

Après tout, ce n'était pas le cou d'Una qu'il aurait voulu étrangler à ce moment-là. Quand il a parlé de nouveau, il est parvenu à garder une voix douce.

— Una, peut-être que cette histoire fantastique qu'il t'a racontée est vraie. Peut-être reviendra-t-il de façon triomphale en chevauchant son cheval blanc, couronné et avec la tête d'un dragon dans sa sacoche. Peut-être qu'il démontrera un jour qu'il est un vrai prince et un époux digne de ma fille.

Fidel a pris la princesse par les épaules pour la tourner vers lui. Il a essuyé une larme sur sa joue.

— Mais d'ici là, Una, ne lui fais pas confiance. Laisse-le prouver d'abord qu'il est digne de confiance. Je t'en prie, Una, ne lui donne pas ton cœur.

Elle a serré les dents, même si la peau de sa mâchoire se plissait dans l'effort qu'Una faisait pour ne pas la laisser trembler.

— Il m'aime, père. Je le sais. C'est une preuve suffisante pour moi. Je lui ai donné mon cœur. Je l'attendrai.

Les larmes ont roulé en silence sur son visage pour mouiller son col, mais sa voix était ferme.

— Je l'attendrai et n'accepterai aucun autre homme.

Fidel a secoué la tête et a serré sa fille.

— Alors, il ne me reste qu'à espérer qu'il se montre digne de confiance.

Les jours ont passé ; chacun semblait durer une petite éternité.

Mais les nuits étaient bien pires.

Una s'éveillait chaque matin avec l'impression d'avoir à peine dormi et en redoutant la plus petite activité quotidienne. Parfois, alors, elle se rappelait des bribes de ses rêves, mais même ces souvenirs paraissaient s'estomper après un jour ou deux. Tout ce qui restait était la lourdeur, l'épuisement et, derrière tout ça, une inquiétude tenace.

Peu de choses ont changé durant ces mois. Le quatorzième anniversaire de Félix a été célébré en grande pompe. Monstre a aussi célébré son anniversaire de naissance, mais avec moins d'éclats. Una a vu et éconduit deux autres prétendants, et ni l'un ni l'autre n'a laissé d'empreinte dans son esprit. Les heures semblaient s'écouler avec une grande lenteur, et elle n'a reçu aucune nouvelle de son prince-bouffon. Il ne se présentait même pas dans ses rêves.

Jusqu'à une froide nuit du début de l'hiver.

Una était couchée, emmitouflée dans ses couvertures, et se tenait immobile, car moins elle bougeait, et plus elle conservait sa chaleur. Monstre était terré profondément dans les couvertures en une boule poilue à ses pieds, aussi près possible du chauffe-lit sans craindre pour sa sécurité. Son ronronnement avait cessé depuis un moment, et le silence se fermait autour de la chambre comme une main glacée.

Elle faisait semblant de dormir, mais ne pouvait se leurrer. Son nez était gelé, mais Una était trop fatiguée et gelée pour relever les couvertures afin de le couvrir. Elle a donc prétendu qu'il n'était pas froid, sans plus de succès. Elle s'est demandé si les princesses des contes de fées qui dormaient d'un sommeil enchanté se sentaient de la sorte quand elles restaient couchées pendant des centaines d'années, figées dans le temps. Comme cela devait être ennuyant après une décennie ou deux. Vraiment, cela devait être…

Une image a traversé son esprit.

Et avec la même rapidité, son rêve est venu et est reparti. Un visage de squelette blanc entouré de cheveux noirs, un corps couché sur un autel doré, figé et immobilisé par le sommeil. Soudain, ses yeux se sont ouverts, remplis de feu, et l'ont regardée pour la brûler jusqu'à la moelle. Elle a entendu la voix de Léonard comme si elle venait de loin, ou peut-être était-ce un simple souvenir de sa voix.

« Il est à toi. Prends-le ! »

Elle a haleté, et ses yeux se sont grand ouverts.

Même en fixant du regard la broderie familière du soleil et de la lune sur son baldaquin, elle n'a pas pu chasser la vision qui demeurait suspendue devant ses yeux, et la voix de Léonard remplissait ses oreilles.

« C'était un rêve. Rien de plus qu'un rêve », s'est-elle dit.

Elle s'est assise, a ramené les genoux contre sa poitrine et a pris plusieurs longues respirations. En respirant, elle a pris conscience de la brûlure sur ses mains.

Cette fois-ci, les brûlures n'ont pas disparu. Quand, enfin, sa domestique est venue raviver le feu une heure avant l'aube, Una était toujours couchée, mais éveillée dans son lit, où elle grimaçait de douleur. Les brûlures n'étaient pas assez graves pour demander à voir un apothicaire, mais elles étaient si douloureuses. Nounou a fait claquer sa langue quand elle les a vues et a concocté un onguent apaisant qu'elle a étalé sur les doigts d'Una avant de lui faire enfiler des gants de chevreau pour permettre à la lotion de pénétrer la peau. Una a assez bien obéi, mais quand elle a retiré les gants plus tard en après-midi, les brûlures étaient aussi rouges qu'avant.

– Qu'as-tu fait à tes mains, mademoiselle la princesse ? a demandé Nounou en les examinant et en faisant de nouveau claquer sa langue. As-tu pris les tisonniers pendant la nuit ? Tu sais que tu es censée laisser la domestique faire son travail : voilà pourquoi tu disposes d'une cloche pour l'appeler.

Una n'a pas tenté de s'expliquer. Elle ne comprenait pas elle-même. Elle a plutôt accepté avec reconnaissance cette excuse pour ne pas broder et est allée s'asseoir près de la fenêtre en silence. Monstre s'est installé sur ses genoux et a entrepris de faire sa toilette avec tout le soin d'un dandy. Una lui a frotté les oreilles d'un air absent. Sa fourrure lisse était plaisante contre ses brûlures.

– C'est curieux, n'est-ce pas, Monstre ? a-t-elle chuchoté en regardant au-delà des jardins, du côté de la forêt. C'est curieux, comment le temps est. Comment est-il possible qu'une journée dure bien plus longtemps qu'un mois ?

Monstre a remué les oreilles sans trop d'intérêt avant de passer au nettoyage de l'autre patte.

— Où est-il à présent, je me demande ? a-t-elle murmuré en caressant le dos de son chat.

Monstre a commencé à ronronner et a levé les hanches pour demander un grattouillement.

— Tu ne penses pas qu'il m'a oubliée, n'est-ce pas ?

Monstre a émis son opinion.

— Oui, eh bien, un « miaou » ne me donne pas beaucoup de réconfort, a dit Una en ébouriffant ses oreilles. Je suppose que je ne peux rien attendre, cependant. Il m'a dit qu'il ne serait pas en mesure de communiquer avec moi. Je me demande combien de temps ça prend pour tuer un dragon. Je me demande s'il sera blessé.

— Mriiiaou, a fait Monstre.

— Oh, ne dis pas ça ! Non, il s'en tirera, je le sais. Il en a appris beaucoup sur les dragons, tu sais, en Extrême-Orient. Tout ira bien, et il reviendra au printemps.

— Mriiiaou ?

— Je le sais, c'est tout.

— De quoi te parles-tu ? a demandé Nounou en entrant dans la pièce avec un panier de vêtements à repriser.

Elle avait tendance à avoir la mèche courte avec Una, ces jours-ci. Même si Una avait cessé ses explosions aléatoires de sanglots il y avait un moment, Nounou n'aimait toujours pas la bulle de mystère qui entourait la princesse et qu'elle n'avait pas la permission de crever.

— Je ne me parlais pas, a dit Una. Je parlais à Monstre.

— Arrête ces bêtises, et viens plutôt me parler. Je t'écouterai, au moins !

Nounou s'est installée sur une chaise et a arqué les sourcils à l'intention d'Una.

— Eh bien, mademoiselle la princesse ?

— Ne m'appelle pas mademoiselle la princesse, a dit Una. Tu m'appelles seulement ainsi quand tu es fâchée contre moi, et je n'ai rien fait de mal.

— Que le ciel nous aide, mademoiselle est pointilleuse cet après-midi ! s'est écriée Nounou.

Elle a tiré un long bas avec un trou à l'orteil de son panier.

— Je ne peux même pas utiliser un surnom sans t'offusquer... Où vas-tu ? Il est trop tard pour aller marcher... tu m'entends ?

Una n'a pas entendu. Elle a pris sa cape et a fait une sortie rapide. Monstre a trottiné à sa suite en roucoulant fort à ses chevilles, mais elle a refusé de le laisser la suivre à l'extérieur. Après lui avoir fermé la porte au nez, elle a couru d'un pas léger dans le jardin, puis est descendue vers la forêt.

La soirée était fraîche, ce qui laissait augurer une nuit aussi froide que la précédente. Les arbres projetaient des ombres d'une longueur infinie, mais le sol de la forêt était encore faiblement tacheté de la lumière orangée du soleil. Una avait pris l'habitude de venir au Vieux Pont presque tous les jours, quand le temps le permettait. C'était un lieu doucement solitaire où elle pouvait s'asseoir seule avec ses souvenirs. Elle aimait se rappeler sa première rencontre avec le bouffon, quand il avait atterri sur elle après avoir grimpé le mur en douce. Ce souvenir la faisait toujours sourire. Qui aurait pu croire que ce fou à lier tapageur allait, seulement quelques semaines plus tard, lui prendre son cœur d'une telle manière ? Cette pensée la faisait rire, mais il y avait toujours des larmes derrière l'hilarité.

Una a resserré sa cape autour d'elle en posant le pied sur le Vieux Pont. Elle s'est assise en laissant ses pieds ballotter au-dessus de l'eau, mais sans toucher l'eau glaciale. Un vent vigoureux soufflait les odeurs hivernales des feuilles trempées, de la terre froide et, peut-être, de neige qui frapperait bientôt son visage. Elle a fermé les yeux, s'est penchée derrière en prenant appui sur ses mains et a levé le menton dans le vent pour se laisser rêver.

— Allo, Una.

Elle a regardé par-dessus son épaule.

— Mon bouffon !

Elle a bondi debout en se prenant les pieds dans sa cape. Il se tenait là, à l'autre bout du pont, avec son ridicule chapeau couvert de clochettes à la main et ses cheveux ébouriffés en pointes.

— Vous êtes de retour !

— Je ne pouvais plus attendre au loin.

Il a laissé tomber son chapeau pour lui tendre les bras.

— Viendrez-vous avec moi, Una ? Maintenant ?

Elle a avancé vivement de deux pas qui ont fait écho sur le pont. Mais elle s'est arrêtée.

— Cœur-de-Lion, a-t-elle dit. Mon prince, avez-vous tué le Dragon ?

Ses bras sont retombés mollement sur ses flancs.

— Non, a-t-il dit. Non, gente dame, je ne suis pas encore un prince. Je suis seulement votre bouffon.

Il s'est retourné, et l'ombre des arbres a rampé sur lui.

— Je sais que vous ne pouvez pas m'aimer : je ne suis qu'un bouffon.

— Attendez ! a-t-elle crié. Léonard, revenez ! Je vous aime tel que vous êtes. Nul besoin de tuer un dragon. Vous n'avez pas à être un prince !

— Non, a-t-il fait en avançant dans l'obscurité. Non, vous ne pouvez pas aimer un simple…

— Mon amour, revenez !

Elle a essayé de courir, mais est tombée.

Elle s'est éveillée.

Sa respiration était rapide. Elle a fermé les yeux et penché la tête. Parfois, les rêves étaient si cruellement vrais.

— Oh, Léonard, a-t-elle murmuré, pourquoi ne revenez-vous pas ?

La lueur orangée du soleil avait presque disparu, et les tons gris du crépuscule s'installaient lourdement autour d'elle. Elle s'est levée pour partir et est descendue du pont pour mettre le pied sur le lit craquant de feuilles et de brindilles sur le sentier.

— Allo, Una.

Elle s'est tournée et a hurlé.

De l'autre côté du pont se tenait le Dragon.

16

Il a mis le pied sur le Vieux Pont, et les grandes ombres de ses ailes se sont déployées autour de lui. Elle a alors vu que ce n'était pas un dragon. C'était un homme dont les ailes étaient en fait une longue cape noire. Sa peau était blanche, d'une blancheur sans vie, comme une mince gaze recouvrant une obscurité plus profonde. Ses yeux étaient des pierres d'onyx, mais au sein de leurs ténèbres brillait un feu rouge.

Una a étouffé un cri et s'est tenue immobile, les mains portées à la gorge. Elle a avalé difficilement sa salive, et sa poitrine a eu un mouvement convulsif comme si elle avait retenu son souffle pendant un bon moment.

L'homme au visage blanc a souri — un coin de lèvres s'est soulevé plus rapidement que l'autre — un sourire qui a dévoilé des dents longues et noires. Il a traversé le pont, et ses longues bottes ont martelé les planches de bois dans un bruit creux.

— Allo, Una, a-t-il répété.

— Qui êtes-vous ? a-t-elle haleté.

C'était comme si ses pieds s'étaient enracinés dans le sol. Le gloussement de l'homme était profond, mais lisse comme le ronronnement d'un chat.

— Oh, Una, vous me connaissez.

Elle a dégluti de nouveau et respirait par râles. Il s'est approché, et elle a vu que son sourire défigurait le bas de son visage. Son ombre, aussi haute qu'un arbre, a couvert Una comme la nuit qui tombe. Ses cheveux étaient d'un noir profond contre son visage si blanc et semblaient friser et s'entortiller depuis ses tempes comme des flammes. L'air autour d'elle s'est alourdi, et ses doigts se sont resserrés autour de sa propre gorge. Una ressentait les brûlures de ses doigts comme si des couteaux lui piquaient la peau.

Le sourire de l'homme s'est élargi.

— Oui, a-t-il dit en dévoilant ses dents noires. J'ai attendu longtemps ce moment. Vous avez le bon feu en vous, n'est-ce pas ? C'est une bonne chose, que j'aie gagné au jeu.

Elle a essayé de parler, mais sa langue s'est appuyée inutilement contre ses dents serrées.

Il s'est penché vers l'avant. Elle a senti la chaleur émaner de lui et a cru que son visage allait brûler. Elle a serré les lèvres, et le visage de l'homme s'est approché du sien.

Au tout dernier moment, juste avant de suffoquer, Una a détourné brusquement la tête. Elle a inspiré de grandes bouffées de l'air frais de la nuit et s'est frotté le cou là où ses doigts s'étaient enfoncés dans sa peau.

L'homme au visage blanc a reculé d'un pas et s'est léché les lèvres.

— Pardonnez-moi, a-t-il dit d'une voix aussi lisse que le velours. Je vois que vous n'êtes pas encore prête. Invitez-moi chez vous.

Sa voix a éraflé sa gorge avec douleur.

— Je ne veux pas que vous entriez chez moi.

— Au contraire, a-t-il dit. Invitez-moi chez vous.

— Non.

Una a senti des larmes bouillir dans ses yeux.

— Invitez-moi chez vous, Una.

Elle a appuyé les mains contre sa bouche, mais les larmes ont coulé et ont ébouillanté ses doigts.

— Una.

— Viendrez-vous dîner ? a demandé Una.

— Bonne fille, a dit l'homme au visage blanc.

Nounou se trouvait dans le jardin, où elle cherchait Una.

— Par la couronne de Bebo, où étais-tu, ma fille ? s'est-elle exclamée quand Una s'est avancée sous les lumières du jardin au bras de l'homme au visage blanc.

Nounou a sursauté quand elle l'a aperçu.

— Qui dans le monde… Oh !

Le souffle coupé, elle a reculé, les mains brandies devant son corps.

— Bonsoir, a fait l'homme en souriant. La famille est-elle déjà attablée pour le dîner ?

Nounou a hoché la tête. Incapable de la regarder, Una a plutôt fixé les yeux sur les bottes de sa bonne.

— Bien, a dit l'homme. Nous allons nous joindre à eux. Je suis invité à dîner. Dirigez-nous vers la salle à manger.

— Princesse ?

Nounou a parlé d'une voix éteinte et tremblante.

— Obéis à ses ordres, a chuchoté Una.

Nounou les a précédés à la porte qu'elle leur a tenue. Una, le bras passé sous le coude de l'homme, avait l'impression d'être retenue par une chaîne en fer. Elle n'a pas tenté d'y résister.

Monstre rôdait à l'intérieur, près de la porte, et a roucoulé la bienvenue à sa maîtresse avant de se figer sur place comme une statue, à l'exception de son museau, qui remuait au milieu de son visage aveugle. Soudain, il a retroussé les babines pour pousser un sifflement féroce. Il a fait le dos rond avant de hurler un miaulement hideux et de filer comme une flèche dans le couloir, la queue hérissée.

L'homme au visage blanc a baissé les yeux vers Una pour lui sourire.

— Quel beau chat, a-t-il dit. Étrange qu'il n'ait pas d'yeux. Peut-être pourrait-il continuer de vivre s'il perdait d'autres membres ?

Elle a secoué la tête d'un air suppliant.

Il a ri, lui a tapoté la tête et l'a accompagnée jusqu'à la salle à manger, à la suite de Nounou.

Seuls le roi et le jeune prince étaient attablés, ce soir-là, assis à la lueur des hautes bougies fines. Nounou leur a fait une petite révérence en ouvrant la porte avant de se réfugier dans un coin où elle s'est accroupie comme un animal pourchassé.

— Ah, Una, a dit Fidel à l'entrée de sa fille. Je me demandais…

Sa voix s'est éteinte quand il a vu au bras de qui sa fille entrait.

— Bonsoir, Votre Majesté, a fait l'homme au visage blanc en esquissant une grande révérence. Votre fille m'a invité à dîner.

Une bougie est morte.

La coupe de vin du roi a éclaté en percutant le plancher.

Fidel a saisi un couteau à dépecer pour attaquer l'homme.

Avec la rapidité de l'éclair, l'homme a attrapé le poignet de Fidel et a fait tourner le roi sur lui-même pour le planquer face première contre la table. Des assiettes et des couverts en sont tombés pour éclater sur le sol. Félix a bondi debout en criant :

— Gardes !

L'homme au visage blanc l'a fait taire d'un seul regard. Félix est retombé sur sa chaise, la bouche ouverte en un cri silencieux même au moment où des pas résonnaient dans le couloir. Des gardes ont surgi dans la pièce.

— Reculez, a dit l'homme au visage blanc en se tournant lentement vers les dix hommes armés qui s'amassaient dans l'embrasure de la porte.

Il a souri, et ils ont battu en retraite pendant que l'un d'entre eux criait :

— Que le ciel nous protège !

— Eh bien, Votre Majesté, a fait l'homme au visage blanc en se penchant pour murmurer à l'oreille du roi. Ce n'était pas très amical de votre part.

— Monstre ! a vociféré le roi. Démon !

Depuis une coupe renversée, du vin coulait sur la table jusqu'à la barbe du roi et tachait son visage comme du sang.

— De simples paroles, cher roi, a ricané l'homme.

Il a resserré sa poigne autour du poignet de Fidel jusqu'à ce que les doigts du roi deviennent bleus et qu'il lâche son couteau. L'homme à la cape noire l'a tiré en position debout pour le tourner vers ses gardes, qui ont remué et grogné, mains sur leurs armes.

— Tout le monde dehors, a dit l'homme en jetant un regard vers Félix.

Le prince s'est levé en titubant.

— Non, a-t-il dit d'une voix faible. Relâchez ma…

— Sors, garçon, et amène la vieille dame avec toi, a fait l'homme avec un rire de gorge rauque. Crois-tu que tu ne m'obéiras pas ?

Félix a tangué, et ses yeux se sont renversés dans sa tête.

— Père ? a-t-il haleté.

— Pars, mon fils, a dit le roi en s'affaissant sous la poigne de l'homme. Allez.

Félix a fait un pas incertain, puis un autre. Enfin, il a couru à Nounou pour la tirer par le coude hors de la pièce.

— À votre tour, les gardes, a dit l'homme au visage blanc d'une voix lisse et plaisante, si vous voulez bien avoir l'amabilité de sortir ?

Il a franchi un pas dans leur direction en tenant le roi devant lui. Un par un, les gardes ont reculé hors de la pièce ; chacun d'eux haletait comme si un poids terrible comprimait ses poumons.

— Venez, Una, a dit l'homme en se tournant vers la princesse, qui se tenait dos contre le mur, les mains devant le visage. Prenez mon bras. Nous allons faire une promenade.

Le roi Fidel a grogné et s'est débattu, mais l'homme à la cape noire a resserré davantage sa poigne jusqu'à ce que les os du poignet du roi soient sur le point d'éclater.

— Pas d'histoires, a dit l'homme. Venez, Una.

Elle a glissé la main sous son coude.

Ainsi liés, ils ont tous trois suivi les gardes, Félix et Nounou dans le couloir menant au grand hall d'entrée du palais. Là, la plupart des habitants de la maisonnée s'étaient déjà réunis — seigneurs, dames et serviteurs — et échangeaient des regards de confusion silencieuse, comme s'ils rêvaient et ne comprenaient pas trop pourquoi les autres résidents étaient là. Une petite domestique a aperçu le groupe de la salle à manger; d'abord le prince et Nounou, puis les gardes, et enfin le roi, retenu par l'homme au visage blanc. Elle a hurlé et s'est effondrée contre un valet de pied, comme morte.

L'homme au visage blanc a parcouru l'assemblée du regard. Puis, il a prononcé une seule parole :

— Sortez.

Des cris ont rempli le hall d'entrée. Hommes et femmes se sont bousculés et débattus pour passer par les grandes portes, aboutir dans la cour et les jardins et se mouvoir comme une seule entité vers les grilles. Même les gardes ont suivi. Una a perdu Félix et Nounou de vue.

Bientôt l'homme, le roi et la princesse se sont retrouvés seuls.

L'homme au visage blanc a jeté le roi sur le sol. Fidel s'est agenouillé en gémissant, mais l'homme lui a donné un coup de pied. Una a crié et tenté de courir aider son père, mais l'homme a brandi une main pour lui bloquer le passage. Una a saisi la main et l'a mordue, et un cri d'animal a rugi de sa gorge. L'homme l'a regardée en souriant et en la secouant comme si elle n'était qu'un faible chaton. Elle a essayé de bondir vers lui de nouveau, mais un seul regard l'a figée sur place.

L'homme au visage blanc a reporté son attention sur Fidel, accroupi à quatre pattes.

— Sortez, a dit l'homme. Suivez vos sujets.

Il s'est avancé, et Fidel, toujours à genoux, a reculé en rampant.

— Je n'ai pas à vous tuer, a dit l'homme, pourvu que vous obéissiez à mes ordres.

Le roi a rampé à reculons jusqu'au seuil, incapable de détourner le regard du visage ombrageux de l'homme. Quand

Fidel s'est trouvé dehors, l'homme au visage blanc lui a permis de se lever.

— Una, a crié le roi en tendant les mains, dont l'une noircie et meurtrie.

— Elle reste avec moi, a dit l'homme en sortant dans la cour.

Le vent de la nuit s'est pris dans sa cape, qui s'est gonflée derrière lui.

— Jamais !

Fidel a voulu avancer, mais est tombé à la renverse quand un tourbillon de flammes a soufflé vers son visage.

La cape noire a pris de l'expansion comme des nuages de tempête pour se transformer en de vastes ailes. L'homme a levé ses mains devenues des griffes recourbées à l'aspect cruel. La rougeur dans ses yeux a tournoyé et s'est dilatée jusqu'à ce qu'elle engouffre l'obscurité dans une chaleur déchaînée. Du feu s'est échappé de sa gueule, et il a grandi pour se dresser de manière imposante devant le roi, aussi haut qu'un édifice de trois étages. Ses écailles de reptile brillaient à la lueur de son propre feu. Fidel a hurlé et est tombé face première. Le rire rugissant du Dragon a scindé le ciel.

— Elle reste avec moi, a-t-il dit, en témoignage de votre bonne foi à ne pas m'importuner par vos armées et vos batailles. La chair humaine qui brûle aigrit l'air. Partez, maintenant, petit roi. Je vous indiquerai quel sera mon bon plaisir quand le moment sera venu. Obéissez promptement. Partez !

Le roi a fui par les grilles dans un nuage de fumée et de vapeurs viciées.

Le Dragon s'est tourné vers Una, qui s'accrochait à l'embrasure de la porte, à deux doigts de s'évanouir. De grands yeux rouges ont percé son regard pour s'y plonger profondément jusqu'à ce qu'elle ait l'impression que son esprit et son âme étaient la proie des flammes.

Mais quelque part, au plus profond de son cœur, il restait une parcelle à l'abri du feu. Elle s'y est raccrochée, le souffle coupé par l'effort. Le Dragon s'est penché vers elle, des flammes léchant ses dents, et elle est tombée à genoux. Pourtant, un petit nœud de paix demeurait au milieu des flammes, frais et pur. Elle l'a saisi dans son esprit et l'a serré avec force.

— Il viendra, a-t-elle chuchoté.

Le Dragon a relevé la tête, et elle s'est affaissée contre le montant de porte. Ses cheveux sont tombés devant son visage rouge.

— Ah, a fait le Dragon, je vois.

De la fumée s'est échappée de ses narines.

— Très bien. Vous finirez par être prête.

Il s'est tourné, et sa queue s'est frottée contre elle pour la pousser à l'intérieur du palais. Il a rampé dans les ténèbres du jardin en soufflant des flammes sur les troncs et les arbustes dégarnis de feuilles afin d'éclairer son chemin.

— Allez à votre chambre, petite langue pendue, a-t-il lancé par-dessus son épaule. Nous passerons bien du temps ensemble, mais pour l'instant, vous pouvez vous retirer.

Una est entrée péniblement dans le palais et, avec un dernier effort inouï, a refermé la porte derrière elle.

17

Pris dans le flot de gens qui filaient par les grilles, Félix s'est débattu pour se libérer, déterminé à ne pas être séparé de son père et de sa sœur. Il avait perdu la trace de Nounou quelque part dans la cohue et était incapable de la retrouver. Il se sentait impuissant, poussé contre sa volonté le long de la colline par une foule qui l'éloignait du palais et l'amenait vers Sondhold. À mi-chemin sur la colline, il a aperçu une trouée dans la cohue et s'y est faufilé. Il s'est dégagé de la foule et a dégringolé dans un ravin. De la boue a éclaboussé son visage, et des buissons ont mordu ses lèvres, mais il a poussé un soupir de soulagement.

En secouant la tête et en repoussant les épines, il s'est assis et a étudié les alentours. Des cris déchiraient l'air autour de lui, et il a compris qu'il ne venait pas uniquement des gens qui fuyaient le palais.

Il s'est hissé hors du ravin en titubant pour grimper la colline raboteuse jusqu'à ce qu'il atteigne une grosse pierre.

Félix s'est soulevé sur celle-ci et, de là, a gagné une bonne vue sur le palais et sur la ville qui s'étalait au bas de la colline.

La ville était en feu.

Félix a senti son cœur battre dans sa gorge et a eu l'impression qu'il allait s'étouffer. Sondhold était attaquée. Il pouvait voir jusqu'au port où des mats de navire brûlaient comme des flambeaux. Et qu'en était-il de Ramgrip, la vieille forteresse construite il y avait longtemps pour protéger la ville ? Elle était dans le noir, tenue dans l'ombre par rapport au feu éclatant de la ville.

Mais qui s'attaquerait à Parumvir ? Ils étaient en paix avec tous les royaumes des alentours, et ce, depuis plus de cent ans. Fidel ne comptait aucun ennemi ; impossible qu'il en ait un seul.

— Père, a murmuré Félix en regardant la ville en flammes et en entendant des bruits de terreur qui lui glaçaient le sang.

Il se sentait très jeune et très petit.

En s'armant de courage, il a bondi de la pierre pour culbuter sur le gazon dru. Il s'est relevé en un instant pour courir vers le palais aussi vite que ses jambes le lui permettaient. Il devait trouver son père.

Les murs blancs du palais avaient un air spectral dans la nuit alors que ses pieds martelaient le sol de la colline et couraient dans leur direction. Ses pas ont ralenti contre sa volonté, car une terreur jusque-là inconnue s'est élevée dans sa poitrine pour grandir à mesure qu'il approchait des murs familiers. Cette terreur s'apparentait davantage à une peur du noir ; non pas une peur de ce qui pouvait se cacher dans les ténèbres, mais de tout ce que l'obscurité représentait en l'absence de la lumière. Voilà la sensation qui courait dans ses veines et l'emplissait d'effroi alors qu'il approchait de chez lui.

Dans l'obscurité qui s'élevait au-dessus du mur, il a soudain aperçu deux boules de feu qui déchiraient le ciel de la nuit avec leur lumière funeste. Quand il a compris qu'il s'agissait en fait d'yeux, Félix s'est jeté sur le sol. L'horreur l'a serré dans son emprise alors qu'il se recroquevillait sur le flanc de la colline, convaincu d'avoir été aperçu par ces yeux, convaincu qu'il allait être dévoré.

Mais il n'est rien arrivé.

Il a enfin trouvé la force de lever la tête pour regarder. Les yeux avaient disparu. Il a rampé, s'est relevé et a poursuivi sa montée.

« Je dois retrouver mon père ! »

Cette pensée urgente se répétait dans son esprit à chaque pas, et il s'est concentré sur elle en tentant de ne pas penser aux yeux.

De la fumée flottait dans l'air, le long de la colline – de la fumée de dragon.

– Père ! a appelé Félix, la voix affaiblie par la terreur, mais déterminée.

Il se tenait près des grilles de l'entrée, à ce moment ; elles étaient grandes ouvertes. Ses yeux ont parcouru la route à la recherche d'un signe de vie du roi.

Un corps gisait en bordure de la route ; une masse dans les ténèbres, à quelques pas de la grille.

Félix a pris une grande respiration avant de filer vers celui-ci.

– Père !

Félix a empoigné le roi par les épaules pour le retourner.

Fidel était non seulement vivant, mais conscient, même si son souffle était irrégulier dans l'air alourdi par les vapeurs.

– Una, a-t-il gémi.

En jetant des regards désespérés par-dessus son épaule, terrifié à l'idée que les yeux horribles réapparaissent, Félix a aidé son père à se lever. Le prince n'avait pas encore atteint sa taille d'homme, mais il a tiré le bras de Fidel autour de ses épaules osseuses pour le soutenir du mieux qu'il le pouvait en s'avançant vers la colline pour s'éloigner du palais.

— Una, a gémi de nouveau le roi.

— Chut, père, l'a supplié Félix.

— Est-ce toi, Félix ?

— Oui, père.

— Nous devons sauver Una.

Fidel s'est débattu pour se tenir sans appui.

Il s'est effondré, manquant de peu d'entraîner son fils dans sa chute. Félix a serré la mâchoire et a fait appel à toutes ses réserves de force pour maintenir leurs deux corps debout. Son père était près de s'évanouir, et Félix ignorait ce qu'il ferait si Fidel perdait conscience. Il n'avait pas la force de porter le roi tout seul.

— Venez, père, a-t-il dit en murmurant des paroles d'encouragement et en guidant Fidel vers la colline, loin de la route.

Le terrain raboteux était difficile à franchir dans l'obscurité, et Félix a cru plus d'une fois qu'ils allaient y débouler tête première.

Félix a reconnu la pierre sur laquelle il s'était perché plus tôt. Il a doucement adossé son père contre celle-ci.

— Je reviens tout de suite, a-t-il dit avant de se hisser de nouveau sur la grosse pierre.

Les flammes s'élevaient encore plus hautes sur la ville, surtout dans le quartier à l'ouest. Les habitaient fuyaient de toutes parts et gagnaient la campagne. Des flambeaux brillaient depuis le creux de la route de la colline. Des silhouettes sombres approchaient.

Félix a bondi de la pierre en priant pour qu'on ne l'ait pas aperçu. Il s'est glissé vers son père et a passé ses bras autour de lui en tentant désespérément de réfléchir. Où étaient les gardes ? Quelle direction prendre ? Les questions tourbillonnaient dans son esprit, mais demeuraient sans réponse.

— Tu trembles, a dit Fidel d'une voix frêle. Qu'est-ce qui ne va pas ?

Félix dédaignait à lui répondre quand son père était si faible, mais il ne savait pas quoi faire d'autre.

— La ville est assiégée, a-t-il chuchoté en se sentant coupable de parler, comme s'il confessait un crime. Des hommes armés se dirigent vers nous.

Fidel a grogné et s'est levé de peine en repoussant les mains de Félix qui cherchaient à le retenir. Il a regardé de l'autre côté de la pierre en s'y agrippant pour garder l'équilibre. Ce qu'il a vu a confirmé les paroles de Félix, et il a sifflé des jurons entre ses dents serrées.

Félix s'est dépêché à passer un bras autour de son père. Les silhouettes sombres sur la route avaient déjà franchi la moitié de la distance qui les séparait d'eux. Le prince n'avait d'autre choix que d'espérer ne pas avoir été vu.

— Nous devons gagner Ramgrip, a murmuré Fidel. Le général Argus aura réuni tous mes hommes à l'heure qu'il est, si la forteresse n'a pas été prise.

— Mais comment y parvenir ? a demandé Félix. Les gens qui grimpent la colline, peu importe qui ils sont, se tiennent entre nous et la forteresse, et Ramgrip se trouve à au moins cinq kilomètres.

— Courage, mon fils, a dit Fidel. Argus essaiera de me trouver, mais nous devons quitter cette colline. Viens, aide-moi.

Félix et son père se sont éloignés furtivement de la route pour s'enfoncer dans les ténèbres vers le flanc sud de la Colline de la pierre dorée. La Forêt de la pierre dorée se dressait à proximité d'un air menaçant, et Félix craignait que son père n'insiste pour qu'ils se mettent à l'abri sous ces arbres sombres. La respiration de Fidel était faite d'halètements laborieux, et Félix s'est aperçu qu'il supportait de plus en plus le poids de son père. Le roi était près de l'inconscience.

— Mriiiou ?

Félix a perdu le souffle et a failli échapper le roi. Une forme sinueuse a émergé de l'obscurité pour s'enrouler autour de ses chevilles.

— Monstre ! a marmonné Félix. Que des dragons te mangent, espèce de chat. Va-t-en !

Il a donné un coup de pied au chat aveugle. Monstre est revenu et a repris ses frottements et son ronronnement de forcené. Félix lui a jeté un regard mauvais.

— Bon, d'accord, a-t-il sifflé, tu peux venir. Mais ne va pas croire que je vais te dorloter, créature.

Le chat a couru pour les devancer de quelques pas avant de se retourner vers eux en miaulant. Puis il a disparu dans l'obscurité pour réapparaître l'instant d'après aux pieds de Félix.

— Je ne te suivrai pas, a marmonné Félix. Tu es aveugle, idiot.

— Mriaaa ! a râlé le chat avant d'enfoncer des griffes affutées comme des poignards dans la jambe de Félix.

— Mriaa toi-même ! Bête infestée de dragons…

Félix s'est arrêté, a serré la mâchoire et lui a envoyé un autre coup de pied. Le chat l'a esquivé comme s'il pouvait le voir. Il a continué de décrire des va-et-vient pour montrer la voie avant de revenir sur ses pas pour s'assurer que le prince le suivait. Et, à son dégoût, Félix s'est aperçu qu'en suivant le chat, il avait meilleure prise sur l'obscurité.

Les sons d'une poursuite approchaient d'eux. Félix a regardé derrière pour apercevoir des flambeaux brûler juste au-delà d'un affleurement de roche. Il a discerné un fourré de buissons pas très loin devant et y a accouru aussi vite qu'il le pouvait avec la charge qu'il supportait. Dans son empressement, il a laissé tomber son père sur le sol sans douceur. Le roi a gémi, ce qui a fait grimacer Félix, mais il a poursuivi sa course précipitée.

En poussant son père dans les buissons, il a murmuré :

— Rampez sous les buissons, vite.

Il entendait des échanges entre des voix d'hommes, si près de lui.

— Vite, père !

Son cœur battait la chamade, et il a cru qu'il allait être malade.

« Ne pense à rien », s'est-il dit.

« Ne pense à rien ! »

— Félix ? a appelé le roi d'une voix faible, mais il était trop tard.

Félix a bondi du fourré et s'est mis à courir et à sauter sur quelques mètres. Il a monté sur une grosse pierre et a crié en agitant les bras dans le noir :

— Ici ! Ici ! Par ici !

Trois grandes silhouettes se sont tournées vers lui, flambeaux à la main. Félix a bondi de la grosse pierre et piqué un sprint sur la colline en s'éloignant de son père. Des cris l'ont suivi.

— Est-ce là le prince ?

— Prince Félix ! Votre Majesté !

« Ne pense à rien ! »

Félix dévalait la colline en courant et en trébuchant.

Deux autres silhouettes sont apparues soudain sur sa voie, mais son élan était trop grand pour lui permettre de rebrousser chemin. Il est tombé dans leurs bras, où il s'est débattu sans pouvoir se libérer.

— Prince Félix ? a demandé une voix profonde. Est-ce vous ?

— Laissez-moi partir ! a-t-il crié avec désespoir.

— Si c'est bien vous, Votre Majesté, a dit son interlocuteur, nous sommes les hommes du roi.

— Menteurs ! a crié Félix.

— Non, prince, a insisté son interlocuteur en retirant rapidement la main que Félix essayait de mordre. Je suis le capitaine Durand. Le général Argus nous a envoyés, mes hommes et moi, pour vous retrouver, vous, votre père et la princesse. Argus tient en respect les hommes du duc au bas de la colline, mais nous sommes gravement dominés. Nous devons vous amener loin d'ici.

Le bruit de pas de course a informé Félix que ses poursuivants le rattrapaient. Malgré tout, il s'est calmé entre les bras de ses ravisseurs.

— Le duc ? a-t-il demandé d'une voix haletante.

— Le duc de Shippening, a dit le capitaine Durand. Il s'est attaqué à Sondhold sans crier gare. Nous manquons de munitions, à Ramgrip. Le général Argus ne pourra pas l'empêcher de se diriger vers le palais bien longtemps. Où est votre père, prince ? Nous avons croisé des gens qui fuyaient le palais, mais ils n'avaient aucun renseignement sur le roi.

Un cri a interrompu toute réponse que Félix aurait pu donner. Cinq cavaliers ont approché. À la lumière des flambeaux, Félix a vu que l'un d'entre eux soutenait le roi Fidel devant lui. Le roi agrippait mollement l'arçon de la selle, mais ses yeux ont brillé quand il a aperçu Félix.

— Amenez-le à moi, a-t-il ordonné d'une voix chevrotante.

Durand et l'autre soldat qui tenait les bras de Félix l'ont escorté jusqu'à son père. Le roi a empoigné le devant de la chemise de son fils et, avec une force étonnante, l'a soulevé sur la pointe des pieds. Il a plongé un regard féroce dans les yeux de Félix.

— N'essaie plus jamais de me sauver, a-t-il grogné d'une voix étranglée par la colère. Je n'accepterai pas que tu risques ta vie pour moi. Compris ?

Félix a dégluti difficilement avant de hocher la tête. Fidel l'a relâché et s'est affaissé de nouveau dans les bras du cavalier.

— Donnez-lui un cheval, a dit Durand.

L'un des cinq cavaliers est descendu de sa monture pour hisser Félix à sa place sur la selle.

— Cavalez jusqu'à la garnison à Dompstead, a indiqué le capitaine. Le général Argus vous y rejoindra dès qu'il le pourra. Je crains que nous soyons chassés de Sondhold avant la fin de la nuit.

Fidel a repris le dessus sur son corps une dernière fois.

— Una ? a-t-il soufflé.

— N'ayez crainte, Votre Majesté, a fait le capitaine Durand. Nous retrouverons votre fille.

Sans prononcer une autre parole, les cavaliers ont fait trotter leurs montures pour descendre la colline. Félix s'est accroché à la crinière de son cheval, mais la bête semblait bien trouver son chemin dans le noir.

— Mriiiou ?

Le prince a entendu le petit cri et a immobilisé son cheval avant que celui-ci n'ait franchi dix pas.

— Votre Majesté, a dit le capitaine Durand. Que faites…

En ignorant le capitaine, Félix a bondi de sa selle. Monstre est apparu dans la nuit près de ses chevilles. Il a pris le chat, l'a drapé sur son épaule et s'est hissé de nouveau sur sa selle. Les griffes de Monstre s'enfonçaient douloureusement dans son épaule, mais Félix ne s'en souciait pas. Il a éperonné le cheval afin qu'il rattrape les autres tout en tenant le chat d'une main.

18

Quand elle s'est lentement éveillée, Una a eu l'impression que sa poitrine avait été entièrement brûlée, et ses yeux piquaient. Une sensation écrasante de cauchemar l'entourait. Quand, enfin, la conscience est venue, il ne lui restait plus qu'à supplier son esprit. Non, je vous en prie. Je vous en prie, faites que ce soit un rêve. Seulement un autre mauvais rêve.

Mais ce n'était pas un rêve. Elle a compris qu'elle devait ouvrir les yeux, ce qu'elle a fait. Elle a découvert qu'elle était couchée sur le dos dans un enclos sombre et poussiéreux, les yeux levés vers des cordes entrelacées serrées. L'instant d'après, elle s'est aperçu qu'elle se trouvait sous son lit et s'est vaguement souvenue avoir rampé là la veille au soir. Elle s'est frotté le visage, couvert de larmes séchées, a déplié ses membres raides et s'est poussée de sous le matelas.

Le silence l'opprimait, car elle n'avait jamais entendu rien de tel. Il y avait toujours eu une forme ou l'autre de bavardage ou de cliquetis en fond sonore ; le va-et-vient des serviteurs, les cris des cochers dans la cour, le babillage de Nounou, les gens de la cour et les dignitaires — le palais d'Oriana était toujours rempli de bruit.

À présent, il y régnait un silence de mort.

Una s'est levée lentement. La pièce était si faiblement éclairée qu'elle n'aurait pu dire si c'était le matin ou le soir. Elle s'est dirigée vers sa fenêtre et a agrippé les rideaux. À mesure qu'elle les tirait, des volutes de fumée noire et terrible ont rempli son regard. Elle a appuyé le nez contre la fenêtre pour essayer de voir dehors. Ici et là, la fumée s'éclaircissait, et elle entrevoyait le jardin, en feu et calciné.

Un mouvement dense à la droite a attiré son regard. Elle a aperçu une grande aile noire.

Elle a porté les mains à sa bouche, laissant les rideaux retomber, avant de reculer de la fenêtre en titubant dans la pièce ombragée. Elle s'est tenue immobile un moment au milieu de la pièce, comme si elle était figée sur place. Puis elle a pivoté sur elle-même, a filé vers la porte qu'elle a grande ouverte pour se glisser dans le couloir. Elle a refermé la porte délicatement, craignant de briser ce silence horrible.

Le palais vaste et vide s'érigeait de façon menaçante autour d'elle. Elle a parcouru le couloir sur la pointe des pieds et a tourné le coin vers un autre couloir qui menait à une grande fenêtre avec vue jusqu'à Sondhold, au bas de la colline. De cette fenêtre, il était même possible de voir la pelouse du marché.

Una a regardé par la fenêtre.

À travers l'écran de fumée, tout au bas de la colline, Sondhold brûlait.

Sa ville ! Una a serré le rebord de la fenêtre pour ne pas tomber. Sa maison !

— Père.

Elle s'est surprise à crier ; sa voix se répercutait dans les longs passages vides.

— Père ! Félix ! Nounou !

Elle s'est effondrée à genoux, les mains toujours agrippées au bord de la fenêtre. Saisie de panique, elle s'est laissée aller à sangloter de façon incontrôlable.

— Léonard, a-t-elle murmuré.

Seul le silence lui a répondu.

— Dragon !

Una a sursauté quand la voix a résonné dans la cour. Elle n'aurait pu deviner depuis combien de temps elle était prosternée sur le sol. Sa crise d'hystérie était passée, mais elle n'avait pas encore bougé. Qui allait s'en soucier ?

Mais à présent qu'une voix beuglait dans la cour, elle s'est levée tant bien que mal pour essayer d'y voir à travers la fumée. Les fenêtres à cet endroit n'offraient pas la meilleure vue sur la cour. Elle a relevé ses jupes pour courir dans les couloirs vides jusqu'au bureau de son père dont les fenêtres s'ouvraient sur les grilles et sur une majeure partie de la cour.

Arrivée devant sa porte, elle a levé le poing pour frapper, comme d'habitude, mais s'est arrêtée. Una a secoué la tête, puis est entrée. Comme les rideaux étaient fermés, la pièce était aussi noire que la nuit. Elle les a grands ouverts pour découvrir une vue plutôt claire sur la cour.

Le duc de Shippening enfourchait un cheval gris et nerveux au milieu de la cour remplie de fumée.

— Dragon ! a-t-il aboyé.

Une poignée de soldats portant l'uniforme de Shippening s'attardaient à la porte, trop effrayés pour s'aventurer plus loin. Le duc, toutefois, n'avait aucun scrupule.

— Dragon ! a-t-il crié. Montre-toi !

La grande porte d'entrée du palais s'est ouverte. Una a senti son cœur lui monter à la gorge quand l'homme au visage blanc et aux yeux noirs et rouges a avancé dans la cour.

« Il était dans le palais. »

Elle a cru qu'elle allait s'évanouir, mais elle a empoigné le cadre de la fenêtre et s'est forcée à observer la scène devant elle.

— Te voilà, a crié le duc en éperonnant son cheval pour qu'il avance sur les pierres cendrées et se rapproche de l'homme.

Le cheval a agité la tête nerveusement, mais semblait plus effrayé par son maître, car il n'a pas fui malgré ses yeux affolés.

— Je t'appelle depuis je ne sais trop combien de temps. Où étais-tu ?

— Je suis là maintenant, a dit l'homme.

— En effet, a acquiescé le duc.

Il a mis le pied à terre pour avancer vers l'homme, le visage aussi rouge qu'un dindon.

— Où est-elle ?

— Qui ? a demandé l'homme.

— Tu sais de qui je parle.

Le duc a poussé un juron, et sa voix a résonné dans la cour.

— L'as-tu laissée s'échapper, comme son père et son frère ?

— Si tu parles de la princesse, a dit l'homme en frottant ses ongles contre sa manche comme pour passer le temps, elle est à l'intérieur du palais.

— Dans les donjons ?

— Non.

— Qu'est-ce qui l'empêche de sortir d'ici aussi facilement que le roi et ce petit prince chétif, je te le demande ? Tu as toute une façon de remplir ta part de notre marché. « Prends la ville », m'as-tu-dit, « et laisse-moi la famille royale. » Eh bien, j'ai pris la ville, mais où se trouve la famille royale ? Elle doit être arrivée à Dompstead, à l'heure qu'il est.

L'homme au visage blanc a posé sur le duc un regard qui a glacé le cœur d'Una, mais le duc n'a pas semblé le remarquer.

— La princesse se trouve dans le palais, a dit l'homme.

— Livre-la-moi, alors, a dit le duc.

Una a resserré sa poigne autour du cadre de la fenêtre.

L'homme au visage blanc a reniflé et fait dos au duc.

— Tu as promis ! a crié le duc. Tu as promis qu'elle serait ma femme et que le trône serait à moi de façon légitime !

— Cela n'arrivera pas tant que le roi et son héritier sont vivants, a dit l'homme par-dessus son épaule tout en avançant vers les jardins. Termine d'abord ta part du marché. Elle n'est pas encore prête, de toute façon.

— Pas encore prête ? a tonné le duc. À quoi doit-elle se préparer ? Elle est à moi, Dragon. Tu l'as promis. Livre-la-moi !

Il a couru aux trousses de l'homme à la cape noire et lui a agrippé une épaule. L'homme s'est tourné et soudain, il est devenu deux fois, trois fois, six fois, dix fois plus grand, jusqu'à ce que son corps — noir, couvert d'écailles et de nœuds — se dresse de manière imposante devant le duc, et Una a étouffé un cri dans ses mains et s'est éloignée de la fenêtre. Elle a fermé les yeux, enroulé les mains sur le dessus de sa tête et s'est ordonnée de s'éveiller de ce cauchemar.

Mais les voix ont continué de résonner dans la cour.

— Je me souviens de chaque mot que je t'ai dit, duc.

Le grognement du Dragon a rempli la tête d'Una.

— Je n'oublie pas si facilement mes paroles.

— Alors, respecte tes promesses ! a crié le duc comme un enfant irritable, de toute évidence inconscient qu'il élevait la voix devant un monstre d'une hauteur de quinze mètres.

— J'ai besoin de temps ! a dit le Dragon.

Una a tremblé à son ton. Il a poursuivi :

— Ce genre de chose prend du temps. Mais si ce servile prince du Pays du Sud avait raison, l'attente en vaudra la peine.

« Le prince du Pays du Sud ? »

Les mains d'Una sont tombées sur ses flancs.

— Léonard, a-t-elle soufflé en se glissant de nouveau à la fenêtre.

Le duc se tenait dans l'ombre vaste du Dragon, les jambes écarquillées, les bras croisés. Le Dragon avait les yeux baissés sur lui ; ses yeux énormes n'étaient que des fentes de feu au milieu de son visage noir. On aurait dit qu'il aurait voulu avaler le duc tout rond, mais le duc et le Dragon savaient qu'il ne le ferait pas.

— Je n'ai rien à cirer des accords que tu as conclus avec le Pays du Sud, a dit le duc. Notre pacte est tout ce qui m'intéresse.

— Tu n'as pas tenu ta part du marché, a dit le Dragon.

Il a battu des ailes, et les soldats près de la grille se sont prosternés de terreur, mais le duc tenait bon.

— J'aurais tenu ma part si tu ne les avais pas laissés fuir ! a-t-il crié en brandissant le poing.

— Le roi et son fils ne sont rien à mes yeux, a dit le Dragon. Ils sont ton affaire. Mais si ça peut te rassurer, j'enverrai l'un des miens t'aider dans ta tâche.

— Jure-le ! a demandé le duc.

Le Dragon a dévoilé ses crocs dans un sourire horrible.

— Par le feu qui circule dans la moelle de mes os.

Le duc, satisfait pour le moment, a incliné la tête.

— Je reviendrai bientôt, a-t-il dit avant de tourner les talons.

Du feu a léché la gueule du Dragon, mais le duc a attrapé les rênes de son cheval et a quitté la cour indemne, ses hommes à sa suite avec des airs de chien battu.

Una est sortie du bureau de son père en silence et a regagné le couloir sombre. La peur l'étouffait ; la peur de savoir que le Dragon pouvait changer de forme et entrer dans le palais, qu'il était peut-être déjà dans le palais.

Mais il ne l'avait pas livrée au duc. Pas encore.

Et sa famille était toujours vivante.

« Pourquoi ne vient-il pas ? »

— Il viendra, a-t-elle murmuré en se frottant le haut des bras. Il viendra. Je lui fais confiance. Je sais qu'il viendra.

Elle a parcouru le couloir sur la pointe des pieds en restant dans l'ombre. Rien ne bougeait, aucun son n'était porté à ses oreilles sauf sa propre respiration. La voix du Dragon résonnait encore et encore dans sa tête.

« Si ce servile prince du Pays du Sud avait raison… »

Elle s'est figée et a porté les mains à sa bouche.

Léonard était parti à la recherche du monstre. Cette même bête qui avait détruit son royaume. Et Léonard était parti à sa chasse.

« Si ce prince avait raison… »

Il l'avait trouvé. Bien entendu, ils avaient dû se croiser, Léonard et le Dragon. Léonard était parti à la chasse et avait trouvé ce qu'il cherchait, mais…

Son cœur s'est pris dans sa gorge avant de tomber dans son ventre.

— Léonard ! a-t-elle haleté.

Une peur nouvelle s'est élevée en elle pour y tourbillonner jusqu'à ce qu'Una puisse à peine se tenir debout. Elle s'est retrouvée devant la porte de ses appartements. Avec un cri étouffé, elle a ouvert grand la porte. En titubant, elle a avancé à l'aveuglette dans le noir jusqu'aux portes vitrées menant au balcon, qu'elle a ouvertes en les tirant violemment.

De la cendre et de la fumée vrillaient au-dessus d'elle, l'aveuglaient et l'étouffaient. Elle a porté une main à sa bouche et s'est précipitée sur le balcon. Le jardin dessous ressemblait à un champ de bataille, dépouillé, enfumé, et de petits feux de jardin crépitaient ici et là. Toutes les statues blanches étaient enduites de cendres.

Mais elle n'a rien vu de tout ça. Elle s'est penchée au-dessus de la balustrade et, entre ses toux, elle a crié :

— Dragon !

— Est-ce vous, petite langue pendue ?

Elle a agrippé la balustrade pour ne pas tomber. L'instant d'après, la tête du dragon s'est dressée hors de la fumée, et Una s'est trouvée face à face avec son ravisseur. Ses pupilles rouges l'ont regardée depuis ses yeux en fente.

— Vous voyez quel chiot bien dressé je fais, répondant ainsi à votre appel ?

Du feu ruisselait entre ses dents, et Una a cru qu'elle allait mourir de frayeur.

— Allez, princesse à la langue pendue, a dit le Dragon, ne faites pas durer le suspense.

— Que... que...

Elle a couvert son visage et penché la tête, incapable de parler.

— Il s'agit de votre prince, n'est-ce pas ?

Una a relevé la tête dans un mouvement sec.

— Que lui est-il arrivé ?

— Il est celui qui viendra vous secourir, n'est-ce pas ? a roucoulé le Dragon pendant que sa queue énorme remuait dans les débris. Celui qui est si cher et si pur à votre cœur.

Ses yeux brillaient d'un éclat cramoisi au milieu du tourbillon de cendres.

— Que lui est-il arrivé ? a demandé Una de nouveau.

Le Dragon a ri en soufflant des volutes de flammes et lui a tourné le dos. Il a rampé dans les décombres en trainant avec lui son rire et sa fumée.

— Non !

Una a martelé la balustrade de ses poings. Sa voix était un aboiement furieux et étouffé.

— Dragon, répondez-moi ! Qu'est-il arrivé à mon bouffon ?

— Votre bouffon ? a demandé le Dragon en jetant un coup d'œil par-dessus son aile. Votre bouffon est mort.

Una s'est courbée comme si on lui avait assené un coup dans le ventre.

— Léonard, a-t-elle soufflé en tombant à genoux. Vous l'avez tué. Je le savais. Vous l'avez tué !

— Moi ? Non, ce n'est pas moi, a dit le Dragon. Non, le prince Cœur-de-Lion a tué votre bouffon. Les bouffons ont peu d'utilité quand il s'agit de rétablir un royaume.

L'espoir, faible mais vivant, a papillonné dans le cœur d'Una. Il était aussi douloureux qu'un poignard, mais elle s'y est raccrochée malgré tout.

— Cœur-de-Lion est vivant ?

— Si on veut, a dit le Dragon.

— Vous l'avez vu ?

— Nous nous sommes croisés sur la route entre ce royaume et le Pays du Sud. J'ai choisi de lui laisser la vie sauve. Je ne l'avais pas tué à notre première rencontre et ne voyais aucune raison de changer d'idée. Nous avons conclu un accord. Comme j'en ai terminé avec son royaume, j'ai promis de lui laisser la vie sauve pourvu qu'il me rende service en retour. Il était bien disposé à accepter, car il savait que je le tuerais autrement. Il a regagné le Pays du Sud ; y a fait son retour triomphal il y a quelques mois, je crois.

— Il est vivant, a chuchoté Una.

— Oui, oui, et il se porte bien également, si cela peut vous réconforter. Il est fiancé à la fille d'un baron à ce que j'ai entendu dire — une amie d'enfance. Un couple splendide à ce qu'on dit, et si heureux.

Le visage d'Una est devenu blême, et son monde a basculé.

— Il m'a parlé de vous et de votre royaume lors de notre rencontre, a dit le Dragon. J'ai été intrigué par ses paroles, pensant peut-être que j'avais enfin trouvé ce que je cherchais. Et je n'ai pas été déçu. Je savais que ce prince me serait utile.

Ses mots ont rempli l'esprit d'Una comme des vapeurs toxiques. Elle a senti l'amertume lui serrer la gorge et a eu des haut-le-cœur. À l'aveuglette, elle a tâtonné autour d'elle pour quitter le balcon et regagner sa chambre.

— Le bouffon est mort, petite princesse, a lancé le Dragon depuis les ruines du jardin. Il ne reste plus que le prince.

Una s'est glissé dans la penderie pour se recroqueviller dans le noir, haletante, la tête dans les mains.

19

La petite escorte du roi est entrée avec fracas dans Dompstead avec Félix en queue de peloton, car cavaler avec un chat sur les épaules était difficile. À leur arrivée à la garnison, Félix a vu qu'on entraînait brusquement son père hors de sa vue avant qu'il n'ait lui-même eu la chance de descendre de sa monture. Son bref aperçu du visage de Fidel l'a rempli d'effroi.

Monstre a bondi de son épaule pour disparaître dans l'obscurité. Félix l'a appelé et a tenté de le poursuivre, mais quelqu'un lui a saisi le bras.

— Par ici, prince, a dit un soldat en le traînant pratiquement dans le fort.

Trop fatigué pour argumenter, Félix s'est laissé pousser le long d'un corridor noir, entre des soldats qui ne le reconnaissaient pas et qui se seraient peu souciés de lui, même s'ils l'avaient reconnu.

— Voici la chambre de votre père, a dit le soldat avant de disparaître pour laisser Félix seul dans une grande salle obscure et déserte devant une porte fermée.

Félix a essayé de tourner le bouton de porte, mais celle-ci était verrouillée. Il a posé l'oreille contre la porte et a entendu des voix de l'autre côté, mais personne n'a répondu quand il a frappé. Il a croisé les bras pour se laisser tomber par terre, dos contre la porte.

Après un moment qui a semblé durer des heures, il a entendu le bruit de pas. Un jeune officier à peine plus âgé que Félix a fait son apparition, lampe dans une main et tabouret dans l'autre.

— On m'a envoyé vous apporter ceci, a-t-il dit en tendant le tabouret à Félix.

— Merci, a dit Félix. Peux-tu me dire quand il me sera possible de voir mon père ?

L'officier a haussé les épaules.

— Et Oriana ? a demandé Félix en posant le tabouret sur le sol. Et le général Argus ?

— Je ne sais rien, Votre Majesté, a répondu l'officier.

Une voix a retenti à l'autre bout de la pièce :

— Capitaine Janus ! Capitaine !

L'officier a fait la révérence.

— Je vous prie de m'excuser, prince.

Il était parti l'instant d'après, de même que la lanterne. Félix s'est installé sur le tabouret et a attendu.

La nuit passait avec une lenteur agonisante après cette soirée terrifiante. Des voix continuaient de s'élever avant de disparaître de l'autre côté de la porte, et bien que Félix y frappait à intervalles, personne ne lui répondait. Un officier s'est présenté une heure ou deux plus tard pour offrir à Félix une chambre et un lit, mais le prince a décliné. Un médecin qui sortait en vitesse de la chambre du roi a trébuché sur les jambes déployées de Félix, lui a lancé un juron catégorique, mais quand il a compris qu'il s'agissait du prince héritier, il a entrepris de faire amende honorable en lui disant ce qui se passait de l'autre côté de la porte.

« Du poison de dragon. »

Félix en avait déjà entendu parler, bien sûr. Dans les contes et les légendes, les personnages principaux souffraient d'un tel empoisonnement s'il respirait une trop grande quantité de fumée de dragon. Plus d'un récit pathétique faisait état d'un héros ou de son amoureuse mourant d'une telle mort.

Mais il arrivait qu'un personnage respire le poison sans mourir. Il rendait certains plus forts et capables d'accomplir bien des actes. Mais ceux-là jouaient toujours le rôle du méchant, dans les contes ; des hommes et des femmes qui voyaient la beauté dans des choses horribles, qui trouvaient le poison du dragon aussi plaisant qu'un parfum.

Félix a frémi. Son père ne jouerait jamais l'un de ces personnages, dans aucun conte.

Parmi ceux qui avaient survécu aux vapeurs d'un dragon, il n'y avait pas que des méchants. Par exemple, le barde légendaire Eanrin, qui avait écrit l'épopée du *Fléau de Corrilond*, aurait été présent lors de la destruction du royaume où il avait dû être exposé au poison du dragon. Pourtant, il n'était ni mort ni méchant, et était devenu le héros d'une centaine de récits dont il en était majoritairement l'auteur.

« Alors père ne mourra pas », s'est dit Félix.

« Il est trop bon pour mourir de la sorte. »

« Du poison de dragon. »

Félix a frémi du plus profond de son être jusqu'à sa peau. Il a accoté la tête contre le mur et a fermé les yeux. D'abord, son esprit fatigué était vide de pensées et se contentait de glisser d'une impression de couleur à une autre. Mais soudain, l'image d'yeux de feu a pris toute la place ; des yeux qui perçaient l'obscurité et qui l'observaient depuis le haut d'un mur du palais.

Il a sursauté et failli de peu de tomber du tabouret. Il s'était endormi, a-t-il compris, avant de se secouer. À l'autre bout de la pièce, une lumière pâle filtrait de l'unique fenêtre. Félix s'est levé et a avancé à grands pas vers la fenêtre qui donnait sur la cour d'exercice du fort. Des soldats étaient réunis en petits groupes ici et là et parlaient d'une voix étouffée. Bon nombre d'entre eux étaient occupés à nettoyer leurs armes. Certains s'exerçaient. Au nord, des nuages noirs s'amoncelaient dans le ciel. Après un moment, Félix a compris qu'il s'agissait de nuages de fumée.

— Prince Félix ?

Un médecin se tenait dans l'embrasure de la porte menant à la chambre du roi et son regard survolait la grande pièce. Félix s'est hâté vers lui en lui demandant, d'une voix essoufflée :

— Comment se porte mon père ?

Le médecin a souri en tapotant l'épaule du garçon.

— Il s'en tirera, je crois. Je dois admettre ne pas être expert dans ce domaine, mais mes collègues et moi sommes d'avis que Sa Majesté n'a pas inspiré suffisamment de vapeurs pour qu'il y ait dommage permanent. Il est faible et étourdi, mais il devrait…

— Puis-je le voir ?

— Il vaut peut-être mieux ne pas visiter Sa Majesté pour le moment, a indiqué le médecin. Sa Majesté ne semble pas…

Félix a grogné des paroles inintelligibles avant de pousser le médecin pour pénétrer dans la chambre. Il s'agissait d'une pièce petite et sombre, au plafond bas et avec un minuscule foyer dans un coin. Un essaim de médecins en robe noire se tenait au pied du lit étroit où le roi reposait.

Malgré les protestations des médecins, Félix s'est avancé à la tête de lit, où il s'est agenouillé pour prendre les mains de son père. Des larmes lui sont montées aux yeux quand il a aperçu le visage de Fidel, si gris et ridé. Il avait vieilli de dix ans, peut-être même de vingt ans en une nuit.

— Père ? a chuchoté Félix.

Le roi a ouvert les yeux et a tourné la tête vers son fils.

— Félix, a-t-il dit.

Sa voix était faible, mais au grand soulagement de Félix, elle semblait plus solide que quelques heures plus tôt.

— Où est le général Argus ?

Félix a cillé. Il s'était attendu à entendre des paroles un peu plus tendres de la part de son père bien-aimé dont il avait craint pour la vie au cours de ces longues heures.

— Je... Je ne sais pas, a-t-il dit. Je n'ai pas entendu dire qu'il était arrivé à Dompstead. Je me suis tellement inquiété...

— Va le trouver, a dit Fidel. Amène-le ici et ne laisse pas ces idiots...

Il a agité la main vers les médecins qui pépiaient de l'autre côté de la pièce.

— ...t'arrêter. Tu es un prince, souviens-t'en. Pars maintenant !

En ayant davantage l'impression d'être un page qu'un prince, Félix a bondi sur ses pieds pour sortir en hâte de la pièce en évitant les regards désapprobateurs des médecins. Il s'est tenu immobile un moment dans la grande pièce, ne sachant trop où aller et à qui parler pour obtenir des nouvelles du général Argus. Il a haussé les épaules et a pris la droite pour arriver à un cul-de-sac. Il a retracé ses pas et a erré jusqu'à ce qu'il trouve une porte qui s'ouvrait sur la cour.

Quelques heures plus tard, le général Argus est entré dans la chambre de Fidel. Le roi s'était levé et habillé et avait pris place devant le feu. Il a hoché la tête quand le général est entré et s'est incliné.

— Où est le prince, Votre Majesté ? a demandé le général.

— Je l'ai envoyé à ta recherche.

Le général a arqué un sourcil.

— Je serais difficile à trouver. J'ai atteint Dompstead il y a quelques minutes et me suis tout de suite présenté devant vous.

— Je sais, a dit le roi. Mais il me fallait occuper l'esprit du garçon, et une recherche en pure perte faisait aussi bien l'affaire. Quelle nouvelle apportes-tu de Sondhold ?

Le général a baissé la tête.

— La ville est perdue, sir. Nous avons été attaqués par surprise par une force supérieure en nombre…

— Je n'ai pas besoin d'excuses, l'a interrompu le roi. As-tu vu le Dragon ?

— Non, sir, mais nous avons entendu des rumeurs à son sujet. J'ai vu le duc, toutefois. C'était Shippening. Son armée est sortie de la forêt pour fondre sur la ville.

— De la forêt ?

— C'est exact, sir, même si cela peut sembler impossible.

— Et Una ? a demandé le roi.

— Je n'ai pas vu la princesse et n'ai eu aucune nouvelle à son sujet, Votre Majesté, a fait Argus.

Le roi a serré les poings.

— Nous devons la secourir.

Il s'est levé en tanguant, mais il a recouvré l'équilibre et répété :

— Nous devons la secourir, Argus. Maintenant.

— Votre Majesté, a dit Argus, j'ai envoyé des messages à toutes les garnisons de Parumvir. Des hommes sont en chemin pour venir à notre aide. Mais entre-temps, notre position à Dompstead est trop précaire. Je ne suis pas certain de pouvoir assurer votre protection avec les hommes dont je dispose.

— Que dis-tu ? a demandé Fidel.

— Sir, je dois vous supplier d'accepter le repli. J'ai perdu un trop grand nombre d'hommes, hier. Nos forces sont minées au-delà de l'imagination, et vous dites qu'il y a aussi un dragon à affronter ?

Argus a secoué la tête.

— Je vous supplie, mon roi, de battre retraite jusqu'à l'une de vos forteresses du nord, loin d'ici, à n'importe quel prix.

— Non.

— Il faut nous tenir cachés jusqu'à ce que notre armée soit rebâtie.

— Non.

— Si nous passons à l'attaque maintenant, nous serons détruits. Nous ne sommes pas assez forts, sir.

Le roi a tourné le dos au général et a plongé le regard dans le feu.

— Il m'avait averti, a-t-il marmonné. Il m'avait mis en garde que ce jour même viendrait. Et maintenant, la bête la détient. Qu'est-ce qui empêchera le reste de sa prédiction de se réaliser ? Ma propre fille.

Il s'est serré les côtes comme s'il était souffrant, mais a repoussé le bras tendu par Argus.

— Nous devons secourir Una, a dit le roi. Avant qu'il ne soit trop tard.

— Votre Majesté…

— Envoie Félix au nord, a dit Fidel d'une voix qui regagnait en force. Envoie mon fils, mais je ne puis partir aussi longtemps que le monstre détient ma fille.

— Sir, a dit Argus d'une voix douce. Nous n'avons aucune assurance qu'elle soit toujours en vie. Je… Je crains le contraire, et il vous faudra peut-être accepter qu'elle soit…

— Ce serait presque un trop grand espoir, a indiqué Fidel. Non, nous devons la secourir ou savoir si elle est vraiment morte. Je ne partirai pas, autrement. Réunis tes hommes le plus vite possible, Argus. Nous retournerons à Oriana.

Ce n'était pas vrai, a décidé Una.

Elle a rampé hors de la penderie quelques heures plus tard pour s'asseoir à son meuble de toilette.

Cela ne pouvait être vrai.

Après avoir cherché des allumettes, elle a allumé une bougie qu'elle a déposée à sa droite. Comme si c'était un soir comme les autres, elle a pris sa brosse pour la passer dans ses cheveux emmêlés — vingt, cinquante, cent coups de brosse.

« Ce n'est pas vrai », s'est-elle dit.

« Le dragon ment. Jamais Léonard ne m'oublierait ».

Elle a retiré sa robe couverte de cendres pour en enfiler une autre tout aussi couverte de cendres.

« J'ai promis de lui faire confiance. »

Elle a versé de l'eau embrouillée dans un bol pour tenter de se laver les mains.

« Comment puis-je mériter son amour si je ne lui fais pas confiance maintenant ? »

Elle a observé son visage dans le miroir : il était blanc comme la mort, strié de suie ; ses yeux étaient écarquillés, mais vides de larmes.

— Je vais lui faire confiance, a-t-elle dit.

Félix a abandonné sa recherche du général Argus pour plutôt s'occuper à retrouver Monstre, dont il avait perdu la trace à leur arrivée, la veille. Cette recherche a été tout aussi vaine, et au milieu de la journée, il s'est rendu compte qu'il n'avait pas réellement fermé l'œil en plus de vingt-quatre heures. Au moment même où il est venu à cette prise de conscience, il s'est senti submergé par l'épuisement. Il s'est assis, adossé aux casernes en ignorant le regard des soldats de passage et s'est tout de suite endormi profondément.

Il a été réveillé par une main rude qui le secouait.

— Debout, prince Félix.

Félix a levé un regard trouble vers le visage du même jeune officier qui lui avait apporté un tabouret la veille. Au même moment, il a pris connaissance du brouhaha qui régnait dans la cour de la garnison : le tintement du métal et le trépignement des bottes ; les officiers qui criaient des ordres. Dans sa fatigue, il avait dormi malgré le vacarme.

— Que se passe-t-il ? a demandé Félix en se frottant les yeux d'une main et en se poussant debout de l'autre.

— Le roi se prépare à l'attaque, a dit l'officier. Ils prendront la direction de Sondhold dans deux jours.

Félix s'est complètement réveillé à ces mots et a bondi sur ses pieds.

— Où est mon père ? Il me faut un cheval et une arme…

— Vous aurez un cheval, Votre Majesté, a dit le jeune officier. Et une arme. Mais vous devez cavaler avec moi vers le nord dès ce soir. Votre père vous envoie…

— Non ! a rétorqué Félix. Non, il ne m'y enverra pas !

Il s'est tourné pour courir dans la cour grouillante d'activité et fausser compagnie à l'officier pour finalement éviter de justesse d'être piétiné par des soldats pressés. L'officier l'a suivi en criant, mais Félix l'a ignoré. Il a repéré son père à l'autre bout de la cour, debout près d'un grand cheval et en discussion avec le général Argus. Il a filé dans sa direction, le souffle court.

— Père, laissez-moi vous aider.

Fidel a regardé son fils d'un air sévère.

— Tu n'es pas encore parti, Félix ?

Félix a étouffé la douleur qui montait en lui pour essayer de prendre la parole d'une voix ferme.

— Laissez-moi vous aider, père. Je peux me battre, j'ai été formé.

— Tu prends la direction du nord, en compagnie du capitaine Janus, a dit Fidel.

— Mais, père…

Fidel a empoigné l'épaule de Félix, et ses doigts pinçaient.

— Je n'ai pas de temps à perdre, mon fils, a grogné le roi. Je ne te mettrai pas en danger. La discussion s'arrête là.

Félix savait qu'il lui était impossible d'argumenter plus longtemps. Le capitaine Janus s'est approché, et le prince s'est tourné pour le suivre dans la cour. Une escorte de dix hommes l'attendait, de même qu'un cheval, et Janus lui a tendu une petite arme que Félix a sanglée à son flanc avant de se mettre en selle. Félix s'est hissé sur le cheval et a marqué une pause pour survoler la cour des yeux.

— Monstre, a-t-il marmonné, et le cœur lui saignait d'abandonner l'animal de compagnie de sa sœur.

— En route vers le nord, soldats ! a ordonné le capitaine Janus, et la compagnie s'est lancée à vive allure en laissant Dompstead derrière.

20

Les arbres s'arquaient comme des piliers, et leurs branches formaient une voûte plus noble et belle que le dôme d'une cathédrale. Le clair de lune filtrait à travers leurs feuilles entrelacées pour rejaillir sur le sol de la forêt comme une moquette argentée des plus riches. Sur cette moquette, un chevalier aveugle vêtu d'habits écarlates était agenouillé devant le prince des Rives lointaines, qui a étendu une main pour le saluer en lui touchant la tête.

— Quelles nouvelles m'apportes-tu ? a demandé le prince.

— Vos craintes se sont réalisées, a répondu le chevalier.

— Una ?

— Elle est emprisonnée par le Dragon dans l'enceinte d'Oriana. Je… Pardonnez-moi : je n'ai pu assurer sa sécurité.

— Tu ne pouvais rien faire devant un tel ennemi.

Le prince a prononcé ces paroles avec compassion, mais le chevalier ressentait la douleur dans sa voix et s'est maudit de sa faiblesse d'avoir failli à son maître.

— Et sa famille ? a demandé Aethelbald.

— J'ai fait ce que j'ai pu pour eux, a répondu sir Eanrin. Je les ai accompagnés à Dompstead, où ils sont à l'abri. Mais le roi a inspiré du poison de dragon, et son esprit est instable. Et l'on a envoyé le prince au nord.

— Félix ? En es-tu certain ?

— Oui.

— Je n'aime pas ça. Je veux que tu retournes à la Colline de la pierre dorée.

— Comme vous voulez, mon prince, mais…

Eanrin est devenu blême.

— Non, je ne m'attends pas à ce que tu affrontes le Dragon. Je te demande simplement d'attendre et d'écouter et de me donner des nouvelles quand tu le peux. Je dois joindre Félix, avant tout. C'est pour sa vie que je crains le plus à l'heure actuelle.

— Et Una ?

— Sa vie n'est pas en danger. Pas encore.

Le prince des Rives lointaines a fermé les yeux et serré la mâchoire.

— Observe avec tes nombreux sens, sir Eanrin, mais ne te fais pas voir. Je reviendrai pour elle dès que je le pourrai, mais je dois d'abord trouver Félix. Avant qu'il ne soit trop tard.

Le chevalier aveugle a incliné la tête avant de se lever et de disparaître. L'instant d'après, la cathédrale de la forêt était vide, à l'exception d'une seule grive des bois qui poussait une chanson plaintive.

Le temps n'existait pas, dans ce monde obscur. Le jour n'était pas plus clair que la nuit, la nuit n'était pas plus sombre que le jour. La fumée du Dragon couvrait tout le décor de son ombre, et seules ses flammes offraient de la lumière.

Una n'était pas exactement vivante. Si elle mangeait, elle ne s'en souvenait pas. Si elle dormait, elle rêvait toujours qu'elle était éveillée, et quand elle s'éveillait, elle se demandait si elle rêvait toujours.

Une fois, elle a rêvé qu'elle se tenait dans une plaine large mais vide, et aussi rouge que le sang sous le ciel noir. À l'horizon, elle a aperçu une silhouette grande et élancée qui avançait à grands pas vers elle. Elle a éprouvé un frisson de joie au cœur, car elle reconnaissait ce profil.

– Mon amour ! a-t-elle crié en étalant les bras de joie.

Puis son cœur s'est arrêté.

Une terreur soudaine a remplacé la joie ; une terreur qui grandissait à mesure que la silhouette approchait. Car elle a aperçu une épée brandie dans sa main et savait qu'elle lui était destinée.

– Non ! a-t-elle crié avant de s'éveiller dans le cauchemar de la réalité.

Ses draps de lit étaient grisés par la cendre. Elle les a repoussés en toussant dans la fumée qui traînait dans le palais. Elle s'est demandé pour la centième fois comment il était possible qu'elle n'ait pas encore suffoqué.

À chaque réveil, même s'il lui était impossible de deviner l'heure, Una suivait son rituel de toilettage habituel, comme si une nouvelle journée commençait. Mais malgré ses recherches exhaustives, aucun moyen de trouver de l'eau propre, alors elle se nettoyait le visage à l'aide du filet d'eau crasseuse qui demeurait au fond de sa cuvette.

Cette fois-ci, après une tentative de se laver, Una s'est assise à sa table de toilette pour regarder tristement son visage taché de cendre et a entrepris une nouvelle fois de se brosser les cheveux.

Elle a revu furtivement l'éclat argenté de l'épée dans son esprit.

Elle a eu un mouvement de recul et a échappé sa brosse. Elle a lentement compris que le bref éclat ne provenait pas de l'épée de son rêve : dans le miroir se reflétait un rayon du soleil.

Una a pivoté pour regarder derrière elle. Là, plus brillant et magnifique que tout ce qu'elle aurait pu imaginer, un rayon de soleil filtrait par sa fenêtre, déchirant la cendre et la fumée pour former un rond sur le plancher.

Elle a trébuché dans sa hâte vers la lumière. Elle est tombée à genoux et a levé le visage et les mains pour observer la blancheur qui semblait nettoyer toute la crasse. Des larmes ont roulé sur ses joues, fraîches et purifiantes. Elle les a laissées tomber sur ses mains pour les voir briller dans le rayon de soleil.

Au loin, une voix semblable à une clochette d'argent s'est élevée. Elle l'a reconnaissait ; la première voix qu'elle entendait au-delà de sa prison : une grive des bois. Avec la même clarté que la lumière du soleil, sa chanson a bercé son cœur. Una s'est précipitée pour ouvrir la fenêtre dans l'espoir de mieux entendre la grive des bois.

Mais la fumée est entrée, et elle a plutôt entendu le grognement du Dragon depuis les terres du palais.

— C'est vous, petite langue pendue ?

Elle a fermé la fenêtre. La lumière a été de nouveau noyée par les ombres et la tristesse, mais Una a regagné sa table de toilette avec un sourire sur les lèvres. Des mots se sont formés dans son esprit, et elle a murmuré :

« Au-delà de la dernière chute d'eau,
Les chansons de la sphère montent en crescendo.
Nous, qui n'avons jamais été liés, sommes séparés.
Ne reviendras-tu pas… »

Elle s'est interrompue. Son souffle était irrégulier, et elle avalait de la fumée.

— Il viendra, a dit Una à son reflet. Je lui fais confiance.

Elle a enfoui le visage dans ses bras sales.

Si Félix avait appris une chose durant toutes ses années à titre de prince de Parumvir, c'était que d'être un prince ne lui donnait absolument aucun avantage.

— Arrêtez ! a-t-il crié en serrant la bride de son cheval au moment où son escorte et lui ne devaient se trouver qu'à quelques kilomètres de Dompstead.

— Non, Votre Majesté, a dit Janus en donnant une tape à la croupe du cheval de Félix pour qu'il se remette en mouvement.

— J'ai dit !

Félix a empoigné la crinière pour garder l'équilibre.

— J'ai dit : arrêtez ! Je ne peux pas aller plus loin.

— Votre Majesté, nous avons à peine entamé notre trajet, a dit Janus sans montrer un seul signe de halte. Impossible que vous soyez déjà fatigué.

— Ce n'est pas ce que je veux dire, a rétorqué Félix. Je ne peux m'éloigner davantage de mon père. Je ne peux pas l'abandonner en pareilles circonstances.

— Obéir et abandonner sont loin d'être la même chose, a indiqué Janus. Suivez la foulée, Votre Majesté.

— C'est mon père ! a protesté Félix.

— Et il vous a ordonné de partir vers le nord avec nous.

— Je suis ton prince !

— Et on m'a ordonné de vous mettre à l'abri.

— En l'absence de mon père, je suis ton supérieur.

— Pourtant, les ordres de votre père sont supérieurs aux vôtres, Votre Majesté, qu'il soit présent ou non.

Alors, ils ont poursuivi leur chemin, et Félix s'est muré dans le silence en détestant chaque pas qui le menait toujours plus loin du palais d'Oriana, de son père, d'Una.

« Où est Una ? »

Il a songé à sa sœur, prisonnière dans le palais, entourée de fumée de dragon, et des larmes lui sont montées aux yeux. Il a reniflé et s'est essuyé le visage en espérant qu'aucun des soldats ne l'entendait sangloter. Pendant combien de temps pouvait-on être exposé à la fumée d'un dragon avant que les effets soient graves ? Son père semblait s'en remettre — il n'avait certainement rien perdu de sa volonté de fer. Mais il n'avait été exposé que quelques minutes. Depuis combien d'heures Una était-elle prisonnière dans le palais ?

En présumant qu'elle était toujours vivante.

Félix avait l'impression que des années étaient passées depuis l'arrivée du Dragon au palais d'Oriana et qu'il avait vieilli de bien des années. Il était assurément trop vieux pour qu'on l'envoie vers le nord du royaume comme s'il était un enfant inutile.

— Capitaine Janus, a dit l'un des hommes, des cavaliers approchent rapidement derrière nous.

Toute la cavalerie a ralenti la cadence pour regarder par-dessus derrière. Félix a plissé les yeux en direction du soleil couchant et a aperçu un groupe d'hommes qui galopaient sur la route dans leur direction.

— Sont-ils des nôtres ? a demandé Janus.

— Impossible de le dire à cette distance, capitaine.

— Toi, a dit Janus en pointant vers un homme à ses côtés, pars en reconnaissance. Nous poursuivrons notre route. Allez.

Félix entendait l'urgence dans la voix du capitaine, même si celui-ci n'avait pas haussé le ton. Le battement de son cœur s'est emballé quand il poussé son cheval à trotter de façon saccadée derrière Janus, et Félix jetait constamment des coups d'œil par-dessus son épaule pour voir les cavaliers qui approchaient de même que le soldat parti en reconnaissance. Au quatrième ou cinquième coup d'œil, il a aperçu le soldat tirer les rênes, faire tourner son cheval pour revenir vers eux au galop.

— Il revient ! a crié Félix.

— Ils sont à nos trousses, a hurlé Janus. Filez à toute vitesse, soldats !

Le vent a sifflé dans les oreilles de Félix quand les chevaux ont entrepris une chevauchée tonitruante sur la route de plus en plus sombre. Il n'a jeté qu'un seul regard derrière pour voir le soldat se faire rattraper par les cavaliers étranges. Il a entrevu des épées soulevées avant de reporter son regard devant lui. Son cheval galopait immédiatement à la suite de la monture du capitaine Janus. Il voulait regarder de nouveau derrière, même s'il savait déjà, par les cris des membres de son escorte, qu'ils perdaient du terrain.

Soudain, le capitaine Janus a entraîné son cheval hors de la route, qui s'est mis à galoper à toute vitesse vers la gauche, en direction de la Forêt de la pierre dorée. Félix l'a suivi sans réfléchir, et les deux hommes se sont séparés du groupe pour filer dans le champ d'une courte étendue, puis grimper la colline. La forêt débutait au haut de la colline et avait un aspect sombre et menaçant dans le crépuscule. Le capitaine Janus a immobilisé son cheval à l'orée de la forêt et a bondi sur le sol.

— Nous ne pouvons pas cavaler dans la forêt dans le noir, Votre Majesté ! a-t-il crié. Descendez de votre monture. Hâtez-vous.

Félix s'est glissé sur le sol en tournant le regard vers la route. Plusieurs cavaliers (Félix n'aurait pu dire s'ils faisaient ou non partie de son escorte) avaient franchi le champ jusqu'à la moitié. Il a donné une tape à son cheval pour qu'il se mette à courir avant de se tourner pour suivre Janus entre les arbres.

Des branches basses et des ronces s'agrippaient à lui, mais il a poursuivi sa course aussi vite que possible, son cœur battant à toute vitesse dans sa poitrine. Il a perdu le capitaine de vue, mais il a continué à s'enfoncer dans la forêt en faisant un tel vacarme qu'il n'aurait pu dire s'il était toujours pourchassé, même si, à plus d'une reprise, il aurait pu jurer que quelqu'un se tenait à quelques pas derrière lui. Il s'est tourné plusieurs fois en s'attendant à ce que quelqu'un l'empoigne, pour finalement ne voir que l'obscurité, aussi bien derrière que devant lui. Les arbres sont devenus des ombres imprécises. Des coupures lui brûlaient le visage, là où des branches avaient lacéré sa peau, mais la peur le faisait avancer.

Enfin, épuisé, Félix s'est arrêté et effondré contre le large tronc d'un arbre. Son souffle était rauque et douloureux dans l'air froid. Pendant un moment, sa respiration a occupé toute son attention. Puis, quand il a finalement été en mesure de respirer normalement, il s'est rendu compte du silence qui régnait autour de lui. En posant une main sur l'arbre pour prendre appui, il s'est levé.

Il se tenait au milieu de la Forêt de la pierre dorée et il était seul.

— Capitaine Janus ?

Sa voix semblait petite et enfantine dans l'air vif. Il a toussé et tenté de rendre sa voix plus grave.

— Capitaine Janus ?

Félix a avancé de quelques pas dans le noir pour marcher droit dans un nouvel enchevêtrement de ronces et a passé l'instant suivant à en déprendre ses bras et ses jambes. En marmonnant de fureur, il a reculé en secouant la tête.

— Allô ? a-t-il appelé de nouveau sans se soucier du timbre de sa voix.

Il y a eu un craquement à sa gauche, et il a cru entendre quelqu'un appeler son nom.

— Félix ! Félix !

— Je suis ici ! a crié Félix en avançant en direction de la voix. Je suis ici. Allô ?

— Prince Félix, a dit une voix près de lui. Cherchez-vous à vous faire prendre ?

Félix s'est tourné.

— Capitaine Janus ?

Une forme noire a surgi de l'arrière de l'arbre où Félix avait pris appui un instant plus tôt. Félix pouvait à peine distinguer une main tendue vers lui.

— Venez, prince, nous devons partir.

Félix a avancé d'un pas, puis s'est arrêté. Il a tâtonné son flanc à la recherche de son épée.

— Êtes-vous le capitaine Janus ?

— Ne reconnaissez-vous pas ma voix ? a demandé le capitaine.

— Oui, mais…

Félix a commencé à glisser son épée hors de son étui, mais avant de pouvoir la brandir, la silhouette est passée à l'attaque. Félix s'est tassé derrière un arbre, évitant de justesse la lame froide de l'épée qui a percuté le tronc dans un bruit métallique. Il a entendu un juron sifflant et a tiré son épée. Il s'est éloigné de l'arbre à reculons en tenant son épée entre la haute silhouette et lui.

— Traître ! a-t-il crié. Travailles-tu pour le duc, capitaine Janus ?

Le capitaine a poussé un rire fin et aigu, et Félix a soudain senti l'odeur de la fumée dans l'air.

— Je ne suis qu'au service de mon père, a fait le mince filet de voix qui ne sonnait plus comme celle du capitaine Janus.

La sueur a coulé sur les sourcils de Félix. Il a aperçu son adversaire lever son épée, et son corps a pris la position répétée une quantité innombrable de fois dans la cour du palais.

La silhouette sombre est passée à l'attaque. Les pieds de Félix ont paru se mouvoir de leur propre volonté pour esquisser les pas compliqués, et son bras a donné des coups d'épée aux bons moments. Il a senti l'ébréchure d'une épée lui toucher le bras, mais il l'a esquivée assez rapidement. L'arme de son ennemi a volé haut dans les airs, au milieu des branches, pour atterrir quelque part dans l'obscurité pendant que l'homme désarmé, surpris, a titubé à genoux. Félix a bondi devant, épée brandie, mais a hésité à frapper le dos exposé devant lui.

Toujours agenouillé, son ennemi s'est tourné, et Félix s'est surpris à plonger le regard dans des yeux jaunes comme ceux d'un serpent.

— Idiot ! a sifflé le filet de voix.

L'instant d'après, Félix était tombé à la renverse, et des yeux en fente se tenaient à quelques centimètres de son visage. Des griffes transperçaient la cape sur son dos pour s'enfoncer dans sa peau. Félix a crié. La silhouette au-dessus de lui a sifflé, et Félix s'est étouffé dans la fumée épaisse qui s'échappait du visage de son ennemi. Il s'est tordu et est parvenu à libérer un bras, mais des griffes ont déchiré brutalement la peau de sa poitrine. Il a crié de nouveau.

— Félix !

Les yeux jaunes ont disparu, et le corps lourd qui l'avait plaqué contre le sol a été soudainement tiré. Félix s'est roulé en boule en serrant sa poitrine et a senti la chaleur du sang sur ses mains. Il ne voyait rien, mais il a entendu le traînement des pieds de deux corps dans le noir, près de lui. Le monde a été éclairé dans la lumière rouge d'un feu éclatant. Il a aperçu deux hommes désarmés, l'un plus grand que l'autre, et des flammes s'échappaient de la bouche du plus petit.

— Toi ! a rugi le cracheur de feu.

L'homme le plus grand s'est précipité sans arme dans les flammes. Félix a entendu un cri perçant et terrible. Puis il a fermé les yeux, et les flammes ont disparu à mesure qu'il perdait connaissance.

Aethelbald a regardé le petit dragon disparaître dans le ciel de la nuit. Il s'est tourné pour filer vers la clairière qui brillait sous les petits feux fumants. Il a prononcé un mot, et les feux se sont éteints comme s'ils avaient été étouffés par de nombreuses mains.

Aethelbald s'est agenouillé près du garçon.

— Félix ? a-t-il murmuré et, quand il n'a eu aucune réponse, il a examiné rapidement les blessures du prince.

Il a plissé les yeux. Puis il a retiré sa cape pour l'enrouler serrée autour du jeune prince avant de le soulever.

En serrant Félix contre lui, il a donné un seul ordre dans la forêt silencieuse :

— Ouvre-toi.

Les grilles de Féérie se sont ouvertes.

21

Una s'est éveillée de rêves alambiqués en toussant. La fumée s'épaississait dans l'air à chaque instant. Pourtant, même si elle provoquait un certain inconfort chez elle — ses yeux piquaient, et ses poumons étaient irrités —, la fumée ne l'étouffait pas.

Lorsque sa quinte de toux a pris fin, elle a grogné et a posé lourdement la tête dans sa main. Elle était tombée endormie à sa table de toilette, tête contre un bras, et elle avait une crampe au cou. Elle avait fait des rêves horribles, sombres et remplis de fumée ; malgré tout, elle aurait voulu y replonger, à ce moment-là. N'importe quoi pour échapper à la réalité.

Elle a deviné que le soir était venu, car les ombres dans sa chambre étaient d'un noir plus profond. Quand elle a levé la tête de sa main pour se regarder dans la glace, Una arrivait à peine à discerner ses traits. Elle a fouillé sur la table, a trouvé des allumettes et a enflammé une bougie. La lueur rouge du feu a éclairé son visage pâle en projetant des ombres étranges sous ses yeux. Une couche de cendre noire couvrait sa peau.

Elle s'est frotté les joues, mais a seulement réussi à étaler davantage la crasse. Le blanc de ses yeux brillait de façon surnaturelle dans la glace. Elle était étrangement effrayée par son propre reflet. Elle s'est détournée en frissonnant.

Une porte a claqué.

Le bruit, qui provenait de quelque part bien en dessous d'elle — peut-être du rez-de-chaussée — a fait écho dans l'enceinte vide du palais d'Oriana. Le bruit était faible, mais dans le silence lourd, il a percuté les oreilles d'Una comme de la grêle contre une fenêtre. Son cœur a cessé de battre.

« Il est à l'intérieur. »

Elle a bondi debout en faisant tomber son tabouret. Ses pieds se sont pris dans ses jupes, et elle a titubé, puis attrapé la table de toilette pour ne pas tomber. Les petites bouteilles en verre sur sa table se sont entrechoquées. La flamme de la bougie a vacillé. Una a figé sur place — une main agrippant le dessus de la table, l'autre serrant ses jupes — et elle a tendu l'oreille.

Elle n'a rien entendu d'autre que sa propre respiration, rapide et drue.

— Tout va bien, a-t-elle chuchoté. Tout va bien. Il ignore où tu es. Il ne te trouvera pas.

Mais il pourrait la trouver. Il pourrait explorer toutes les pièces du palais, et si elle restait là où elle était, il finirait par la trouver.

Elle a saisi le bougeoir en cuivre, a fait une coupe de l'autre main pour protéger la flamme et a filé vers sa porte. Elle a appuyé l'oreille contre celle-ci, mais n'a encore une fois rien entendu. Elle avait deux choix : jouer au chat et à la souris dans les corridors sombres du palais d'Oriana ou rester là comme un lièvre pris au piège.

Una a posé la main sur la poignée de porte. Celle-ci a grincé quand Una l'a tournée, mais la porte s'est ouverte plutôt silencieusement. Elle a brandi la bougie devant elle, mais sa lueur ne perçait qu'une partie des ténèbres dans le couloir devant elle. Aucun mouvement, aucun son n'est parvenu à ses oreilles. Elle est sortie dans le couloir et a refermé la porte en prenant soin de la laisser légèrement entrebâillée pour ne pas faire entendre le cliquetis du loquet. Chaque bruit était horrible, même son souffle haletant. Elle a avancé furtivement dans le couloir en protégeant la flamme de sa main courbée et a tourné un coin.

Une silhouette sombre s'est dressée devant elle.

Elle s'est figée sur place, et son cœur lui est monté à la gorge. La flamme de sa bougie a vacillé et a failli s'éteindre.

Lentement, elle a recouvré le souffle. Son propre reflet s'élevait devant elle dans la haute fenêtre sombre. Il avait un aspect fantomatique et était entouré d'une étrange lueur rouge. Una a léché ses lèvres sèches avant de filer dans le corridor en évitant de se regarder dans le verre des fenêtres sur son passage.

Elle a atteint la porte au bout du couloir et s'y est arrêtée, main sur le loquet. Un escalier menant aux étages du dessous se trouvait de l'autre côté. Il s'agissait d'un escalier réservé aux domestiques qu'elle n'utilisait que rarement, mais elle n'osait pas emprunter l'escalier principal. Elle est demeurée immobile un moment et a tendu l'oreille. Ses oreilles étaient ses seules alliées dans l'obscurité et elles n'ont rien détecté.

Pourtant, il se trouvait dans le palais.

Son esprit s'est emballé. Una ne pouvait se contenter d'errer dans les couloirs et les salles vides du palais pour se dérober à lui. Elle devait se cacher – dans un lieu sécuritaire, quelque part au plus profond de l'enceinte du palais. Elle a songé immédiatement au trésor de son père, qui se trouvait sous le sous-sol. Il s'agissait de l'emplacement le plus secret et le plus profond du palais, et elle savait où son père en gardait la clé.

Fidel lui avait montré la clé dans un tiroir secret de son bureau des années plus tôt. Il n'y avait qu'une seule clé et une seule serrure, car le trésor était gardé en tout temps par huit hommes armés. Personne n'avait jamais réussi à y pénétrer. Pour autant qu'Una le sache, personne ne s'était jamais donné la peine d'essayer. Ce serait certainement un lieu sécuritaire si elle pouvait récupérer la clé.

Elle a posé le pied au haut de l'escalier étroit et s'est dépêchée à le descendre en prenant soin de tenir la bougie devant elle afin d'éclairer chaque marche. Les marches étaient plus anciennes, faites de pierre, et leur surface était usée par le temps. Elle devait descendre la spirale avec prudence. Chaque courbe était une agonie, car son imagination lui dictait à quoi s'attendre dans l'obscurité après chaque tournant. Mais il n'y avait rien, et elle a finalement atteint la porte au bas de l'escalier.

Le cœur battant la chamade, elle s'est glissée dans le couloir. Il était également tapissé d'une rangée de fenêtres, et elle en a détourné le visage, car elle n'aimait pas apercevoir sa silhouette pâle qui avançait sur la pointe des pieds se refléter à ses côtés. Ses pieds ne faisaient aucun bruit en se posant sur l'épaisse moquette, et elle a étouffé sa respiration. Le silence régnait.

À quelques coins de là, elle est parvenue au bureau de son père et y est pénétrée en refermant doucement la porte. Là, elle a poussé un soupir de soulagement momentané. La pièce était sombre et remplie de formes étranges. Des bougeoirs dorés sur les murs brillaient dans la lueur de sa bougie. Mais la fumée du dragon ne flottait pas avec la même densité, dans cette pièce. Le bureau avait encore l'odeur de son père.

Una a posé sa bougie sur le bureau, qu'elle a tâtonné à la recherche du tiroir secret. Sa main s'est butée à une liasse de papier qu'elle a poussée accidentellement du bureau. Una a retenu son souffle en tentant de rattraper la pile, mais les feuilles se sont éparpillées sur le sol. Elle s'est tenue immobile, comme paralysée, jusqu'à ce que le bruit cesse de faire écho dans ses oreilles pour laisser place au silence. En prenant une grande respiration, elle a tâtonné de nouveau le bureau pour trouver le tiroir. Elle l'a trouvé et s'est débattue un moment avec son petit mécanisme. Le tiroir s'est ouvert dans un bruit sec, et les doigts d'Una ont trouvé la clé. Elle était en fer et d'une longueur d'environ huit centimètres. Una l'a serrée fort dans son poing comme si le seul fait de l'avoir lui assurait une plus grande sécurité. Puis elle l'a glissée dans sa poche, a repris sa bougie et est retournée à la porte.

Una a marqué une pause, la main posée sur le loquet. Comme elle aurait voulu rester là, dans le bureau réconfortant de son père ! Si elle l'osait, elle se recroquevillerait dans son fauteuil pour humer son odeur. Peut-être que cela suffirait ? Peut-être n'avait-elle pas à affronter ces couloirs sombres encore une fois ?

Mais non, elle n'était pas en sécurité. Comme une souris, elle voulait ramper toujours plus creux pour s'enfouir dans l'obscurité où personne n'arriverait à la trouver. Elle avait la clé et elle devait partir.

Una s'est glissée hors du bureau pour avancer à pas de loup dans le couloir, puis tourner dans un autre, puis un autre, et enfin, dans un long escalier qui menait au sous-sol et au-delà. Elle ne l'avait jamais emprunté, car elle ne s'était jamais aventurée dans les celliers. Quand elle a ouvert la porte, elle a été frappée par une bouffée d'air froid et humide. En frissonnant (si bien que la flamme de sa bougie dansait), elle a entrepris de descendre l'escalier.

Quelque part au-dessus d'elle, une porte a claqué.

Le bruit venait de l'étage, probablement celui où se situaient ses appartements. Il devait savoir à présent qu'elle ne s'y trouvait pas. Elle a tendu l'oreille, incapable de respirer.

Rien.

La panique gonflait en elle. De sa main libre, elle a ramassé ses jupes pour commencer sa descente dans l'escalier pratiquement à la course. Mais ces marches étaient encore plus usées que celles de l'escalier de service, et elle a glissé et culbuté.

Elle a levé les bras devant elle pour s'accrocher et a attrapé la rampe en métal d'une main pendant que l'autre prenait appui contre le mur.

Le bougeoir en cuir a rebondi sur les marches. La flamme s'est éteinte, et le bougeoir a continué de tomber avec fracas jusqu'au bas de l'escalier.

Elle a étouffé un cri et poursuivi sa descente, plus rapidement cette fois, en agrippant la rampe et le mur pour garder l'équilibre. Il faisait noir comme dans un four, si bien qu'Una ne voyait pas à deux pas devant elle. Elle aurait dégringolé plus d'une fois si ce n'était de sa poigne autour de la rampe. Comme dans un rêve, elle avait l'impression qu'elle était incapable de courir assez vite ; un poids tirait ses pieds et restreignait ses mouvements. Elle a senti une crampe aigüe sur son flanc, sur toute la longueur de ses côtes, mais elle n'a pas ralenti. Elle a poursuivi sa descente, plus bas que les étages principaux du palais, plus bas que le sous-sol. Sa main a effleuré des portes menant aux celliers principaux, mais elle savait que son asile se trouvait ailleurs. Elle a seulement arrêté sa descente quand l'escalier a pris fin.

Il n'y avait pas de porte à cet endroit, seulement une brèche dans le roc de la Colline de la pierre dorée menant à un passage plutôt large. Una s'est glissée dans l'ouverture en tenant toujours une main contre le mur et a suivi le passage jusqu'au bout. L'air était confiné, et si elle ne voyait pas les pierres sous ses pieds, elle sentait leur âpreté, mais terrifiée à l'idée d'être découverte, elle a continué d'avancer. Elle est parvenue à une porte au bout du passage et a tâté le mur dans l'obscurité pour trouver le verrou fixé à une grosse chaîne qui, elle, retenait un lourd pêne sur la porte.

Il lui faudrait soulever le pêne afin de pénétrer dans la salle du trésor du roi.

Elle a compris à ce moment-là qu'il lui serait impossible de verrouiller la porte derrière elle.

— Princesse ?

La voix qui résonnait dans la cage d'escalier était profonde et terrible.

— Je sais que vous êtes en bas.

Elle a fouillé dans sa poche, en a sorti la clé, qu'elle a essayé d'insérer dans le verrou. Elle n'y arrivait pas ; ses doigts tremblaient tellement.

— Sortez, princesse. Ça ne sert à rien de vous cacher.

La clé a glissé de ses doigts pour tomber et tinter contre les pierres. Elle s'est agenouillée pour tâter désespérément le sol. Une lumière a soudain inondé le passage de pierres et projeté son ombre distinctement sur la porte devant elle. D'une main, elle a protégé ses yeux de la lumière et s'est tournée pour voir la silhouette qui se tenait à l'autre bout du passage, lampe à la main.

— Vous voilà, a-t-il dit.

— Le duc de Shippening ! a-t-elle haleté.

Le duc a avancé dans le passage, et son visage était éclairé par le bas, par la lueur rouge de la lampe. Un long couteau pendait de sa ceinture.

— La joyeuse course que vous m'avez fait faire, jeune fille, a-t-il grogné. Qu'est-ce qui vous as pris de descendre ici ? Avez-vous l'idée de m'emprisonner dans les donjons ?

Il a ricané et avancé sur le plancher de pierres, la main tendue vers elle.

— Venez ici, fille.

Una s'est accroupie sur le sol. Il n'y avait d'autre issue que la voie qu'elle avait empruntée pour arriver là. Dans la lumière de la lanterne, ses yeux étaient fous comme ceux d'un animal traqué.

— Venez ici, a dit le duc. Vous partez avec moi. Je pense avoir attendu assez longtemps.

— Non, a fait Una en secouant la tête.

— Quoi ? Vous choisiriez ce Dragon plutôt que moi ?

Il a ricané de nouveau.

— Eh bien, ce n'est pas une option. Vous venez avec moi et vous ferez de moi un roi. De manière légitime, en plus.

— Non.

Il a avancé une main aussi large que la patte d'un ours. Una s'est baissée pour filer sous son bras en se propulsant avec ses pieds. Ses mains ont frotté le sol. Mais elle s'est pris les pieds dans ses jupes, et le duc a saisi une poignée de ses cheveux et l'a tirée derrière. Elle a crié.

— Relâche-la.

Una et le duc ont regardé vers l'autre bout du passage. Le Dragon s'y tenait, sous forme humaine. Ses yeux de la couleur d'une obsidienne se sont rivés à ceux du duc, et un feu brillait derrière le regard du Dragon.

— Pourquoi ? a grogné le duc. Elle est à moi !

Le Dragon n'a pas répondu et est demeuré immobile. Mais le duc a obéi ; ses doigts ont relâché lentement les cheveux emmêlés d'Una. Libérée, Una a rampé loin de lui pour se réfugier au milieu de la distance qui séparait le Dragon et le duc. Elle s'est roulée en boule, les mains sur la tête, le dos appuyé contre le mur.

— Sors d'ici.

— Elle est à moi, Dragon ! a crié le duc en tremblant de rage. Tu me l'as promise pour faire de moi un roi !

— Elle n'est pas prête.

— Prête pour quoi ? Elle n'a pas à être prête pour quoi que ce soit ! Il suffit qu'elle vive assez longtemps pour me donner le trône.

— Sors d'ici.

Le duc a avancé jusqu'à ce qu'il se tienne juste au-dessus d'Una, que le bout de ses grosses bottes se pose sur ses jupes, mais il ne l'a pas touchée.

— Je me suis déjà débarrassé de l'héritier. Le roi n'est rien sans son fils. Elle est la suivante dans la lignée ! J'ai attendu assez longtemps. Quand tiendras-tu ta part de notre marché ?

— Quand tu auras rempli la tienne.

Le duc a lancé un juron et a avancé en titubant jusqu'à ce qu'il soit nez à nez avec le Dragon. Le duc a grondé comme un animal sauvage droit dans le visage du Dragon.

— Je vais m'occuper du roi, mais tu ferais mieux de me donner ce que je te demande en retour, démon.

Il a disparu dans l'escalier, ramenant la lumière de la lanterne avec lui.

Mais le passage n'était pas sombre. Una a levé les yeux et a aperçu une lumière rougeoyante et chaude qui brillait dans les yeux du Dragon.

— Debout, petite langue pendue, a dit le Dragon. Retournez dans vos appartements.

Una s'est levée en glissant le dos contre le mur et, en gardant les yeux rivés sur ses pieds, elle s'est avancée jusqu'au bas de l'escalier. En passant devant le Dragon, elle a senti la chaleur — la chaleur horrible — qui émanait de son corps. Elle a grimpé le long escalier, et sa montée a paru durer une éternité. Le Dragon l'a suivie sans faire de bruit.

Enfin, elle a atteint le rez-de-chaussée et a quitté l'obscurité étroite pour retrouver les ténèbres spacieuses du palais vide d'Oriana. Elle a déambulé dans le couloir sans attendre de voir si le Dragon la suivait. Elle s'est arrêtée après trois pas.

— Mon frère ? a-t-elle murmuré.

La voix du Dragon, désincarnée et pleine de chaleur, a sifflé à son oreille.

— Tué ce soir, il n'y a pas deux heures.

Una s'est mise à courir. Elle a filé dans le couloir, a tourné le coin pour emprunter l'escalier principal et monté deux étages jusqu'à ses appartements. Elle a surgi dans sa chambre, a fait claquer la porte et s'est effondrée sur ses genoux.

— Félix ! a-t-elle crié.

Le matin est venu. Un seul rayon de soleil a réussi à transpercer les ténèbres du dragon pour faire briller un rond juste devant la fenêtre d'Una. Adossée à la porte de sa chambre, Una a observé l'éclat du rayon. Avec un certain effort, elle s'est poussée sur ses pieds, a traversé la pièce et s'est agenouillée dans le petit cercle de lumière. Elle a incliné son visage couvert de suie, et des larmes ont roulé sur ses joues. Elle les a arrêtées à l'aide de ses mains et les a regardées dessiner des traces dans la suie. D'autres larmes sont venues, puis d'autres. Elle s'est penchée devant — ses cheveux emmêlés sont tombés autour de son visage — et elle a poussé des sanglots désespérés et atroces.

— Félix, a-t-elle chuchoté. Félix, mon petit frère!

Le soleil a réchauffé sa nuque, et le chant argenté de la grive des bois a flotté dans le ruban de lumière. La chanson a brisé la fumée du dragon et s'est glissée par la fenêtre pour effleurer doucement Una qui pleurait.

«*Au-delà de la dernière chute d'eau,*
Les chansons de la sphère montent en crescendo.
Quand le silence insensé remplit ton esprit d'effroi.
Ne reviendras-tu pas à moi ?»

Au plus profond d'elle, quelque chose a tremblé. Una a pris une grande respiration, et ses sanglots ont diminué, même si les larmes ont continué de couler.

— Il viendra, a-t-elle murmuré en observant ses mains dans l'éclat du soleil. Il me reviendra. Il arrangera les choses.

Le rayon de soleil a disparu. Le chant de la grive des bois a baissé et disparu. La fumée du Dragon s'est refermée sur elle, épaisse et suffocante. Elle s'est levée et s'est dirigée à sa table de toilette. Elle a pris son peigne lourd au rebord en écailles et l'a passé dans ses cheveux, mais il s'est pris dans les nœuds. Même en tirant jusqu'à se faire mal, elle n'a pas réussi à défaire les nœuds. Avec un cri de colère, Una a jeté le peigne dans le miroir.

Le miroir a craqué.

Le jour a passé dans le brouillard de la fumée. Una est demeurée assise immobile sur son tabouret, à fixer le vide, pendant que ses pensées erraient ici et là, confuses dans la fumée. Elle a songé à Félix, son sourire taquin et son rire facile, elle a pensé aux mauvais tours qu'il aimait jouer, aux jeux qu'ils avaient partagés près du Vieux Pont alors qu'elle était la reine des fées, et lui, son fidèle diablotin. Toutes les insultes qu'elle lui avait déjà jetées sont repassées dans son esprit, aussi claires que si elle les avait prononcées la veille, et elle s'est maudite plusieurs fois.

Mais à mesure que le jour avançait, le poison dans l'air a chassé toute pensée de son frère aux confins de son esprit, repoussant ainsi les bons souvenirs et ne laissant que la douleur de la perte. Elle a secoué violemment la tête en serrant ses mains brûlées contre ses tempes.

Lentement, les images de Félix ont glissé hors de son esprit, et Una a songé à Léonard.

Elle se l'est imaginé comme il était la dernière fois qu'elle l'avait vu, vêtu de ses habits de fou, mais avec des yeux si sérieux. Elle a tenté de reprendre chaque mot qu'ils avaient échangé, mais bon nombre d'entre eux s'étaient effacés. Elle éprouvait de la difficulté à se souvenir de son visage. Elle se rappelait chaque expression, chaque sourire ou froncement de sourcil — oh, ce cher sourire et ce froncement de sourcil encore plus cher. Mais ses traits étaient délavés, vagues.

— Je l'oublie, a-t-elle admis enfin.

Le soir s'installait, mais elle n'a allumé aucune bougie.

— Je l'oublie.

Un cri s'est faufilé de sa gorge.

— Non. Je vous en prie : ne m'enlevez pas son souvenir !

Una a bondi debout, les poings appuyés contre les tempes.

— Je ne vais pas l'oublier, non ! Il a dit : « Je tuerai ce monstre et reconquerrai mon royaume ». Et il a promis de revenir, n'est-ce pas ?

Une nouvelle image s'est manifestée à son esprit sans y être invitée ; l'image d'une jeune femme, douce et fraîche. Ses cheveux étaient ornés de fleurs, et ses yeux brillaient de joie. Una l'a vue, cette fille étrangère ; plus réelle dans son esprit que les souvenirs de son bouffon. Et elle l'a vue sourire à Léonard.

— Non ! a fait Una en secouant furieusement la tête. Non, il a promis !

« Faites-moi confiance, Una », avait-il dit.

— Je me souviens de ses paroles. Ils valent bien une promesse, non ?

— Non, petite princesse.

Le grognement profond a fait écho dans le vide en elle.

— Non, petite princesse, il n'a pas promis, n'est-ce pas ?

Ses fenêtres se sont ouvertes dans un fracas, et de l'air chaud a soufflé sur sa nuque. Elle a enroulé les bras autour de son corps et s'est pliée en deux devant l'air empoisonné qui l'enveloppait. Una s'est étouffée et a eu des haut-le-cœur. Elle s'est tournée vers la fenêtre.

La tête du Dragon a surgi dans l'obscurité dehors, ses yeux rouges perçant les volutes horribles de fumée et de flammes.

— Venez, a dit le Dragon. Venez me parler de votre prince-bouffon. Je suis curieux d'en savoir plus sur cette histoire.

22

Une lumière dorée a rempli la vision de Félix – dorée, mais mêlée à des tons de bleu. Il a cligné des yeux, mais le monde est demeuré un brouillard de couleurs. Une douleur vive comme le feu lui brûlait l'épaule et la poitrine. Il a fermé les yeux et serré les dents. Quand il a ouvert les yeux de nouveau, sa vision était plus claire. Il a aperçu un motif de feuilles dorées au-dessus de lui, nettement défini contre un arrière-plan bleu. Il a d'abord cru qu'il s'agissait d'une muraille, mais alors, les feuilles ont valsé doucement comme si une brise avait soufflé, et Félix a compris qu'elles étaient réelles. Ou presque réelles.

Il a essayé de s'asseoir, mais une douleur fulgurante s'est élancée de son cœur à son épaule pour ensuite grimper dans son cou. Il est retombé sur le dos, le souffle haletant, pour découvrir que sa tête reposait dans une matière duveteuse. Un gémissement s'est échappé de ses lèvres.

— Vous êtes réveillé.

Il a entendu la voix, mais était incapable de tourner la tête pour voir son interlocuteur. La voix était suave, basse et agréable. Une douce main s'est appuyée contre son front.

— Vous êtes toujours fiévreux, a dit la voix.

— Qui êtes-vous ? a demandé Félix.

Ses lèvres étaient sèches, et sa voix, éreintée.

— Je suis dame Imraldera, a dit la voix. La maîtresse du Havre.

Un linge humide, aussi souple qu'un oreiller, a tamponné son visage et ses lèvres sèches.

— Mon prince vous a mené ici et m'a demandé de prendre soin de vous.

— Votre quoi ?

Félix a froncé les sourcils et a tenté de fouiller ses souvenirs.

— Où suis-je ?

Il se souvenait d'avoir filé à cheval sur une route sombre et d'un trajet sinueux entre les grands arbres. Une vision d'yeux jaunes a traversé son esprit, et Félix a tressailli contre son oreiller.

— Qu'est-il arrivé ? Je..., a-t-il fait d'une voix étranglée par la panique. Où suis-je ?

Mais la douce voix l'a calmé, et le linge est passé sur son front.

— Vous êtes en sécurité à présent, prince Félix. Le prince des Rives lointaines vous a mené à l'un de ses havres. Vous devez vous reposer, maintenant, et essayer de me faire confiance. Vous avez été transpercé par les griffes d'un dragon et avez absorbé beaucoup de poison, mais je peux vous guérir.

« Du poison de dragon. »

Félix a senti son visage se froisser dans son effort pour réprimer ses larmes. Bon sang, il était trop vieux pour pleurer ! Il a prononcé ses prochaines paroles d'une voix étouffée, en espérant que cette femme étrange n'entende pas les larmes dans sa voix.

— Mon père ? Una ?

— Mon prince veillera sur eux, mon enfant. Dormez, maintenant.

Le linge humide a effleuré ses paupières une à la fois, et il s'est endormi.

Una a ramassé ses jupes dans ses mains et est sortie sur le balcon par la fenêtre. La lueur des yeux du Dragon formait un chemin à suivre dans l'obscurité et projetait son ombre avec précision derrière elle. La chaleur de son regard menaçait de la faire fondre, pourtant Una a continué d'avancer, muée par une force qui échappait à ses désirs et à son contrôle.

Elle est enfin arrivée immédiatement sous sa gueule et s'est assise dans le cercle de sa robe.

Le Dragon a fermé un œil et a tourné la tête pour l'observer de l'autre.

— Qui aurait cru que le feu se trouvait dans une créature comme vous ? Comme c'est délicieux !

Sa langue noire et longue a dardé de sa gueule. Una a frissonné, mais était incapable de détourner le regard.

Le Dragon s'est installé confortablement et a déplacé ses grandes ailes pour créer des murs autour d'elle, et la chaleur s'est intensifiée.

— À présent, petite langue pendue, a-t-il dit, parlez-moi de votre prince-bouffon. Oui, je l'ai rencontré, mais il n'a dévoilé qu'une partie de sa personnalité à l'être que je suis.

Il a souri, et des flammes ont dansé derrière ses yeux.

— Je suis curieux de savoir ce que ce Cœur-de-Lion vous a montré. Parlez, Una. Il ne devrait pas y avoir de secrets entre nous.

Una avait l'impression que sa gorge était trop desséchée pour lui permettre de prononcer un seul mot, mais quand elle a ouvert la bouche, les mots en ont dévalés comme un jet d'eau soudain depuis un barrage en ruines. Elle a même oublié à qui elle parlait dans le soulagement de laisser libre cours à ses pensées. Elle a à peine remarqué les questions incitatives du Dragon, puisque les orientations qu'il donnait à son discours lui semblaient si naturelles et l'amenaient exactement au sujet dont elle avait ensuite envie de parler. Les détails triviaux se sont emmêlés aux moments poignants, et pourtant, chaque renseignement lui semblait important. En parlant, Una a découvert qu'elle pouvait s'imaginer le cher visage de Léonard avec une telle clarté que c'était comme s'il était là, devant elle, et pas une fois elle ne s'est demandé s'il s'agissait là de l'œuvre du Dragon.

— Il était si beau, s'est-elle surprise à répéter encore et encore. Si différent des autres jeunes hommes de ma connaissance. Il connait la réalité d'un dur travail, pourtant il ne la fuit pas comme d'autres princes pourraient être tentés de le faire. Sa vie a un but et une orientation. Qui peut se comparer à lui ? Le prince Gervais ? Ce dandy niais dont j'ai cru être amoureuse ? Peu probable ! Je vois à présent comme sa cour était minable et combien minables étaient mes sentiments à son égard. Comment comparer une personnalité charmante à une nature noble ? Ce serait comme comparer mon poney de parade grassouillet au cheval de guerre de mon père.

— Ainsi, vous aimiez l'esprit princier de Cœur-de-Lion, n'est-ce pas ? a demandé le Dragon.

— Non, pas au départ, a dit Una. Je ne l'ai même pas remarqué de prime abord. Mais je l'ai aimé de toute façon, peut-être même dès le premier jour de notre rencontre. Il… Il me faisait tant rire ! Il se dénigrait et pourtant, il était fier, ridicule mais spirituel. Je n'ai jamais autant ri qu'en sa présence. Je n'ai jamais été aussi heureuse.

— Vous l'aimiez parce qu'il vous faisait rire ? a rigolé le Dragon. Comme c'est charmant.

— Oui, a-t-elle dit, mais je ne l'ai compris que plus tard. Non, quand j'ai commencé à songer à lui de quelque façon que ce soit, j'ai réprimé ces sentiments idiots. Ce n'est pas avant qu'il se soit adressé à moi le soir de son départ… Qu'il m'ait parlé d'un ton qu'il n'avait emprunté qu'une ou deux fois auparavant en ma présence ; d'une voix qui était loin de sa personnalité joyeuse…

Elle s'est perdue dans sa rêverie, et même si sa peau brillait de sueur sous la chaleur du dragon, Una se sentait froide et distante.

— Il a parlé de ses épreuves, des dangers qu'il a eu à endurer et qu'il lui faudrait subir. Il a parlé de sa quête pour tuer…

— Pour me tuer, a dit le Dragon.

— Oui, pour vous tuer. Pour vous tuer et reconquérir son royaume, pour remettre de l'ordre dans la vie de ses citoyens… Il est si brave et si bon ! Mais vous voyez, avec une telle vision devant lui, comment aurait-il pu se laisser distraire ?

— Pas même par vous, petite princesse, a murmuré le Dragon.

— Pas même par moi.

— Ses buts étaient beaucoup plus grands que son amour pour vous.

— Bien sûr, comme il le fallait.

— Vous ne vouliez pas vous dresser dans son chemin.

— Jamais. Il ne serait pas l'homme que j'aime s'il se laissait détourner de sa voie pour moi.

— Et alors il vous a demandé de lui faire confiance.

— Oui, et je lui fais confiance.

— Et vous lui avez donné votre cœur.

— Mon cœur lui appartient.

— Mais il ne vous a jamais donné le sien en retour.

Una a entrouvert les lèvres. Aucun mot n'en est sorti.

Le Dragon a levé la tête pour aboyer un grand rire.

— Petite idiote, quel genre d'échange avez-vous fait là ? Vous lui as donné votre cœur sans rien recevoir en retour. Et à présent, vous n'avez rien, n'est-ce pas ?

Elle a baissé la tête, et ses cheveux sont tombés sur ses cuisses.

— Je ne lui ai demandé aucune promesse.

— Mais il a reçu une promesse de votre part. Quelle âme noble que ce prince Cœur-de-Lion, non ?

— Il l'est, a-t-elle dit.

L'air était lourd et amer pour ses narines.

— Alors, il ne nous reste qu'une option, a dit le Dragon. Petite langue pendue, vous ne méritez pas de promesse. Vous ne méritez pas son cœur.

— Je…

— Soit il n'est pas celui que vous croyiez, soit vous ne l'êtes pas, a indiqué le Dragon. Quel autre choix avons-nous ?

— Je lui fais confiance.

— Dans ce cas, votre confiance est mal placée, car il vous a oubliée. Il ne possède plus son cœur, il l'a donné à une autre, et il tient le sien en retour. Vous ai-je dit combien ravissante est sa fiancée ? Je l'ai vue le jour où j'ai fait la connaissance de votre prince. Elle a surgi des jardins pour le tirer loin de moi quand il s'est évanoui de frayeur. Une petite chose rondelette. Et belle, aussi.

— Je…

— Vous savez ce que je crois ?

Le Dragon a fait battre ses ailes, et Una s'est prosternée devant lui.

— Je crois que vous valez bien moins que ce que vous croyez. Vous n'êtes pas celle qu'il a cru voir, n'est-ce pas ? Regardez-vous : une misérable qui pleure et qui renifle ; laide et sale. Une princesse ? Certainement pas.

Una a appuyé le front contre les pierres et a fermé les yeux avec force.

— Il a probablement compris son erreur à la minute où il est parti. « Idiot », se sera-t-il dit. « Tu ne connais même pas cette fille ! Comment as-tu pu croire qu'une chimère était un amour véritable ? »

— Je lui fais confiance, a chuchoté Una.

— Dès qu'il a vu cette jolie fille du Pays du Sud, une des siennes, sa vieille amie… Ah ! Là, il a su ce qu'était l'amour véritable. Il pouvait lui faire confiance. Elle ne serait pas assez stupide pour donner son cœur à un étranger.

— Il…

— Un étranger qui s'en débarrasserait dès que le moment serait choisi.

Una s'est recroquevillée en serrant les mains sur la douleur qui faisait battre ses doigts et qui montait le long de ses bras pour finir dans sa tête. Elle a tenté de se lever, mais en était incapable. Elle s'est plutôt obligée à regarder droit vers le visage énorme du Dragon.

— Je ne vous crois pas, a-t-elle dit.

— Non ?

Le Dragon s'est penché jusqu'à ce que son souffle fasse fouetter les cheveux d'Una contre les pierres.

— Mais que diriez-vous si je vous confrontais à une preuve ?

— Vous n'avez aucune preuve. Vous êtes un menteur.

— Vraiment ?

Sa voix s'est transformée en un sifflement bas et insidieux.

— C'est peut-être la vérité. Mais regardez ce que j'ai et dites-moi si je mens.

Il a levé sa main noueuse et l'a retournée en serrant quelque chose. Lentement, ses griffes se sont déroulées, et Una a vu ce qu'il tenait dans sa paume.

Une bague d'opale. Ses pierres brillaient d'une lumière intérieure et reflétaient la lueur des yeux du Dragon.

Una était incapable de parler.

— Oh, princesse, a dit le Dragon, si seulement il pouvait vous voir à cet instant. Comme il se compterait heureux d'avoir échappé à une créature aussi faible et piteuse ! Comme il se féliciterait d'avoir fait le bon choix. Votre cœur ou sa vie. Certains hommes auraient hésité, mais votre Cœur-de-Lion est un homme résolu. N'est-ce pas, Una ? Fort et ferme dans son objectif.

La grande main s'est refermée, et la vision d'Una s'est embuée de fumée. Elle a fermé les yeux, et ses poings noueux se sont éraflés contre les pierres sous elle.

— Pauvre petite Una, a dit le Dragon. Vous êtes sans cœur à présent, n'est-ce pas ? Pas mieux qu'un dragon.

Elle a rampé à reculons, et il l'a laissée partir. Elle s'est éloignée de lui de cette façon jusqu'à ce qu'elle puisse se lever de nouveau. Puis, les épaules voutées, elle a regagné sa chambre obscure en fermant la fenêtre derrière et en poussant le loquet. Le poison du dragon tourbillonnait dans son cerveau, étourdissant et horrible ; Una n'arrivait ni à réfléchir ni à respirer.

— Léonard, a-t-elle chuchoté. Pourquoi ne venez-vous pas ?

Elle s'est effondrée sur son lit et s'est mise à pleurer comme jamais auparavant. Et avec chaque larme, Una a senti son âme rétrécir.

Fidel a passé en revue ses troupes aux petites heures d'une aube grise. Il restait à peine plus d'une centaine d'hommes de la garnison de Ramgrip. Combinés aux hommes du régiment de Dompstead, ils formaient un front brave qui s'alignait pour la bataille sur les collines à l'entrée de Sondhold. Le général Argus, qui enfourchait un grand cheval aux côtés du roi, affichait un air désapprobateur réfléchi par chaque ride sur son visage. Leur armée n'était pas de taille devant les forces de Shippening.

Un messager a cavalé vers eux en saluant son roi et son commandant.

— Les hommes du duc sont réunis au-delà de la prochaine pente, a-t-il dit.

Argus a hoché la tête. Ce renseignement n'avait rien de neuf. Il s'est tourné vers le roi pour lui dire à voix basse :

— Ce sera la débâcle pour nous, sire.

— Peut-être, a dit Fidel.

— Ils sont plus de deux fois supérieurs en nombre, a dit Argus. Sir, nous n'avons aucun espoir de l'emporter.

Fidel n'a pas répondu. Gagner la bataille n'occupait pas la première place dans son esprit. Distraire le duc assez longtemps était tout ce qu'il demandait. Un groupe de cinq hommes, choisis par le roi, devait se glisser dans le palais d'Oriana pendant que l'attention du duc (et, l'espérait-il, celle du Dragon) était portée ailleurs. Les hommes arriveraient peut-être à trouver la princesse et à la sortir de là.

Argus était au courant du plan et il l'abhorrait, car il ne voyait aucune chance de réussite.

— Je vous en prie, Votre Majesté, a-t-il dit une dernière fois au moment même où le soleil brillait à l'horizon et tentait désespérément de percer cette atmosphère de fumée. Je vous prie d'accepter votre défaite et de fuir pendant qu'il est encore temps. Nous pourrons réunir nos ressources en ayant assez de temps, et revenir punir ce chien comme il le mérite, mais pas aujourd'hui.

— Félix est en sécurité, a dit Fidel. Je dois m'assurer de la sécurité de ma fille, à présent.

Il a éperonné son cheval pour s'éloigner de son général et s'approcher de la première ligne de soldats. Là, il a hoché la tête en direction d'un lieutenant qui a porté un cor doré à ses lèvres. La note claire s'est élevée dans l'air lourd, et, comme un seul homme, les troupes ont avancé à la rencontre du duc.

Una s'est éveillée de rêves amers, pour voir le rayon de soleil percer la cendre et la fumée pour briller sur son plancher. Elle s'est assise dans son lit et a observé le rayon qui faisait briller la poussière.

Dans sa poitrine, quelque chose a brûlé.

— Ça suffit, a-t-elle chuchoté.

Elle a quitté ses couvertures grises et est sortie de la pièce. Le long corridor silencieux ressemblait à une gorge immense qui l'aspirait toujours plus profondément.

Elle a trébuché à deux reprises dans l'escalier et a agrippé la rampe pour maintenir son équilibre. Enfin, elle a atteint le hall d'entrée. Une légère pression a suffi pour ouvrir la porte, et Una est sortie dans la cour.

La cour ne contenait que des ruines et des débris. Des pierres carbonisées s'empilaient là où des statues et des murs gracieux s'élevaient autrefois. Les arbres avaient été brûlés jusqu'à la souche, et la fumée qui s'échappait des troncs était empoisonnée.

Una a avancé parmi les ruines, et des cendres virevoltaient autour de ses pieds. Elle marchait comme si elle rêvait ; ses pas étaient lents et semblaient être guidés par une force inconnue.

Le Dragon l'a rejointe à la grille.

— Oui, princesse, a-t-il dit en soufflant de la fumée sur elle. Votre feu est bon. Vous êtes de ma race.

— Oui, a-t-elle fait, et ses yeux étaient tristes, mais vides de larmes.

— Mais pas complètement.

Il a souri.

— Approchez-vous, et je terminerai le travail pour vous. Venez ici, langue pendue. Votre cœur m'appartient.

La princesse a avancé vers lui, le visage levé.

— Approchez-vous, a-t-il dit. Laissez-moi vous embrasser.

Son sang s'est affolé dans ses veines, étant prise d'une panique soudaine, mais la princesse s'est tenue sur la pointe des pieds pour s'élever vers le Dragon. Elle a senti la marque de son baiser sur son front.

Elle est tombée à la renverse en criant d'agonie, mais le cri s'est transformé en rugissement ; un rugissement profond et hideux qui éclatait depuis sa poitrine pour filer dans sa gorge en semant de la fumée et des flammes. Ses mains ont frappé le sol, mais ce sont des écailles et des griffes terribles qui ont éraflé et déchiré les pierres en petits cailloux. Des ailes d'ébène ont battu de ses épaules, et d'autres flammes ont brûlé dans sa bouche pour ensuite souffler sur le sol où elles ont tout carbonisé sur leur passage.

— Que m'avez-vous fait ? a-t-elle crié.

Sa voix était un feu corrosif.

23

Le Dragon a observé la jeune dragonne rouler sur le sol et frapper ses ailes contre les décombres en feu. Il n'a rien dit ; il a regardé le spectacle pendant que ses yeux couvaient des feux ardents.

Enfin, Una s'est couchée, épuisée, haletante — son feu était épuisé pour le moment. Le Dragon s'est approché d'elle, ses crocs brillaient dans un sourire monstrueux.

— Ma fille, a-t-il dit, quel beau feu tu as en toi ! Je t'ai cherchée pendant cinq ans. J'aurais pu passer près de toi sans te voir, misérable créature que tu es. Mais je suis fier de t'avoir enfin reconnue.

La dragonne autrefois princesse a ouvert un œil. Il brillait d'un éclat terne, même si la peur le bordait et dilatait sa pupille.

— Que m'avez-vous fait ?

Sa voix était aussi rude que le gravier sous elle.

— Qu'ai-je fait ?

Le Dragon a gonflé sa crête noire de fierté.

— Je t'ai libérée, ma sœur, mon enfant ! Je t'ai permis de devenir qui tu es réellement, qui tu étais tout ce temps. À présent, tu pourras étreindre la liberté d'un esprit non lié !

Una a gémi, et ses yeux se sont renversés dans sa tête.

— Tu sais que c'est vrai, a dit le Dragon. Tu l'as toujours su, au plus profond de toi-même.

— Que dois-je faire ? a demandé la jeune dragonne en se poussant à la verticale.

Le Dragon a ouvert la gueule pour lui répondre, mais à ce moment-là, il a entendu le cor sonner à une faible distance, au-delà de la grille, des champs et de la colline. Sa note dorée a tranché l'air lourd, et les deux dragons se sont tournés vers le son ; le plus vieux avec un grognement et une bouffée de flammes ; la plus jeune avec une nouvelle lueur dans les yeux.

— Mon père ! a-t-elle dit d'une voix râpeuse, la gorge brûlante.

Le Dragon a sifflé et s'est soulevé pour voir au-delà du haut mur de pierres.

— L'idiot, a-t-il grogné. Je l'ai averti, n'est-ce pas ?

Les ailes battantes, la jeune dragonne a peiné à se lever pour regarder, elle aussi, de l'autre côté du mur. Au milieu d'un brouillard rouge, elle a aperçu les contours de l'armée du roi Fidel qui avançait, les armes et les armures brillant sous la lumière des flambeaux, car le soleil n'arrivait pas à percer l'obscurité du Dragon.

— Ainsi soit-il, a dit le Dragon. Attends ici, petite sœur, pendant que je m'occupe de ces moucherons.

Il s'est replié sur lui-même, et ses hanches puissantes l'ont propulsé vers le haut où ses grandes ailes ont battu jusqu'à ce qu'il se laisse porter par un grand vent qui l'a mené plus haut dans le ciel rempli de fumée. Plus bas, l'armée du duc de

Shippening formait des rangs à l'entrée de la ville pendant que les hommes de Fidel avançaient vaillamment. C'était une vision pathétique : les troupes disparates de Parumvir qui faisaient une faible avancée vers le rassemblement plus important et en meilleure position des hommes de Shippening. Il n'était nullement nécessaire pour le Dragon de prendre part à l'affrontement. Mais le feu ardent brûlait en lui, à cet instant.

Il s'est élevé comme un soleil noir en soufflant un flot de feu de sa gueule béante, et l'armée a fait halte. Des cris ont rempli l'air, poussés tant par les hommes de Parumvir que par ceux de Shippening. Le cor de l'armée du roi Fidel a résonné de nouveau, et les hommes ont avancé de plus belle, mais l'ombre du Dragon a fondu sur leur cœur.

Le Dragon les a encerclés — un vautour énorme —, et le feu a grandi en lui jusqu'à ce que ses écailles noires brillent d'une lueur rouge et que des flammes s'échappent du coin de ses yeux. Il a ouvert la gueule pour viser la première ligne de soldats.

Mais un autre feu a frappé son visage, inoffensif mais étonnant. Surpris, il s'est tourné pour voir la jeune dragonne fendre l'air vers lui en battant furieusement des ailes. Elle l'a percuté, et ses griffes ont mordu ses flancs. Sous la force de l'impact, la queue du Dragon a fouetté l'air pour tirer la jeune dragonne vers lui, et les deux créatures sont tombées en se débattant. Le Dragon, trop abasourdi pour se battre, l'a repoussée avant qu'ils ne frappent le sol et a été soulevé par un courant d'air ascendant. La dragonne, peu apte à voler, a heurté le sol où elle est demeurée, étourdie.

— Idiote de sœur ! a jappé le Dragon.

Des flammes fusillaient des côtés de sa gueule pour se courber autour de sa tête comme des cornes.

— Quelle était cette démence ?

Una a titubé vers l'avant en respirant avec force.

— Mon père ! a-t-elle haleté.

— Idiote ! a craché le Dragon. Je suis ton père !

— Non !

— Oui, dragonne ! a-t-il crié. Je suis ton père. Je suis ton frère, ta mère, toute ta famille désormais.

— Non !

Elle a bondi dans les airs pour voler de nouveau vers lui. Il l'a repoussée d'un grand coup. La jeune dragonne s'est ressaisie dans les airs pour attaquer encore une fois en crachant du feu et des étincelles. Le Dragon l'a attrapée dans ses longues pattes avant et lui a mordu férocement le cou. Elle a rugi et l'a griffé, mais il l'a prise en ses crocs et l'a secouée dans tous les sens avant de la jeter loin de lui. Elle a frappé le sol, et ses ailes ont battu la terre pour provoquer des nuages de poussière.

Le Dragon a atterri à proximité, a rampé jusqu'à elle et l'a giflée. Elle a roulé plus loin, puis il l'a giflée une deuxième et une troisième fois.

— Tiens, petite sœur ! a-t-il rugi, et son feu rougissait ses écailles. Tu veux mettre mon autorité à l'essai, hein ? Recommence, pour voir !

Il a fondu sur elle pour mordre davantage son cou déjà sanglant. La jeune dragonne a crié, et des flammes bleues ont dégouliné de ses dents. Armée d'une force qu'elle ignorait posséder, elle s'est libérée et a pris son envol. Cette fois, elle s'est éloignée avec toute la vitesse de ses ailes, toujours plus haut et plus loin.

Le Dragon a levé la tête et hurlé un rugissement qui a fait trembler la terre à des kilomètres à la ronde. Puis il s'est accroupi à quatre pattes et a regardé autour de lui. L'armée du roi battait en retraite et laissait derrière un champ noir, calme et désert.

Le Dragon a jeté un coup d'œil par-dessus son épaule pour regarder la jeune dragonne disparaître au sud, dans le brouillard de sa fumée. Il a souri et s'est léché les lèvres.

— Parfait.

— Suivez le roi ! Suivez le roi ! a crié Argus.

Peu de soldats l'ont écouté ; la plupart des hommes reculaient dans les rangs et se piétinaient dans leur hâte de fuir ce qu'ils savaient être une bataille sans espoir. La vue du Dragon avait suffi à détruire le courage qu'il leur restait, mais deux dragons dépassaient l'entendement. Ils fuyaient, terrifiés, pendant que le roi Fidel était figé sur le dos de son cheval parmi la mare d'hommes en fuite.

En jurant, Argus a éperonné son cheval pour couper à travers le flot de soldats qui s'époumonaient jusqu'à ce qu'il atteigne le roi.

— Sir ! a-t-il crié.

Fidel n'a pas répondu. Argus a agrippé la bride de la monture du roi pour tirer le cheval frétillant vers la colline et suivre l'armée en déroute. Fidel s'est affaissé sur sa selle, et son visage était livide. Ils venaient tout juste d'échapper à la vue de l'armée du duc de Shippening quand le roi est tombé de sa selle pour atterrir comme une tonne de briques sur le sol. Argus a arrêté son cheval et a bondi sur le sol pour accourir vers son roi.

— Una, a gémi Fidel pendant qu'Argus glissait le bras autour des épaules du roi. Elle est perdue.

— Mais vous ne l'êtes pas encore, sir ! a grogné Argus à travers ses dents serrées.

Puis il a aboyé au passage à un lieutenant :

– Ne reste-t-il donc aucun homme fidèle dans tout Parumvir ?

Le lieutenant a freiné sa fuite pour rappeler certains de ses hommes à lui. Ensemble, ils ont soutenu le roi hors du champ déserté.

24

Una brûlait de l'intérieur. Elle aurait voulu brûler jusqu'à ce que mort s'ensuive, mais elle n'est pas morte. Elle se contentait de brûler.

Elle a volé toujours plus haut, au-dessus de la fumée noire, et bien au-delà. Enfin, elle a surgi au-dessus des nuages gris dans l'éclat blanc et aveuglant du soleil, qui lui a frappé les yeux comme un poignard. Elle a crié de douleur avant de replonger sous les nuages pour poursuivre sa route vers le sud.

Ses ailes l'ont transportée loin, au-dessus de paysages qu'elle ne reconnaissait pas ; les collines et les vallées de Parumvir parsemées de troupeaux de moutons qui, lorsque couverts par son ombre, fuyaient à la débandade. Les chiens bergers détalaient aussi en abandonnant le troupeau pour chercher l'abri le plus près, queue entre les pattes.

Una a poursuivi son vol. La sensation qu'il procurait ne laissait aucune marque en elle, car son esprit était dévoré par le feu : la brûlure lancinante de son cou ensanglanté et la brûlure bouillante dans sa poitrine.

Des jours, des années, voire des siècles auraient pu passer avant qu'elle ne recouvre une partie d'elle-même. Le feu en elle est mort au moment où le soleil se couchait à l'horizon, et elle éprouvait de plus en plus de difficulté à attraper les courants d'air ascendants sous ses ailes hideuses. Quand enfin, elle n'a plus été capable de continuer, elle a chuté comme une pierre. Un champ de fermier désert s'est présenté à sa vue, et elle y est tombée en culbutant. Ses pattes, incapables de supporter son poids, se sont affaissées sous elle.

Elle est d'abord restée couchée, immobile, sans réfléchir et en respirant à peine. Puis, lentement et péniblement, des pensées se sont glissées dans son esprit. Qui était-elle ? Que lui était-il arrivé ? Où pouvait-elle aller ? Qui pourrait l'aider ? Les questions résonnaient bruyamment dans sa tête et attisaient le feu dans sa poitrine.

« Non ! Pas de feu ! »

Elle a gémi et fermé très fort les yeux. Le cri d'un enfant a rempli l'air.

Una a ouvert les yeux et s'est dépêchée à ramener sous elle ses membres disgracieux. Elle s'est poussée debout et a observé une petite fille crier comme un chaton effarouché avant de gravir la colline à la course. Des cris gutturaux se sont élevés l'instant d'après. Una s'est assise sur ses pattes arrière et a aperçu des paysans fuir leurs granges et leurs chaumières ; des femmes qui portaient des enfants, des hommes armés de fourches et de faux qui avançaient vers elle en criant d'un air menaçant.

Terrifiée, elle a tenté de lâcher un cri, mais c'est une flamme monstrueuse qui a plutôt fait éruption de sa gorge. De la fumée s'est déversée de sa gueule pour couvrir le sol à ses pieds. Les paysans se sont arrêtés. Certains se sont jetés sur le sol pendant que d'autres se sont retournés pour prendre la fuite. Trois hommes costauds, dont l'un au crâne chauve et à la barbe blanche, ont brandi plus haut leurs armes bancales et ont continué d'avancer en criant comme des barbares.

Elle a pris son envol au moment où le paysan le plus près, armé d'une hache, mettait le pied dans le champ. Son ombre l'a balayé, lui et ses deux compagnons, et elle les a laissés là dans le champ au loin.

Une flamme rugissait dans sa tête.

« Ils croient que je suis un monstre », a songé Una, qui continuait de grogner même durant son vol.

« Voilà comment ils me voient. Idiots ! »

Des flammes ont léché ses lèvres.

« Stupides créatures. Je devrais brûler chacune d'entre elles ! »

Elle a secoué violemment la tête à la reconnaissance de ses pensées.

« Non, ce n'est pas qui je suis. C'est un mensonge, ce n'est pas moi. C'est son œuvre, mais je suis toujours là, à l'intérieur. »

Elle a cherché jusqu'au plus profond d'elle-même. Une cendre rouge recouvrait tout : chaque pensée, mot ou action. Mais en fouillant dans son âme, elle a cru apercevoir des traces de la princesse.

« Tout ça est un mensonge. Rien d'autre qu'un mensonge ! »

Mais le feu s'est attisé de nouveau en elle, et elle a poursuivi son vol. Elle a survolé des terres vertes qu'elle ne connaissait pas ; ce n'était pas les vallées de son pays. La nuit est tombée, et une lune argentée brillait dans le ciel. Elle a atterri enfin auprès d'une rivière tranquille et elle y a rampé. La rivière bouillonnait et s'élevait en vapeur autour d'elle. En gémissant, elle s'est tournée de côté pour y baigner la blessure de son cou. L'espace d'un moment, l'eau fraîche a provoqué un frisson glacial dans son corps. Mais le moment est passé, et la sensation de brûlure est revenue avec une force décuplée. Elle aurait voulu sangloter, mais le feu avait dévoré ses larmes. Épuisée, elle a plutôt accoté le menton sur la rive en prenant soin de tenir son museau hors de l'eau et elle s'est couchée, immobile. La lune brillait sur elle et soulignait les contours raboteux de son corps disgracieux.

Quand elle s'est éveillée, le feu était couvé, et Una a découvert qu'elle avait retrouvé le corps d'une fille.

Fidel était assis dans l'obscurité d'une petite pièce de la garnison de Dompstead, car il refusait que les serviteurs n'allument un feu. Hébété, il fixait les ombres du regard. Des voix venant du corridor fusaient par l'entrée de la pièce, et Fidel a reconnu celle du général Argus qui s'élevait au-dessus des autres.

— Je dois voir le roi !

— Il ne verra personne..., a protesté le domestique de Fidel, mais Argus l'a interrompu avec un grognement.

— Laisse-moi passer. Il doit fuir ce lieu avant l'arrivée du duc. Nous n'avons pas beaucoup de temps. Laisse-moi lui parler.

— Nous avons des ordres, monsieur.

— Qu'ai-je à faire de vos ordres !

Il y a eu un bruit de trépignement dans le corridor, puis une autre voix s'est élevée.

— Des nouvelles pour le roi… au sujet de son fils.

— J'écoute, a ordonné Argus.

Des murmures à voix basse, mais Fidel n'a pas attendu que ses domestiques décident de désobéir à ses ordres en raison de l'importance des nouvelles et laissent passer le messager. Il s'est levé et a titubé dans le noir pour aller ouvrir la porte.

Les domestiques, le général et le jeune soldat qui apportait des nouvelles du prince ont levé les yeux vers le roi comme s'ils avaient été surpris à commettre un quelconque péché.

— Quelle nouvelle apportes-tu de Félix ? a demandé Fidel.

— Je vous en prie, sir, a fait son domestique principal en esquissant un geste protecteur vers le roi. Vous devez vous reposer…

— Quelles sont les nouvelles ? a rugi Fidel en donnant une tape sur les mains du domestique pour ensuite empoigner violemment le soldat. Quelles nouvelles m'apportes-tu sur mon fils ?

Blanc comme un drap, le soldat a balbutié :

— J'étais de la compagnie qui cavalait vers le nord, Votre Altesse. Nous avons été attaqués par des soldats de Shippening…

— Mon fils ?

— Perdu, sir.

Fidel a défait sa poigne et est tombé à la renverse, mais plusieurs domestiques l'ont attrapé et soutenu.

— Mort ? a-t-il chuchoté.

— Je l'ignore, a répondu le soldat. Je le crains. C'était un massacre, Votre Majesté.

Pris dans sa brume, Fidel a soudain remarqué comme le soldat semblait défait et faible et a aperçu une blessure couverte de croûtes de sang sur son épaule.

— C'était un massacre, a répété le soldat. Le capitaine Janus a mené le prince loin de la compagnie, et nous n'avons pas pu les suivre quand ils ont disparu dans la Forêt de la pierre dorée. À notre arrivée dans la forêt, il y avait…

Il a baissé la tête et a repris la parole d'une voix soudain étouffée.

— Un dragon, a-t-il dit. Pas bien grand, mais nous n'étions pas parés.

Le soldat à peine sorti de l'enfance a frissonné et tangué légèrement. Le général Argus a glissé une main sous son coude afin de le soutenir.

— Je suis le seul à m'être échappé, a-t-il enchaîné. J'ai été blessé et suis tombé dans un ravin. Je crois bien m'être évanoui.

Il parlait d'une voix basse et honteuse.

— Quand je suis revenu à moi, j'ai fouillé la forêt pour n'y trouver que… mes compagnons d'armes. Morts. À l'exception du capitaine Janus.

Il a frissonné et chuchoté :

— Brûlé.

Un autre soldat qui se tenait à l'écart du groupe a pris la parole et attiré l'attention du roi.

— Nous avons découvert le corps de Janus, a-t-il dit, aux limites de Dompstead. Il était mort avant le départ de la compagnie vers le nord. Celui qui a cavalé avec votre fils vers le nord n'était pas le capitaine Janus, mais un imposteur.

Fidel a fermé les yeux. Rien ne remuait en lui, la mort régnait.

— Ramenez-moi à l'intérieur, a-t-il murmuré, et ses domestiques l'ont raccompagné dans sa chambre pour l'asseoir près du foyer sombre.

L'un d'entre eux a entrepris de préparer un feu, mais le roi leur a ordonné de sortir d'un ton qui n'admettait pas la réplique.

Cependant, Argus a tenu bon dans l'embrasure de la porte.

— Votre Majesté, le duc viendra. Probablement ce soir. Nous ne pourrons pas vous protéger, ici. Dompstead n'est pas préparée à la défense.

Le roi n'a formulé aucune réponse, et les domestiques ont tenté de forcer Argus à sortir. Le général a pratiquement hurlé sa frustration :

— Nous devons vous mener loin d'ici !

Fidel a levé les yeux, et un air meurtrier est passé dans son regard.

— Laisse-moi tranquille, Argus. Maintenant.

Le général a juré comme jamais un homme ne devrait jurer devant son souverain, mais a laissé les domestiques le pousser hors de la pièce en lâchant d'autres jurons. La porte a claqué.

Fidel a été plongé dans l'obscurité. Il sentait le poison du dragon qui coulait dans ses veines et qui le tirait plus bas vers le fond.

— Mes enfants, a-t-il chuchoté.

Les domestiques se tenaient dans le couloir avec des visages de spectre et ont écouté, impuissants, les sanglots de leur roi.

Une lourde bruine était suspendue dans l'air et mouillait les rues d'une petite ville, de même que l'esprit de ceux qui y marchaient. À cette période de l'année, tout ce qu'il y avait à espérer comme temps à Beauclair était de la pluie, de la pluie et encore plus de pluie et, occasionnellement, de la neige, question de rompre la monotonie. Le temps mettait tout le monde dans une humeur maussade, si bien que même les amis refusaient d'échanger des regards.

Una est entrée dans cette ville d'un pas incertain, en plus de ne pas trop savoir comment fonctionnaient ses propres membres. Si le vent soufflait, elle sentait un léger vrombissement en elle, comme si sa petite ossature pouvait être soulevée et soufflée au loin comme de la mousse de pissenlit. Sa robe était déchirée et pendait en haillons sur son corps, ce qui lui offrait bien peu de protection contre le froid et la pluie. Elle avait l'impression d'attirer les regards, mais aucun habitant ne portait attention à une jeune fille solitaire quand sa seule mission était d'atteindre sa destination pour se mettre à l'abri de la pluie.

À un poteau indicateur, Una a vu qu'elle avait suivi la Grande Route, la voie rapide principale qu'empruntaient les marchands et les autres voyageurs pour se déplacer entre Parumvir et Beauclair. La ville dans laquelle elle était entrée affichait le style de Beauclair, selon ce qu'Una pouvait en voir, et elle a présumé avoir franchi la frontière.

De toute sa vie, jamais elle ne s'était aventurée aussi loin de la maison ; pourtant, elle se trouvait à présent au beau milieu d'une ville étrange, complètement seule. Elle aurait voulu se réfugier dans un trou et y pleurer de peur et de solitude. Mais il n'y avait aucune larme en elle, même si le feu était couvert.

Elle s'est tenue au milieu de la rue de pavés pour regarder dans tous les sens. Il devait bien y avoir un moyen de se mettre à l'abri. Une lumière chaude s'est répandue dans la rue depuis la grande fenêtre d'une auberge campée au bout de la rue. Son enseigne, qui grinçait sinistrement dans l'air humide, portait une esquisse grossière qui annonçait : Le Dragon rampant.

Una a grimacé.

Mais peut-être la laisserait-on se réchauffer près du feu. Car bien qu'elle pouvait sentir le feu au plus profond de ses entrailles, il était faible, et son corps avait froid et cherchait désespérément le réconfort.

La porte de l'auberge était fermée solidement devant la soirée rude. Elle y a cogné un bon coup avant de reculer pour placer les mains sous ses bras et se recourber dans le froid.

Un homme mince et grisonnant a jeté un œil devant, puis à droite et à gauche avant de baisser les yeux sur elle. Son visage s'est rembruni.

— Qu'est-ce que tu veux ?

— Je vous en prie, monsieur, a-t-elle fait d'une voix crue et rauque. Puis-je m'asseoir un moment près de votre feu ?

Il l'a dévisagée. La pluie tombait avec plus de force alors, dégoulinait de son visage et de son menton et collait ses longs cheveux contre ses épaules. Mais une vilaine croûte rouge était toujours partiellement visible sur son cou. Sa peau était blanche comme un drap, et ses yeux étaient larges et effrayés. Mais après l'avoir observée encore un moment, il a reculé derrière sa porte.

— Hé, décampe de là, a-t-il grogné. On dit qu'y a des dragons à l'étranger pis j'prendrai pas d'risques. Décampe, as-tu compris ? Glande pas.

— Je vous en prie, monsieur…

Il lui fermé la porte au nez et a fait disparaître toute parcelle de chaleur.

Mouillée et misérable, elle s'est affaissée sur le pas de la porte en posant le front contre le bois spongieux.

— Je vous en prie ! a-t-elle imploré en levant un poing et en cognant à la porte. Ai-je l'air d'un dragon ? Je vous en prie, laissez-moi entrer, seulement un moment !

— Décampe, j'ai dit ! a lancé l'aubergiste depuis l'intérieur sans daigner lui répondre de nouveau.

Elle s'est tournée pour s'adosser contre la porte, a ramené ses genoux contre son corps et les a entourés de ses bras. Peut-être que son feu allait être noyé et qu'elle allait mourir ?

Combien de temps elle est restée assise là, elle n'aurait pu le dire, mais elle a été réveillée en sursaut d'un demi-sommeil par le bruit de sabots. Elle a levé les yeux et aperçu une compagnie d'une vingtaine d'hommes qui entrait dans la ville. Leurs brides et leurs vêtements étaient bleu et argent, et l'un d'entre eux portait une cape sur le dos de laquelle l'insigne royal de Beauclair était brodé.

La compagnie s'est arrêtée devant l'auberge, et des garçons d'étable ont surgi pour prendre les chevaux pendant que les hommes mettaient pied à terre. Le chef maussade et trempé s'est dirigé lourdement vers la porte de l'auberge en marchant pratiquement sur Una avant de la remarquer.

— Tasse-toi de mon chemin, fille, a-t-il grogné en la poussant rudement du bout de la botte, puis il a cogné lourdement contre la porte. Ho, aubergiste ! Ouvre pour ton prince !

— Prince Gervais ! a-t-elle crié en se levant péniblement. Gervais !

Le prince ne lui a pas prêté attention. La porte s'est grande ouverte, et l'aubergiste grisonnant s'est incliné jusqu'à ce que sa tête touche pratiquement ses genoux.

— Votre Altesse est la bienvenue, a-t-il dit en menant le prince près du feu. Oh, quelle faveur vous m'faites de venir dans mon humble « establissement ». J'peux pas « esprimer » comme j'suis honoré…

— Du cidre épicé. Maintenant, a dit le prince en jetant sa cape mouillée pour ensuite tendre les mains vers les flammes.

Sa compagnie s'est réunie autour de lui. Una s'est glissée dans l'auberge sans être remarquée et s'est tenue dans l'ombre d'un coin.

— J'peux vous d'mander, a dit l'aubergiste au moment où lui et ses serveurs apportaient une vingtaine de choppes de cidre chaud pour le prince et ses hommes, ce qui vous amène dans c't'humble endroit, Votre Altesse ? C'est p't-être pour vous rendre à Parumvir pour chasser c'te dragon dont tout le monde parle ?

Le prince a pris une longue gorgée de cidre avant de répondre.

— Tu devines bien, vieil homme. Voilà bien mon intention.

Il s'est penché plus près du feu pour perdre son regard dans ses profondeurs avant de marmonner :

— J'ai l'intention de toucher cette prime. Que le ciel me vienne en aide si je n'y arrive pas !

L'un des hommes de Gervais a tiré sa chaise près du fauteuil du prince et s'est mis à lui parler à voix basse. Comme elle se tenait près dans l'ombre, Una a entendu chaque parole.

— Votre Altesse.

— Quoi ?

— Nous ne pouvons pas poursuivre notre route, a dit l'homme. Vous le savez.

— Oui, nous le pouvons.

— Votre Altesse, je vous en prie. Il nous reste encore un jour de voyage avant d'atteindre Parumvir, et bien plus encore avant d'arriver à sa capitale. Selon toute vraisemblance, le roi a fui sa propre ville, et le duc de Shippening s'est installé au palais. Pour ce que l'on en sait, le dragon sera parti à notre arrivée ; peut-être n'a-t-il même jamais été là.

– Oh, il y est, il ne fait pas de doute, a dit Gervais. Je le sais. Il doit y être.

– Votre Altesse...

– As-tu la moindre idée du prix qu'il y a sur la tête d'un dragon ? s'est exclamé Gervais. Plus d'argent que tu n'en verras jamais de toute ta vie !

– Seulement si vous arrivez à tuer la bête.

Le prince a grogné quelque chose d'indéchiffrable. Son homme a secoué la tête.

– Laissez tomber, Votre Altesse. Vous saviez que c'était une quête folle quand vous en avez entendu parler pour la première fois il y a deux jours.

– J'ai besoin de cette prime, André, a dit Gervais. C'est ça ou la veuve.

– Dans ce cas, retournez voir la veuve avant qu'elle n'arrête son choix parmi ses dix autres soupirants. Vous pourriez toujours gagner son cœur, même après être parti de façon aussi précipitée. Mais c'est peine perdue si vous poursuivez cette quête.

Gervais a grogné de nouveau, mais l'homme a continué de plaider sa cause.

– Vous savez ce qu'elle a dit. Elle choisira un nouvel époux la veille de son anniversaire de naissance. Il ne vous reste que trois jours, mais vous pourriez gagner sa main si vous retournez auprès d'elle maintenant. Vous êtes son préféré.

– Quel veinard je suis.

— Vous ne trouverez pas le dragon en aussi peu de temps, prince, et même si vous le trouviez, il vous faudra affronter son feu.

— Je préfère ça à la veuve.

— La veuve est garantie.

L'homme a saisi le bras de Gervais et l'a secoué.

— Toutes vos dettes remboursées ! Cela n'a-t-il pas de valeur ?

Le prince s'est pris la tête dans la main et s'est calé dans son fauteuil.

— Si seulement j'avais réussi à décrocher cette princesse de Parumvir.

— Mais vous n'avez pas réussi. Et même chose avec la fille du comte. Vous n'êtes même pas parvenu à quelque chose avec cette héritière de Milden. Il est temps d'affronter la réalité, sir. La veuve est votre dernier espoir.

Gervais n'a pas répondu et est resté affalé dans son siège à regarder le feu. Una a entendu tout cet échange sans dire un mot tout en reculant davantage dans l'ombre.

« Comme vous m'avez oubliée vite, prince Gervais. »

Le feu a frémi au plus profond d'elle.

« Non ! »

Elle a fermé les yeux et essayé de la réprimer, mais la chaleur a monté et s'est intensifiée à chaque instant en provoquant en elle une vive douleur. Elle s'est glissée le long du mur, déterminée à regagner la porte avant que quelque chose n'éclate en elle.

— Hé ! J'pensais t'avoir dit de décamper ?

L'aubergiste a surgi devant elle. Elle a essayé de l'esquiver par le côté, mais s'est pris les pieds dans un tabouret. Il lui a serré le bras violemment et l'a relevée sur ses pieds.

— Petite chienne ! a-t-il crié en enfonçant les doigts dans le bras d'Una. Petite mendiante, je t'apprendrai à…

Il l'a giflée avec force.

Una a crié et porté une main à sa joue, puis, en grognant comme un animal, elle a libéré son bras. Le feu cognait contre ses tempes et lui brûlait la poitrine. Elle a hésité un moment, puis elle s'est tournée pour se jeter aux pieds de Gervais. Ses cheveux mouillés lui collaient sur le visage, et sa peau blanche brillait de façon éclatante à la lueur du feu. Il a poussé un cri, mais elle s'est exclamée :

— Prince Gervais, ne me reconnaissez-vous pas ?

— Te reconnaître ? Éloigne-toi de moi, fille ! Qui es-tu…

Il s'est levé.

En entendant le bruit grinçant d'épées que l'on tirait de leurs fourreaux, elle s'est jetée vers lui pour lui prendre la main.

— Gervais, je suis Una, princesse de Parumvir. Vous vous souvenez ? Vous souvenez-vous de moi, prince ? Rappelez-vous quand vous m'avez fait la sérénade. J'ai besoin d'aide. J'ai besoin qu'on me prenne en pitié. Je…

Gervais a secoué le bras pour se libérer et a reculé en criant :

— Lâche-moi, fille ! Je ne te connais pas !

— Je vous en prie ! a crié Una au moment où l'aubergiste la prenait brutalement sous les aisselles pour la tirer vers l'arrière. Je suis perdue ! Je…

— Pardonnez-moi, sir, a dit l'aubergiste en la traînant jusqu'à la porte. J'sais pas comment elle est entrée ici.

Una s'est débattue et s'est libérée avant d'avancer en titubant vers le prince.

— Je vous en prie, aidez-moi ! a-t-elle crié, mais plusieurs hommes lui ont bloqué le passage.

L'un d'entre eux l'a frappée sur la joue qui lui faisait toujours mal après la gifle de l'aubergiste.

— Sors, rat, a grogné l'homme quand elle tombée sur le sol. Comment oses-tu t'adresser à un prince de la sorte ? Sors d'ici !

Le feu a ronflé. Il brûlait et battait comme du sang dans ses veines quand l'aubergiste l'a saisie de nouveau. Ses yeux sont tombés sur le visage dédaigneux de Gervais.

— Vous m'avez oubliée ! a-t-elle crié, et une flamme a dardé de sa langue.

Surpris et terrorisés, les hommes ont reculé et l'aubergiste a crié et est tombé à la renverse comme s'il avait été brûlé. Le feu émanait en torrent de sa bouche pour glisser sur le sol.

— C'est une dragonne ! a crié Gervais en brandissant son épée.

Il a esquivé son feu, a bondi par-dessus l'aubergiste prosterné et a attrapé Una par les cheveux. Il a tiré sa tête vers l'arrière pour exposer sa gorge qui était toujours blanche et lisse. À la vue de son épée brandie, elle a remué ses griffes pour essayer de le toucher.

Il a donné un coup, mais la lame n'a pas réussi à lui percer la peau.

Elle a remué sous sa poigne et a senti ses cheveux être arrachés de son crâne. Elle l'a coupé de ses griffes cruelles. Gervais l'a relâchée et a reculé d'un bond juste à temps pour éviter son attaque.

— Attrapez-la ! a-t-il crié. Ne la laissez pas s'échapper !

Cinq ou six hommes ont fondu sur elle, mais cette fois, Una n'a pas essayé de ravaler ses flammes alors qu'elle luttait contre les mains qui tentaient de la retenir. Elle a senti son corps grandir et son feu monter. Elle a repoussé les hommes en se secouant et a couru vers la porte pour surgir sous la pluie au moment où ses ailes se déployaient.

— Ma prime !

Gervais s'est rué à sa suite en serrant son épée.

— Reviens ici, dragonne, et affronte-moi ! a-t-il crié.

Elle s'est tournée. Leurs regards se sont croisés. Le prince a écarquillé les yeux.

— Vous m'avez oubliée, a-t-elle rugi, et sa gueule s'est ouverte.

Une série de notes argentées qui venait de loin s'est frayé un chemin dans son esprit.

« Una, où es-tu ? »

La pluie tombait, s'évaporait en touchant son grand corps et roulait de son museau. Le feu dans ses yeux a baissé pour devenir tisons.

— Je t'en pie, a-t-elle chuchoté en levant les yeux vers le ciel. Je t'en prie, ne m'oublie pas…

L'instant suivant, son ombre est passée par-dessus le Dragon rampant avant de disparaître dans les nuages sombres.

Gervais a respiré de nouveau, puis a toussé dans les vapeurs qui l'entouraient. Il s'est assis dans la boue de la rue vide, a laissé tomber son épée dans la gadoue et s'est pris la tête dans les mains.

— C'est la veuve qui m'attend, a-t-il marmonné, si misérable qu'il espérait presque que la fille dragonne ait réussi à le faire cuire.

— Qui était-elle, de toute façon ? s'est-il demandé.

25

Dans l'obscurité de sa chambre, le roi Fidel a entendu des cris dans la cour d'entraînement comme s'ils provenaient de très loin ; des officiers aboyant des ordres dont il ne pouvait percevoir les mots. Il était perdu, engourdi. Il savait qu'il lui faudrait reprendre ses sens pour repartir bientôt. Mais le poison du dragon était dense dans ses veines, et il était incapable de bouger. Si le duc était en route, qu'il vienne.

— Votre Majesté.

Quelqu'un a parlé derrière lui, même si le roi n'avait entendu personne entrer. Il a reconnu la voix, cependant.

— Votre Majesté.

— Comment êtes-vous venu ici ? a demandé Fidel.

— Par la forêt.

La silhouette indistincte s'est avancée et agenouillée devant le roi.

— Je vous apporte des nouvelles.

Fidel a secoué la tête. Il ne pouvait voir les traits du visage tourné vers lui, mais il a avancé le bras pour lui tapoter l'épaule.

— Je ne puis en supporter davantage pour l'heure, prince Aethelbald, a-t-il dit. Vous aviez raison. Mon fils est perdu, et ma fille…

Sa voix s'est étouffée, et sa main a tremblé sur l'épaule du prince.

Aethelbald a incliné la tête. Un long silence a perduré entre eux, brisé uniquement par les respirations frissonnantes du roi et les cris qui résonnaient dans la cour. Aethelbald a pris la main du roi.

— Félix est en sécurité, a-t-il dit.

— Quoi ?

La voix du roi s'est brisée.

— Félix est en sécurité dans mon Havre, à la frontière de ce monde et de l'autre, a indiqué Aethelbald.

— Mon fils ? a chuchoté Fidel.

— Oui, Majesté.

Les larmes ont coulé lourdement sur le visage de Fidel, et il a été incapable de parler pendant un moment.

— Vous êtes l'un des leurs, a-t-il enfin murmuré. Je n'étais pas certain d'y croire auparavant. Toutes ces légendes de bonnes femmes qui devenaient réalité, qui émanaient de la forêt. C'était trop fantastique. Mais vous venez du Monde lointain, n'est-ce pas ?

— Oui, Votre Majesté, a répondu Aethelbald.

Fidel a pris les deux mains d'Aethelbald et les a serrées très fort.

— Vous êtes leur prince, a-t-il crié. Vous avez sauvé mon fils !

— Oui, Majesté. Ma fidèle servante, dame Imraldera, le soigne à ce moment précis. Il a été gravement empoisonné, mais il survivra.

— Soyez béni, soyez béni, bon prince !

Aethelbald a baisé la main du roi avant de le relever sur ses pieds.

— À présent, vous devez partir, a-t-il dit. Le duc est en route, et beaucoup d'hommes valeureux mourront inutilement pour vous défendre si vous restez ici. Je vous envoie sir Œric et deux autres de mes chevaliers pour assurer votre protection sur la route vers le nord. Le général Argus a tout préparé pour votre départ.

— Oui, a fait Fidel en hochant la tête et en relevant les épaules, mais il se sentait vieux et faible. Oui, ce que vous dites est bon. Aethelbald, ma fille… Je l'ai vue, j'ai vu ce qu'elle est devenue…

Les faibles réserves de force du roi ont semblé s'envoler à mesure qu'il parlait. Il s'est affaissé, et le prince l'a soutenu.

— Vous aviez raison, a soufflé Fidel. Vous aviez raison depuis le début, et j'aurais dû vous écouter. J'aurais dû la protéger.

— Fidel.

Le roi a levé le regard. Dans l'obscurité, il n'apercevait que la lueur des yeux d'Aethelbald.

— Fidel, a dit le prince, vous n'auriez pas pu prévenir ce qui est arrivé.

— N'essayez pas de me consoler. Je sais que je suis coupable.

— Oui, a dit le prince, vous êtes coupable. Vous avez fait des erreurs. Mais malgré tout, vous n'auriez pas pu prévenir ce qui est arrivé.

Il a redressé le roi et a repoussé ses épaules vers l'arrière.

— À présent, il vous faut partir. Menez vos gens. Le duc tentera de vous trouver pendant que votre position est faible.

Vous devez vous cacher jusqu'à ce que vous ayez repris vos forces. Soyez courageux, bon roi. Gardez espoir. Votre fils est en sécurité.

— Et ma fille ?

— Gardez espoir, a répété Aethelbald.

Il a relâché le roi et a reculé pour regagner l'obscurité.

— Je retrouverai Una. Partez, maintenant.

La pièce est redevenue silencieuse, vide. Fidel s'est dirigé vers la porte pour appeler ses domestiques. En posant la main sur le loquet, il a entendu le son le plus étrange ; un son faible qui s'élevait au-delà du vacarme de la cour. On aurait dit le chant d'un oiseau.

Peu de gens l'ont vue passer. Una avait perfectionné le talent que les dragons avaient pour voyager sans être vus. La brûlure ne lui donnait aucun répit, mais elle s'y était habituée, lentement, jusqu'à ne plus la remarquer. Son cou blessé s'est cicatrisé de manière grossière en quelques jours.

Elle volait vers le sud. Elle a survolé aveuglément Beauclair et le duché de Milden. Elle ne mangeait ni ne buvait, car son feu brûlait et lui donnait la seule force dont elle avait besoin.

C'est seulement après avoir traversé la frontière de Shippening qu'elle a su le but de son voyage.

— Le Pays du Sud n'est plus très loin, s'est-elle dit. J'y serai dans quelques jours.

Elle a redoublé de vitesse en resserrant ses membres noueux contre son long corps jusqu'à ce qu'elle forme un long ruban noir, du museau à la queue, qui serpentait dans le ciel.

Le Désert rouge se dessinait à l'est ; immense, sec et chaud. Una a frémi à sa vue. Il lui rappelait l'océan dans son immensité impénétrable. Cependant, l'océan grouillait de vie, alors que le désert offrait un paysage de mort.

« Un monde de dragons », a-t-elle songé.

Elle a fermé les yeux à cette vision et poursuivi son vol.

« Gervais m'a oubliée, mais jamais Léonard ne m'oubliera. »

« Una, faites-moi confiance », avait-il dit.

Elle allait lui faire confiance. Et elle allait le trouver.

Tout était brûlant et étouffant, quoique de temps à autre, une brise fraîche coupait la chaleur. Félix passait par des moments de conscience et d'inconscience, surtout seul. Il se sentait le prisonnier continuel d'un rêve d'incendie. Parfois, la dame aux mains douces était là, et sa voix le réconfortait dans le brouillard.

Une nuit, il s'est éveillé complètement pour la première fois, même si la chaleur et la fièvre continuaient de bouillir en lui. Il était tard : il apercevait les étoiles briller entre les feuilles au-dessus de lui. Il s'est assis pour survoler des yeux cette pièce étrange qui semblait n'être rien de plus qu'une clairière dans la forêt. Le lit sur lequel il reposait poussait du sol, y était planté comme un arbre, et ses draps étaient faits de doux pétales et de feuilles tissés par des fils invisibles. Il les a repoussés pour balancer ses jambes sur le côté.

Félix a traversé la pièce d'une démarche chancelante en suivant la traînée de lumière que la lune projetait. Il n'y avait ni murs ni portes, ni fenêtres ; seulement des arbres tout autour sur lesquels étaient drapés tellement de lierres que Félix avait l'impression de se trouver dans ses appartements, au palais. Il a tâtonné les lierres jusqu'à ce qu'il trouve un point où ils se faisaient plus rares et s'est poussé à travers hors de la clairière.

Des arbres s'élevaient des deux côtés comme les murs d'un corridor, et la lune brillait sur le sentier qui ressemblait à un tapis déroulé devant lui. Félix l'a suivi. Il a senti de minuscules piqûres sur ses bras et son visage, comme des morsures d'insecte. Il a agité la main dans l'air, et les piqûres ont cessé. Il a suivi le clair de lune, et ses yeux fiévreux ont observé les arbres et l'arche des branches au-dessus de lui. Des étoiles brillaient entre les branches comme des bougies placées dans des appliques. Il n'aurait pu dire s'il avançait dans une forêt ou dans un grand manoir.

Il y a eu un éclat devant lui. Le clair de lune semblait glisser sur le sentier pour s'arrêter à cet endroit et projeter un petit rond de lumière sur un objet suspendu entre les branches de deux jeunes bouleaux. En titubant légèrement, Félix a marché jusqu'au bout du corridor pour regarder cet objet.

C'était une épée.

De l'argent, le clair de lune et de la force, réunis et forgés dans cette arme.

Elle remplissait la vision de Félix. Dans son état fiévreux, il a senti un frisson de peur le parcourir quand ses yeux s'y sont posés, et pourtant, l'épée était magnifique. Il désirait ardemment la toucher, mais était incapable de bouger les mains.

— Elle appartient à mon seigneur, le prince.

La douce voix qu'il connaissait a parlé derrière lui. Félix s'est retourné lentement et a croisé le regard d'une jeune femme. Son visage était illuminé par le clair de lune. Elle a souri.

— Retournez au lit, jeune Félix.

Félix a regardé de nouveau l'épée en fronçant les sourcils.

— Pourquoi ne porte-t-il pas cette épée ? a-t-il chuchoté. Elle est si belle… Une épée comme celle-là, elle tuerait le Dragon.

Une douce main lui a touché le bras.

— Il la prendra quand le moment sera venu, a dit dame Imraldera. Venez, Félix. Venez avec moi.

Il a résisté à son insistance. Mais un rugissement soudain a résonné de l'autre côté du mur d'arbres pour faire écho dans les oreilles de Félix. Il a reculé d'un pas et s'est raccroché à la dame, qui a glissé les bras autour de lui.

— N'ayez pas peur, a-t-elle dit. Ils ne peuvent pas entrer.

Le souffle de Félix était court et haletant.

— Qu'est-ce qu'il y a de l'autre côté ?

— Le monde de Féérie, a-t-elle dit.

Le rugissement, profond et rauque, inhumain, mais pas tout à fait animal, a rempli l'air de nouveau, et il a entendu des pas de l'autre côté des arbres. Félix a tremblé, mais Imraldera est demeurée calme.

— Ils ne peuvent pas entrer, a-t-elle dit. Vous êtes dans le Havre du prince. Rien ne peut y entrer sans sa permission.

Félix s'est affaissé lourdement dans ses bras, fiévreux et effrayé.

— Venez, a-t-elle dit. Il faut vous remettre au lit.

Elle l'a ramené vers la chambre, et Félix s'est senti plus en paix, même si les créatures étranges continuaient de renifler et de rugir immédiatement de l'autre côté des arbres. Quand ils sont revenus dans la chambre-clairière, tous les bruits de l'autre côté se sont éteints. Félix a laissé la dame le border dans les draps souples. Le sommeil l'a gagné.

— Pourquoi n'utilise-t-il pas l'épée ? a chuchoté Félix avant de laisser le sommeil l'emporter.

— Il l'utilisera quand le moment sera venu, a répondu la jeune dame. Dormez, Félix.

Depuis Shippening, Una a survolé la baie de Chiara et le mince isthme qui rattachait le Pays du Sud au continent, puis la chaîne de montagnes qui encerclait la majorité du pays. Elle a aperçu le Pays du Sud pour la première fois.

C'était un pays étrange ; beaucoup plus étrange qu'Una ne l'aurait cru. Sous elle s'étalait un territoire plat marqué de gorges profondes qui étaient remplies de forêts sombres. Semblables à des rivières d'un noir verdâtre, ces gorges coupaient les hauts plateaux en vastes îles. Des ponts reliaient ces îles, tachés par la fumée, mais toujours blancs et pourvus d'arches élégantes.

Quand elle était enfant, elle avait entendu parler de la renommée des ponts du Pays du Sud, mais n'avait jamais pu les voir. Elle arrivait très bien à croire la légende qui voulait qu'ils ne soient pas l'œuvre de l'homme, car quel homme aurait pu concevoir de telles merveilles ? Tout en entrelacements, brillant bien au-dessus des forêts sombres, ils reliaient les cités et les villes du Pays du Sud et offraient à ses habitants une communion qui aurait été autrement impossible, à moins que des hommes soient assez braves pour s'aventurer dans les forêts sous les plateaux.

Sur les plateaux, Una apercevait des cités aux tours et aux minarets glorieux dont elle n'avait jamais vu l'égal, et elle n'avait jamais non plus expérimenté le festin de couleurs qui se dressait devant ses yeux. Elles étaient familières, en un sens : vert, rouge ou bleu. Mais les tons étaient si différents ; les nuances plus riches et intenses que tout ce qu'elle avait déjà vu. Et les fréquentes parcelles de terre carbonisées qui fumaient toujours ne faisaient qu'accentuer l'éclat des couleurs sous le ciel bleu du Pays du Sud.

Elle a songé à son pays, aperçu pour la dernière fois sous un voile de fumée de dragon, dépourvu de couleurs. Et le feu a brûlé amèrement dans sa poitrine.

Elle a volé encore et encore, au-dessus de cet étrange pays sans trop savoir où chercher. Mais enfin, elle a survolé le pont le plus large et le plus beau, et quelque chose a attiré son regard.

Le château profané.

Elle reconnaissait le palais vu dans ses rêves : la structure énorme et ravagée par le feu, entourée par des jardins en ruines faits de souches squelettiques et de buissons couleur de cendre. Le domaine était partiellement restauré à présent et ne semblait pas aussi délabré que dans ses rêves. Plusieurs tours étaient en reconstruction, et la cendre avait été nettoyée sur la plupart des pierres qui dévoilaient de nouveau leurs couleurs. Mais elle a reconnu l'endroit si détesté de ses cauchemars.

Et elle a su qu'il s'agissait de la maison de Cœur-de-Lion.

Devant le grand palais s'étalait une cité, la cité la plus impressionnante qu'elle n'ait jamais vue. Elle portait les cicatrices noires et profondes de nombreux feux parmi ses rues et ses bâtiments. Néanmoins, même en la survolant de haut, Una sentait la vie palpitante qui fourmillait sous elle.

Impossible d'atterrir à proximité par crainte d'être vue, alors elle a choisi de trouver l'abri dans un ravin profond près du plateau, sous la couverture noire de la forêt. La forêt était si massive qu'elle bloquait le soleil, et Una en était reconnaissante. Le sol a tremblé à son atterrissage, mais à l'exception du bruit qu'elle a fait en rampant parmi les ronces, tout était silencieux. Une atmosphère d'engourdissement régnait dans la forêt. Et sous cet engourdissement, il y avait l'odeur de la vie sans être exactement la vie. Una l'a sentie malgré sa fumée et elle a frémi.

Elle a rampé jusqu'aux limites de la forêt où le terrain amorçait une pente abrupte et où la ligne des arbres s'arrêtait soudain, et elle a regardé l'arche du pont suspendu très haut au-dessus d'elle. Elle a compris soudainement qu'elle avait volé pendant de nombreux jours sans se reposer. Ses ailes et ses membres tremblaient, endoloris par la fatigue.

— Je ne peux pas me reposer, s'est-elle dit. Je ne peux pas me reposer tant que… Je dois le trouver. Mais comment y arriver sous cette forme ?

Elle a baissé les yeux sur ses griffes énormes, noires et noueuses.

— Il ne me reconnaîtra pas. Léonard… comment pourriez-vous aimer un monstre ?

Un rugissement a vrombi au creux de sa gorge, et des flammes se sont glissées entre ses dents. Elle a ouvert la gueule dans un grognement violent et a soufflé des flammes sur ses membres avant de tourner la tête pour souffler avec encore plus de force sur son corps et ses ailes. Elle aurait voulu se brûler et cesser d'exister.

Quand la fumée s'est dispersée, Una a regardé de nouveau son corps et a vu que l'une de ses mains était celle d'une princesse. L'autre était couverte d'écailles et avait un aspect cruel.

26

Le feu de dragon qui la nourrissait s'est couvé dans sa poitrine, mais Una l'y sentait toujours, là où son cœur devrait être.

– Non, a-t-elle chuchoté en serrant le devant de sa robe. Laisse-le mourir. Laisse-le mourir.

Elle savait que le feu ne mourrait pas.

Elle s'est exercée à marcher dans la forêt aux grands arbres. Elle éprouvait de la difficulté à demeurer à la verticale et à soulever les pieds. Ses mouvements devaient être moins maladroits, si elle souhaitait passer inaperçue dans la ville. Le soleil brillait haut dans le ciel, mais l'air était glacial. Toutefois, elle a accueilli la furie de l'air hivernal contre sa peau, désespérée comme elle l'était de calmer la brûlure qui palpitait en elle. On aurait dit que sa main gauche aspirait la lumière dans ses écailles sombres pour la transformer en obscurité. Elle l'a recouverte de sa main humaine et a tenté de la dissimuler sous ses vêtements en lambeaux. La manche gauche de sa robe était encore intacte, pour la plupart, et elle l'a tirée par-dessus ses jointures.

— Je dois le trouver, s'est-elle dit en regardant au-delà de l'abri de la forêt vers la ville. Ou, du moins, avoir des nouvelles de lui.

La peur la gagnait à cette pensée. Les mots du Dragon lui revenaient à l'esprit : « fiancé à une autre ».

Elle est sortie de la forêt.

— Ce n'est pas vrai, a-t-elle dit.

Le doigt où elle portait normalement la bague de sa mère lui semblait étrangement nu. Una a serré les mains — humaine et dragonne — en poings.

— Je lui fais confiance.

Le feu lui brûlait la gorge, mais elle l'a ravalé.

L'ascension était longue et difficile, surtout à présent qu'elle avait perdu l'habitude de son petit corps humain. Elle a découvert un sentier qui montait abruptement le long de la surface autrement rocheuse et elle l'a suivi, parfois pliée en deux pour s'aider tant de ses mains que de ses pieds. Les muscles de ses bras tremblaient sous l'effort, et souvent, elle devait s'arrêter pour respirer profondément et fermer les yeux.

Le soleil s'est couché et la lune s'est levée. D'une certaine manière, la face blanche de la lune était plus terrible que les rayons dorés du soleil. Le clair de lune était glacial, et elle a cru qu'elle allait geler à la surface même si elle brûlait à l'intérieur. Elle s'est couchée sur le sentier, épuisée, en ramenant les bras contre son visage pour protéger ses yeux du clair de lune. Elle s'est glissée dans un sommeil tourmenté.

Quand Una s'est éveillée, elle n'a ni ouvert les yeux ni enlevé ses bras de son visage, malgré la morsure des écailles pointues de son bras gauche sur sa joue. Elle ne voulait pas affronter le soleil ni le reste de la pente. Les oiseaux entonnaient leur chorale matinale, et elle les a maudits amèrement en serrant les dents.

Une cloche retentissante a sonné à son oreille et l'a fait sursauter hors de sa stupeur misérable. Elle s'est assise – chaque partie de son corps était douloureuse après une nuit passée contre les pierres – et a jeté un regard vers le haut du sentier.

Une chèvre se tenait à quelques pas d'elle. Elle a remué les oreilles et cligné des yeux jaunes avant d'exprimer un « Bah ! » désapprobateur.

– Bonjour à toi également ! a lancé Una en ramenant ses jambes sous elle et en jetant un regard noir à la chèvre.

Elle a appuyé le front contre ses genoux pour bloquer de nouveau les rayons du soleil et s'est demandé où elle trouverait la force de poursuivre sa longue escalade. Peut-être n'allait-elle pas essayé. Peut-être serait-il plus simple de rester assise sous le soleil et la lune jusqu'à ce qu'ils la réduisent à néant et que le feu en elle meurt.

– Oh ! a fait une voix. Il y a quelqu'un !

Una a sursauté pour une deuxième fois ce matin-là et a cligné des yeux pour regarder de nouveau vers le haut du sentier. Derrière la chèvre est apparue une autre silhouette. D'abord, elle n'aurait pu dire s'il s'agissait d'un homme ou d'une femme, car le visage de la personne était caché par un voile de lin, et si la voix était douce, elle était difficile à discerner. Mais après un deuxième regard, Una a établi qu'il s'agissait d'une fille – de petite taille et aux épaules courbées – qui tendait la main pour toucher le mur rocailleux à sa droite.

– Beana m'a dit que quelqu'un avait besoin d'aide par ici, a dit la fille voilée en poussant la chèvre. Ouste, Beana.

— Bah ! a fait la chèvre.

— Qui es-tu ? a demandé Una.

Sa voix était rêche dans sa bouche, mais elle ne s'en souciait guère.

— Je ne suis personne, a répondu la fille. Qui êtes-vous ?

Una a secoué la tête sans répondre. Elle a enfoui de nouveau le visage dans ses genoux.

— Venez-vous des Terres sauvages ? Essayez-vous de grimper jusqu'à la Ville ancienne ?

La fille s'est rapprochée jusqu'à ce qu'elle se tienne juste au-dessus d'Una. Sa voix était plus facile à comprendre maintenant qu'elle était proche, mais elle parlait avec un fort accent du Pays du Sud.

Una n'a pas levé les yeux et s'est contentée de hausser les épaules.

— Vous êtes faible et lasse.

Une longue pause a suivi, puis :

— Et je vois que vous souffrez.

Una a senti une main toucher son bras couvert d'écailles. Elle s'est levée d'un bond et a tiré le bras hors de portée de la fille voilée.

— Laisse-moi tranquille !

— Je vous en prie, gente dame, a dit humblement la fille. Je ne porte aucun jugement. Consentirez-vous à me regarder ?

En fronçant les sourcils et dans un mouvement de recul, Una a levé le visage pour voir la main que la fille voilée tendait vers elle. À sa surprise, elle a constaté que la main était grise, aussi dure que la pierre et se terminait en de longues griffes. Elle a levé le regard vers le visage voilé, mais ne pouvait discerner que des fentes où brillaient des yeux.

— Es-tu… es-tu comme moi ?

La fille voilée a secoué la tête.

— Non, gente dame. Mais laissez-moi vous aider de toute façon.

Avec hésitation, Una a avancé sa main horrible dans la main horrible de l'étrangère. Elle a été surprise par la force de la poigne de la fille voilée qui l'a tirée debout.

— Vous vous rendez à la ville ? a demandé la fille.

Una a hoché la tête. Elle a laissé la fille glisser un bras autour de ses épaules pour la soutenir dans l'ascension du sentier. La chèvre aux poils hirsutes s'est retournée lestement pour leur montrer la voie en s'arrêtant parfois pour pousser un « Bah » irritable.

Le soleil brillait haut dans le ciel quand elles ont atteint le plateau. Una s'est secouée pour se libérer du bras de la fille voilée.

— Par où dois-je aller pour atteindre les portes de la ville ?

— Je peux vous y mener, a indiqué la fille voilée. Je suis au service de la demeure des Anciens. Je connais le chemin.

— Au service de la demeure des Anciens ? a demandé Una en sentant le feu danser en elle. As-tu vu… Je veux dire… Avez-vous entendu parler de…

— Oui, gente dame ?

Una a secoué la tête et s'est éloignée de la fille. Elle ne pouvait supporter de le savoir. Pas tout de suite. Non, elle devait le trouver, voilà tout, et il saurait lui dire ce qu'elle devait savoir.

— Merci de ton aide, a dit Una en tournant le dos à la fille. Je trouverai mon chemin.

— Je vous en prie, gente dame…

— Laisse-moi tranquille ! a crié Una.

Et avec une force qu'elle ne se savait pas encore posséder, elle s'est mise à courir, à traverser le champ ouvert menant à la ville qui s'étalait devant elle, alimentée par son feu intérieur et un fervent désir de laisser l'étrangère et sa chèvre laide loin derrière. Quand elle a enfin osé jeter un regard derrière elle, elle a constaté qu'elle n'était pas suivie et en a soupiré de soulagement.

Sa course l'avait menée directement aux portes de la ville. Elle a recouvert son bras hideux du mieux qu'elle le pouvait et s'est glissée parmi les rangs des nombreux roturiers. Elle continuait de sentir qu'elle n'était pas à sa place, car tous les gens autour d'elle avaient le teint brun et étaient vêtus de couleurs éclatantes, de bracelets et de foulards. Elle a trouvé abri derrière une gigantesque femme aux cheveux roux ondulés et à la voix énorme qui criait continuellement aux gens alentour dans un accent si prononcé qu'Una n'avait pas le plus petit espoir de la comprendre. Cachée par une telle personne, elle doutait d'attirer beaucoup l'attention. À moins que les gardes ne l'observent de plus près et remarquent les bouts de fils argentés qui se cramponnaient à ses vêtements en haillons, Una pouvait passer pour la plus inoffensive des paysannes. Mais sa main de dragonne… Que faire à ce sujet ? Elle l'a cachée de nouveau dans les plis de sa robe.

— Hé là, jeune demoiselle !

Una a mis un moment à comprendre que le garde s'adressait à elle. Elle a cligné des yeux et pointé vers elle-même en haussant les sourcils d'un air inquiet.

— Oui, toi ! a aboyé le garde. Tu titubes comme un ivrogne ! Tu as bu une rasade de vin avant le festival ?

Una, qui pouvait à peine comprendre un mot tellement son accent était fort, a tenté de passer inaperçue. Elle a caché sa main et a gardé les yeux rivés sur la femme aux cheveux roux devant elle.

– Hé, je t'ai posé une question ! a lancé le garde.

Il a empoigné son bras droit au passage et l'a fait tourner sur elle-même afin qu'elle soit face à lui. Elle a haleté devant la douleur des doigts du garde qui s'enfonçaient dans sa peau. Elle a enroulé son autre bras dans son dos pour le cacher du mieux qu'elle le pouvait. Puis elle a haleté de nouveau quand elle s'est surprise à plonger le regard dans des yeux sombres si semblables à ceux de son souvenir. L'espace d'un instant, elle a cru que son périple était terminé, qu'elle avait trouvé son bien-aimé.

L'instant est passé.

Le garde a relâché son bras comme s'il avait été brûlé et il a reculé en écarquillant les yeux. En secouant la tête, il a grogné :

– Circule, fille ! Allez, file !

Una a penché la tête avant de détaler vers la ville.

Les rues étaient achalandées, mais l'affluence n'avait rien à voir avec le flot normal des gens qui quittent leur travail et leur boutique, verrouillent la porte et rentrent à la maison comme ils le feraient à cette heure tout autre jour. Una s'était aventurée assez souvent à la ville dans son royaume pour savoir à quoi la routine quotidienne ressemblait. Cette foule était festive, électrisée par les rires et la frénésie. Les gens sur son passage étaient grisés, comme s'ils n'avaient pas connu de jours de joie depuis longtemps et que ce nouveau goût les saoulait. Ils se poussaient et se bousculaient, mais dans la joie et la bonne humeur.

Cela effrayait Una. Chaque fois que quelqu'un se butait contre elle, il se tournait pour lui sourire et lancer un « Pardon ! » éclatant. Mais quand leurs regards se croisaient, la voix pleine de vie de l'étranger se transformait en murmure, et le passant reculait en vitesse. Chaque fois, Una voulait cacher son visage et ramper sous une pierre pour disparaître. Elle a baissé les yeux, a tiré ses cheveux autour de son visage comme un capuchon et a poursuivi son chemin. Elle gardait la main gauche pliée sous son bras en espérant que personne ne l'apercevrait.

À un moment, une femme qui courait en riant aux éclats a poussé accidentellement Una hors de la rue vers une ruelle sombre. Heureuse de ce répit momentané hors de la foule, Una a pris appui contre le mur en soupirant et en posant une main contre sa poitrine brûlante.

— Laisse le feu mourir, a-t-elle murmuré. Oh, laisse-le mourir. Il faut que je le retrouve.

Un fracas a attiré son attention vers l'autre bout de la ruelle. Elle s'est tournée pour apercevoir un petit chaton orange qui trottinait vers elle, la queue haute.

— Monstre, a-t-elle chuchoté même si elle savait que ce n'était pas son chat.

Elle s'est agenouillée pour lui tendre la main.

Le chaton s'est arrêté. Ses oreilles se sont plaquées contre sa tête et sa queue s'est hérissée. Il a poussé un grondement, puis un sifflement avant de se détourner pour fuir dans l'obscurité.

Una s'est levée pour retourner dans la rue. En serrant les dents, elle s'est frayé un chemin dans la foule en marchant sur des pieds et en faisant usage de ses coudes au besoin. Comme tout le monde semblait se diriger vers le haut de la colline, elle a concentré son énergie à faire de même. D'une certaine manière, elle avait l'impression qu'elle y trouverait réponse à ses questions.

« Léonard, je suis en route. Attends-moi. »

Dans le brouhaha qui l'entourait, elle a pu discerner quelques mots : « le prince héritier », « la dame de Middlecrescent », « le prince héritier ».

Una a senti la flamme se raviver dans sa poitrine à l'écoute de ces mots. La foule est devenue si dense qu'elle a cru qu'elle allait suffoquer, et elle a crié :

— Attends-moi !

Les gens se sont éloignés d'elle, surpris. La foule s'est divisée, et Una a franchi la dernière rue menant à la place publique, au creux d'une colline basse.

La place publique était remplie ; Una n'avait jamais vu autant de gens rassembler dans un même endroit. Des rubans et des bannières étaient pendus entre les bâtiments et aux mâts et, près du milieu de la place, des musiciens jouaient et de jeunes gens dansaient. Tout autour d'elle, elle entendait la foule murmurer :

— Le prince héritier ! Le prince héritier !

Elle a aperçu une grande maison à l'autre bout de la place vers laquelle la plupart des gens semblaient se diriger avec empressement. Elle était munie d'une énorme porte double qui avait déjà été blanche, mais qui avait pris une teinte grise en raison de la fumée épaisse, et au-dessus de la porte se dressait un grand balcon assez vaste pour loger une compagnie entière de soldats. Elle a deviné qu'il devait s'agir de la maison du maire et que les gens devaient s'attendre à apercevoir bientôt sur le balcon la source de toute cette agitation joyeuse.

Elle s'est tracée un chemin vers le balcon, car les gens, après avoir jeté un coup d'œil sur son visage, la laissait passer sans dire un mot. Enfin, elle s'est postée sous le balcon, où l'excitation fiévreuse de la foule était à son zénith.

— Pardonnez-moi, a-t-elle dit en touchant la manche d'un homme de forte carrure ; un boucher, à en juger par les taches sur ses mains et ses ongles. Le prince héritier doit se présenter sous peu ?

— Oui, mademoiselle, a-t-il grondé avec le ton graveleux typique du Pays du Sud avant de se secouer pour repousser sa main et reculer. Pourquoi pensez-vous que nous sommes là ?

— Pour célébrer ses fiançailles ? a demandé Una a attrapant de nouveau sa manche, de peur qu'il ne s'échappe avant de lui répondre.

— Son mariage, mademoiselle, a répondu le boucher en utilisant ses deux mains puissantes pour repousser la sienne. Ne savez-vous pas qu'il épouse dame Hémérocalle, la fille du baron de Middlecresent, à la fin de la semaine ?

Una l'a laissé partir, et il s'est fondu dans la foule. Elle a tourné le regard vers le balcon.

— Ce n'est pas lui, a-t-elle chuchoté.

La flamme en elle lui causait une telle douleur !

— Ce n'est pas mon Léonard.

Soudain, un grand cri a empli la place publique. Una aurait voulu se boucher les oreilles, mais elle n'osait pas exposer les écailles de sa main gauche de la sorte. Elle était incapable d'arracher ses yeux d'un point sur le balcon entre deux drapeaux, là où il se tiendrait, elle en était certaine.

Puis il est apparu.

Elle l'a à peine reconnu, revêtu, comme il était, d'habits bleus et écarlates ; des vêtements riches faits pour un prince. Une couronne d'argent trônait sur sa tête au lieu du chapeau couvert de clochettes. Son visage, si comique, si expressif, était maintenant serti d'une barbe et affichait un air si solennel, et ce, même s'il souriait à son peuple. Il paraissait plus mince, plus vieux, plus sévère.

Mais il s'agissait de son bouffon.

— Prince Cœur-de-Lion ! Prince Cœur-de-Lion ! a crié la foule avec amour et fierté.

— Léonard, a murmuré Una.

Le prince a levé une main pour saluer la foule avant de la tendre derrière lui pour tirer quelqu'un à ses côtés. Elle avait un air radieux, un grand sourire et elle portait des étoffes de fourrure pour se protéger du froid hivernal. On aurait dit qu'elle allait éclater de joie quand elle a agité la main pour saluer la foule tout en serrant la main de son prince.

— La dame de Middlecresent ! Dame Hémérocalle !

Les cris de la foule ont redoublé, et les musiciens ont entonné une chanson pleine d'entrain afin quc les jeunes gens puissent exprimer de nouveau leur joie par la danse.

Una s'est serré le ventre. Le feu s'activait en elle, et elle a eu l'impression qu'elle allait être malade en regardant cette beauté accepter les sourires du prince. Son bouffon. Son Léonard. Des sanglots et des flammes s'étouffaient dans sa gorge. Sans espoir de faire entendre sa voix dans le joyeux tintamarre, elle a porté la main droite à son visage et a crié :

— Léonard !

Le bruit n'a pas diminué, le désordre festif ne s'est pas apaisé. Mais le prince s'est éloigné de sa dame et s'est penché au-dessus de la balustrade, les yeux fouillant la foule grouillante. Son regard a croisé celui d'Una.

Il a eu le souffle coupé.

Le sang battait avec la chaleur de la lave dans ses veines et faisait haleter Una de terreur. Car au moment où elle a vu l'expression sur son visage — qui n'affichait ni la joie ni le ravissement, ce qu'elle avait longtemps rêvé d'y lire lors de leur réunion, mais la surprise la plus pure, suivie de la plus grande horreur —, Una a senti que si c'était possible, elle aurait pu le brûler vif en le toisant du regard.

— Una.

Ses lèvres ont formé son nom même si elle ne pouvait pas l'entendre. Sa main a serré la balustrade, et il s'est secoué la tête avant de la regarder de nouveau. Elle a levé le regard vers lui avec toute la tristesse du monde sur son visage, et il a su que ses yeux ne lui jouaient aucun tour.

La dame lui a touché l'épaule et posé une question. Il a sursauté et s'est tourné vers elle pour lui donner une réponse brève. Puis il a disparu de la vue d'Una en laissant la dame seule.

Una était incapable de la regarder, alors elle s'est détournée pour attendre. Elle savait qu'il viendrait. Cette fois-ci, il viendrait.

27

– Una !

Elle s'est retournée et il se tenait devant elle. Sa couronne avait disparu, et il portait une cape qui dissimulait ses habits riches, mais elle l'aurait reconnu parmi mille.

– Léonard, a-t-elle chuchoté, la voix noyée par le vacarme qui régnait autour d'elle.

Il s'est avancé, les yeux rivés sur son visage.

– Una, que... Que vous est-il arrivé... Que faites-vous...

Il lui a pris la main, et elle a gardé l'autre hors de sa vue, et il l'a tirée sur le côté en donnant du coude pour se frayer un chemin dans la foule qui, elle, ne le reconnaissait pas et n'était que trop heureuse de s'écarter de cette fille étrange au teint pâle. Cœur-de-Lion l'a quelque peu mise à l'abri sous sa cape, comme s'il essayait de la cacher du regard des autres ou peut-être de protéger les yeux de son peuple. Il a guidé Una loin de la partie la plus dense de la foule, puis l'a tirée vers une rue de traverse étroite où peu de gens se déplaçaient. Il a tourné un coin, puis un autre. Ni lui ni elle ne parlait : ils avançaient tous deux le plus rapidement possible.

Ils sont parvenus enfin aux limites de la ville où s'érigeaient quelques maisons et où un caniveau de drainage coulait silencieusement sous une passerelle non gardée. Cœur-de-Lion s'est arrêté au pont et a relâché Una. Il a rejeté son capuchon derrière, si bien qu'Una pouvait voir son expression sévère. Ses cheveux étaient ébouriffés en pointes, comme dans son souvenir.

— Où est votre père ? a-t-il demandé.

— Je l'ignore.

— Vous êtes venue seule alors ? Comment êtes-vous arrivée ici ? Pourquoi ne m'a-t-on pas prévenu de votre arrivée ?

— Personne ne le sait, a-t-elle dit.

Le prince Cœur-de-Lion a secoué la tête.

— Vous ne pouvez pas faire ça. Vous êtes une princesse. Vous ne pouvez pas voyager de Parumvir jusqu'au Pays du Sud toute seule !

— Pourtant, c'est ce que j'ai fait.

Il a fixé son visage du regard pour l'étudier.

— Que vous est-il arrivé, Una ? a-t-il demandé, et elle entendait la peur qui se tapissait sous la surface de sa voix.

— Je pourrais vous poser la même question, a-t-elle chuchoté.

— Non, je suis sérieux, a dit Cœur-de-Lion en remuant sur ses pieds. Il y a quelque chose d'étrange sur votre visage, quelque chose de…

— Encore une fois, je pourrais vous poser la même question, a répliqué Una, et un faible sourire s'est dessiné au coin de sa bouche. Cette barbe…

Elle a levé une main vers son visage, mais il l'a saisie et repoussée.

— Le moment est mal choisi pour faire des blagues, a-t-il dit.

Una a reculé en enroulant les bras autour de son corps en prenant soin de couvrir sa main couverte d'écailles.

— Ainsi, c'est vrai, a-t-elle dit. Vous l'avez tué.

— Tué qui ?

— Mon bouffon.

Il l'a fixé du regard un bon moment, et une série d'expressions sombres ont traversé son visage.

— Je ne sais pas de quoi vous parlez, a-t-il dit.

— Oh, Léonard !

Elle a essayé de lui toucher le bras, mais il s'est détourné en reculant.

— Je ne suis pas Léonard, princesse Una, a-t-il dit. Je pensais vous l'avoir dit.

— Où êtes-vous allé ?

Il a arqué un sourcil en refusant de croiser son regard.

— Ici, de toute évidence. Je suis rentré au Pays du Sud.

Elle a secoué la tête.

— Vous savez ce que je veux dire.

— Non ! s'est-il emporté. Je ne sais pas de quoi vous parlez et je ne pense pas que vous le sachiez davantage. Vous n'êtes pas rationnelle.

— Léonard…

— Ce n'est pas mon nom, et j'aimerais que vous cessiez de l'utiliser !

Il s'est pincé l'arête du nez et s'est rembruni.

— J'ai fait exactement ce que je vous ai dit, suis allé exactement là où je vous ai dit que j'irais il y a… Il y a combien de temps déjà ? Bien des mois ! J'ai quitté votre demeure et me suis rendu ici directement, comme j'en faisais le dessein alors que je profitais de l'hospitalité de votre père.

— Et vous avez combattu le Dragon ? Vous l'avez même tué ?

Una s'est avancée plus près et a tendu de nouveau la main vers lui, mais il a glissé les mains sous ses bras et a pris appui contre le garde-fou du pont. Elle a poursuivi sur sa lancée.

— Racontez-moi, mon prince. Racontez-moi ce qui est arrivé.

— Le Dragon était parti quand je suis revenu, a-t-il dit, en laissant derrière mon royaume en cendres, mon peuple paralysé par la peur et mon père presque dément de tristesse.

— Vous n'avez jamais vu le Dragon ?

Le prince refusait toujours de croiser son regard.

— Ne pensez pas que ce fut facile. Je n'ai peut-être pas combattu un monstre, mais j'ai eu du travail à faire, je me suis lancé corps et âme dans la reconstruction de mon peuple, et je continuerai de le faire des années encore jusqu'à ce que nous ayons retrouvé notre…

— Vous n'avez jamais combattu le Dragon ?

— Ne m'écoutez-vous pas ? Il était parti avant que je ne revienne.

— Ce n'est pas ce qu'il dit.

— Quoi ?

— Il dit que vous avez conclu un accord, qu'il n'allait pas vous tuer et vous laisserait rentrer chez vous si… Si quoi ? Quelle était votre part du marché ?

— Una, votre voix…

Il a baissé les yeux sur elle, et la peur a traversé son visage, mais il l'a réprimée l'instant d'après.

— Que dites-vous ? De qui parlez-vous ?

— Vous savez de qui je parle.

Una s'est rapprochée et lui a pris le bras des deux mains. Il a poussé un cri et s'est secoué pour repousser ses mains.

— Vous brûlez ! a-t-il dit. Una, êtes-vous malade ?

Elle a posé les mains contre ses flancs en serrant les poings.

— Oui, a-t-elle murmuré. Oui, je le suis. Quelle était votre part du marché, Cœur-de-Lion ? Quand le Dragon a accepté de vous laisser la vie sauve ?

— Vous débitez des inepties, a-t-il grogné. Je n'ai fait de marché avec personne. Je suis venu ici, comme je vous l'ai dit. Pourquoi ne m'écoutez-vous pas ?

— Pas de marché ? a lancé Una aux planches du pont. Et le marché que vous avez conclu avec moi ?

Cœur-de-Lion n'a pas répondu. Le flot du caniveau coulait péniblement sous eux, comme s'il allait se tarir d'un moment à l'autre.

— Vous m'avez demandé de vous faire confiance, a dit Una.

Sa voix a chevroté, mais aucune larme ne lui est venue aux yeux.

— Vous m'avez demandé de vous faire confiance, Cœur-de-Lion.

— Je n'aurais pas dû vous dire ça, a-t-il dit. J'ai dû oublier. Mais je n'aurais jamais dû vous dire ça ou tout autre propos du genre.

Il a passé une main sur son visage et a secoué la tête.

— Et votre bague, celle que vous m'avez prêtée généreusement. Je l'ai presque oubliée, elle aussi. Je vous rembourserai, je le promets.

« Des promesses menteuses ! »

Des flammes ont ragé dans sa tête, mais Una s'est mordu la langue et a lutté pour les réprimer.

— Vous avez promis de revenir, a-t-elle chuchoté.

— Si je l'ai promis, je n'aurais pas dû. J'aurais dû savoir que mes obligations me retiendraient ici.

— Et elle ?

Cœur-de-Lion a baissé la tête pour tenter d'attraper son regard, mais elle s'est détournée.

— Je vais l'épouser, Una. Je n'avais aucun droit de vous dire ce que je vous ai dit. J'ai honte de ce que j'ai pu suggérer. Mes dires étaient idiots, irréfléchis...

— Qu'est-ce qui vous donne le droit de les reprendre à présent ?

Le soleil a disparu derrière un nuage, plongeant le monde dans l'ombre, mais le monde d'Una brillait d'un rouge brûlant.

— Vous m'avez demandé de vous faire confiance.

— Je reprends mes paroles ! a-t-il crié en jetant les mains en l'air. Les choses changent, Una. Les gens changent. Ne pouvez-vous pas le comprendre ? Les promesses que je lui ai faites sont bonnes, contrairement à celles que je vous ai peut-être faites. J'ai fait ces promesses après avoir reconquis mon royaume, sous mon nom véritable et non pas déguisé... en fou. En tant que laquais nettoyant les planchers sales de ceux qui auraient dû être mes pairs ! Je n'ai pas honte des promesses que je lui ai faites.

Una a reculé comme si on l'avait frappée.

— Vous avez honte des promesses que vous m'avez faites ?

— Una...

— Vous avez honte de moi ?

— Ne mettez pas de mots dans ma bouche ! a-t-il aboyé. J'ai honte de toute cette période de ma vie ; cette période dégradante, abjecte...

— Vous n'avez jamais combattu le Dragon, a dit Una, soudain haletante.

Il a secoué la tête.

— Non, et il n'y a rien de honteux là-dedans non plus. Je fais ce qu'il faut pour mon royaume. Cela inclut ne pas être dévoré par des monstres. Ne pouvez-vous pas comprendre ça ? Mon peuple a besoin de moi en vie et non rôti.

Une lame de feu a fait irruption dans sa gorge.

— Vous n'avez jamais combattu le Dragon.

Il a répondu en serrant les dents.

— Je vous l'ai dit, Una, il arrive que nos plans changent. Je suis désolé, mais...

— *Je suis désolé ?*

— *Est-ce une question ?*

— *Je présume que oui. Je mets le mot à l'essai. Normalement, je constate que « désolé » ne suffit pas, alors je ne me donne même plus la peine de l'essayer...*

— Ça ne suffit pas, a-t-elle chuchoté.

Il a secoué la tête, exaspéré.

— Je n'y peux rien.

— Vous n'avez jamais combattu le Dragon.

— Non, et je ne le ferai pas.

— Vous n'avez jamais combattu...

Elle a balancé son bras couvert d'écailles vers lui pour l'érafler de ses griffes recourbées. Il a poussé un cri et évité le coup en donnant un coup sur son bras. Elle a titubé vers l'avant, pliée en deux sur le pont. Les flammes en elle ont éclaté.

Cœur-de-Lion a hurlé et est tombé sur le dos avant de se repousser sur les coudes pendant qu'une paire d'ailes noires s'élevaient et projetaient leur ombre sur lui.

— Una ! a-t-il crié.

Une tête de dragon a surgi en poussant un grognement de douleur et de colère. Des yeux de la couleur de la lave se sont braqués sur lui, brûlants.

— Vous n'avez jamais combattu le Dragon, a affirmé le monstre, et de la fumée a roulé de sa langue. Me combattrez-vous à présent ? Me tuerez-vous ?

Il était couché, paralysé, dans l'ombre. Un cri sec était prisonnier de sa poitrine. Elle s'est penchée vers lui, et ses yeux féroces menaçaient de l'engloutir, de le brûler jusqu'à ce qu'il ne soit plus que tisons. Mais sa voix a tremblé.

— N'essaierez-vous pas, mon prince ?

De ses bras, il s'est couvert le visage avant de se retourner pour essayer de ramper loin d'elle. Elle a posé une grande griffe dans son dos pour le plaquer sur le sol. Le pont a craqué et gémi.

— Vous l'avez tué, a-t-elle grondé. Vous avez tué mon Léonard, prince Cœur-de-Lion, de façon aussi cruelle qu'un assassinat. Mais vous ne combattrez pas le Dragon. Poltron !

Elle a senti son corps raide se relâcher sous sa griffe devant la certitude de la mort. Elle a ouvert la gueule et a laissé les flammes s'échapper pour le dévorer.

« Una ! Où es-tu ? »

Derrière le rugissement de son feu, elle a entendu une petite voix d'argent.

Une grive des bois.

« Una, je viens à toi. Attends-moi. »

Elle a levé la tête pour laisser les flammes éclater et brûler vers le ciel. Puis elle a déployé ses grandes ailes pour s'envoler toujours plus haut dans le ciel du crépuscule.

Cœur-de-Lion a roulé sur le dos en haletant, incapable d'amener ses poumons à prendre une pleine respiration, et il a fixé des yeux le ciel vide.

28

Félix s'est éloigné de son lit d'un pas incertain sur le plancher de pierres blanches. Il a traversé la pièce jusqu'à sa limite. La pièce s'ouvrait sur le monde extérieur, perchée sur une haute montagne, lui faisant voir un paysage parfaitement étranger.

— Le Monde lointain, a-t-il chuchoté en observant des choses dont il avait seulement entendu parler dans les légendes.

Des montagnes étranges faisaient saillie comme des dents sur l'horizon pendant qu'une rivière aussi sinueuse qu'un serpent coupait des kilomètres et des kilomètres de forêt.

Il avait déjà vu des montagnes, bien entendu, de même que des forêts, des bosquets et des rivières. En fait, il avait aperçu les mêmes montagnes, les mêmes forêts et la même rivière, car il s'agissait des Montagnes du Nord, de la Forêt de la pierre dorée et de la Rivière de la pierre dorée. Mais il se trouvait actuellement dans le Monde lointain de Féérie, où tout était différent — plus grand, étrange, sauvage et beau. Félix a pris appui lourdement contre un jeune arbre blanc qui avait étrangement la texture du marbre sous sa main. Il l'a regardé, mais n'aurait pu dire s'il s'appuyait sur une colonne ou un arbre. Il a secoué sa tête embuée et pleine d'incertitude. Ses genoux ont tremblé, mais il n'aurait pu dire si le tremblement était provoqué par sa faiblesse ou par la peur.

— Votre fièvre est enfin tombée.

Félix a tourné la tête pour regarder par-dessus son épaule. La dame avec qui il avait parlé à quelques reprises est passée par un rideau de feuilles en portant un plateau d'argent sur lequel étaient posés un petit bol et un mince pichet d'argent. Elle était vêtue d'une longue tunique de couleur lavande et d'un pantalon vert pâle gonflé qui suivaient un style ancien et étranger que Félix n'avait jamais vu. Un foulard vaporeux était drapé sur ses cheveux noirs, et ses yeux étaient tout aussi noirs. Quand elle s'est approchée de lui, Félix a froncé les sourcils. D'abord, il avait cru qu'elle était à peine plus âgée qu'Una, mais à présent, il la soupçonnait d'être beaucoup plus âgée, même si ses traits sombres étaient aussi lisses et souples que ceux d'une jeune fille.

Dame Imraldera a souri avant de poser le plateau sur une petite table blanche près de son lit et de verser de l'eau dans un bol.

— Avez-vous soif ?

Félix a secoué la tête, mais a changé d'avis après un moment et a hoché la tête. Il a pris le bol qu'elle lui tendait et l'a regardé.

— Ça… Ça me fera quelque chose ? a-t-il demandé.

Elle a ri.

— Si vous avez peur d'être condamné à être mon esclave pour l'éternité ou à un sort similaire, non, cela ne vous fera rien. C'est de l'eau et rien de plus.

Il en a pris une petite gorgée, et c'était bien de l'eau, mais la dame avait tort de dire que ce n'était rien de plus. Elle était légère et fraîche, et il n'avait jamais goûté à rien de tel. Elle lui rappelait les gouttes qui coulaient des fleurs de chèvrefeuille. Il a vidé son bol rapidement, mais s'est surpris à être rassasié et à ne pas en demander davantage. Il a remis le bol à la dame.

— Êtes-vous une Féérie ? a-t-il demandé.

Elle a secoué la tête en souriant toujours. Il aimait son sourire, a-t-il décidé. Ses dents, a-t-il remarqué avec une certaine surprise, étaient légèrement imparfaites. Était-il permis aux Fééries d'avoir des dents croches, même si ça les rendait un peu plus belles ?

— Les mortels ne peuvent apercevoir les Fééries dans la forêt, a-t-elle dit.

— J'arrive à vous voir, a-t-il dit.

— Mais vous ne voyez pas les domestiques de Féérie qui vous entourent.

Félix a cligné des yeux. Il a jeté un coup d'œil rapide pardessus son épaule comme s'il s'attendait à y entrevoir une créature ailée s'il tournait la tête assez vite. Et bien qu'il ait cru un moment avoir aperçu quelque chose du coin de l'œil, la pièce était vide, à ce qu'il pouvait en voir, à l'exception de la dame et de lui.

— Alors vous n'êtes pas une Féérie, a-t-il dit. Mais pouvez-vous les voir ?

— Oui.

— Alors vous n'êtes pas mortelle ?

Elle a souri en dévoilant de nouveau ses dents blanches et légèrement croches.

— Me donnez-vous la permission de regarder vos blessures, prince Félix ? Vous avez été fiévreux ces derniers jours, et je ne crois même pas que je devrais vous permettre de rester debout. Mais je le ferai si vous me laissez vérifier vos bandages sans faire d'histoire. D'accord ?

Félix a hésité et jeté un dernier regard au monde qu'il avait observé avant son arrivée. Il a cligné des yeux. Puis, alarmé, il a crié et bondi derrière.

La vue des montagnes et de la vaste étendue avait disparu. Il n'apercevait à présent que des arbres et des arbres à perte de vue.

— Par la barbe noire comme la nuit de Iubdan…

La dame lui a touché l'épaule en faisant un chut apaisant.

— Prince Félix, a-t-elle dit, éloignez-vous de la fenêtre. La vue ne fera que vous affliger.

— Mais… mais j'ai vu…

Il peinait à trouver les bons mots pour s'exprimer.

— Je me trouvais sur une montagne et je voyais l'ensemble du Monde lointain…

— Un simple aperçu du Monde lointain, mon jeune ami ! a dit la dame en rigolant doucement. Je suis désolée, prince Félix. Vous devez comprendre que ce Havre se trouve dans le royaume du Demi-jour, entre votre monde et celui de Féérie. Parfois, vous verrez le Monde lointain, et parfois non. C'est étrange et inconfortable, je comprends… Il y a très, très longtemps, je voyais les choses comme vous. Mais je vous en prie, croyez-moi quand je vous dis que vous êtes en sécurité. Vous êtes en sécurité dans le Havre du prince et vous êtes en sécurité sous ma garde.

Félix s'est tourné vers elle et a vu que ses yeux étaient doux et, le croyait-il, sincères. Il est retourné s'asseoir sur le bord de son lit, qui était plus moelleux que du duvet d'oie, et la dame a soulevé sa chemise. Après avoir claqué la langue et secoué la tête comme Nounou, elle a décidé de changer le bandage de son épaule.

— C'était une blessure profonde, a-t-elle dit en sortant un rouleau de gaze doux des plis de sa robe avant de couper son vieux bandage à l'aide d'un petit couteau. Beaucoup de poison y a pénétré, et j'ai craint une infection.

— Est-ce que je vais bien ? a demandé Félix en la regardant d'un air anxieux.

En apparence, chacun des gestes de la dame aurait dû lui faire mal, pourtant, ses doigts étaient si doux qu'il ne ressentait aucune douleur. Malgré tout, il a frémi à la vue du couteau.

— Vous irez mieux, a-t-elle dit. Mais vous devez m'écouter et faire ce que je vous dis, sans quoi les choses pourraient s'empirer.

Il s'est renfrogné légèrement.

— Je ne suis pas un bébé, a-t-il marmonné assez bas pour espérer qu'elle ne l'entende pas.

Mais le coin de ses lèvres a remué, et il a su qu'elle l'avait entendu.

— Quel est votre nom déjà ? a demandé Félix quand elle a terminé le nouveau bandage.

— Je suis dame Imraldera, a-t-elle répondu.

— Et vous êtes la servante d'Aethelbald ? a fait Félix avant de secouer la tête. Vous avez vraiment des noms étranges.

Elle a éclaté de rire, et Félix a rougi.

— Peut-être pas aussi étrange que Félix, a-t-elle dit, même si je crois que ce nom vous va bien. Et, oui, le prince est mon maître, mais il est bien plus à mes yeux. Il m'a secourue… d'une force si maléfique que je n'oserais pas la décrire ici et maintenant.

Une expression sombre a traversé son visage à ce souvenir, mais elle l'a repoussée en secouant la tête.

— Il m'a secourue, et à présent, il est mon frère et mon seigneur. Je suis la gardienne de ce Havre qui lui appartient.

Elle lui a adressé un sourire rassurant.

Mais Félix n'était pas rassuré, et il avait mal à la tête. Il a posé le regard sur sa main qui reposait sur les douces couvertures de son lit.

— Pendant combien de temps devrai-je rester ici, dame Imraldera ?

Son sourire a disparu, comme si le soleil venait de tomber derrière le sombre horizon.

— Je l'ignore, prince Félix, a-t-elle dit. Il est possible que vous ne puissiez jamais partir.

— Quoi ?

Félix a bondi sur ses pieds.

— Que dites-vous ? a-t-il rugi. Bien sûr que je dois partir ! Je ne peux pas rester dans cet endroit de Féérie pour toujours ! Et mon père ? Il a besoin de moi. Je dois repartir !

Il a couru jusqu'à la limite de cette pièce étrange pour découvrir que la forêt avait disparu et qu'il se tenait de nouveau en bordure d'un précipice. Bien en dessous de lui, la rivière serpentait, semblable à un fil d'argent. Il a avalé difficilement sa salive et a reculé dans la pièce, le teint blême.

— Je dois repartir, a-t-il dit. Il doit y avoir un moyen de sortir d'ici.

— Bien sûr, a dit Imraldera en approchant de lui.

Elle était plus petite, mais elle l'a regardée d'une manière qui lui donnait l'impression d'être sous le regard de sa mère. Il a battu des paupières pour repousser les larmes en se détestant de pleurer.

— Mon père, a-t-il fait les lèvres tremblantes. Il est dans le pétrin, vous comprenez. Et il m'a envoyé au loin pour me protéger, mais j'ai peur de ne pas être là quand il aura besoin de moi, et… Et s'il pensait que je suis mort ? Que fera-t-il alors ? Il est déjà bien assez malade d'inquiétude au sujet de ma sœur, Una. Ne voyez-vous pas ? Je dois repartir !

Imraldera lui a touché doucement l'épaule.

— Je vous en prie, venez vous asseoir, mon enfant. Mon prince est parti à la rencontre de votre père. Tout ira bien.

— Je ne suis pas un enfant.

Félix a reniflé et s'est frotté le nez contre le dos de sa main, mais s'est laissé guider jusqu'à son lit.

Il s'est assis sur le bord en grattant sa cheville gauche de son pied droit.

— Et Una ? a-t-il demandé.

Imraldera n'a pas répondu. Elle a plutôt versé de l'eau dans le bol d'argent.

— Buvez ceci.

Félix a obéi et a senti le sommeil alourdir ses paupières.

— Dame Imraldera ?

— Oui ?

— Que m'est-il arrivé dans la forêt ? Pourquoi m'a-t-on mené ici ?

— Un dragon, prince Félix. Il a soufflé du poison dans votre esprit afin que vous voyiez ce qu'il voulait vous faire voir. C'est ainsi qu'ils opèrent ; tel est le pouvoir du souffle empoisonné. Et quand il vous a transpercé, le poison de ses griffes a pénétré profondément en vous. J'en ai extrait la majorité, mais il est possible qu'une partie m'échappe, et si vous quittiez la sécurité de notre Havre, il pourrait y avoir infection.

— Y a-t-il une chance pour que vous arriviez à l'extraire au complet ?

— Il y a toujours de l'espoir, Félix.

Félix s'est couché la tête sur l'oreiller et s'est détourné d'elle. Le sommeil l'a emporté peu après.

Les flammes étaient si chaudes, et la jeune dragonne volait et brûlait, volait et brûlait. Le feu refusait de mourir, et comme elle ne pouvait y échapper, elle a poursuivi sa route en n'ayant conscience de rien d'autre que la brûlure. Elle ne remarquait pas non plus le temps qui passait, ni le lever et le coucher du soleil. Son monde n'était rien d'autre que les flammes qui parfois s'élevaient si haut dans sa gorge qu'elles éclataient de sa gueule pour laisser une traînée de fumée au passage de la dragonne. Les gens qu'elle survolait se prosternaient d'horreur quand son ombre assombrissait leurs terres, mais elle ne les voyait pas. Seuls le feu et les cendres occupaient son esprit.

Enfin (elle n'aurait pu dire combien de temps avait passé), une partie des flammes ont semblé décliner. Sa vision s'est éclaircie, et elle a baissé les yeux pour découvrir où elle était venue.

Sous elle s'étalait la vaste étendue du Désert rouge.

« Un monde de dragons. »

Quand elle a regardé à l'ouest vers le soleil couchant, elle distinguait à peine les terres vertes. Mais à l'est, où le crépuscule passait à la nuit, tout était désert.

Elle a poursuivi son vol en sentant la force quitter son corps à mesure que le feu refroidissait en elle. Il lui faudrait bientôt se reposer. Mais si elle se reposait, il lui faudrait peut-être réfléchir, ce qui lui serait insupportable.

À l'horizon, de grandes pierres, qui avaient peut-être autrefois été des piliers à présent érodés jusqu'à ne plus être reconnaissables, s'élevaient vers le ciel comme des mains effilochées. La dragonne a volé dans leur direction. Bientôt, elles plombaient autour d'elle comme des tours de pierre, et avec sa dernière bouffée de force, elle s'est propulsée parmi elles pour trouver l'abri sous leur ombre. Ses ailes se sont froissées, et elle s'est effondrée sur la pierre dure.

Elle s'est éveillée sous le soleil. Un petit rayon se faufilait par une crevasse dans les décombres au-dessus d'elle pour briller sur son visage. Elle a grogné et essayé de se tourner, car la lumière lui faisait mal aux yeux. Le sable et la pierre éraflaient douloureusement sa joue. Surprise, elle a levé la main pour toucher son visage et a découvert qu'il était de nouveau sans écailles.

Mais la dragonne a regardé ses mains. Elles étaient toutes deux couvertes d'écailles, et des griffes déchiraient la pierre où elle était assise. Elle les a regardées d'un air absent sans trop savoir ce qu'elle éprouvait. Le soleil tapait fort à présent et faisait briller sa peau d'un éclat blanc presque translucide. Pourtant, ses mains semblaient absorber la lumière.

Elle s'est levée et sentie étourdie par la légèreté de son enveloppe humaine. Ses vêtements avaient de plus en plus l'air de haillons et laissaient voir ses jambes et ses bras de dragonne. Ses manches, qui avaient dissimulé en grande partie ses bras couverts d'écailles au Pays du Sud, étaient maintenant déchirées.

En jetant un regard à la ronde, elle a constaté qu'elle se trouvait dans une allée de pierre dont la voûte s'élevait bien au-dessus d'elle vers une ouverture étroite où seulement quelques rayons de soleil pouvaient se faufiler. Un sentier sinueux s'étalait devant et derrière elle. En prenant appui de la main droite contre le mur, elle a suivi le sentier. D'autres parcelles de soleil brillaient ça et là, mais elle les évitait en se glissant plutôt dans les zones d'ombre. Elle n'avait aucune idée d'où elle allait ni pourquoi elle avançait, mais ça n'avait pas d'importance.

« Le royaume des dragons. »

Une forme a bougé devant elle. Elle a retenu son souffle, surprise sans être effrayée. Elle avait l'impression que la peur lui était maintenant inconnue.

La forme a bougé de nouveau, et la dragonne s'est immobilisée pour attendre.

— Qui es-tu ? a demandé la voix désincarnée d'un jeune homme dans le noir.

Un jet de lumière a percé entre eux et a eu pour effet de les retrancher tous deux dans une obscurité plus profonde.

— Personne, a-t-elle répondu en s'adossant contre le mur.

— Es-tu une sœur ?

— Je ne sais pas.

Elle s'est serrée contre la pierre, car soudain, même si elle n'avait pas peur, elle a senti que ses genoux fléchissaient.

— Vas-tu me tuer ?

— Peut-être, a dit la voix. Tu sembles être petite. L'es-tu ?

— Je ne suis pas grande, a-t-elle répondu. Pas en ce moment.

— Je crois que tu es une sœur, a dit la voix. Avance dans la lumière afin que j'en aie la certitude.

La dragonne ne voyait aucune raison de désobéir. Elle s'est donné une poussée contre le mur et en se protégeant les yeux d'une main à griffes, elle s'est glissée vers la lumière. Celle-ci a réchauffé sa peau moite de manière non déplaisante.

— Ah, a fait la voix rauque dans l'ombre. Ma sœur.

Une main mince et allongée a pris l'une des siennes pour la tirer vers l'avant, hors du soleil. Même si elle s'attendait à ce qu'on lui coupe le cou à tout moment, elle n'a opposé aucune résistance. Quand il ne s'est rien produit de la sorte, elle a ouvert les yeux pour apercevoir une paire d'yeux plissés sur un long visage pâle. Sa vision s'est habituée lentement à l'obscurité, et elle a cru que le visage était peut-être jeune, mais des ombres affaissaient la peau sous les yeux et dans les joues creuses.

— As-tu un nom ? a demandé l'étranger aux yeux jaunes.

— Non, a-t-elle répondu.

— Moi non plus, a-t-il dit. Viens avec moi. Je vais te faire visiter la maison.

Elle a suivi l'étranger qui la tirait par la main. Ils ont avancé lentement, car il a paru comprendre sa fatigue et y adapter son pas. Comme elle, il évitait le soleil lorsque c'était possible. Mais parfois, il n'avait d'autre choix que de passer sous une colonne de lumière, et alors elle entrevoyait un homme pâle à peine plus âgé qu'elle dont la silhouette n'était qu'angles et arêtes et dont la peau avait une teinte verdâtre.

— Où allons-nous ? a-t-elle demandé enfin.

— Au Village, a-t-il répondu.

— Depuis combien de temps habites-tu ici ?

— J'ai oublié. Longtemps et pas longtemps à la fois.

Il est demeuré silencieux un moment, et leurs pieds ont avancé dans le sable.

— Personne ne me comprenait auparavant, tu vois, a-t-il dit. On essayait de me contrôler. Mais je leur ai donné une leçon.

Elle n'a pas répondu.

— Ici, ils me comprennent, a-t-il dit. Aucune chaîne, aucune obligation. Voilà ce qui me plaît.

Elle est demeurée silencieuse.

Il lui a serré la main d'une manière qui se voulait encourageante.

— Et toi ? a-t-il demandé.

— Oubliée, a-t-elle dit.

— Ils nous oublient toujours au départ, a-t-il dit. Mais ils ne nous oublieront pas plus tard. Il nous montrera comment nous graver dans leurs souvenirs.

Elle n'a pas répondu, encore une fois. Mais étrangement, une partie d'elle comprenait ce qu'il disait.

Ils sont parvenus à l'embouchure du tunnel, et elle a jeté un coup d'œil dans la caverne vaste et faiblement éclairée. Des feux rouges brûlaient ici et là, mais le soleil ne s'infiltrait pas dans cette enceinte aux murs noirs. Dans l'obscurité au-dessus d'elle, elle distinguait presque les signes d'une architecture élégante qu'on avait laissée à l'abandon depuis longtemps, comme si, à une époque, cette caverne avait été un festival d'extravagance comme jamais elle n'en avait vu. Mais il s'agissait peut-être là d'un simple jeu de lumière, et la caverne n'était peut-être rien d'autre qu'une cavité percée dans la pierre du désert.

Dans l'obscurité et la fumée, elle apercevait de nombreuses formes ombragées remuer. Certaines silhouettes se tenaient à la verticale et se déplaçaient avec difficulté. D'autres étaient pliées en deux et semblaient porter un fardeau aussi lourd qu'invisible. Certaines, comme son compagnon, ricochaient entre les feux avec l'agilité d'un jeune serpent. Elle a aperçu des bâtiments de bois bancals et des structures de pierre à l'aspect plus solide, mais ils étaient peu nombreux.

— Bienvenue au Village, a annoncé son compagnon aux yeux plissés. Viens. Viens avec moi.

Elle l'a suivi en lui tenant toujours la main le long d'un sentier étroit qui les menait de l'embouchure du tunnel à une caverne plus basse. Elle s'est sentie plus à l'aise quand elle est sortie du tunnel étroit pour pénétrer dans ce grand espace ouvert. Bientôt, ils étaient entourés de toutes parts par des silhouettes sombres qui arpentaient la caverne sans que la dragonne puisse dire vers où ils se dépêchaient ou pourquoi. Des sensations simultanées de chaud et de froid qui provenaient d'elles émanaient vers ses sens, et elle n'aurait pu dire si elle-même avait chaud ou froid. Elle s'est raccrochée à l'étranger qui la guidait sans toutefois éprouver le moindre réconfort.

Une épaule l'a percutée lourdement, et elle a titubé derrière le garçon aux yeux jaunes.

— Hé, regarde où tu vas, a-t-il grogné, mais il ne s'adressait pas à elle.

La personne qui l'avait emboutie s'est arrêtée et tournée. Homme ou femme — impossible à dire dans le noir, mais sa carrure était énorme, et sa voix était profonde et rocailleuse.

— Qu'as-tu là ? a demandé le géant au garçon aux yeux jaunes.

— Une nouvelle sœur qui vient tout juste d'arriver. Elle est oubliée.

— Ha ! a soufflé le géant. Ils nous oublient tous, ma petite, peu importe la beauté de ton petit visage pâle. Ils t'oublieront toujours. À moins que tu t'assures qu'ils se souviennent. Mais alors… Ah, alors, ils ne t'oublient pas si vite !

Un rire profond a surgi depuis le ventre du géant, et le bruit a provoqué des vagues de peur dans les veines de la dragonne. Elle a soupiré de soulagement quand son guide l'a tirée pour poursuivre la visite.

— Elle a déjà été reine, il y a longtemps, a-t-il dit quand ils se sont éloignés.

— Elle ?

— Oui. Et tout ceci, a-t-il fait en écartant les bras comme s'il voulait étreindre la caverne, tout ce que tu vois et bien au-delà, tout le désert que nous appelons notre maison, faisait autrefois partie de son royaume. Mais en échange d'un coffre plein de rubis, son amoureux l'a trahie à son ennemi. Longtemps, elle a langui dans les donjons de son propre palais dans l'attente d'être exécutée. Puis notre roi l'a trouvée. Elle était bien assez volontaire, et son feu était si grand que tout le palais et ses habitants ont brûlé en moins d'une heure. Ensuite, elle s'est attaquée au royaume. Nombreux sont ceux qui ne croient plus à l'existence passée du vaste royaume de Corrilond. Elle l'a détruit au-delà de tout souvenir ou reconnaissance.

— Corrilond ? a demandé la dragonne en secouant la tête. Le Fléau de Corrilond ? Mais cette légende est vieille de plus de cinq cents ans !

Il n'a pas semblé l'entendre et a poursuivi son récit à voix basse, presque dans un murmure.

— Il ne reste plus rien, que des ruines carbonisées. De grandes cités — la brillante Destan, la lumineuse Aysel et la magnifique ville reine de Nadire Tansu... disparues. Maintenant, il ne reste rien d'autre que le désert à perte de vue.

Il a marqué une pause avant d'enchaîner en chuchotant :

— Je l'ai vu, la ville reine, avant sa destruction. Quand j'étais jeune, j'y ai voyagé avec mon oncle, et elle était encore plus belle que les couloirs de Iubdan Rudiobus ! Et j'ai vu sa destruction, j'ai senti l'odeur nauséabonde de la mort qui fume.

Il s'est tourné vers elle.

— Même si son nom a été oublié, la dernière reine de Corrilond ne le sera jamais. Aimerais-tu voir les rubis, le trésor sale pour lequel son amoureux l'a vendue ?

Elle n'a pas répondu, mais il l'a guidée jusqu'à l'autre bout de la caverne. Il a saisi un flambeau rouge en chemin, et sa lumière projetait des ombres étranges sur les murs de pierre. Ses bras de dragonne, noueux et hideux, semblaient projeter des ombres plus sombres que le reste de son corps.

— Voilà, a dit son guide aux yeux jaunes.

Il a soufflé sur le flambeau. Sa flamme s'est mise à briller davantage, et les yeux de la dragonne ont soudain été éblouis par le reflet d'une quantité innombrable de joyaux ; des montagnes d'or et d'argent ; des couronnes et des diadèmes ; des coupes et des assiettes ; des rangs de perles et des miroirs dorés. Elle était incapable de respirer, car l'air était alourdi par le poids des richesses.

Son compagnon a lâché sa main pour avancer vers un coffre à proximité. Il y a plongé la main pour soulever une poignée de rubis, qui sont tombés en cascade de ses doigts pour tinter dans le coffre. Mais à chaque joyau qui tombait, elle entendait un cri, parfois profond, parfois léger, mais tous remplis de terreur. Ils étaient faibles et semblaient provenir de si loin qu'il s'en fallait de peu pour qu'elle ne les entende pas.

— Quel est cet endroit ? a-t-elle murmuré quand le dernier rubis est tombé et que le dernier cri s'est tu.

— Le trésor, a-t-il répondu. C'est ici que nous réunissons nos offrandes à notre père. Chaque fois que nous nous aventurons hors d'ici, nous lui rapportons quelque chose. Parfois, nous lui offrons de la viande, mais nous lui présentons surtout de l'or.

Elle a reculé en frissonnant.

— Ces cris…

— Hein ? Oh, ça.

Il a haussé les épaules.

— Tu ne les remarqueras plus bientôt. C'est le cas pour la plupart d'entre nous. À moins de souhaiter les entendre. Certains d'entre nous les affectionnent.

Il a souri, et ses yeux plissés ont brillé.

— Viens. Je dois te montrer une dernière chose.

Elle ne voulait pas lui reprendre la main, mais il l'a prise pour la tirer pratiquement hors du trésor pour regagner la caverne. En se frayant un chemin entre les silhouettes sombres, il l'a menée au milieu de la caverne. Là s'érigeait un trône de pierre géant.

Il était couvert de sang.

— Voilà son trône, a dit le garçon aux yeux jaunes. Voilà où nous vouons le culte à notre seigneur, notre maître. C'est ici qu'il s'assoit pour nous juger. Si nous sommes dignes à ses yeux, nous continuons de vivre. Mais si nous n'obéissons pas à l'un de ses ordres, il nous dévore.

La dragonne a senti un frisson parcourir le bras du garçon.

— Te dévorer ? a-t-elle chuchoté.

— Nous, ma sœur. Oui, voilà son droit, car il est notre père. Tôt ou tard, nous le décevrons tous et lui offrirons alors notre sang.

Elle a fixé le garçon aux yeux jaunes d'un regard horrifié.

— Pourquoi ne fuis-tu pas cet endroit ?

Il s'est tourné lentement vers elle avec un regard morose dans ses yeux plissés.

— Il n'existe aucun autre destin pour nous, a-t-il dit. Nous sommes ses enfants.

— Mais tu as dit qu'il n'existait aucune chaîne ici !

— Seules les chaînes que j'ai choisies, a-t-il répondu, la mâchoire serrée. Je choisis de lui donner mon sang quand il le demandera. Il pourrait bien me le demander dans des centaines d'années ou encore demain. Entre-temps, je vis libre.

Elle posé le regard sur le trône et humé l'odeur du sang séché jusqu'à en avoir des haut-le-cœur.

Le garçon aux yeux jaunes l'a observée avec un sourire.

— À présent, tu sais où est la fin, petite sœur. Tu te trouves au commencement. Nous verrons combien de temps se déroulera entre les deux. Entre-temps, laisse ton feu brûler et tu remarqueras que le monde extérieur ne t'oubliera pas pour très longtemps.

Elle a libéré sa main pour courir dans le noir, entre les silhouettes sombres, loin de cet horrible trône. Elle a couru jusqu'à ce qu'elle tombe sur le sol, assommée. Puis elle a ramené ses bras de dragonne sur sa tête et s'est roulée en boule.

« Le royaume des dragons. »

« Ma maison. »

29

Au milieu de l'après-midi, le prince Cœur-de-Lion se tenait après du trône de son père pour entendre les nouvelles du royaume. La cour royale était réunie dans une petite salle d'assemblée, car la grande salle du trône de la demeure des Anciens avait été rasée par le Dragon. Le roi Œil-de-Faucon, vieilli et flétri par une trop grande exposition à la fumée de dragon, continuait à régner sur le Pays du Sud, mais s'en remettait de plus en plus aux conseils de son fils.

Dans la cour des Anciens, on savait que le Conseil des barons surveillait le prince Cœur-de-Lion d'un air méfiant : l'incertitude planait sur sa chefferie après ses cinq années d'absence. Mais Œil-de-Faucon, par ses égards envers son fils, annonçait clairement qu'il souhaitait voir le peuple du Pays du Sud accorder sa confiance à Cœur-de-Lion. La rumeur courait que bientôt, Œil-de-Faucon abdiquerait et passerait la couronne à son fils.

En cet après-midi froid du milieu de l'hiver, le prince Cœur-de-Lion écoutait les rapports de divers propriétaires fonciers. La plupart des terres qui entouraient la Ville ancienne étaient toujours décharnées après l'invasion du Dragon. Rares étaient les champs qui n'étaient pas en ruines. Les récoltes d'autres régions du royaume n'en devenaient que plus importantes.

Il méditait profondément sur le rapport que venait de lui faire l'un de ses barons quand un héraut a annoncé :

— Le prince Aethelbald des Rives lointaines.

Cœur-de-Lion a levé les yeux et aperçu un homme qu'il reconnaissait approcher depuis l'entrée. Aethelbald — il avait fait sa connaissance au palais d'Oriana. Comme toujours, il a frémi au souvenir de ce lieu.

— Soyez le bienvenu, prince, a dit le roi Œil-de-Faucon quand Aethelbald s'est rapproché de son trône. Vous venez de loin, n'est-ce pas ? Je n'arrive pas à me souvenir de la dernière fois où j'ai aperçu un homme des Rives lointaines.

Aethelbald a fait une longue révérence au roi.

— Longue vie à Votre Majesté, a-t-il dit. Oui, je viens de loin.

Il s'est redressé, et son regard s'est rivé à celui de Cœur-de-Lion.

— Salutations, prince Cœur-de-Lion, a-t-il dit.

Cœur-de-Lion a hoché la tête.

— Étrange que nous n'ayons pas eu vent de votre venue, prince Aethelbald.

— Ce n'est pas si étrange, a indiqué Aethelbald. Rares sont ceux qui connaissant les chemins que j'ai empruntés.

— Vous voyagez avec un entourage important ?

— Je voyage seul.

À ces mots, des murmures se sont levés parmi les hommes de la cour du Pays du Sud. Un prince qui voyageait seul ? Et d'où disait-il venir ? Des Rives lointaines ! Cela devait être un canular.

Cœur-de-Lion a fait porter sa voix afin d'enterrer les murmures.

— Cherchez-vous un endroit où loger ? Permettez-nous de vous faire profiter de l'hospitalité du Pays du Sud.

— Non, a répondu Aethelbald. J'aimerais m'entretenir avec vous, prince Cœur-de-Lion. En privé, si possible.

Cœur-de-Lion a eu l'impression qu'une lourde pierre était tombée au fond de son estomac. Il savait de quoi le prince souhaitait lui parler. Aethelbald n'avait-il pas été l'un des soupirants d'Una ? Il a camouflé une grimace dans une toux, mais, durant ce bref moment, il a été incapable de songer à un bon refus à opposer à la demande d'Aethelbald.

— Très bien, a-t-il dit avant de s'incliner vers son père. Voulez-vous m'excuser, père ?

Œil-de-Faucon a hoché la tête, et Cœur-de-Lion s'est retiré en faisant signe à Aethelbald de le suivre. Deux des serviteurs de Cœur-de-Lion se sont apprêtés à les suivre à leur tour, mais quand Cœur-de-Lion a ouvert la porte menant à une plus petite salle d'assemblée, il leur a fait signe de rester à l'extérieur. Il s'est reculé pour laisser Aethelbald entrer avant lui dans la pièce, puis y est pénétré à son tour et a fermé la porte. Ils se tenaient dans une antichambre de taille impressionnante où des cartes diverses ornaient les murs et de lourds rideaux pendaient aux fenêtres. Il s'agissait de nouveaux rideaux, comme les anciennes tentures empestaient toujours la fumée de dragon.

Cœur-de-Lion a pris place dans un large fauteuil qui ressemblait presque à un petit trône à l'autre bout de la pièce. Il n'a pas offert à Aethelbald de s'asseoir.

— À votre convenance, a-t-il dit.

Aethelbald se tenait au milieu de la pièce, bras croisés sur la poitrine, non pas en signe d'hostilité, mais davantage parce qu'il ne semblait pas trop quoi faire de ses bras. L'effet était presque maladroit, mais son regard était rivé fermement à celui de Cœur-de-Lion.

— Avez-vous vu la princesse Una ?

Cœur-de-Lion a avalé difficilement. Une partie de lui n'aimait pas le côté direct de la question, et il ne souhaitait pas y répondre. Peut-être était-ce le ton tranquille, ferme sans être menaçant d'Aethelbald qui lui faisait grincer des dents.

— La princesse Una de Parumvir ?

— Celle-là même.

Il a haussé les épaules en soutenant le regard d'Aethelbald.

— Qu'est-ce qui vous fait croire que je l'ai vue ?

— Vous avez entendu parler de la situation à Parumvir ?

— Oui. La proie du Dragon. Et la capitale est tombée sous la maîtrise du duc de Shippening, n'est-ce pas ? C'est vraiment dommage. Le roi Fidel m'a plu. Il a été très aimable envers moi durant mon… mon exil.

Cœur-de-Lion a pris une grande respiration.

— Mais tout ça est loin derrière moi, et j'ai amplement de quoi occuper mon esprit dans mon royaume.

— Una a disparu.

Cœur-de-Lion a arqué un sourcil. La mention seule du nom de cette fille faisait battre son cœur de façon désagréable. Ses mains et une partie de son visage brûlaient toujours après leur dernière rencontre.

— C'est ce que j'ai cru comprendre, a-t-il dit.

— Elle est tombée amoureuse de vous.

Aethelbald remuait à peine quand il parlait, et jamais son regard n'a défailli.

Cœur-de-Lion aurait tant voulu détourner les yeux.

— Qu'est-ce qui vous fait croire cela ? a-t-il répondu d'un air qui se voulait incrédule.

— Je l'ai deviné.

— Eh bien, si cela vous ennuie, je n'ai aucune intention de…

— Répondez à ma question, a dit Aethelbald. Avez-vous vu la princesse Una ?

Cœur-de-Lion a été incapable de soutenir son regard une seconde de plus. Il a posé les yeux sur son poing qui reposait sur le bras de son fauteuil.

— Oui, je l'ai vue. Elle est venue ici il n'y a pas une semaine, seule.

Aethelbald est demeuré silencieux.

Cœur-de-Lion a lutté contre l'impulsion de remuer dans son fauteuil et est parvenu à garder un ton détaché.

— D'abord, je me suis demandé comment elle était venue ici seule. Mais… Elle me l'a expliqué en termes explicites.

— Elle est venue à vous sous la forme d'une femme ?

— Oui, mais j'ai été témoin du changement.

Aethelbald n'a pas répondu. Le silence a duré si longtemps que Cœur-de-Lion a finalement levé les yeux pour voir que le prince s'était détourné, la tête basse.

— Écoutez, a dit Cœur-de-Lion en serrant et desserrant le poing. Je suis désolé de ce qui lui est arrivé. Je le suis. Mais je n'y peux rien à présent, n'est-ce pas ?

Aethelbald est demeuré muet.

— Bien des choses sont survenues au cours de mon exil, a indiqué Cœur-de-Lion avant de grimacer. J'aimerais en oublier la plupart. Una a été aimable envers moi quand j'ai eu besoin d'une amie…, et j'ai apprécié sa gentillesse. Peut-être ai-je insinué que j'éprouvais plus que de l'amitié pour elle, mais ce n'est pas…

— Et éprouviez-vous plus que de l'amitié pour elle ? a demandé Aethelbald.

Cœur-de-Lion a pris une profonde respiration. Il n'y avait pas la trace d'un reproche dans la voix du prince : il s'était contenté de poser la question. Cœur-de-Lion s'est dit, l'espace d'un moment, qu'il détestait le prince des Rives lointaines.

— Il y avait trop… Il y avait tout simplement trop à faire quand je suis revenu, a dit Cœur-de-Lion. Je ne pouvais certainement pas repartir, n'est-ce pas ; pas quand mon peuple avait besoin de moi ici ? Nous ne sommes pas tous libres de partir à la poursuite de rêves ou de monstres, prince Aethelbald. Certains d'entre nous ont des responsabilités qui ont la priorité sur leurs désirs.

— Et puis il vous fallait tenir compte de votre marché, a dit Aethelbald en hochant la tête.

Cœur-de-Lion a ouvert et refermé la bouche.

— J'ignore de quoi vous parlez, a-t-il marmonné enfin.

— Mais vous le savez très bien, prince Cœur-de-Lion, a indiqué Aethelbald.

Au grand dégoût de Cœur-de-Lion, l'expression sur le visage du prince n'exprimait pas la condamnation, mais la pitié.

— Je connais le Dragon mieux que vous le croyez. Je connais ses jeux et ses marchés.

Cœur-de-Lion s'est levé en croisant les bras sur sa poitrine.

— Cela ne vous regarde pas, prince Aethelbald.

— En ce cas, permettez-moi de vous souhaiter une bonne journée, a dit Aethelbald en se retournant.

— Et que proposez-vous de faire maintenant ?

Aethelbald a marqué une pause.

— Je pars pour le Désert rouge.

— Êtes-vous fou ?

Cœur-de-Lion a secoué la tête avant d'observer de nouveau le visage d'Aethelbald.

— Vous êtes fou, mais je vois que vous êtes sérieux, a-t-il fait avant de pousser un soupir. Ne croyez pas que rien de tout ça ne me préoccupe, prince Aethelbald. S'il y a quoi que ce soit que je puisse faire pour vous aider dans votre quête, je vous prie d'accepter mon aide.

Aethelbald a observé Cœur-de-Lion en plissant les yeux.

— Venez avez moi, a-t-il dit.

— Quoi ?

— Venez avec moi, prince Cœur-de-Lion. Accompagnez-moi au Désert rouge et aidez-moi à sauver la princesse.

— Vous… Vous ne parlez pas sérieusement…

Cœur-de-Lion s'est détourné.

— Vous comprenez, n'est-ce pas, qu'il est impossible d'entrer le Désert et d'y survivre ? Ceux qui s'y sont aventurés jusqu'à ne plus en voir la bordure ne sont jamais revenus. Vous mourrez là-bas. Je ne peux pas abandonner mon père et mon peuple pour une morte certaine, comme vous le savez très bien.

— Alors, je vous dis au revoir, a dit Aethelbald.

Cœur-de-Lion a entendu ses pas qui prenaient la direction de la porte.

— Attendez, a dit Cœur-de-Lion.

Le bruit des pas a cessé.

— J'enverrai des hommes avec vous. Je les choisirai moi-même ; des hommes forts et loyaux.

Il s'est retourné pour regarder la tête d'Aethelbald.

— C'est tout ce que je puis vous offrir.

Aethelbald n'a pas regardé derrière lui.

— Merci, prince Cœur-de-Lion, a-t-il dit avant de quitter la pièce.

Les serviteurs qui attendaient dans le couloir ont passé la tête dans la porte, mais Cœur-de-Lion les a chassés du revers de la main.

— Fermez la porte, a-t-il ordonné.

Quand il entendu le loquet et qu'il s'est retrouvé seul, il s'est assis lentement dans son fauteuil.

— J'ai fait ce que je devais faire, a-t-il dit dans le vide. Quel autre choix aurais-je pu faire ?

Il a plongé le front dans sa main et a fermé les yeux très fort.

— Quel autre choix s'offrait à moi ?

Elle avait l'impression d'avoir toujours vécu là. Depuis combien de temps y était-elle vraiment ? Des jours, des semaines ou des mois : elle n'aurait pu le dire. La dragonne est restée assise dans le noir, adossée contre le mur pendant ce qui a semblé être une éternité, occupée à observer les vagues silhouettes dériver, traîner le pas et parfois ramper d'un point de feu rouge à un autre. Parfois, une nouvelle flamme s'embrasait pour projeter encore plus d'ombres étranges sur le sol et les murs de la caverne, ou encore une vieille flamme oscillait avant de mourir. Dans l'ensemble, la scène devant ses yeux ne changeait pas. Tout ce qui changeait était son regard, qui s'habituait graduellement aux ténèbres.

Elle s'est enfin levée, le dos toujours appuyé contre le mur. De longs moments sont passés sans qu'elle bouge, mais aucune des silhouettes sombres ne lui prêtait attention. En prenant appui contre la pierre, elle a glissé le long du mur pour faire lentement le tour de la circonférence de la caverne. Elle n'a croisé personne dans sa tournée, car personne ne s'est approché d'elle.

Elle a enfin trouvé le sentier sinueux qui montait vers l'embouchure du tunnel. Elle a levé des yeux incertains ; elle semblait incapable de faire un autre pas.

Une silhouette a rôdé furtivement près d'elle. Elle a bondi derrière pour se tapir dans l'ombre, mais la silhouette n'a pas paru la remarquer. Elle a avancé d'un pas chancelant dans le sentier où elle est tombée contre le mur, puis elle a rampé à quatre pattes avant de se relever pour tituber de nouveau. Sous le regard de la dragonne, la silhouette s'est rendue à mi-chemin du sentier avant qu'une flamme n'éclate. Un petit dragon laissant un feu dans son sillon a filé à toute vitesse pour disparaître dans le sentier.

— Veux-tu brûler ?

En retenant son souffle, elle s'est tournée pour apercevoir des yeux jaunes qui la toisaient.

— Veux-tu brûler ? a répété le garçon aux yeux jaunes.

Il l'a contournée pour se tenir devant elle et poser l'épaule contre une pierre qui saillissait entre le sentier et elle.

— Je veux brûler.

— Je… Je veux partir, a-t-elle dit, effrayée par ce qu'il allait lui répondre.

— Tu le peux, a-t-il dit. Nous sortons souvent du Village. La dernière fois, j'ai voyagé jusqu'à Parumvir, sur les ordres de notre père. J'y ai roussi une dizaine de soldats et les ai réduits en cendre en bordure d'une forêt.

Il a jeté la tête derrière et a aboyé un rire bref.

— Quel feu c'était ! Mais je veux quelque chose de grandiose la prochaine fois.

— Dois-tu revenir ici quand la brûlure est terminée ? a-t-elle demandé.

Les yeux jaunes ont cillé.

— Où d'autre aller ? Nous sommes dans le Village de père.

Elle a regardé au-delà de son épaule, vers le tunnel.

— Ne marches-tu jamais parmi les hommes ?

— Un peu, au départ, a-t-il fait en haussant les épaules. Mais les hommes me dégoûtent. Au début, j'aimais me rendre dans les villes : les hommes ne me provoquaient pas si vite. Mais ils nous reconnaissent rapidement, peu importe ce que nous faisons. Leurs cœurs sont effrayés même s'ils ignorent pourquoi. Je déteste leur peur. Rien n'excite davantage mon feu. J'ai compris qu'à peine entré dans une ville, je sens le feu éclater hors de moi. Alors, je viens ici quand j'ai besoin de paix. Ici, parmi ma famille.

Elle n'a pas répondu. Elle a plutôt passé à ses côtés pour monter dans le sentier en faisant attention où elle mettait le pied.

— Attends.

Elle s'est arrêtée, mais ne s'est pas retournée. Le garçon s'est glissé à ses côtés pour lui tendre quelque chose. Il s'agissait d'une robe à capuchon fabriquée dans la peau d'un animal. Le garçon en portait une semblable.

— Prends ça. C'est une peau de dragon. Recouvre ta peau blanche. Nous n'aimons pas tellement être exposés à l'humanité quand nous brûlons. C'est repoussant.

Elle a secoué la robe, puis l'a enfilée pour couvrir sa robe en lambeaux. Les manches étaient longues et dissimulaient ses bras de dragonne. Quand la peau a terminé de se déplier sur sa frêle silhouette, elle a compris qu'elle ne pouvait pas quitter le Village. Où irait-elle ?

Elle s'est tournée pour revenir sur ses pas dans le chemin, s'éloigner du garçon aux yeux jaunes et regagner la caverne remplie de fumée. Elle est restée en périphérie, loin des membres de sa race, a trouvé une grosse pierre et s'est tapie derrière. Même alors, elle n'avait pas l'impression que sa cachette suffisait. Elle a posé la tête contre la pierre en espérant pouvoir pleurer.

« Pourquoi ne viens-tu pas à moi ? »

Son feu a crépité comme un brasier qu'on venait de remuer, mais il ne s'est pas enflammé. Elle a plutôt senti une grande lourdeur lui tomber dessus. Elle s'est balancée de l'avant à l'arrière, les yeux fermés, et des images sont venues à son esprit ; des images d'un chapeau couvert de clochettes et d'un visage comique qui lui souriait. Elle s'est laissée glisser dans ses rêves.

Le capitaine Pas-de-Chat et ses onze hommes se tenaient à côté de leurs chevaux dans la cour près la demeure des Anciens. À peine une demi-heure plus tôt, on avait ordonné à ses hommes et à lui de se préparer pour un long périple.

— Un périple vers où ? avait-il demandé, mais le messager avait haussé les épaules.

À présent, Pas-de-Chat et ses hommes attendaient pendant que le prince Cœur-de-Lion arpentait la cour devant eux avec un visage crispé et sévère. Un homme étrange, revêtu de vêtements de voyage bruns, taillés dans un tissu rêche, se tenait d'un côté de la cour.

Le prince Cœur-de-Lion l'a pointé de la main.

— Obéissez à cet homme comme s'il était votre prince, a-t-il dit. Suivez-le où il vous mènera.

Pas-de-Chat a cillé en resserrant la bride de son cheval.

— Votre Altesse, a-t-il dit, où nous envoyez-vous avec cet étranger ?

Le prince lui a jeté un regard noir.

— Obéir est votre unique préoccupation, capitaine, a-t-il grogné. Mais sachez ceci : vous suivez cet homme pour l'honneur du Pays de Sud, pour l'honneur de votre roi. Faites ce qu'il vous dit, allez là où il vous dit d'aller. Il vous mènera à… à un grand trésor.

Capitaine Pas-de-Chat a hoché la tête.

— Et nous devons vous rapporter ce trésor ? Pour le Pays du Sud, Votre Altesse ?

Le prince Cœur-de-Lion n'a pas répondu. Il s'est plutôt tourné vers l'étranger. Sa voix était étouffée, mais s'élevait assez haut pour permettre à tout le monde de l'entendre.

— Est-ce tout ce que je peux faire pour vous ?

L'étranger est demeuré silencieux.

Le prince Cœur-de-Lion a serré la mâchoire.

— En ce cas, je vous souhaite bonne chance dans votre effort.

L'étranger a posé une main sur l'épaule du prince Cœur-de-Lion.

— Venez avec nous, a-t-il dit.

Le prince s'est secoué pour se libérer de sa poigne.

— Vous savez que je ne peux pas.

L'étranger s'est incliné.

— Alors adieu, prince Cœur-de-Lion. Nous nous reverrons dans les années à venir, mais pour le moment, je vous dis adieu.

Le prince Cœur-de-Lion n'a pas répondu, mais s'est éloigné en laissant Pas-de-Chat et ses hommes aux soins de l'étranger.

L'étranger s'est approché d'eux pour leur parler d'une voix calme.

— Je suis Aethelbald des Rives lointaines, a-t-il dit. Me suivrez-vous ?

Pas-de-Chat et ses hommes ont échangé des regards, sourcils arqués, mais Pas-de-Chat a répondu :

— Nous vous suivrons, monsieur.

— Il vous arrivera de vouloir rebrousser chemin.

Pas-de-Chat a froncé les sourcils en avalant difficilement sa salive, mais il a répondu :

— Nous vous suivrons. Pour l'honneur du Pays du Sud.

Aethelbald a secoué la tête.

— Ça ne suffit pas.

Sans dire un mot, il s'est tourné pour sortir de la cour par les portes principales. Après avoir échangé d'autres regards perplexes, les hommes sont montés en selle pour le suivre.

— Pardonnez-moi, monsieur, a dit Pas-de-Chat en guidant son cheval près de l'étranger. Ne voulez-vous pas un cheval ?

— Non, merci, capitaine Pas-de-Chat, a répondu Aethelbald.

Pas-de-Chat a cillé. Il ne se rappelait pas avoir dit son nom à l'étranger.

Les douze hommes à cheval ont suivi l'homme à pied.

— Les Rives lointaines, a marmonné Pas-de-Chat pour lui-même. J'entends des histoires sur cet endroit depuis que je suis haut comme trois pommes.

Les autres hommes parlaient aussi à voix basse. Aucun d'entre eux n'aimait l'idée que de telles histoires puissent être véridiques. Pourtant, l'étranger qui les dirigeait n'avait rien de fantastique. Il est sorti tranquillement de la capitale du Pays du Sud et a entrepris de traverser le pays en direction du nord. Quand il leur parlait, sa voix était calme et agréable. Mais pendant qu'il ouvrait la marche, les hommes ont commencé à remarquer comme il gardait étrangement la même distance avec eux, en respectant la même allure. Que les hommes fassent trottiner, galoper ou marcher leurs chevaux, l'étranger demeurait devant eux, à la même distance, sans presser ou ralentir le pas.

Pendant toute la journée, Aethelbald les a guidés loin de la ville. Ils ont franchi l'éclatant Pont du roi pour atteindre un autre plateau et traverser d'autres villages et champs agricoles. Mais quand ils se sont approchés de l'extrémité de ce haut plateau, Aethelbald ne les a pas guidés vers le prochain pont. Il s'est plutôt dirigé au bord de la falaise, puis a disparu.

La compagnie a jeté des regards ahuris à Pas-de-Chat. Mais Pas-de-Chat avait des ordres à suivre, et il aboyé à ses hommes :

— Suivez-le !

Les cavaliers ont éperonné leurs montures pour découvrir que le prince des Rives lointaines avait emprunté un sentier qui menait à une gorge ; un sentier assez large pour y mener les chevaux sans qu'ils bronchent. Toutefois, les hommes étaient beaucoup plus nerveux quand ils ont atteint la bordure de la forêt sombre au bout du sentier.

Personne ne pénétrait dans les Terres sauvages. C'était une règle tacite du Pays du Sud. Les ponts étaient les lignes de vie, et les Terres sauvages étaient interdites d'entrée depuis une époque qui précédait les écrits et la construction de la demeure des Anciens. Personne ne descendait dans les Terres sauvages à moins d'y être banni en raison de crimes infâmes.

Pourtant, le prince des Rives lointaines n'a pas ralenti le pas quand il est passé sous les ombres de la forêt. Les hommes l'ont suivi en frissonnant, et un tremblement glacial les a envahis qui, s'il n'était pas exactement déplaisant, était étrange. Ils l'ont suivi en silence en formant une file entre les arbres. D'un côté ou de l'autre, la vue était brouillée et déformée, un peu comme si les soldats portaient des œillères. Le passage du temps est devenu incertain, car le soleil ne semblait pas bouger au-dessus de leurs têtes, même s'il brillait à travers les feuilles. Ils ont avancé en ligne droite sans osciller vers la gauche ou la droite. Soudain, ils se sont retrouvés hors de la forêt, et leur vision s'est éclaircie.

Pas-de-Chat a juré à voix basse quand il a reconnu son environnement. D'une manière ou l'autre, sans traverser l'isthme, ses hommes et lui se tenaient à présent sur le continent, dans l'arrière-pays de Shippening, à des jours de la Ville ancienne. Il a jeté un coup d'œil par-dessus son épaule pour apercevoir une forêt sombre, très semblable à celles du Pays du Sud, mais il savait que ça ne pouvait pas être la même forêt que celle dans laquelle ils avaient pénétré.

— Par la sœur de la mort ! a sifflé un homme qui cavalait à la hauteur de son épaule. De quel genre de miracle ou de magie s'agit-il ? Nous avons traversé la baie de Chiara sans même nous mouiller les pieds.

Le capitaine Pas-de-Chat n'a pas répondu et a fixé du regard la silhouette solitaire qui se tenait devant lui, de même que le paysage au-delà. Le Désert rouge s'étalait devant eux, immense et chaud, comme un cauchemar devenu réalité.

— Capitaine ?

L'un de ses hommes a dirigé son cheval près de son capitaine pour lui murmurer d'un ton urgent :

— Allons-nous là ?

Le capitaine a éperonné sa monture si violemment que la pauvre bête a sursauté avant de cavaler jusqu'aux côtés de l'homme des Rives lointaines.

— Monsieur, a-t-il dit d'une voix tout juste respectueuse.

Aethelbald a levé les yeux vers lui.

— Oui, capitaine.

— Où nous menez-vous ?

L'étranger a pointé vers l'avant de son menton.

— Par là.

— Dans le Désert rouge ?

— Oui, capitaine.

Pas-de-Chat a lancé un autre juron à voix basse, mais a ravalé les autres remarques qui auraient voulu franchir ses lèvres. Enfin, en prenant une grande respiration, il a dit :

— Mes hommes ont vu assez de dragons comme ça, monsieur.

Aethelbald n'a pas répondu.

Le capitaine a repris la parole en serrant les dents.

— Si vous éprouvez le désir de mourir, je vous supplie de ne pas nous y traîner avec vous.

— Je n'éprouve nullement le désir de mourir, capitaine Pas-de-Chat, a répondu Aethelbald.

— Écoutez, monsieur, a dit le capitaine en jetant un regard à la dérobée du côté de la vaste étendue de sable d'une sécheresse aride, nous ne vous connaissons pas, nous ne connaissons pas votre race. Peut-être avez-vous connaissance de quelque chose qui nous échappe…

— En effet, a répondu l'étranger. Et si vous me suivez, je m'assurerai qu'il ne vous arrive aucun mal.

— Voilà une belle promesse, a ricané le capitaine. Mais elle sera difficile à tenir devant le feu d'un dragon. J'ai vu ce qu'un dragon peut faire ! Nous l'avons tous vu. Peut-être croyez-vous que toutes ces histoires et légendes que vous avez entendues étaient exagérées, mais je peux vous assurer le contraire. Loin de là ! Nous avons tous respiré la fumée d'un dragon et avons vécu sous elle pendant cinq longues années. C'est un miracle que chacun d'entre nous soit toujours en vie. Cela étant dit, monsieur, vous ne pouvez pas vous attendre à ce que je dirige mes hommes au cœur du pays des dragons.

— Je ne m'attends pas à ce que vous les dirigiez là, a répondu Aethelbald. Je demande à vous tous de me suivre.

— À quelle fin ? s'est exclamé le capitaine qui a entendu ses hommes murmurer leur approbation derrière lui. Donnez-nous au moins la raison de ce suicide !

— Les ordres de votre prince ne suffisent pas ? a demandé Aethelbald.

— Non, monsieur, je me dois de le dire. Le prince Cœur-de-Lion est jeune. Et il a échappé aux cinq années vécues sous l'œil du démon.

— Très bien, a dit Aethelbald. Je ne vous demanderai pas de me suivre selon ses ordres, capitaine. Mais je vous demanderai de me suivre malgré tout.

— Pourquoi ?

— Comme vous l'a dit votre prince, nous sommes à la recherche d'un trésor qui se trouve au cœur de ce désert, au beau milieu du royaume du Dragon. La mission est plus dangereuse que vous ne pouvez l'imaginer, et un seul faux pas signifiera la mort ou bien pire. Mais si vous marchez derrière moi et ne vous éloignez pas de ma voie, il ne vous arrivera aucun mal. Vous avez ma parole.

Pas-de-Chat a plongé le regard dans les yeux de l'étranger. Quelque chose a remué en lui, et il a eu l'impression que oui, peut-être pourrait-il suivre cet homme. Ne les avait-il pas déjà guidés sur une voie si étrange dont ils n'auraient jamais cru en l'existence ? Ne les avait-il pas menés plus loin en une journée que la distance qu'ils auraient pu espérer franchir en dix jours ?

Son cheval a frémi sous lui, et le capitaine a levé les yeux pour observer de nouveau le Désert rouge, qui s'étalait à perte de vue à l'horizon. Son cœur a tremblé à sa vue. Il a fermé les yeux et refusé de regarder de nouveau l'étranger.

— Vous en demandez trop, a-t-il grogné en faisant brusquement faire demi-tour à son cheval. Venez, soldats, a-t-il ordonné, et ils sont repartis là où ils étaient venus.

La forêt avait disparu. La campagne morose de l'arrière-pays s'étalait devant eux et, au-delà, la baie de Chiara qui les séparait de leur maison, le Pays du Sud. Le capitaine a regardé une dernière fois par-dessus son épaule pour apercevoir l'étranger qui les observait. Puis Aethelbald s'est retourné pour entrer et disparaître dans le désert.

Le capitaine a regardé de nouveau devant lui en poussant des jurons violents à voix basse.

— Qu'il meurt, cet idiot. Pourquoi devrions-nous mourir pour lui et son satané trésor ? Les dragons et le feu de dragon : il y a des limites à ce qu'un homme peut supporter !

30

Le bruit de l'eau qui coule chantait agréablement dans ses oreilles. Elle a ouvert les yeux. Des feuilles dorées s'arquaient très haut au-dessus d'elle, contre le ciel. Sa tête et son dos étaient appuyés contre des planches de bois. Elle a tourné la tête pour regarder son environnement. Des arbres dont les branches oscillaient avec grâce dans la douce brise ont rempli son champ de vision. Elle était couchée sur le Vieux Pont de la Forêt de la pierre dorée.

« Je suis en train de rêver. »

C'était le moindre de ses soucis.

Elle s'est assise prudemment comme pour éviter de se réveiller. Sa poitrine s'est gonflée pour inspirer une grande bouffée de l'air léger et frais. Elle était Una, la princesse de Parumvir. Elle était chez elle.

En poussant un rire qui a soulevé son corps comme une plume dans le vent, elle a bondi du pont pour plonger les pieds dans l'eau et y tremper ses jupes jusqu'aux genoux. L'eau était d'un froid mordant, mais la sensation était délicieuse. Elle s'est tournée pour observer les arbres. Les rayons du soleil brillaient à travers les branches et projetaient des taches dorées sur le sol. Au-delà de la lumière, les ténèbres se sont épaissies.

— Où es-tu ? a-t-elle murmuré.

Il arriverait à tout moment. C'était son rêve, après tout. Il viendrait à elle en ce lieu.

Le ruisseau a coulé entre ses pieds mouillés, et les branches d'arbre ont craqué en chœur dans la brise.

Personne n'est venu.

— Où es-tu ? a-t-elle dit, plus fort cette fois.

Elle est remontée sur le Vieux Pont, et de l'eau dégoulinait de sa robe, ce qui la faisait légèrement frissonner dans l'air frais.

Personne n'a répondu.

Le soleil a commencé à baisser derrière les arbres, mais elle a continué d'attendre. La lumière dorée a disparu, et le crépuscule gris s'est installé autour d'elle ; pourtant, personne n'est venu. Elle s'est assise sur le pont, a ramené ses genoux contre elle et a murmuré :

« *L'obscurité du crépuscule m'entoure.*
Le voile tombe et me bloque la vue.
L'énigme de nous deux, il y a si longtemps,
Est si fragile dans mon souvenir confus ! »

Une voix argentée a chanté au-dessus d'elle. Elle a levé le menton pour chercher des yeux la grive des bois parmi les branches d'arbre. Les notes de musique ont flotté dans l'air de la nuit.

« Au-delà de la dernière chute d'eau,
Les chansons de la sphère montent en crescendo.
Nous, qui n'avons jamais été liés, sommes séparés.
Ne reviendras-tu pas à moi ? »

Elle a baissé la tête et l'a appuyée contre ses genoux.

— Où es-tu ? a-t-elle chuchoté.

« Où es-tu ? »

— Je suis là. Je t'attends toujours. J'ai promis de le faire. Ne viendras-tu pas me trouver ?

« Je viens. Attends-moi. »

— Oh, Léonard !

Y avait-il des larmes dans ses yeux, ou était-ce là aussi le fruit de son rêve ?

— Léonard, j'attends. Je t'attends toujours !

« Non. Attends-moi. Je te trouverai. »

Quelque chose a remué dans le buisson derrière elle.

« Je te trouverai. »

Elle s'est tournée brusquement.

— Léonard !

Les arbres ont disparu, de même que le ruisseau.

Un visage pâle aux traits tirés et aux yeux jaunes l'a regardée par-dessus la pierre qui lui servait d'abri.

— Te voilà, ma sœur. Je t'ai trouvée.

Une forteresse cachée parmi les rochers escarpés des montagnes du Nord était plongée dans la nuit noire. Seulement quelques fenêtres étaient éclairées par des bougies. Un seul sentier traversait la montagne périlleuse jusqu'aux portes de la forteresse, et celui-ci était bien fermé. Les gardes qui se tenaient sur le mur au-dessus des portes étaient deux chevaliers ; l'un à la peau couleur d'ébène et dont les yeux brillaient comme des bougies dans le noir, et l'autre aux cheveux de feu et aux yeux vert émeraude qui ne pouvait s'empêcher de sourire, même dans la nuit silencieuse.

Enfin, son compagnon à la peau noire lui a demandé :

— Pourquoi souris-tu de la sorte, Rogan ? Que peux-tu trouver de si amusant par une nuit si froide et sans vent ?

Le sourire de l'homme aux yeux verts s'est élargi.

— Il y aura de l'action avant l'aube, Imoo ! Après toutes ces semaines à tenir la garde au milieu de nulle part, nous aurons enfin droit à la bataille !

— Qu'est-ce qui te fait croire cela ?

— Je le sens, mon ami ! a fait Rogan en touchant l'arme sur son flanc. Ne le sens-tu pas ?

L'autre a secoué la tête, mais l'espoir est né dans son cœur. Il n'aimait pas ce monde au-delà des frontières. Il était beaucoup plus froid que son pays, et après plusieurs semaines à monter la garde auprès du roi Fidel de Parumvir dans ce lieu isolé, il commençait à croire que le froid avait imprégné ses os pour y demeurer pour toujours. Quelle pensée déplaisante.

— Si seulement Œric revenait, a dit sir Imoo. Il y a deux jours qu'il est parti… J'aurais cru qu'il serait de retour à présent. Si seulement il nous apportait des nouvelles du monde extérieur ! J'ai l'impression que je vais bientôt me transformer en l'un deux.

Il a pointé vers les gardes de pierre gravée dans les niches du mur de la forteresse. Ils étaient deux ; des silhouettes solennelles tirées de légendes du passé de Parumvir. Il était coutume d'inclure ces statues pour veiller sur les forteresses du roi, mais Imoo trouvait leur compagnie désagréable lors des longs tours de garde dans la nuit.

Sir Rogan est demeuré joyeux.

— Il reviendra ce soir, Imoo. Et il annoncera l'attaque. Alors, nous mettrons à l'épreuve la résistance de nos lames contre celles de nos ennemis !

Imoo a frémi et regardé attentivement le sentier sinistre de la montagne qui serpentait sous eux à la recherche d'un signe qui lui indiquerait que Rogan disait vrai. Le chevalier aux yeux verts a commencé à fredonner un air qui s'est bientôt transformé en une chanson sanguinaire. Ses yeux d'émeraude brillaient comme ceux d'un chat prêt à fondre sur sa proie, mais qui patientait dans l'attente du bon moment.

Enfin, Imoo a dit :

— Il arrive.

Rogan a dégainé son épée.

Le garçon aux yeux jaunes lui faisait un grand sourire, et son regard brillait comme le feu d'une allumette. Fâchée d'avoir été sortie de son rêve, la dragonne a grondé :

— Que veux-tu ?

— Il y a eu de l'agitation dans le tunnel, a-t-il dit.

Ses dents irradiaient sous la lueur de ses propres yeux.

— On a découvert quelqu'un sur notre territoire qui n'est ni un frère ni une sœur. Il s'est aventuré ici par lui-même et s'est laissé capturer sans se débattre. Quel idiot. On l'amène dans le village. Viens, allons voir !

Intéressée bien malgré elle, elle est sortie de derrière la grosse pierre pour suivre le garçon aux yeux jaunes. Une grande foule – une centaine de silhouettes sombres – se massait près de l'embouchure du tunnel. Ils se bousculaient et se chamaillaient, et des flammes éclataient de temps à autre. Mais les yeux de tous étaient fixés sur l'embouchure du tunnel, curieux de voir qui arrivait. Le garçon aux yeux jaunes a mené la dragonne d'un côté et lui a montré où grimper afin d'avoir une meilleure vue. Elle s'est installée sur l'affleurement étroit et a attendu.

Soudain, il était là.

Elle a écarquillé les yeux et cessé de respirer. Elle n'entendait pas les cris émergeant de la gorge de la centaine de dragons, ne prêtait pas attention à la montée rapide de chaleur et de colère. Son regard était rempli par le prince Aethelbald qui se tenait dans l'embouchure du tunnel, devant la caverne sombre, retenu par deux hommes énormes aux griffes noires. Il était désarmé, et pourtant, son visage était, le croyait-elle, serein, même sous la lumière crue des feux rouges.

– Qui es-tu et comment oses-tu franchir nos frontières ? a demandé le Fléau de Corrilond, qui se tenait devant la foule.

– Je cherche une princesse, a-t-il répondu.

Sa voix était claire parmi les grondements rauques qui se sont élevés en réponse.

– Une princesse ? a craché le Fléau de Corrilond. Nous n'avons aucune princesse ici. Nous sommes tous frères et sœurs et non des princes et des princesses. Et tu n'as pas répondu à ma question. Qui es-tu ?

– Je sais qui il est.

La dragonne a sursauté de surprise quand elle a entendu la voix du garçon aux yeux jaunes à ses côtés.

— Qui est-il alors ? a demandé le Fléau de Corrilond en tournant ses yeux rouges vers la saillie où la dragonne et le garçon étaient assis.

Au lieu de répondre, le garçon aux yeux jaunes s'est glissé de la saillie et s'est frayé un chemin à coups de coude à travers la foule jusqu'à ce qu'il soit nez à nez avec le prisonnier.

— Allô, prince des Rives lointaines, a-t-il dit.

— Allô, Diarmid, a répondu Aethelbald.

— Comment m'appelles-tu ? a ricané le garçon aux yeux jaunes. Est-ce un nom ?

— C'est ton nom.

— Drôle de nom. Pas étonnant que je l'aie oublié. Je n'ai aucun nom à présent, prince. Combien de temps a passé depuis notre dernière rencontre ?

— Cinq cents ans, dans le Monde proche.

— Seulement ? Je pensais qu'il y avait plus longtemps. Une éternité semble s'être écoulée depuis la dernière fois où j'ai vraiment brûlé !

— Qu'est-ce qui se passe ici ? a crié le Fléau de Corrilond en s'avançant aux côtés du garçon aux yeux jaunes. Est-ce là un membre de ton ancienne race ?

Le garçon aux yeux jaunes a ri et passé un bras autour des épaules d'Aethelbald.

— C'est le prince des Rives lointaines, mon maître jadis !

Il a craché les mots avec une étincelle de feu.

— Le même maître qui, il y a cinq cents ans, a essayé de renverser les effets du cadeau que m'a offert notre père. Il a essayé d'éteindre mon feu !

Les habitants de la caverne ont rugi d'une seule voix pleine de rage.

— Qu'on le brûle ! ont crié certains. Qu'on le dépèce ! Qu'on le saigne ! L'ennemi de notre père !

La dragonne a agrippé les pierres sur la saillie avec une telle force que du sang s'est mis à couler de ses doigts. Sa fratrie dragonne frémissait de fureur devant l'embouchure du tunnel, et d'autres flammes se sont élevées dans l'obscurité jusqu'à ce que toute la caverne rayonne. Le garçon aux yeux jaunes a ri de nouveau et poussé le prince sur le sol, ce qui a suscité des cris d'approbation chez ses camarades. Les deux grands hommes qui avaient tiré Aethelbald jusque-là l'ont saisi pour le remettre debout. Il en a repoussé un en se secouant, mais trois autres hommes l'ont agrippé afin qu'il cesse de bouger. Le garçon aux yeux jaunes s'est avancé et a saisi Aethelbald par la gorge en souriant cruellement ; des lames de feu dansaient dans les commissures de ses lèvres.

— Attendez.

La voix du Fléau de Corrilond a rempli la caverne, et sa fratrie s'est tue devant elle. Elle a poussé le garçon aux yeux jaunes loin du prince. Il lui a montré les dents, mais elle l'a ignoré pour fixer plutôt son regard sur le visage sérieux d'Aethelbald.

— Attendez, a-t-elle répété. Nous devons lui laisser la vie sauve. Combien de fois avons-nous la chance de tomber sur une viande aussi fraîche et respectable ? Quel cadeau plus précieux pouvons-nous remettre à notre père ?

La fratrie dragonne a murmuré son accord, mais le garçon aux yeux jaunes a ravalé des flammes.

— Il ne vaut rien, a-t-il craché. Il n'acceptera pas le feu et n'aura qu'un goût amer pour notre père.

— Nous verrons, a dit le Fléau de Corrilond. D'ici là, personne ne lui fera du mal. Jetez-le dans la cage.

La dragonne a observé sa fratrie tirer le prince Aethelbald dans la caverne où la foule le huait, le ruait de coups et le menaçait de son feu. Il a été traîné sous la saillie, et c'est alors qu'il a levé les yeux et l'a aperçue.

— Una.

Elle a vu ses lèvres former le mot. Son nom.

En couvrant son visage de ses mains noueuses et recouvertes d'écailles, elle s'est tournée vers le mur. Le vacarme des voix de dragons a résonné dans ses oreilles et n'a pas cessé pendant des heures.

31

Les rideaux étaient tirés et ne laissaient passer aucune lumière. Mais les longues tentures accrochaient la lueur des tisons du foyer, qui se reflétait dans la pièce jusqu'à ce qu'elle soit faite de rouge et d'ombres. Cœur-de-Lion, qui s'était retiré de la cour de son père pour la journée, était assis en silence dans le noir. Il avait ordonné à ses domestiques de ne laisser personne entrer après son bref entretien avec le capitaine Pas-de-Chat et ses hommes.

— Poltrons ! avait crié Cœur-de-Lion quand ils s'étaient massés devant lui.

— Pardonnez-nous, Votre Altesse, avait dit Pas-de-Chat en reculant avec humilité. Nous avons fait de notre mieux, mais nous n'avons pas pu…

— N'avez pas pu ? N'avez pas voulu, tu veux dire. L'honneur du Pays du Sud n'a-t-il aucun poids dans vos cœurs ? J'ai promis au prince Aethelbald l'aide de douze hommes loyaux, et voilà comment vous me servez ?

— Je vous en prie, Votre Altesse…

— Hors de ma vue ! avait grondé le prince.

Le capitaine et ses hommes étaient sortis furtivement de la pièce avec la sournoiserie d'une bande de chats effrayés.

Après leur départ, Cœur-de-Lion avait ordonné à ses domestiques de sortir à leur tour et, en marmonnant des jurons à voix basse, il avait tiré les rideaux et approché son fauteuil près du feu.

Il était resté assis là, durant combien d'heures, il n'aurait pu le dire. Mais le feu était presque éteint ; il ne restait plus que des braises qui crépitaient. Le froid s'est installé tranquillement dans la pièce, mais Cœur-de-Lion n'a ni bougé pour ajouter une bûche dans l'âtre ni demandé à ses hommes de le faire pour lui.

— Poltrons, a-t-il grondé de nouveau.

« Ils sont honteux, ces hommes. Tu devrais les punir. Débarrasse-toi de ceux qui ne te servent pas comme tu le mérites. »

— Je devrais me débarrasser de ces fouines, a marmonné Cœur-de-Lion.

Ses doigts se sont serrés, puis relaxés, puis serrés de nouveau.

« Tu ne peux pas les garder à ton service, mon prince. Ils gêneront ton travail. »

— Je ne peux pas garder ces hommes à mon service.

« Débarrasse-toi d'eux aussi tôt que possible. Comme tu l'as fait avec la fille. »

Cœur-de-Lion a couvert son visage de ses deux mains. Il a inspiré profondément, une respiration qui ressemblait à un sanglot.

— Sors de ma tête !

« Oh, mon doux prince… »

— DEHORS ! a-t-il rugi avant de bondir sur ses pieds.

Sans trop savoir ce qu'il faisait, il a plongé la main dans le feu pour en tirer une poignée de tisons qu'il a jetés vers le coin le plus sombre de la pièce.

— Dehors ! Sors de moi !

Le silence a envahi la pièce. Profond, noir et sombre.

Soudain, une vision a rempli son esprit ; la mémoire de deux yeux rouges, des fours de feu. Il s'était accroupi, comme une misérable loque, dans l'ombre de la Bête, et une voix a sifflé dans son esprit :

« Donne-moi son cœur, prince Cœur-de-Lion, et je te laisserai la vie sauve. »

— Non ! a-t-il chuchoté en fermant les yeux.

Mais le souvenir continuait de défiler devant ses yeux avec un réalisme qui lui donnait l'impression d'être prisonnier de ce moment pour toujours. Il s'est couché à plat ventre devant un grand roi noir.

— Non !

« Ta vie pour son cœur. C'est un échange assez simple. Alors, tu pourras rentrer au Pays du Sud, reprendre ta couronne, gouverner ton peuple. Mais donne-moi le cœur de cette princesse, ton amour. »

— Laisse-moi en paix !

Cœur-de-Lion a tiré ses cheveux de ses mains brûlées, désespéré de se libérer de ce souvenir.

« C'est le seul moyen, prince Cœur-de-Lion. Quel autre choix as-tu ? »

« Il est à toi. Prends-le ! »

Le souvenir s'est estompé ; le feu est mort. Cœur-de-Lion s'est levé de nouveau dans le silence de la pièce, qui était aussi froide et noire qu'une crypte. Il a senti des larmes dans ses yeux, mais il a cillé et a laissé sa tête retomber lourdement contre sa poitrine.

Une voix de femme a effleuré sa conscience de nouveau — subtile, sereine. Une voix séductrice venant de loin, sans feu, sans flamme, comme un jour sans soleil.

« Tu as fait ce que tu devais faire, Cœur-de-Lion. »

— J'ai fait ce que je devais faire.

« Il n'y avait aucune autre issue. »

— Aucune autre issue.

« Maintenant, prends ma main et marche avec moi, prince du Pays du Sud, et je te montrerai ce que ça signifie de voir ses rêves se réaliser. »

Il a levé la tête un moment pour apercevoir une vision étincelante de blanc ; des yeux blancs, et une main noire qui lui était tendue. Puis la vision a disparu, et ses appartements ont été replongés dans le silence.

— J'ai fait ce que je devais faire, a murmuré Cœur-de-Lion, et un frisson lui a parcouru le corps. Il n'y avait aucune autre issue.

Au-delà des murs et ses remparts où Imoo et Rogan se tenaient, dans le donjon ancien et couvert de mousse de la forteresse, très haut dans une chambre privée, Fidel était assis à la lueur d'une bougie, et des rapports et autre paperasse étaient étalés devant lui. Il aurait dû tout ranger et se mettre au lit, il le savait — il aurait dû le faire des heures plus tôt. Mais il savait aussi qu'il ne trouverait pas le sommeil, et tant que le sommeil lui échappait, il valait mieux pour lui de travailler.

Il y avait trois semaines maintenant que Fidel s'était réfugié dans cette forteresse éloignée, loin du confort de son palais. D'un point de vue stratégique, c'était le lieu le plus sécuritaire où trouver abri, car le sentier de la montagne était étroit, et il serait difficile pour des opposants de pénétrer les défenses que le général Argus avait dressées à l'aide des trois chevaliers des Rives lointaines. Fidel ne doutait pas de sa propre sécurité.

Les documents devant lui indiquaient l'état des fournitures et les besoins des troupes qui s'assemblaient depuis diverses contrées de Parumvir. Le pays ne s'était pas réuni pour une guerre depuis de longues années, et Fidel souffrait à l'agonie depuis qu'il avait compris à quel point ils étaient sans défense après des générations de paix.

Quelque part à l'extérieur, parmi les montagnes froides, des cris se sont levés.

Fidel a tiré une autre feuille devant lui. Les commandants de diverses garnisons lui avaient fait rapport, et certains demandaient une assistance que Fidel était incapable de fournir. Le monde s'écroulait ; pourtant, que pouvait-il faire pour l'empêcher ? Il avait envoyé des messagers à ses alliés de Beauclair et de Milden, mais n'avait reçu aucune réponse.

Fidel a juré et frappé le dessus de la table de sa main ouverte.

— Que puis-je faire contre le Dragon ? Il ne reste plus de héros à cette époque pour le combattre.

Les cris ont redoublé à l'extérieur, et un cor a retenti avec une grande clarté. Fidel, tiré de ses pensées, a poussé sa chaise pour se diriger vers la fenêtre. Il a formé des œillères de ses mains afin de voir à travers la vitre sombre. Des flambeaux brûlaient devant lui, dans la cour de la forteresse. Malgré l'air froid de la nuit, Fidel a ouvert la fenêtre pour passer la tête dehors et mieux voir la scène.

Le bruit métallique des épées lui a rempli les oreilles ; les cris de commandants et même du général Argus qui tonnaient dans la nuit :

— Tout le monde au roi ! Trouvez le roi !

— Shippening, a soufflé Fidel en reculant de la fenêtre.

Au même moment, il a entendu frapper à sa porte, et sir Œric a surgi dans la pièce.

— Votre Majesté, a dit le chevalier. Le duc de Shippening…

— Impossible ! a rugi Fidel avec un grand mouvement du bras qui a fait tomber toute sa paperasse et la bougie du bureau. Impossible !

— Je vous en prie, sire, a dit sir Œric.

Il se tenait comme une grosse pierre dans l'embrasure de la porte, et son épée dégainée était tachée de sang.

— Mes compagnons peuvent se charger du duc, mais nous devons assurer votre sécurité. Si vous voulez bien venir avec moi…

Il a enjambé les piles de papier sur le sol pour saisir le bras du roi, car Fidel s'était affaissé lourdement contre le mur. Le roi a levé le regard vers les yeux blancs en soucoupe du chevalier et, soudain, son propre visage défait s'est endurci et il a repoussé les mains de sir Œric.

— Allez-vous-en ! Je ne suis pas encore un vieux gâteux !

Il a redressé les épaules et a pris son épée d'où elle était suspendue, en bordure de la porte, prête à servir. Il l'a fixée à sa taille et est sorti en coup de vent de la pièce pour filer dans le couloir.

Il n'y avait aucune fuite possible, il le savait. Si Shippening avait violé son enceinte, il n'y avait aucune fuite possible pour aucun de ses hommes. Fidel a descendu l'escalier en entendant les bruits de la bataille qui rageait à l'étage du dessous.

— Je vous en prie, Votre Majesté ! a crié sir Œric derrière lui. Pas par là !

Il s'est tourné vers le chevalier en brandissant son épée.

— Laissez-moi ! a-t-il crié.

— Votre Majesté, a dit sir Œric, dont l'ombre pesait lourd sur le roi dans l'escalier étroit. Sous les ordres de mon prince, je dois assurer votre sécurité. Vous devez venir avec moi.

— Je n'abandonnerai pas mes hommes ici !

— Mais, Votre Majesté…

Fidel n'a pas écouté ce que le chevalier pouvait avoir à dire, car l'instant d'après, un cri s'est élevé ; une voix qu'il reconnaissait. Il a tourné le dos à sir Œric pour poursuivre sa descente dans l'escalier et arriver dans le couloir où il s'est jeté sur le premier homme portant les couleurs de Shippening dans son champ de vision. Son épée est ressortie de l'affrontement rouge de sang. Il s'est tourné pour bloquer une autre attaque, et son épée a porté coup. Fidel a regardé à travers le brouillard de la pièce éclairée aux flambeaux, son esprit engourdi par le vacarme de la bataille, et son visage est soudain devenu blême.

Le général Argus était plaqué contre un mur, le devant de sa chemise trempé de sang, et un jeune aide de camp luttait désespérément pour le défendre. En rugissant, Fidel a filé à travers le couloir pour gagner son général.

— Argus ! a-t-il crié en tombant à genoux.

Le général a levé les yeux et tenté de parler, mais aucun son n'est sorti. Les yeux de Fidel sont demeurés posés sur lui pendant ce qui a paru duré une éternité, mais la pression de la bataille l'a forcé à se relever. Il s'est tenu dos à dos contre le jeune aide de camp, près de la porte menant à la cour. Une vague d'hommes est entrée — des hommes de Shippening. Il y avait quelques-uns de ses soldats autour de lui, mais ils étaient inférieurs en nombre.

Fidel a levé son épée et crié :

— À moi, Parumvir !

Des hommes se sont rassemblés de chaque côté pour se précipiter à l'attaque avec lui. Mais il y avait trop peu d'espace dans le couloir. Ils étaient massés les uns contre les autres et pouvaient à peine lever l'épée sans couper leurs compagnons d'armes. Les hommes de Shippening les ont repoussés, et lorsque Fidel, à bout de souffle, s'est adossé au mur du fond, les rangs de ceux qui se tenaient avec lui dans la bataille avaient grandement diminué. Du sang coulait le long de sa main droite, et il a tâtonné son visage pour y découvrir du sang et une longue coupure cuisante sur sa joue.

Sir Œric est apparu à ses côtés.

— Sir, a-t-il grogné entre ses crocs, avec tout le respect qui vous est dû, j'insiste pour vous demander de reculer, vous et vos hommes.

Au moment où il parlait, d'autres soldats de Shippening ont fait leur entrée dans le couloir. Le souffle rauque, Fidel ne pouvait faire rien d'autre que de les regarder arriver, mais sir Œric a brandi son épée.

— Restez derrière, a-t-il répété avant de se jeter seul dans la bataille.

Pendant un moment, on aurait cru qu'il avait été aspiré par l'ennemi. Puis, peu à peu, sous les yeux étonnés de Fidel, les hommes de Shippening ont battu en retraite pour retourner dans la cour, désarmés par cette défense d'un seul homme. Bientôt, il ne restait plus dans le couloir que les soldats de Shippening tombés sous les coups, leur sang mêlé à celui des hommes de Parumvir. Fidel, épée à la main, a couru vers la porte pour regarder dans la cour.

Les hommes de Shippening filaient par les portes et grimpaient les murs. Parmi eux se tenaient les trois chevaliers des Rives lointaines. Pendant qu'ils combattaient, côte à côte, l'ennemi était incapable d'approcher du donjon de la forteresse. Pour la première fois depuis que l'alarme avait été donnée, Fidel a senti son cœur s'alléger. Ils allaient survivre la nuit après tout. Il a crié en signe de défiance contre le duc de Shippening avant de passer à l'attaque, accompagné de ses fidèles hommes. Revigorés, ils se sont jetés dans la mêlée avec une nouvelle ardeur et ont repoussé leurs assaillants vers l'autre bout de la cour, contre les murs.

Fidel se tenait près des chevaliers, le visage éclairé par le triomphe quand il les a regardés.

Mais ils sont devenus blancs comme des draps. Sir Œric a dit à voix basse :

— Il est là.

L'instant d'après, comme deux grands soleils dans la nuit, les yeux du Dragon sont apparus dans l'obscurité, entre les murs et les grandes portes.

Le chevalier aux yeux verts a poussé un cri de désarroi, mais s'est quand même jeté vers le visage du Dragon.

— Rogan ! a crié sir Imoo avant de courir à sa suite.

Une grande explosion de feu qui rugissait comme un ouragan a brûlé dans la nuit, et le deuxième chevalier est tombé juste à temps pour éviter le sort réservé à son frère.

Puis le Dragon est passé par les grandes portes et, d'un seul coup de griffes, a envoyé Imoo à l'autre bout de la cour où il a percuté le mur pour tomber comme une poupée de chiffon contre les pierres.

Sir Œric s'est placé devant le roi Fidel, mais même s'il était aussi grand et imposant qu'un géant, la majesté noire du Dragon lui donnait l'air d'être un enfant.

Et le Dragon, en baissant les yeux sur lui, a éclaté de rire.

— Excellente défense, monsieur le chevalier !

Sa voix était pleine de feu, et Fidel a senti le poison de son souffle flotter vers lui.

— Il y a un moment que je t'ai vu. T'es-tu enfin trouvé un nom, diablotin ?

Sir Œric n'a offert aucune réponse et s'est contenté de se tenir d'un air protecteur devant le roi, l'épée brandie.

Le Dragon a ri de nouveau dans un bruit de tonnerre. Fidel a échappé son épée et est tombé à genoux, et même le chevalier a reculé en se prosternant au moment où des flammèches volaient vers lui pour lui brûler la peau.

— Je te dois beaucoup trop pour te réduire en cendre, a dit le Dragon. Je n'oublie pas les services rendus, qu'ils soient volontaires ou non. Si ce n'était de toi, petit chevalier, je serais peut-être encore lié à la pierre dorée ! Alors non, je ne te tuerai pas. Mais il te faudra te tasser pour me laisser prendre le petit roi.

— File aux enfers qui te sont réservés, Mort-vive ! a craché le chevalier, et sa voix profonde paraissait étrangement faible devant la puissance du monstre.

— En temps utile, petit diablotin, a dit le Dragon en gonflant la crête sur sa tête. Si tu ne m'obéis pas, je t'enverrai peut-être là avant d'y être moi-même.

— Tu ne peux pas ! a déclaré sir Œric. Ma vie ne t'appartient pas !

Mais le Dragon a souri.

— Et qui m'arrêtera ?

Il a fouetté sa queue, aussi vigoureuse qu'un serpent, large et forte comme un chêne, et le bout de celle-ci s'est enroulé autour de la taille de sir Œric pour le lever dans les airs. En faisant claquer sa queue comme un fouet, le Dragon a jeté le chevalier par-dessus le mur, dans les ténèbres, et a ri de son vol plané. Puis il a tourné de nouveau ses yeux brûlants vers le roi. Son vaste corps a fondu, ses ailes ont rapetissé pour devenir une longue cape, et ses yeux de feu ne reposaient plus entre des écailles, mais dans un visage à la peau blanche étirée sur un crâne noir.

C'est dans le corps d'un homme qu'il s'est avancé vers le roi, qui est tombé face première contre le sol devant lui.

— Salutations, roi Fidel, a dit le Dragon. Le moment est venu de rentrer à la maison.

La cage se trouvait d'un côté du trône ensanglanté. La cage même était tachée du sang d'innombrables prisonniers, mais comme elle était posée dans un coin si sombre, une vaste partie de sa laideur était cachée. Mais on pouvait la sentir malgré tout.

Aucun des dragons ne se tenait alors près de la cage ; ils avaient tous perdu leur intérêt pour son nouvel occupant. La dragonne apercevait Aethelbald, assis en tailleur au fond, les yeux fermés, la tête posée sur la poitrine. Elle a dégluti et pris une profonde respiration en ramenant les manches de sa robe par-dessus ses bras de dragonne. Quand elle a ouvert la bouche pour parler, aucun son n'en est sorti. En se maudissant, elle s'est retournée pour partir.

– Una ?

Elle s'est figée, comme paralysée par le son de son nom. Il la blessait comme un couteau déchirant son esprit.

– Una.

Il parlait d'une voix basse qui – ô merveille – était aimable. Son feu s'est calmé, et elle a eu l'impression que sa poitrine était vide et amortie.

– Una, revenez.

En gardant son visage caché sous le capuchon, elle s'est faufilée vers la cage. Il se tenait près des barreaux qu'il serrait de ses deux mains. À son approche, il a tendu une main vers elle, mais elle s'est tenue hors de sa portée.

– Pourquoi êtes-vous venu ici ? a-t-elle chuchoté.

– Pour vous trouver.

Elle le savait, mais ça n'avait aucun sens à ses yeux.

– Quand le Dragon reviendra, a-t-elle dit, ils vont vous tuer.

– Ils vous tueront aussi.

– Je sais.

– Ce ne sera pas une belle mort, a-t-il dit.

Elle s'est détournée de lui en serrant ses mains de dragonne en poings, si bien que ses griffes se sont enfoncées dans ses paumes écailleuses.

– J'ai perdu tout ce que j'aime, a-t-elle murmuré. Mon frère est mort. Mon père l'est peut-être aussi. Et mon…

Elle a serré les dents, car la flamme qui montait en elle lui brûlait la gorge.

– Votre frère est vivant, a dit Aethelbald.

Elle a cessé de respirer.

– Quoi ?

— Félix est vivant, Una. Le plan du duc a échoué, et votre frère a seulement été blessé. Il reçoit des soins à cette heure. Il est vivant.

Le monde s'est immobilisé autour d'elle et à l'intérieur d'elle — un immobilisme sans sérénité, un silence sans calme.

— Félix, a-t-elle chuchoté avant de siffler comme un serpent : il pourrait tout aussi bien être mort, car je suis morte pour lui, morte pour tous les miens !

Aethelbald a avancé le bras vers elle.

— Una…

— Ça n'est plus mon nom ! a-t-elle grondé.

— Ce nom m'est précieux, a-t-il murmuré.

— Hélas pour vous, dans ce cas.

— Petite sœur.

Elle a retenu son souffle et reculé au grognement du Fléau de Corrilond.

— Petite sœur, a dit la femme géante en l'empoignant d'une main massive dont les griffes lui ont piqué la peau. Serais-tu par hasard la princesse que recherche ce beau prince ? Comme c'est approprié. Ainsi, tu n'étais pas complètement oubliée, n'est-ce pas ?

La géante s'est penchée pour rugir dans le visage de la fille.

— Mais ce n'est pas le bon, n'est-ce pas ?

Elle a poussé un rire dur.

— Tu as donné ton cœur à un autre, et celui-ci ne peut t'aider à présent. Pauvre petite sœur. Et pauvre petit prince ! Tu vois maintenant, n'est-ce pas, que rien ne peut racheter notre race.

Elle s'est tournée vers lui en dévoilant des crocs affutés par son sourire hideux.

— Mais peut-être que ça éveillera un feu dans ta poitrine, noble prince ? La jalousie produit une belle flamme. Quel effet ça fait de savoir que tu n'étais pas assez bien pour gagner son cœur, malgré tous les risques que tu as pris ?

Aethelbald a secoué lentement la tête.

— Madame, j'ai bien peur que vous ayez oublié il y a longtemps la signification de l'amour.

Le Fléau de Corrilond a sifflé avant de jeter un regard noir à la fille.

— Le vrai amour n'existe pas, petite sœur. J'ai appris cette leçon il y a des siècles. Tu ferais mieux de l'apprendre dès maintenant.

Avec une flamme dans la bouche, elle a disparu dans l'obscurité. Quelques instants plus tard, une boule de feu a rugi vers la voûte de la caverne, et un dragon rouge et massif a filé dans le sentier menant au tunnel pour disparaître, parti épuiser son feu dans la nuit du désert.

La dragonne, dont le souffle était court, a baissé les yeux sur un objet serré dans une main couverte d'écailles : une clé en fer froide tirée des jupes du Fléau de Corrilond.

32

Une bonne brise soufflait dans les branches de la forêt, effleurant la cime des arbres pour s'enrouler autour des troncs où elle circulait plus vite que l'eau. Elle est arrivée enfin à un bosquet de trembles blancs dont elle a secoué les branches dans un bruissement fou avant de mourir.

Félix était assis sur le bord du lit dans la pièce blanche où il se trouvait depuis son arrivée dans le Havre de la forêt et il attendait patiemment que dame Imraldera termine la vérification de ses bandages. Elle a claqué la langue comme elle le faisait toujours en lui retirant ses vieux bandages. Mais lorsque les arbres ont susurré doucement au-dessus d'eux, dans l'étrange voûte qui n'était ni plafond ni forêt, elle s'est arrêtée et a levé les yeux avec une drôle d'expression sur le visage.

— Quel est ce regard ? a demandé Félix en l'observant.

— Quel regard ?

Elle a cligné des yeux et s'est tournée vers lui.

— Ce regard au loin qui annonce que vous ne prêtez plus attention à ce que vous faites. Comme si vous vous trouviez soudain à des milliers de kilomètres d'ici.

— Non, non ! a fait Imraldera en riant. Je suis très présente.

— C'est une bonne chose, car vous tenez le couteau.

Puis Félix a ajouté :

— Qu'est-ce qui ne va pas ?

— J'écoutais, c'est tout.

— Vous écoutiez le silence ?

Elle a ri de nouveau avant de reprendre le bandage et d'enrouler la douce gaze autour de son épaule.

— Souvenez-vous que je peux voir et entendre ce qui vous est invisible, prince Félix.

— Oh oui, a fait Félix en frissonnant. Combien de gens se trouvent dans la pièce avec nous en ce moment ?

— Vous êtes entourés d'au moins cinq domestiques en tout temps. Ils pourvoient à vos besoins même lorsque vous dormez et tiennent éloignées les bêtes de Féérie qui pourraient vous faire du mal.

— Des bêtes ?

Félix a jeté un regard à la ronde. Il s'était habitué à sa chambre avec le temps — combien de temps s'était écoulé exactement, il n'aurait pu l'imaginer, car il était impossible de le mesurer dans le royaume du Demi-jour —, mais soudain, il s'est rappelé que sa chambre était en fait ouverte et il a aperçu alors davantage la forêt que les murs blancs. Et il s'est souvenu du rugissement qu'il avait entendu la nuit où il avait marché dans le couloir éclairé par la lune.

— J'avais oublié. Y a-t-il beaucoup de bêtes dans la forêt ?

— Plus que vous ne pouvez l'imaginer, a-t-elle dit. Le Monde lointain n'est pas sécuritaire.

Félix a grogné.

— Alors pourquoi me gardez-vous ici ?

— Parce que le Havre du prince est sécuritaire, et ses serviteurs, vos domestiques, ne laisseront aucun mal vous arriver.

Elle lui a tapoté l'épaule avant de tirer sa chemise.

— Voilà, c'est fait. Boutonnez votre chemise et couchez-vous.

— Je ne veux pas me coucher, a dit Félix en boutonnant sa chemise. Je suis couché depuis si longtemps — probablement depuis une bonne centaine d'années au moins.

— Le repos est le meilleur moyen de guérir.

— Je me suis reposé.

Il s'est levé et dirigé vers l'autre bout de la pièce qui, encore une fois, montrait le paysage sauvage de Féérie, bizarrement familier et étranger à la fois. Il apercevait les montagnes du Nord d'où il était, bien que de chez lui, elles étaient beaucoup trop loin pour être vues. Étrange qu'elles paraissaient à la fois beaucoup plus près qu'elles ne devaient l'être, mais aussi dix fois trop éloignées. Il savait qu'il se trouvait dans la Forêt de la pierre dorée, pourtant, de là où il se tenait, la forêt semblait s'étaler sur des kilomètres ; un océan d'arbres beaucoup plus vaste que la forêt qu'il avait toujours connue.

Et la Forêt de la pierre dorée qu'il connaissait n'abritait aucune bête sauvage.

— Dame Imraldera, a dit Félix, quand pourrai-je rentrer chez moi ?

Il s'est tourné pour lui parler et a vu qu'elle lui faisait dos, la tête de côté, si bien qu'il voyait son profil. Sa bouche était ouverte, ses sourcils étaient froncés, et ses yeux fixaient encore un point invisible dans l'air.

— Dame Imraldera ?

— Félix, a-t-elle dit en se tournant soudain vers lui comme si elle ne l'avait pas entendu l'appeler, mais avait besoin de lui tout de suite. Félix, je viens de recevoir des nouvelles de votre père.

Félix a senti l'estomac lui tomber dans les talons. Il est devenu étourdi en regardant l'expression sur le visage de la dame et a dû s'agripper à un arbre.

— Quoi ? a-t-il demandé.

— Il a été fait prisonnier. Par… le Dragon.

— Est-il vivant ?

— Oui.

Félix s'est effondré sur le sol, trop affaibli de soulagement pour se tenir debout. Vivant ! Son père vivait toujours. Prisonnier, ça n'était pas la fin. Il y avait toujours une possibilité de changer les choses. Devant la mort, il n'aurait rien pu faire. Mais là…

Imraldera s'est approchée de lui et s'est pliée pour lui toucher l'épaule. Il a posé sur elle un regard vif.

— Vous devez me laisser partir, a-t-il dit.

— Félix, je…

— Vous le devez. C'est mon père !

Félix a senti des larmes lui brûler les yeux et il a frappé de ses poings la terre dure sous lui.

— Vous ne pouvez me garder ici une minute de plus quand mon père est en danger !

— Félix, il n'y a rien que vous puissiez…

— Ne me dites pas ça, a-t-il crié en repoussant brusquement sa main de son épaule. C'est mon père. Ça compte pour quelque chose. Je peux l'aider : je le sais.

— Le prince va…

— Aethelbald n'est pas ici.

Félix a pris une grande respiration pour essayer de se calmer, pour parler comme un adulte et non comme un enfant qui pique une crise.

— À quand remonte la dernière fois où vous avez eu des nouvelles de votre maître ? Honnêtement.

Elle a penché la tête et entrecroisé les mains devant elle.

— Il y a longtemps.

— Vous voyez ?

Félix s'est levé tant bien que mal. Même s'il dépassait la dame d'une tête, il avait l'impression d'être un petit garçon qui suppliait sa nourrice de le laisser sortir jouer dans la boue alors qu'il sortait tout juste de la douche.

— Vous voyez que vous ne savez pas si Aethelbald fera quoi que ce soit. Vous ne savez pas où il est. Mais moi, je suis là et je peux faire quelque chose ! Vous connaissez Féérie, n'est-ce pas ? N'est-ce pas vrai qu'il existe une force dans les liens du sang… une force qui peut vaincre des ennemis qui ne pourraient être battus autrement ? N'est-ce pas vrai, dame Imraldera ?

— Félix, a-t-elle dit doucement en lui prenant une main et en la caressant comme si elle essayait de consoler un bébé. Félix, si vous partez d'ici maintenant, le poison…

— Me tuera-t-il ?

— Pas immédiatement, a-t-elle admis. Peut-être pas avant de nombreuses années. Mais un jour, oui, Félix. Si vous ne restez pas ici pour recevoir tous les soins que je puisse vous prodiguer, le poison circulera dans vos veines et trouvera son chemin jusqu'à votre cœur. Et vous mourrez, jeune prince. Que ce soit dans un an, dans dix ou dans cinquante ans, le poison de dragon vous tuera.

Félix a haussé les épaules et secoué la tête avec colère.

— Un an ? Je peux sauver mon père et être de retour ici bien avant ! Je reviendrai tout de suite, je le promets, et vous pourrez terminer le traitement alors.

— Mais Félix...

— Vous aurez toujours une bonne excuse parce que vous ne voulez pas me laisser partir.

Félix a tiré la main de la sienne avant de traverser la pièce en coup de vent.

— Vous ne voulez pas me laisser partir parce que vous pensez que je suis trop jeune, que je suis inutile, que je ne peux rien faire. Mais je peux faire quelque chose, je vous le dis. Je peux sauver mon père !

— Félix...

— Quoi ? s'est-il exclamé. N'essayez pas de me réconforter — je ne veux pas.

Imraldera se tenait en silence au milieu de la pièce, les mains toujours entrecroisées.

— Je ne peux pas vous garder ici contre votre volonté, a-t-elle dit. Si vous désirez partir, je vous ferai traverser la frontière. Vos domestiques vous protégeront jusqu'à ce que vous la franchissiez, mais ensuite, de l'autre côté, vous serez vraiment seul. Et, Félix, je n'aurai aucun moyen de vous ramener à moi.

Félix a levé les yeux.

— Mais vous me laisserez partir ?

— Oui.

Il a bondi en agitant le poing, puis a saisi la dame, surprise, dans ses bras et l'a fait tourner jusqu'à ce que sa tunique et son pantalon virevoltent.

— Merci ! a-t-il crié. Merci ! Merci !

Il l'a déposée, et ils ont tous deux titubé un peu sous l'élan, puis il a posé un baiser élégant sur sa joue.

— Vous verrez, a-t-il dit, je vais le sauver, vraiment. Et je reviendrai avant la fin de l'année, en forme, et vous pourrez faire ce qu'il faut.

Imraldera a reculé, les larmes aux yeux.

— Oh, petit Félix, a-t-elle murmuré. Je l'espère.

Mais il n'a pas entendu ce qu'elle a dit, car il était déjà occupé à crier dans le vide :

— Domestiques ! Invisibles ! Pouvez-vous m'apporter de vrais vêtements ? Quelque chose d'autre qu'une chemise de nuit ? Et des bottes et tout. Et une épée ! N'oubliez pas de m'apporter une épée ! Affilée !

À ce moment-là, alors que la dragonne se tenait immobile, occupée à serrer la clé dans sa main et à observer la traînée de feu qui dénotait le départ du Fléau de Corrilond, elle était reconnaissante de ne plus avoir de cœur, car elle savait qu'il battrait très fort dans sa poitrine. Elle a jeté des regards par-dessus son épaule, certaine qu'à tout moment, une des silhouettes sombres cesserait d'arpenter sans but pour l'appréhender, puis a glissé la clé dans la serrure. Le bruit du métal contre le métal était terrible, et elle a cru qu'elle allait mourir sur place. Elle tremblait trop pour donner un tour de clé.

Une main forte s'est glissée entre les barres pour couvrir la sienne.

— Laissez-moi vous aider, a dit Aethelbald.

Elle a retiré sa main de sous la sienne pour tirer rapidement les manches de sa robe. Avait-il remarqué les écailles ?

Il a donné un tour de clé, et la serrure s'est déverrouillée. La porte a grincé quand il l'a poussée, et la dragonne s'est mise à regarder dans tous les sens, certaine qu'une attaque se préparait.

— N'ayez pas peur, a dit Aethelbald en se glissant hors de la cage pour se tenir à ses côtés. La plupart d'entre eux ne se soucie guère de moi, occupés comme ils sont à leur propre brûlure. Nous n'en avons qu'un à craindre, car les autres ont déjà déversé leur colère sur moi et m'ont déjà oublié.

Il a voulu lui prendre la main, mais elle a refusé, alors il lui a pris le coude à la place.

— Venez, Una. Vous devez savoir comment sortir d'ici.

Elle a avancé de deux pas, mais la peur des centaines d'ombres — sa fratrie dragonne — l'a submergée.

— Ils nous tueront tous les deux, a-t-elle soufflé.

Mais elle ne se souciait pas de ce qu'ils lui feraient.

— Ils ne nous tueront pas, Una.

Il s'est penché plus près pour chuchoter à son oreille :

— Faites-moi confiance.

À ces mots, elle a frissonné et s'est éloignée. Mais la main d'Aethelbald est demeurée sur son coude et, d'une manière ou l'autre, elle a trouvé la force d'avancer de nouveau.

Ils sont passés au milieu des silhouettes sombres et, à sa surprise, aucune ne les a regardés. Le prince et elle auraient tout aussi bien pu être invisibles. Étonnée, elle a observé de plus près les silhouettes. Elle a découvert que la plupart n'avançait pas dans une direction précise : elles faisaient les cent pas. Certaines avançaient d'un bout à l'autre de la caverne pour se tourner et la traverser dans l'autre sens. Elles marchaient en fixant le sol juste devant leurs pieds et en marmonnant à voix basse. Parfois, des flammes s'échappaient de leurs dents ou de leurs yeux. Parfois, elles s'arrêtaient pour cracher une petite flamme vers la voûte. Puis elles arpentaient de nouveau, toujours plus rapidement, jusqu'à ce que finalement, elles éclatent en flammes et filent hors de la caverne et dans l'air du désert, en route vers des destinations inconnues. Elles reviendraient au bout du compte, et sinon, qui s'en souciait ? Chacun était trop occupé à faire les cent pas.

Elle-même ne l'avait pas remarqué jusque-là.

Ils ont atteint l'embouchure du tunnel sans être ennuyés.

— Voilà, a-t-elle dit en tentant de libérer son coude de la poigne douce mais ferme d'Aethelbald. Voilà votre sortie. Suivez le sentier rapidement.

— Pas sans vous.

— Je ne peux pas partir, a-t-elle dit en baissant la tête.

— Alors moi non plus.

Une flamme a explosé dans sa poitrine pour remonter vers sa bouche. Elle l'a réprimée du mieux qu'elle le pouvait.

— Vous devez partir. Ils vont vous tuer.

— Je mourrai avant de vous laisser ici, a-t-il dit.

Comme elle le détestait à ce moment-là ! Elle le détestait suffisamment pour l'avaler tout rond — elle le détestait pour son cœur qu'elle convoitait ; le détestait pour l'amour qu'il lui portait, car elle ne pouvait plus aimer son prince-bouffon ; le détestait parce qu'il n'était pas son bouffon ; le détestait pour ce dévouement noble et stupide qu'il gaspillait sur elle.

Elle le détestait parce qu'elle savait qu'elle ne mériterait jamais son amour.

— Venez, alors, a-t-elle sifflé avant d'entrer précipitamment dans le tunnel et de laisser derrière le village caverneux de dragons.

« Seulement un moment », s'est-elle dit.

« Seulement jusqu'à ce que j'arrive à lui échapper. Car ma place est dans le Village, et je dois y retourner. »

La nuit était tombée, à l'extérieur, s'est-elle aperçu. Aucun rayon de soleil ne se faufilait dans les fissures de la voûte du tunnel. Cependant, ses yeux s'étaient habitués à l'obscurité, et elle n'a pas trébuché une fois. Les pas d'Aethelbald étaient hésitants ici et là, mais il a paru la suivre sans se poser de questions. À plusieurs endroits du tunnel, il y avait un tournant ou une division de la voie où elle n'était pas certaine de la direction à emprunter. Elle faisait son choix en silence selon la meilleure logique possible, mais enfin, elle s'est vue obligée d'admettre :

— Je ne suis pas certaine de la voie à suivre.

— Je m'en souviens, a dit Aethelbald.

Elle a compris à ce moment-là que ce n'était pas elle qui l'avait guidé, mais bien lui, en exerçant une douce pression sur son bras. Bien sûr qu'il connaissait le chemin. Il était venu jusque-là pour la trouver, non ?

Elle s'est libérée brusquement de sa poigne.

— Prenez la tête, alors, a-t-elle dit. Vous n'avez pas besoin de moi.

— Je ne veux pas vous perdre dans l'obscurité, Una, a-t-il dit d'une voix douce. Je vous en prie, marchez devant moi.

Elle lui a tourné le dos pour avancer dans le tunnel en se tenant hors de sa portée. Comme cette partie du tunnel allait tout droit, elle n'avait pas besoin de son aide. Bientôt, elle a aperçu une lumière devant – une lumière blanche qui n'avait rien à voir avec les flammes rouges auxquelles elle s'était habituée. Il avait si longtemps qu'elle l'avait vu qu'elle a peiné à le reconnaître : le clair de lune.

– Oh, a-t-elle soufflé, et quelque chose à l'intérieur d'elle a remué ; une chose qu'elle ne croyait plus là.

Elle a accéléré le pas pour se dépêcher d'atteindre l'embouchure du tunnel, remarquant à peine le sol qui craquait sous le poids des bottes d'Aethelbald derrière elle.

– Attendez, Una ! a-t-il crié, mais elle l'a ignoré et a couru loin des rochers pour se trouver au grand air.

Le désert s'étalait autour d'elle, aride et désolé, mais au-dessus d'elle… Ah, au-dessus d'elle ! Le ciel était une voûte bleu clair qui, aux horizons, oscillait entre les tons de vert et de bleu profond pour devenir violet-indigo dans les régions les plus élevées où une quantité innombrable d'étoiles scintillaient ; des trésors purs préservés du sang et de l'avarice. Et la lune, dont la lumière absorbait les étoiles dans sa sphère, brillait comme une couronne blanche trop resplendissante pour être décrite.

En oubliant son feu l'espace d'un moment, la dragonne a couru en ouvrant les bras, a pirouetté sous la lune, le visage tourné vers les étoiles.

Elle a entendu le ton urgent dans la voix d'Aethelbald :

– Una !

– Bravo, ma sœur.

Même le clair de lune l'avait trahie.

Une main grêle lui a saisi le bras, et elle a suffoqué de douleur et de surprise. Deux yeux jaunes brillaient au-dessus d'elle.

— J'ai bien pensé qu'elle était la princesse que tu cherchais, a dit le garçon-dragon.

Il l'a poussée et plaquée contre le sol en tirant son bras droit dans son dos et en appuyant un genou à la hauteur de ses reins. Ses griffes de dragonne s'enfonçaient inutilement dans le sable.

— Lâche-la.

Aethelbald a quitté l'abri du tunnel pour avancer sous le clair de lune.

— C'est avec moi que tu veux te battre. Elle n'est rien pour toi.

— As-tu entendu ça ? a sifflé le garçon aux yeux jaunes. Tu n'es rien, toi qui as déjà été une princesse !

Il a gloussé de rire.

— Mais tu as tort, prince des Rives lointaines, de croire que je n'ai aucune doléance à son sujet. Elle nous trahirait pour toi. Nous ! Sa fratrie qui l'a accueillie, qui lui a enseigné notre tradition, qui lui a donné un toit. Elle nous trahirait pour toi, un étranger. Pire : un soupirant indésirable !

Elle a senti la main froide du garçon-dragon se glisser autour de son cou et les piqûres de ses griffes sorties.

— Lâche-la, mon frère, a dit Aethelbald d'une voix basse et menaçante. Bats-toi contre moi à la place. Je suis désarmé, tu le vois bien.

— Contrairement à la dernière fois, hein ?

Le garçon aux yeux jaunes a craché, et une flamme est passée devant le visage de la dragonne.

— Tu crois qu'il t'aidera, petite princesse ?

Elle s'est mise à trembler — de peur ou de rage, elle n'aurait pu le dire.

— Il a offert de m'aider aussi, il y a très longtemps. J'étais jeune et idiot alors, effrayé par le changement instauré en moi par notre père. Et lui, mon noble prince, mon maître, a envoyé ses serviteurs à ma poursuite, et ils m'ont rattrapé quand j'étais trop épuisé pour fuir. Alors, il est venu à moi. Il est venu à moi en déclarant qu'il voulait m'aider. Traqué, épuisé, j'ai accepté son aide et je me suis rendu vulnérable devant lui en ravalant ma flamme. Mais sais-tu ce qu'il a fait ?

Il a craché de nouveau du feu qui a brûlé légèrement les cheveux de la dragonne. Elle a crié et s'est débattue, mais il n'a fait que resserrer sa poigne autour de sa gorge.

— Pas un pas de plus, Aethelbald, ou je lui casserai le cou ! a crié le garçon aux yeux jaunes. Tu sais ce qu'il a fait, petite princesse ? Il a brandi son épée et tenté de me transpercer. Je me suis soumis à lui, et il m'a trahi !

Le feu et la cendre ont envahi l'esprit de la dragonne et l'ont aveuglée.

— Diarmid, a dit Aethelbald.

— Que Mort-vive te mange les yeux ! a hurlé le garçon aux yeux jaunes, et des cendres chaudes ont brûlé le cou de la fille. Ce n'est plus mon nom !

— Tu aurais dû me faire confiance, Diarmid, a fait Aethelbald. Mais la confiance n'existe pas en toi, j'en ai bien peur. Ce n'est pas son cas. Elle désire avoir confiance.

— Il te forcera à faire n'importe quoi, petite sœur, comme il l'a fait dans mon cas, a dit le garçon aux yeux jaunes. Il est plus manipulateur que tu ne peux l'imaginer ! Ne l'écoute pas, ou…

Il a poussé un cri et est tombé sur le dos, frappé à la tête par une large pierre. Elle s'est libérée de lui en soufflant de la fumée de ses narines.

En rugissant, il a bondi vers elle, le visage déformé. Mais Aethelbald l'a attrapé et l'a fait rouler par terre. Ils ont roulé tous les deux dans le sable. Le feu qui s'échappait de la bouche du garçon a enflammé la cape d'Aethelbald. Le prince a ôté sa cape pour la jeter sur la tête du garçon avant de se tourner vers elle.

Elle a senti la transformation qui s'opérait.

« Non. Pas devant lui ! », a crié intérieurement Una.

Mais le feu a explosé en elle.

— Una ! Non !

Aethelbald l'a attrapée par la taille pour la serrer contre lui, si bien qu'elle sentait les battements de son cœur contre sa joue, et pendant un moment, elle a cru que la transformation s'estomperait, cesserait.

Mais d'un mouvement violent et douloureux, elle l'a repoussé en criant :

— Ne me regarde pas.

« Je t'en supplie ! »

Les flammes qui émanaient de la bouche du garçon aux yeux jaunes l'ont frappée en plein visage, et leur chaleur a suffi pour achever le travail de son propre feu.

Des ailes puissantes se sont déployées dans l'air de la nuit, et elle a soulevé son corps lourd sur ses deux pattes. En se tournant de façon plutôt agile pour un être de sa taille, elle a projeté une bouffée de feu dans les yeux jaunes de l'autre dragon. Il a rugi de rire et non de douleur et a bondi sur elle comme un chat batailleur. Elle l'a mordu et a craché d'autres flammes vers lui avant de bondir dans le ciel en se poussant toujours plus haut de ses ailes. Elle a laissé derrière elle le dragon aux yeux jaunes et le prince. Seule une voix rauque l'a suivie.

– Brûle, ma sœur, brûle ! Ne le laisse pas éteindre ton feu.

33

La dragonne a atterri lourdement dans le sable et s'est évanouie. Quelques instants plus tard, elle s'est réduite à la forme d'une fille pâle.

Des vagues touchaient lentement le rivage en se rapprochant toujours plus près jusqu'à ce qu'elles tirent les cheveux de la fille et tentent de les tirer vers le large. Pourtant, la fille est demeurée immobile. Si elle ne bougeait pas bientôt, elle allait se noyer : les humains étaient des êtres si fragiles.

Des mains ont jailli des vagues pour prendre la fille. En la berçant, elles ont retourné sa tête afin qu'elle sorte de l'eau. La dragonne a gémi et froncé les sourcils, mais elle ne s'est pas éveillée.

Cela n'avait pas d'importance. Les mains étaient patientes; aussi patientes que la vieille mer. Elles ont tenu la tête de la fille hors de l'eau pendant que celle à qui appartenaient les mains songeait à bien des choses. Les dragons étaient des créatures brutales, ou du moins, c'est ce qu'on disait. Pourtant, impossible d'avoir peur en regardant ce visage blanc.

— Pauvre créature, a murmuré une voix délicate. Pauvre petite.

La voix a commencé à fredonner un air. L'air est devenu une chanson, aussi douce que les vagues qui clapotaient contre le rivage.

« L'obscurité du crépuscule m'entoure.
Le voile tombe et me bloque la vue.
L'énigme de nous deux, il y a si longtemps,
Est si fragile dans mon souvenir confus ! »

Le visage pâle de la fille s'est adouci, et elle a détendu ses mains de dragonne. Le soleil s'est couché derrière l'eau, et l'ombre de la dragonne s'est allongée encore et encore derrière elle. Enfin, elle a gémi, remué, et ses yeux se sont ouverts. Le corps tendu, elle a survolé des yeux les environs, mais l'instant d'après, elle s'est calmée.

— Il y a quelqu'un ? a-t-elle demandé.

— Oui.

— Je ne vous vois pas.

— Non.

— Êtes-vous réelle ?

— Très réelle.

— Mais je ne peux pas vous voir !

— Pas avec ces yeux.

Un long silence a suivi. Les douces mains ont repoussé délicatement les cheveux du front de la fille, et celle-ci a respiré profondément.

— Vous avez chanté ma chanson, a dit la fille après le long silence.

— Elle était écrite sur votre visage, dans les écailles de vos mains.

— Êtes-vous Féérie ?

— Certains me donnent ce nom.

— Vous n'êtes pas humaine, a dit la dragonne.

— Vous non plus.

La fille a poussé un soupir.

— Je ne le suis plus.

Sa bouche a tremblé, mais elle a repris son sang-froid.

— Avez-vous un nom ?

— Oui.

— Puis-je le savoir ?

— Vous ne serez pas capable de le prononcer dans votre langue.

— Puis-je l'entendre quand même ?

La voix a chanté une série de notes avec la douceur et la rapidité d'une grive des bois, mais son chant était plus sauvage, humide et profond. Contrairement à une voix humaine, cette voix entonnait de multiples notes simultanément ; de doux accords et harmonies, en plus d'une mélodie.

La fille pâle a fermé les yeux et soupiré.

— C'est un nom magnifique.

— Et le vôtre ?

La fille a secoué la tête.

— J'ai perdu le mien.

— Qu'était-il auparavant ?

— Una, princesse de Parumvir. Mais c'était avant…

Elle a levé ses mains de dragonne pour les serrer en poings.

— Je suis désolée.

— Non, a fait la dragonne. Non, c'est tout aussi bien. Voilà ce que j'étais dans mon for intérieur depuis le tout début. Il vaut mieux que la vérité ait éclaté. Ainsi, je ne peux décevoir personne. Ils savent tous qui je suis. Même…

— Oui ?

La fille pâle s'est assise, et les douces mains l'ont relâchée.

— Même celui qui m'aime. Même lui a vu qui je suis réellement.

Sa voix était basse et lourde, mais il n'y avait pas de larmes.

— Il ne m'aimera plus, désormais.

Un autre long silence s'est installé entre elles. La dragonne s'est tournée dans tous les sens.

— Êtes-vous toujours là ?

— Oui.

Le soleil peignait les nuages d'un orange vif contre un ciel qui prenait une teinte pourpre. La dragonne a levé les yeux et regardé les couleurs changer tout en écoutant le silence de l'eau.

— Una ? a enfin dit la voix.

— Oui ?

— Qui est celui qui vous aime ? Parlez-moi de lui.

La fille pâle a glissé ses mains de dragonne sous sa robe trempée.

— Il est un prince, un vrai prince, a-t-elle dit. Plus gentil que toute autre personne de ma connaissance… Bienveillant et gentil.

Elle a penché la tête, est ses longs cheveux humides ont recouvert son visage.

— Pourquoi est-ce que je parle de la sorte ? Pourquoi dis-je tout cela ? Ce sont des sottises maintenant… Il est beaucoup trop tard. Si je l'avais compris, si j'avais eu les yeux pour le voir, peut-être que la réalité serait autre. J'ai été une telle idiote. J'ai cru aimer Léonard passionnément ; j'ai cru mourir d'envie qu'il revienne.

Elle a porté une main à ses yeux, souhaitant que les larmes viennent, mais en vain.

— Mais ce n'était pas la voix de Léonard que j'entendais. Tout ce temps, alors que les ténèbres du Dragon m'entouraient, quand j'ai cru que j'allais fondre à la chaleur de mes propres flammes, ce n'était pas la voix de Léonard que j'entendais. Pas une seule fois. C'était celle du prince des Rives lointaines. C'était Aethelbald que j'attendais. Si j'avais pu le voir un peu plus tôt, ma réalité serait peut-être différente, mais maintenant…

Elle a juré amèrement entre ses dents affûtées et a frappé un poing contre le sable.

— Ce ne sont que des sottises, et vous êtes probablement un rêve idiot aussi ! Comme j'ai rêvé que Gervais se souciait de moi, comme j'ai rêvé que mon père me protégerait, comme j'ai rêvé que Léonard reviendrait, serait loyal. Mais tout ça, c'était des mensonges !

Elle s'est pris la tête dans les mains en tirant ses cheveux de ses griffes acérées.

— Una.

La fille a secoué la tête en resserrant ses bras.

— Una.

— Quoi ?

— J'aime ce nom. Votre langue est si rude dans ma bouche quand je la parle que je m'en abstiens. Mais Una est doux.

Les vagues qui retournaient à la mer traînaient avec elles la voix au moment où elle demandait :

— Voulez-vous être Una de nouveau ?

— Oh, il est trop tard, a gémi la fille. Je suis prise avec ce feu à l'intérieur de moi. Mon cœur a disparu ! Il est trop tard pour moi, à présent.

La mer tirait les vagues avec plus de force à ce moment. La voix résonnait du lointain.

— Le dragon doit mourir, a-t-elle dit.

La fille a levé les yeux et a regardé dans toutes les directions.

— Quoi ? a-t-elle crié. Je ne peux pas vous entendre. Qu'avez-vous dit ?

— Si vous voulez vivre, le dragon doit mourir. C'est votre seul espoir.

La voix s'est attardée sur l'eau avant de disparaître.

— Attendez !

La fille a bondi sur ses pieds pour se précipiter jusqu'en bordure des vagues. Le soleil a fait rougir l'eau pour lui donner l'aspect de la lave, et le ciel s'est assombri comme de la fumée.

— Attendez, je vous en prie !

Des mouettes volaient au-dessus d'elle en poussant des cris. La dragonne s'est tenue seule sur la plage en fixant des yeux la vaste étendue d'eau sombre.

Puis, des profondeurs de la terre, du fond de la mer, une voix — ou peut-être une chorale de voix — étrange et sauvage s'est élevée pour murmurer en suivant les vagues :

« Que mon cœur batte de courage
Devant ce torrent de honte infâme,
Que je trouve la douce chaleur du pardon
Entre la glace et la flamme.

Au-delà de la dernière chute d'eau,
Les chansons de la sphère montent en crescendo.
Quand le silence insensé remplit ton esprit d'effroi.
Ne reviendras-tu pas à moi ? »

Aussi étranges et inhumaines étaient ces voix, elles ont fait surgir l'image nette du prince des Rives lointaines dans son esprit. Elle a penché la tête en souhaitant encore une fois voir les larmes couler, mais elles avaient toutes été brûlées depuis longtemps. Quand la lune s'est levée haut dans le ciel, la silhouette sombre d'un dragon s'est levée dans les airs en projetant une ombre hideuse dans le sable.

— Peu importe ce que vous faites, lui avait dit dame Imraldera juste avant que Félix ne quitte l'abri du Havre dans la forêt pour regagner la frontière et son monde, ne traversez pas le Vieux Pont. Si vous oubliez toutes les autres choses que je vous ai dites, prince Félix, souvenez-vous de ne pas franchir le Vieux Pont, ni dans un sens ni dans l'autre. Passez par le ruisseau. M'avez-vous entendue ?

Il l'avait entendue, alors quand il est enfin passé du royaume du Demi-jour à la forêt familière qu'il avait connue toute sa vie, il s'est rappelé ses paroles. C'était si étrange de sentir la différence, de franchir la frontière, car même si le paysage autour de lui n'avait pas bougé, il a senti un changement dans l'air et a su qu'il était de retour chez lui.

Il a éprouvé un frisson de joie de se savoir de retour là où il devait être et il a filé dans l'obscurité de la forêt pour gravir la colline aussi vite que possible. Quand il est arrivé au pont et au ruisseau, il s'est aperçu que c'était la première fois qu'il se trouvait de l'autre côté du pont malgré les années passées à jouer sous ces arbres. Mais il s'est souvenu des paroles d'Imraldera et n'a pas franchi le Vieux Pont : il a plutôt mis les pieds dans l'eau glacée en s'efforçant de ne pas grimacer quand l'eau a pénétré dans ses bottes pour lui geler les pieds.

Il a gravi les sentiers qu'il connaissait comme le fond de sa poche, puis les arbres se sont faits plus rares, et il s'est approché de la bordure de la forêt où les jardins du palais d'Oriana commençaient. Il a ralenti le pas en cherchant les zones d'ombre dans son avancée. Ses yeux ont fouillé chaque buisson bas et chaque roncier, examiné chaque tronc au cas où une sentinelle de Shippening serait postée à proximité. Mais il n'a vu personne et n'a été vu par personne alors qu'il approchait de la bordure de la forêt pour regarder, depuis l'abri des arbres, le sentier du jardin qui menait à sa demeure au creux de la vallée.

De la fumée flottait dans l'air et montait depuis la cour. Tout le jardin empestait la fumée de dragon, et Félix en a eu des haut-le-cœur.

Rapide comme un lièvre, il a filé dans les sept étages du jardin en passant de l'abri d'une statue à celui d'un buisson, toujours aux aguets de quiconque pouvant alerter le Dragon ou le duc de sa présence. Mais aucun cri n'a résonné à ses oreilles, aucun signal frappant. Il a atteint finalement le dernier niveau, près du palais, là où des fleurs avaient l'habitude autrefois de s'épanouir.

De là, il entendait le bruit d'hommes dans la cour qui échappaient tout juste à sa vue. Il apercevait de la lumière aux fenêtres de certaines des pièces du dernier étage du palais et a compris que le duc et ses hommes devaient s'y être installés. Il présumait que son père se trouvait quelque part dans le sous-sol – peut-être était-il prisonnier de l'ancien donjon qui n'était plus utilisé depuis longtemps. Félix a frissonné à cette pensée, et sa main s'est glissée contre son flanc pour toucher le manche de son épée ; son arme qu'on lui avait rendue quand il avait quitté le Havre et le monde de Féérie.

Accroupi dans l'ombre d'un buisson énorme et brûlé, Félix a étudié ses options. Il n'osait pas rester dans le jardin durant la nuit, pas en sachant que le Dragon était dans les parages. Les hommes de Shippening avaient envahi le palais. Mais il était peu probable qu'ils utilisent les quartiers de serviteurs dans l'aile sud. Il pourrait s'y glisser et s'y cacher jusqu'à ce qu'il découvre où ils gardaient son père prisonnier. Mais comment pénétrer dans le palais, quand toutes les portes étaient certainement verrouillées ?

– Miaaa ?

Félix a sursauté et s'est mordu violemment la langue.

– Aïe ! a-t-il grogné en jetant un regard mauvais à la petite silhouette accroupie près de lui. Monstre, espèce de pâture aux dragons, laisse-moi tranquille, toi et toute ta race !

Le chat a levé son visage sans yeux et a frotté sa joue contre l'oreille de Félix en ronronnant comme un fou. Félix a éloigné la tête du chatouillement des moustaches.

– Comment es-tu revenu jusqu'ici, animal ? Es-tu venu à la recherche d'Una ?

Le chat a continué de ronronner.

– Créature inutile, a marmonné Félix en reportant son attention sur le palais. Si seulement tu pouvais me montrer comment entrer.

Le chat s'est éloigné du genévrier pour trottiner vers le palais. Félix a observé son corps doré et sinueux bondir sur le bord d'une fenêtre et se glisser à l'intérieur comme par magie. Félix a cligné des yeux, surpris. Il s'est levé tant bien que mal et a quitté l'abri de son buisson pour filer dans la cour jusqu'à la fenêtre. Quand il l'a atteinte, il a vu qu'un des carreaux était brisé. Monstre était assis de l'autre côté et souriait de son air suffisant de chat. Félix a passé une main entre les éclats de verre brisé pour découvrir qu'il pouvait atteindre le loquet. Il l'a tiré, et la fenêtre s'est ouverte.

L'instant d'après, il se trouvait dans la cuisine, accroupi près du foyer à pousser des souffles crus de soulagement pendant que Monstre se frottait contre ses genoux.

Le Dragon a regardé la fenêtre de la cuisine se refermer. Il s'est tourné avant de marcher en silence dans les ombres de la nuit. Pourquoi alerter le duc ? Il trouverait le garçon au bon moment. D'ici là, pourquoi ne pas laisser le jeune prince espérer ? L'espoir est un rêve si beau qui s'éteint dans une mort si hideuse.

— Mort-vive, a chuchoté le Dragon avant de sourire.

Dame Imraldera était assise dans la chambre blanche devant la fenêtre avec l'épée d'argent sur les genoux. Elle attendait en regardant la lune se lever au-dessus de la vaste étendue de la forêt. Elle attendait sans battre des cils, immuable comme une statue.

— Il est ici ! Il est arrivé !

De petites voix tourbillonnaient autour de sa tête et de petites mains lui touchaient le visage et gesticulaient derrière elle. Imraldera s'est levée et tournée.

– Mon prince ?

– Je suis là.

Aethelbald est entré dans la pièce. Ses vêtements étaient élimés et brûlés, son visage était creusé de souci.

– Je suis venu chercher mon épée.

34

La princesse dragonne a atterri sur la plage, en dehors des limites de la ville. Des volutes de fumée flottaient dans le ciel comme des nuages de tempête et transformaient l'océan en une mare noire et houleuse. Sa ville autrefois magnifique était une masse de décombres et de feu qui prenait un air encore plus terrible par le souvenir de ce qu'elle avait déjà été. Elle a été reconnaissante de nouveau de ne pas avoir de cœur, car il se serait brisé à cette vue.

Ses pieds l'ont portée à contrecœur sur le bord de la mer et vers la route, et elle a à peine remarqué le moment où son corps a perdu ses grandes dimensions pour retrouver la taille d'une fille. C'est seulement lorsqu'un vent nauséabond s'est levé et a menacé de lui faire perdre l'équilibre qu'elle l'a compris, et elle a baissé les yeux sur son corps. Elle avait une forme humaine, mais ses mains et ses pieds étaient couverts d'écailles, et elle sentait leur présence dans son cou et sur sa poitrine. Son feu a gonflé cruellement à la vue de ses membres laids.

— Non. Je ne le veux plus, a-t-elle sifflé entre ses dents affûtées.

Mais à l'intérieur d'elle, une voix a sifflé en retour :

« Comment survivras-tu sans le feu maintenant ? Que veux-tu à la place ? De la nourriture ? De l'eau. Quelle faiblesse ! »

La dragonne a senti la chaleur bouillir en elle et elle savait qu'il n'y avait aucun moyen de l'arrêter. C'était sa vie désormais, le fondement de son existence.

— Très bien, a-t-elle murmuré, et une flamme a dansé sur sa langue. Très bien, mais seulement pour une courte période de temps. Je n'en aurai bientôt plus besoin. Mais aujourd'hui, je brûlerai.

Le feu a grandi à son approche des ruines de la ville. Bon nombre des bâtiments se tenaient toujours debout, mais ils étaient noircis par la cendre et ressemblaient à des orphelins parmi les décombres. La destruction dans sa ville était beaucoup plus importante qu'au Pays du Sud. Elle a cru qu'elle allait exploser de fureur devant cette injustice.

« Bien », a chuchoté la voix en elle.

« Tu as besoin d'un feu chaud pour ce que tu t'apprêtes à faire. »

Elle a trouvé son chemin parmi les rues qui fumaient ; ses pieds de dragonne imperméables à la chaleur et aux arrêtes pointues des pierres brisées. Elle a fixé le regard sur la colline au-dessus de la ville, où les murs du palais s'érigeaient toujours. Elle voyait les hauts pignons et les fenêtres de son ancienne demeure, qui avait une teinte grise spectrale contre le ciel obscurci par la fumée. La route qui montait sur la Colline de la pierre dorée était longue et déserte. Lentement, elle a atteint les portes du palais en respirant de grandes bouffées de fumée de dragon. Chaque souffle nourrissait son feu qui, alors, était une fournaise déchaînée dans sa poitrine.

Les grilles du palais étaient entortillées sur le sol. Elle a enjambé les morceaux de métal fondus et brisés pour regarder de nouveau les terres de sa maison.

La cour était remplie d'hommes de Shippening qui descendaient les marches brûlées de la porte d'entrée en transportant sur leurs épaules et dans leurs mains les trésors de son père. Des piles de trésor — de l'or, de l'argent et des bijoux — étaient éparpillées parmi les débris. Occupés par leur tâche, aucun d'entre eux n'a remarqué la dragonne qui se tenait en silence dans l'ombre des ruines de la porte de l'ouest.

Elle a senti son feu monter dans sa gorge comme de la bile.

— Allô, mon enfant.

Elle s'est tournée lentement vers la droite pour faire face au grand homme au visage blanc de la lèpre et aux yeux aussi noirs que la mort. Il se tenait l'épaule appuyée contre le mur.

— Bienvenue à la maison, a-t-il dit en dévoilant ses crocs dans un sourire.

Tard en matinée, après une nuit passée dans sa cachette sans avoir fermé l'œil, Félix a filé à travers l'aile des serviteurs avec Monstre dans les pattes, qui ronronnait, mais demeurait silencieux autrement. Félix a essayé maintes fois de le repousser d'un coup de pied, mais le chat revenait près de lui chaque fois.

— D'accord, a chuchoté Félix en jetant un regard noir au chat. Mais tu dois être silencieux, t'entends ?

Monstre a remué sa queue duveteuse.

Félix a posé l'oreille contre la porte qui séparait l'aile des serviteurs du grand hall d'entrée du palais. Il entendait des piétinements qui allaient et venaient, la voix d'officiers qui grognaient des ordres et des soldats qui y répondaient.

— Le duc a ordonné que tout soit fait avant la tombée de la nuit. Remuez-vous. Fais attention où tu mets les pieds : veux-tu le briser ? Cela vaut cinq fois le prix de ta vie, soldat !

La voix venait d'une certaine distance, mais son cri portait suffisamment loin pour être capté par l'oreille de Félix depuis l'autre côté de la porte. Deux autres voix se sont fait entendre. Elles marmonnaient, mais étaient assez proches pour être entendues.

— Pourquoi devons-nous vider l'entrepôt ? a dit la première voix. Il a pris le palais, non ? Pratiquement tout le pays. Pourquoi piller un trésor qui lui appartient déjà ?

— Euh, a ronchonné son compagnon. Ce ne sont pas les ordres du duc que nous suivons. J'parierais que… ce sont les ordres de l'autre. Nous pillons pour lui ; il prendra tout, et qui l'arrêtera ? Nous ? J'aimerais bien le savoir. Il laissera au duc une couronne dans ce pays, mais une couronne sans le sou dans un royaume sans le sou. Et penses-tu que les gens de Parumvir respecteront le duc un seul instant une fois que l'autre aura volé là d'où il vient ?

Leurs voix se sont évanouies. Félix a juré en pliant les doigts autour du manche de son épée. On pillait le trésor de son père ! Il aurait voulu fondre sur eux, épée brandie, les faire tomber et les frapper… Mais à quoi bon ?

Il devait trouver son père. C'était tout ce qui importait désormais. Ils s'inquiéteraient de son trésor plus tard, mais pour le moment, il devait trouver un moyen d'atteindre le roi. Mais comment se glisser dans le donjon, quand le seul escalier qui y menait était achalandé par ces voleurs de Shippening ? Et dans un palais grouillant de ses ennemis, Félix n'osait même pas ouvrir la porte du passage où il était tapi.

Il s'est agenouillé, et Monstre a bondi sur ses cuisses.

— Que vais-je faire, bête ? a murmuré le garçon.

À ce moment-là, une nouvelle voix a tonné dans le couloir.

— Laissez là vos affaires et sortez ! Sortez dans la cour immédiatement, bande de chiens !

Monstre a bondi des cuisses de Félix en grognant au fracas des nombreux articles inestimables qui tombaient contre le plancher dur et au grincement métallique des nombreuses épées tirées de leur fourreau dans le hall d'entrée. Des pas ont martelé le sol avant de disparaître par la grande porte d'entrée claquée par le dernier passant.

Félix a entrouvert la porte avec précaution pour jeter un coup d'œil depuis le passage des serviteurs. Le hall était vide. Monstre s'est glissé entre ses pieds pour trottiner dans le hall, mais a trébuché sur les trésors qui jonchaient le sol et qu'il ne pouvait voir. Il s'est arrêté pour renifler un coffre à bijoux ouvert devant ses pattes. Félix a regardé de tous les côtés. Il ne savait même pas que son père possédait toutes ces belles choses. Il a posé le regard sur la porte d'entrée fermée et silencieuse. De faibles sons émanaient de la cour, mais il ne s'en souciait guère.

Il a regardé à l'autre bout du hall où il n'y avait personne, et l'escalier étroit qui descendait vers l'entrepôt et les vieux donjons d'Oriana était vide lui aussi.

En serrant le manche de son épée et en puisant du courage dans son poids familier, Félix s'est glissé hors de sa cachette et a couru jusqu'à l'escalier sombre.

L'escalier était complètement plongé dans le noir, à l'exception de la lumière de quelques lanternes suspendues au mur par les soldats de Shippening. Félix a dégluti avec difficulté en souhaitant que son cœur retombe dans sa poitrine, là où il devait être, puis a amorcé sa descente. Une fois, il y avait longtemps, on lui avait fait visiter les anciens donjons. Des souvenirs de lourdes chaînes de fer et de pièces semblables à des cavernes se glissaient toujours dans ses cauchemars de temps à autre. Il détestait l'idée que son père se trouve à un tel endroit, mais ne doutait pas que c'était là où le duc le gardait prisonnier.

Il a atteint la porte menant aux donjons ; elle était déverrouillée. Il a pénétré dans la salle des gardes. Au soulagement de Félix, une lanterne était suspendue au plafond. Il a grimpé sur un tabouret pour la retirer de son crochet et s'est approché du tunnel qui s'enfonçait profondément dans la Colline de la pierre dorée vers les cellules du donjon. Son courage lui a fait défaut quand il a regardé dans son obscurité.

— Père ?

Les ténèbres ont paru engloutir sa voix.

— Priiiou.

Monstre s'est frotté contre sa cheville. Félix s'est penché pour flatter le dos du chat, mais Monstre a échappé à sa main pour trottiner dans le tunnel.

En avalant difficilement, Félix a suivi le chat en appelant son père à intervalles de quelques pas. À son troisième appel, il a entendu un gémissement provenir d'une cellule à sa gauche.

Il a levé sa lanterne jusqu'à une petite porte en bois sertie de barreaux au niveau du sol qui permettait d'y passer des plats de nourriture. Monstre s'est accroupi devant les barreaux et a remué la queue.

— Père, c'est vous ? a dit Félix.

— Félix ?

La voix était faible, mais il n'y avait aucun doute.

— Père !

Félix s'est accroupi pour regarder par les barreaux, mais la lumière de sa lanterne n'a rien éclairé.

— Père, c'est moi. Je suis là pour vous secourir.

— Félix, idiot ! a tonné la voix de son père dans l'obscurité. Pourquoi es-tu venu ici ?

Félix a cillé, blessé par le ton de son père. Mais il a aperçu une main blanche et mince se glisser entre les barreaux et il l'a serrée entre les siennes.

— Je devais venir, père.

La main de son père a serré brièvement les siennes, mais sa voix était rude de l'autre côté de la porte.

— Pars ! Maintenant ! Sors d'ici avant que ces hommes ne reviennent.

— Je dois d'abord vous libérer, a dit Félix.

Puis il s'est interrompu pour s'asseoir en relâchant la main de son père. Il avait négligé un détail important : les clés du donjon.

Un cri a retenti dans la cour. La dragonne s'est tournée en sursautant pour voir le duc de Shippening qui se tenait au haut de l'escalier de l'entrée où il gesticulait dans sa direction en criant :

— Vite, soldats ! Encerclez-la ! Vous tous !

Les hommes qui traînaient les trésors ont relâché leurs fardeaux pour sortir leurs épées et fondre sur elle. Elle était entourée l'instant d'après ; une fille pâle dans la forêt d'une centaine d'épées. Elle était silencieuse, la tête baissée, refusant de croiser leurs regards.

— Laissez-moi passer ! a hurlé le duc, et des lignes de défense ont bougé dans une vague pour laisser la voie libre à leur chef suprême.

Il s'est enfin tenu devant elle, les bras croisés, le regard rivé sur son visage.

— Tu n'as pas gagné en beauté, fille, je te le dis en toute franchise.

Le duc a pouffé lourdement à travers ses lèvres grasses.

— Eh bien, ça ne fait aucune différence. Il avait raison de toute manière. Il a dit que tu reviendrais si je capturais ton père.

Sa tête a décrit un mouvement soudain, mais elle n'a pas levé les yeux.

— Mon père ?

— Il ne m'a pas laissé le tuer, pas encore. Il a dit que ce serait un gaspillage d'appât.

Le duc a empoigné son menton avec rudesse.

— Mais c'est que tu es laide comme un petit lézard ! Mais tu feras l'affaire, petite princesse. À présent, j'enverrai ton père rejoindre ton frère déjà mort, et quand tu seras ma femme, personne ne contestera ma place sur le trône.

Elle a levé les yeux sur son visage, et le duc s'est surpris à plonger le regard dans des abysses sans fond de chaleur en fusion. Il a crié comme s'il avait été brûlé et a reculé dans le cercle de ses soldats qui, effrayés, ont reculé eux aussi en brandissant leurs armes plus haut.

Le rire du Dragon a roulé au-dessus de leurs têtes comme un éclair lézardant le ciel. Les hommes de Shippening ont battu en retraite de telle façon qu'une voie s'est ouverte entre elle et le Dragon. Leurs regards se sont croisés.

— Tu es bien trop honnête, mon enfant, a dit le Dragon en souriant pour lui permettre de voir le feu entre ses dents. Regarde-toi. Même là, tu ressembles davantage à une dragonne qu'à une humaine. La plupart de mes enfants le dissimulent mieux. Tu ne pourras pas marcher dans le monde des hommes avec cette apparence.

— Je ne suis pas votre enfant, a-t-elle grogné.

Il a secoué la tête avant d'avancer d'un pas de félin dans la voie qui les séparait, entre les soldats, jusqu'à ce qu'il se tienne devant elle, imposant.

— Bien sûr que oui, a-t-il dit. Ma belle enfant.

— Dragon !

La voix du duc de Shippening était chevrotante, mais il a toussé et a repris la parole.

— Dragon, honore ta promesse, maintenant. Donne-la-moi.

— Honorer ma promesse ?

Le Dragon s'est tourné lentement vers le duc.

— Je ne me souviens pas que tu aies honoré la tienne, duc de Shippening. M'as-tu apporté le roi ? Mon souvenir semble confus. J'aurais juré que c'était là mon œuvre.

— Elle ne te servira à rien, a dit le duc. Donne-la-moi, conformément à notre accord !

Le Dragon a ramené son sourire sur la fille.

— Ton dernier brave soupirant est très fervent. Au moins, l'un d'entre eux veut toujours de toi, petite princesse.

Elle n'a pas quitté le Dragon des yeux en prenant la parole.

— Duc de Shippening, quittez immédiatement la demeure de mon père.

Le feu sifflait dans sa voix.

— Qu-quoi ? s'est exclamé le duc.

Elle s'est tournée vers lui, et son regard aurait fait fondre ses yeux s'il s'était tenu plus près.

— Sortez de la demeure de mon père.

Le duc a pâli et reculé en tenant ses mains devant. Un par un, ses hommes ont filé hors de la cour, répugnant à l'idée de se trouver si près du Dragon et de la fille étrange, et à présent, le duc était horriblement seul. Il a cherché l'aide de son seul allié.

— Dragon ?

Le Dragon a ri de nouveau en tournant les talons pour se diriger vers les portes d'entrée affaissées de la demeure royale.

— Viens avec moi, ma fille. Je te ferai transporter des trésors jusqu'à ma réserve. Je me suis demandé comment j'allais les y transférer. Ton arrivée est heureuse. Il en reste beaucoup à l'intérieur, en bas, dans les voûtes, où tu m'as si gentiment mené. Une fois que tu les auras apportés dans le Village, tu attendras mon retour.

— Arrêtez, a-t-elle dit.

Le Dragon a marqué une pause sur le seuil et a jeté un coup d'œil par-dessus son épaule.

Elle a levé le menton.

— Vous n'entrerez plus jamais dans la demeure de mon père, et…

Elle s'est étouffée dans les flammes qui montaient dans sa gorge.

— Vos mains sales ne toucheront plus ses biens.

Un rire diabolique a envahi la cour ; le Dragon a jeté la tête derrière, et une secousse a traversé ses épaules.

— Petite idiote.

Son sourire a dévoilé chacune de ses dents.

— Je suis ton père, et nous sommes maintenant chez moi, tu te souviens ? Alors, bien entendu que je vais y entrer pour prendre ce qui m'appartient. Et tu vas m'aider. Viens, ma fille, avant que je ne perde mon sens de l'humour.

En trois pas, elle a perdu toute ressemblance humaine et est devenue tout feu tout flamme. Le feu a explosé du plus profond d'elle, et elle n'avait jamais brûlé avec une telle intensité, si bien que les marches en pierre du palais ont commencé à fondre, et elle s'est concentrée sur l'emplacement du Dragon. La silhouette sombre a disparu dans l'attaque de flammes bleues et rouges. Les cris de dizaines de soldats ont bientôt été noyés par le rugissement horrible de son feu. Le monde n'était rien d'autre que des flammes ; seule la chaleur occupait ses sens.

Elle s'est arrêtée enfin et a reculé en titubant ; une fumée empoisonnée lui piquait les yeux. Mais même durant son aveuglement, elle a entendu le Dragon rire de nouveau ; un rire plus profond et sonore qu'auparavant.

— Était-ce là tout ce que tu as en toi ?

D'un seul revers de la main, il a dissipé la fumée et a dévoilé son corps intact sur les marches qui fondaient.

— Je t'ai mal jugée. J'ai cru que ta flamme serait plus grande.

Il a ouvert la bouche — sa mâchoire tombant de façon grotesque contre sa poitrine —, et son feu s'est élevé en volutes pour la balayer.

Elle est tombée à la renverse comme si elle avait été frappée par une massue et a détourné sa tête énorme. D'abord, sa peau de dragonne a absorbé la chaleur, mais elle a bientôt senti un changement. Le feu est devenu si chaud qu'il a pénétré sous ses écailles pour atteindre sa chair tendre, et les écailles ont brûlé et fondu.

Elle a hurlé. Son cri aigu, inhumain et hideux a fracassé les vitres pour s'élever davantage et devenir encore plus intense et horrible. En criant, elle s'est débattue pour fuir, mais le brasier l'encerclait peu importe de quel côté elle se tournait. Elle a cru ne plus pouvoir le supporter, mais il s'est poursuivi sans qu'elle ne meure.

Quand le Dragon a ravalé sa flamme, il s'est dressé au-dessus d'elle, noir et monstrueux, sa crête gonflée comme la couronne d'un roi, ses ailes arquées derrière lui.

— Quelle sottise, ma sœur ! a-t-il rugi en en observant avec rage son corps qui fumait. Tu as songé à tuer ton roi, ton père ? Je t'ai donné ton feu ! Crois-tu pouvoir employer ma flamme contre moi ?

Il l'a frappée, et ses griffes ont déchiré sa chair brûlée. Elle a crié de nouveau en rampant loin de lui, ses ailes déchirées battant faiblement contre le sol.

— Essaie de nouveau, dragonne !

Il l'a frappée une deuxième et une troisième fois.

— Brûle-moi ! Laisse ta flamme gonfler et s'embraser à l'intérieur de toi comme tu es brûlée à l'extérieur. Allez, dragonne !

Où elle a trouvé sa force, elle n'aurait pu le dire, mais elle l'a utilisée pour se pousser debout, prendre une grande respiration et s'envoler. Le roi dragon a ri de son vol et lui a craché d'autres flammes, mais ne l'a pas suivie.

— Pars ! a-t-il crié. Vole à ta perte ! Je te trouverai plus tard et je grugerai tes os, mon enfant ! Je grugerai et je brûlerai tes os !

35

Elle n'a pas pu voler loin, car ses ailes étaient en lambeaux et se désintégraient comme des feuilles brûlées. La jeune dragonne est tombée du ciel à moins d'un kilomètre de la ville et est restée couchée dans le sable, au bord de la mer. Ses respirations étaient inégales, et chacune provoquait une douleur fulgurante dans son corps. Elle a fermé les yeux et s'est laissée glisser dans les ténèbres. Elle savait qu'elle mourait.

Son esprit s'est rempli d'images et de sons qui se massaient pour essayer de se dominer les uns les autres. Les images de sa vie, de ses premiers souvenirs, de ses jeux avec Félix près du Vieux Pont jusqu'aux leçons si détestées de son tuteur aux yeux fatigués en passant par le visage vieux et comique de Nounou. Sur les visions et le collage de couleurs, elle entendait des voix, des voix si familières.

« La confiance, c'est de connaître la nature d'un homme, de savoir la vérité et de se fier à cette nature et à cette vérité malgré les obstacles. »

« Oh, mon amour est comme une colombe blanche qui s'élève dans le ciel du dimanche ! »

« Alors il ne me reste qu'à espérer qu'il se montre digne de confiance. »

« Oh, mon amour est comme un vin frais… »

« Je ne peux supporter de voir tous vos prétendants en sachant que je n'ai pas le droit… de vous faire la cour à mon tour. »

« …Si seulement elle m'appartenait ! »

« Me donnerez-vous votre confiance ? »

« … comme une douce mélopée… »

« Faites-moi confiance, Una. »

« Oh, mon amour… »

« Je lui ferai confiance jusqu'à ma mort ! »

Au son de sa propre voix criant ces dernières paroles, le feu s'est embrasé dans son esprit. Quel mensonge ! Sa confiance s'était brisée, s'était fracassée en même temps que son cœur. Tout ce qui restait en elle brûlait et brûlait ; les flammes maléfiques détruisaient les images, détruisaient les voix de ses proches.

Les yeux du Dragon, comme une mer de feu, l'ont engloutie, et elle s'est étouffée et noyée dans les flammes. C'était la mort, alors ; la fin de tous ses rêves.

Une grive des bois a poussé un chant doux et aigu, comme une clochette d'argent.

« Je vous aime, Una. »

Elle a ouvert les yeux à contrecœur. Le murmure des vagues sur le rivage a rempli ses oreilles, et une douce pluie est tombée du ciel brûlant, à la fois douloureuse et apaisante. Des larmes se sont mêlées à la pluie, et ce sont ces gouttes qui faisaient le plus mal, mais elle ne s'est pas détournée en frémissant.

Elle a levé les yeux sur le visage d'Aethelbald. Il tenait tendrement son corps brûlé dans ses bras.

— Pourquoi m'aimez-vous ? a-t-elle demandé d'une voix qui éreintait sa gorge brûlée.

Il a posé doucement une main sur son visage pour repousser une mèche de cheveux tombée devant ses yeux. Elle sentait la pluie tomber sur son crâne chauve et savait qu'il ne lui restait presque plus de cheveux.

— Parce que je choisis de vous aimer, a-t-il dit.

Quand il a cligné des yeux, deux larmes sont tombées sur les joues de la dragonne, douloureuses mais bénies.

— J'ai choisi de vous aimer il y a longtemps, bien avant notre rencontre. Quand mon père m'a envoyé gagner votre main, je vous aimais déjà.

— Vous avez fait un piètre choix, vous voyez, a-t-elle dit.

Comme sa voix était rauque et horrible à ses propres oreilles.

— Je ne suis rien d'autre qu'une dragonne.

— Je le savais depuis le début.

Toute la tristesse du monde se lisait sur son visage.

— J'ai vu de nombreux êtres chers devenir la proie du feu du Dragon. Alors oui, je le savais déjà, Una. Pourtant, vous êtes l'amour que j'ai choisi, la seule femme pour moi.

Elle a détourné le visage.

— D'autres m'ont fait la même déclaration. Leurs paroles étaient vides.

— Regardez-moi, Una.

Elle a refusé de le regarder.

— Una !

Lentement, même si la vue de son visage taché de larmes la brûlait davantage que le feu, elle a levé ses yeux rouges vers les siens.

— Mes paroles ne sont pas vides.

Un sanglot s'est pris dans sa gorge, et elle a suffoqué devant la douleur et suffoqué de nouveau quand des larmes lui sont montées aux yeux. Elles ont formé des flaques qui ont coulé en des sillons qui provoquaient une douleur atroce sur ses joues noircies. Pourtant, le soulagement que lui apportaient les larmes était plus grand que sa souffrance. Elle a senti qu'il resserrait son étreinte, et il a appuyé la joue contre sa tête chauve pour la laisser pleurer doucement.

— Mon prince, a-t-elle dit enfin d'une voix chevrotante. Vous savez que je ne peux pas vous aimer.

Aethelbald s'est penché en arrière pour essuyer doucement une larme sur sa joue.

— Laissez-moi vous en donner le pouvoir.

— Non, je ne peux pas ! a-t-elle dit en secouant la tête. Je ne peux pas vous aimer. Je n'ai pas de cœur… Aucun cœur.

— Alors laissez-moi vous donner le mien, a-t-il dit.

— Il serait réduit en cendre dans ma poitrine !

Elle voulait se recouvrir le visage des mains, mais a découvert qu'elle était incapable de lever les bras ; elle n'arrivait même plus à les sentir.

— Tout brûle en moi à présent. Tout est feu et cendre.

— Oui, tant et aussi longtemps que vous serez une dragonne.

— Je n'y peux rien, a-t-elle chuchoté. Je changerais les choses si je le pouvais. J'ai essayé de tuer le Dragon comme on me l'a dit. Je sais qu'il doit mourir pour me libérer, mais je n'ai pas pu le tuer. Et à présent, je… je me meurs.

Elle a fermé les yeux.

— Il est trop tard pour nous, mon prince.

La voix du prince était douce et apaisante à ses oreilles.

— Tant que vous serez une dragonne, vous ne pourrez pas vaincre le roi des dragons. Le feu en vous doit d'abord mourir.

— Je me meurs, a-t-elle dit.

Elle sentait les minutes de sa vie s'envoler.

— Je serai bientôt libre.

— Non ! a-t-il dit d'une voix alourdie par les larmes. Non, vous ne pouvez pas mourir dans le corps d'une dragonne. Je ne le permettrai pas !

— Il n'y a rien à faire, a-t-elle murmuré. Je ne peux changer qui je suis. Même si je me tue, je ne peux changer qui je suis.

— Vous devez me laisser le faire, a-t-il dit.

— Quoi ?

— Vous devez me laisser vous tuer, Una.

Une voix maléfique a hurlé dans sa mémoire :

« Tu sais ce qu'il a fait, petite princesse ? Il a brandi son épée et tenté de me transpercer. »

— Vous devez me laisser le faire, Una.

Sa respiration était plus difficile, chaque souffle était une agonie.

— Vous me tueriez ?

« Je me suis soumis à lui, et il m'a trahi ! »

— Je vous tuerai pour vous sauver, a-t-il dit.

Ses yeux la transperçaient par leur tendresse, mais semaient aussi la peur en elle.

« Je lui ai fait confiance, et il m'a trahi ! »

— Je me meurs déjà, a-t-elle gémi.

D'autres larmes ont taché son visage.

— Devez-vous vraiment me tuer ?

— Vous mourrez dans le corps d'une dragonne si vous ne me laissez pas vous aider, a-t-il dit. Faites-moi confiance, et vous mourrez plutôt dans celui d'une princesse.

« Je lui ai fait confiance ! »

Elle a essayé de bouger de nouveau, mais ses membres lui échappaient.

— D'accord, a-t-elle murmuré. Faites ce que vous devez faire, mon prince. Je… je vous fais confiance.

Doucement, Aethelbald a baissé son visage pour embrasser ses lèvres brûlées et noircies. Elle a fermé les yeux et a cru être incapable de supporter une souffrance et une beauté si exquise.

Il l'a couchée dans le sable. Chaque mouvement et déplacement de ses membres était une agonie, mais la fin était proche. Il s'est tenu au-dessus d'elle, et derrière lui, de la fumée de dragon bouillonnait dans un ciel en furie. Dans un bruit métallique, il a tiré son épée. Elle a tremblé là où elle était couchée.

— Mon prince ! a-t-elle haleté. Est-ce que ça fera mal ? J'ai peur.

— Ça fera mal.

Sa voix était pleine de tristesse, mais il n'y avait que de l'amour dans ses yeux.

— La mort est douloureuse.

En plongeant le regard dans ses yeux, si profonds, si doux, elle a pris une dernière respiration.

— Je suis prête, a-t-elle dit.

Il a manié son épée de façon rapide et assurée. Dans un éclair d'argent, il a transpercé profondément sa poitrine. Elle a hurlé quand elle a senti la lame pénétrer profondément dans le brasier qu'était devenue son âme ; elle était comme une bouffée d'air glacial au milieu des flammes. La lame a percé jusque dans le feu le plus sombre, et les flammes ont fui devant la lame. Elle a senti que sa conscience s'échappait. Hors d'un corps lourd et tortillé, elle a glissé dans l'air léger et frais.

Des griffes de dragonne lui ont déchiré le dos pour la retenir. Elle a senti la lame tourner et a crié de nouveau, à l'agonie.

« Je lui ai fait confiance, et il m'a trahi ! »

De dernières flammes désespérées l'ont agrippée.

« Trahie ! »

Ses yeux de dragon l'ont toisée, remplis de haine et de feu.

— Trahie ! a crié la dragonne.

Puis tout était terminé. L'enveloppe de son corps était vide, le feu l'avait quittée pour toujours.

36

Le Dragon a observé les hommes transporter les trésors du roi Fidel hors de ses chambres fortes pour les empiler dans la cour. Il a ramassé une coupe en or. L'or doux a fondu au toucher de ses mains, et les courbes élégantes se sont repliées en une masse informe. Il l'a jetée sur la pile en souriant. La forme n'était rien, la beauté sans nécessité. Tout ce qui importait était l'or.

Alors que le soleil se couchait et projetait l'ombre sombre du palais sur la portion est de la cour, le duc a passé la porte, les bras croisés sur sa poitrine qui rappelait un tonneau.

— C'est presque tout, a-t-il dit. Il ne reste que quelques coffres.

Ses yeux prononçaient d'autres paroles, mais il a retenu sa langue.

— Bien, a dit le Dragon. À présent, tu peux m'amener Fidel et son fils.

Le duc a cillé.

— Son fils ? Ce sale gosse est mort il y a longtemps.

— Je crois que si tu pars maintenant chercher le roi, tu verras qu'il en est autrement.

Le duc a plissé les yeux. Il a pointé vers deux de ses hommes pour leur ordonner de se rendre dans les donjons, puis il a attendu au haut de l'escalier d'où il a observé le Dragon se déplacer d'une pile d'objets précieux à une autre. Les choses ne se passaient pas comme prévu quand il avait conclu cet accord des mois plus tôt. Il prendrait certainement place sur le trône à la mort du roi, mais comment espérer le garder ? Pas un millilitre de sang royal de Parumvir ne coulait dans ses veines, et sans le mariage promis à la princesse, il n'avait aucun espoir de justifier son rang devant le peuple en colère de royaume. Dans le meilleur scénario, il livrerait constamment bataille, et si le Dragon prenait une grande partie de son trésor… Mais il ne pouvait certainement pas tout transporter sur lui ou même une grande quantité ?

Le duc a craché sur les marches de pierre. Maudits soient tous les dragons et leurs marchés.

— Lâchez-moi !

Le duc s'est tourné quand il a entendu la voix affolée, et ses yeux se sont écarquillés de surprise. Les deux soldats qu'il avait envoyés aux donjons étaient de retour ; l'un d'entre eux traînait le roi Fidel au bout d'une chaîne, et l'autre — surprise ! — tenait le prince Félix par le bras et la nuque. Le jeune prince battait l'air de ses bras et donnait des coups de pied violents mais vains à son gardien beaucoup plus costaud.

— Qu'est-ce que c'est que ça ? a rugi le duc.

— Nous l'avons attrapé dans les donjons, mon seigneur, a indiqué le soldat qui tenait le prince. Il se trouvait avec le roi et tentait de le libérer, mais il n'avait pas les clés, vous voyez. Petit garnement…

Le duc a saisi la chemise de Félix pour le tirer hors de la poigne du soldat, le soulever dans les airs et lui souffler au visage :

— Que fais-tu toujours en vie ?

Blanc comme un drap, Félix n'arrivait pas à parler, suspendu dans le vide comme il l'était. Fidel a rassemblé ses forces pour lever ses mains liées par des chaînes.

— Ne faites pas de mal au garçon ! s'est-il exclamé. Ce… ce n'est pas mon fils, seulement un serviteur qui voulait m'aider, mais il n'est rien du tout. Laissez-le partir. Ne lui faites pas de mal.

— Ce n'est pas ton fils, hein ?

Le duc a dégainé son long poignard.

— Dans ce cas, ça ne te fera rien si je…

— Attends.

Le duc s'est figé quand le sifflement du Dragon lui a chatouillé l'oreille. Il a relâché le prince avant de reculer comme si on l'avait piqué. Le Dragon s'est penché pour regarder le visage de Félix.

Le prince a soutenu son regard, puis a soudain crié en balançant les bras sur sa tête après avoir reconnu les yeux du grand homme ; les mêmes sphères brûlantes qui l'avaient aveuglé depuis le mur la nuit où le dragon était venu.

— Voilà ce que je croyais, a dit le Dragon en se redressant tout en gardant les yeux sur le garçon prosterné à ses pieds. Du poison circule dans tes veines. Ils n'ont pas réussi à le retirer au complet, n'est-ce pas, petit prince ? Ta sœur s'est révélée une déception, mais peut-être que toi…

— Non ! a crié Fidel en tirant contre ses chaînes avec une telle force qu'il est tombé sur les marches de pierre.

Le soldat qui tenait l'autre bout de ses chaînes lui a balancé un coup de pied dans les côtes, mais le roi a réussi à se lever de peine et de mal.

– Non ! a-t-il crié de nouveau. Ne lui touchez pas ! Laissez-le tranquille !

Le Dragon l'a regardé en secouant la tête.

– Minable. Ta fille a succombé à mon baiser sans même y songer à deux fois. En temps voulu, ton fils fera de même. Tu ne peux pas les protéger. Tu n'as jamais pu le faire.

Il a agité une main à l'attention des soldats.

– Enchaînez-les tous deux dans la cour, a-t-il dit. Je m'occuperai d'eux à mon retour. Mais pour le moment…

Il a souri, et des flammes ont couronné son visage.

– Il n'y a aucune urgence pour le moment, et j'ai une promesse à respecter. Je dois lui gruger les os.

Sa cape noire a tourbillonné pour se transformer en des ailes noires, et son corps s'est allongé en une forme sinueuse et horrible avant même qu'il n'atteigne la grille brisée. Les hommes de Shippening ont détalé devant lui comme des cafards cherchant l'abri des murs en décombres. Il a rampé sur la grille de métal tordue vers la route qui descendait vers la ville.

Un homme lui bloquait le chemin.

Le Dragon s'est arrêté. Ses yeux se sont plissés pour étudier la silhouette devant lui. L'homme se tenait au milieu de la route, la tête baissée, une cape enroulée autour de ses épaules, une épée à la main. La lame étincelait d'un éclat rouge à la lueur des yeux du Dragon. Du sang frais tachait la pointe de l'épée.

Le bout de la queue du Dragon a remué.

— Je te connais ? a-t-il demandé en tournant sa tête immense de côté pour observer l'homme plus clairement d'un œil. Tu as un air familier.

— Nous avons fait connaissance, a dit le prince Aethelbald.

Le Dragon a reculé en sifflant quand il a entendu sa voix. Un feu brûlant a tourbillonné dans ses yeux, et il a dévoilé tous ses crocs dans un grognement. Puis il a regardé l'homme de nouveau avant d'éclater de rire.

— Toi ! a-t-il crié, et ses yeux sont devenus des fentes rouges. Mais quelle forme as-tu pris là ? Regarde-toi, créature pathétique : une petite bête humaine ! Je n'aurais jamais cru voir le jour où toi, mon ennemi, te réduirait à un tel état. Toi, qui as marché où les mortels ne peuvent aller ; toi qui m'as lié à la pierre dorée. Eh bien, je pourrais t'avaler en une bouchée et avoir encore faim pour le dessert.

Des lames de feu ont glissé entre ses crocs.

Aethelbald a levé la tête, et ses yeux ont croisé ceux du Dragon sans frémir et sans peur.

— Tu ne peux pas me tuer, Mort-vive, destructeur des rêves et dévoreur. Je sais qui tu es, et aucun de tes feux ne peut me toucher.

Le Dragon s'est léché les lèvres.

— C'est ce que tous tes chevaliers ont dit quand je les ai avalés ! Je n'ai aucunement l'intention de regagner cette prison. Je suis plus puissant que je l'étais alors, et toi… Ha ! Tu n'es rien de plus qu'un homme !

Il a souri.

— Par ailleurs, a-t-il dit, je possède une chose que tu désires, n'est-ce pas ? Une chose qui t'est précieuse, mais qui ne t'appartiendra jamais, prince des Rives lointaines.

Il a baissé sa tête, et son souffle chaud s'est abattu sur le prince.

— Je l'ai déjà prise, mon ennemi. Je l'ai prise et je l'ai déformée, je l'ai brûlée de mes flammes. Et toi, tu ne la reverras jamais plus.

— Tu as tort, Mort-vive, a dit le prince.

Il s'est tassé d'un côté. Derrière lui se tenait une fille revêtue d'une simple robe blanche. Elle n'a pas regardé le Dragon, car ses yeux étaient rivés sur le visage d'Aethelbald. Ils étaient sereins, sans la moindre trace de feu.

— Ma fille ! a grogné le Dragon. Ma fille, ma sœur ! Tu ne peux vivre sans ton feu, et je détiens toujours ton cœur.

Même si son souffle s'est emballé légèrement, Una n'a pas répondu et a continué de regarder le prince.

C'est plutôt Aethelbald qui a pris la parole.

— Je lui ai donné mon cœur. Elle n'a plus besoin de ton feu pour vivre. Mais je suis venu réclamer son cœur. Il m'appartient de droit maintenant !

La crête du Dragon s'est gonflée, et l'auréole de ses yeux s'est enflammée.

— Il faudra que tu me tues alors, homme !

Il a ouvert la gueule, et une flamme en a jailli. Aethelbald a pris la main d'Una pour la tirer avec lui derrière une pile de débris. Le Dragon a serpenté sur le sol pour grimper sur la pile et les regarder de très haut. D'autres flammes ont coulé de sa gueule, et Aethelbald a tout juste eu le temps de tirer la princesse hors de leur portée. La pierre derrière eux a fondu.

— Reste près de moi, a murmuré Aethelbald en lui serrant la main.

En la tirant derrière lui, il a couru sur le chemin pour passer la grille brisée et se diriger vers la portion est de la cour.

Les ombres étaient profondes de ce côté du palais, et il était difficile de discerner les piles de pierres des soldats de Shippening.

Aethelbald, en entraînant la princesse avec lui, a bondi sur un amas de pierres qui s'étaient effritées d'un mur. Ils ont baissé la tête quand le Dragon, les yeux striés de feu, a fait son entrée dans la cour.

Le prince a lâché la main d'Una.

— Aethelbald ! a-t-elle crié en tendant le bras vers lui.

— N'aie pas peur, Una, a-t-il dit d'une voix étrangement calme. Regarde.

Il a pris son menton d'une main pour tourner sa tête vers la gauche. Elle a aperçu son père et son frère enchaînés au socle d'une statue brisée, qui toussaient dans la fumée du dragon qui roulait dans la cour.

— Sors de ta cachette, poltron ! a hurlé le Dragon, et des flammes se sont échappées de sa gueule.

Des soldats ont crié, et certains se sont glissés dans les fissures du mur pour détaler le long de la Colline de la pierre dorée. Des flammes ont volé dans tous les sens dans la cour, et tout ce qui n'avait pas encore brûlé prenait en feu.

— Ton père et ton frère seront tués par ce feu, a dit Aethelbald. Tu dois les libérer. Je vais diriger le monstre dans une direction.

Il l'a regardée dans les yeux un moment et, soudain, il l'a tirée contre lui pour l'embrasser, au moment même où l'air autour d'eux bouillait et le ciel rugissait.

Quand il s'est retiré, il lui a touché doucement la joue.

— Je te reviendrai. Peu importe ce qui arrivera, je te reviendrai. Maintenant, file !

Il a resserré sa poigne autour de son épée et a réuni ses forces pour gravir une pile de décombres. Il empoignait les pierres de la main gauche et se hissait vers le haut. Il a bondi sur le sommet, où il est devenu une cible facile.

Le Dragon s'est tourné, et une explosion de feu a roussi les pierres. Même si elle était accroupie en sécurité de l'autre côté, Una sentait la chaleur des flammes à travers les pierres. Le prince a esquivé le feu à la dernière seconde et a filé comme une flèche dans la cour, en direction de la porte. Le Dragon s'est tourné pour le suivre en crachant d'autres flammes.

Una peinait à respirer dans la fumée dense et a porté les mains à sa bouche. En ravalant des larmes, elle a traversé en titubant la cour massivement enflammée.

— Una ! a crié Félix quand il l'a aperçue à travers le brouillard de fumée.

Fidel a levé des yeux sans espoir, et la joie a couvert son visage quand il l'a vue. Elle est tombée à genoux devant eux et la statue brisée, et ils ont passé leurs bras autour d'elle pour la serrer fort.

— Regarde, a dit Félix en se redressant avant de pointer la cour du doigt. Le soldat les a échappées dans sa fuite.

Una a regardé et aperçu l'anneau de clés à quelques pas de là. Elle a bondi pour aller les récupérer, mais pouvait à peine voir dans la fumée. Elle s'est éraflé les jointures en les ramassant et s'est dépêchée de revenir vers sa famille. Félix était enchaîné par une seule menotte fixée au bras de son père. Elle a tenté de glisser plusieurs clés dans la serrure avant de trouver la bonne, et Félix s'est libéré. Mais Fidel était ligoté par des chaînes entre les mains et les pieds et par une autre autour du cou que le soldat avait verrouillée au socle de la statue. Una lui a libéré les mains et les pieds, mais chaque clé qu'elle a glissée dans la serrure de la chaîne autour de son cou refusait de tourner.

Une main a surgi de l'obscurité pour lui saisir l'épaule. Elle a crié quand on l'a tirée debout, et les clés lui sont tombées des mains.

— Je dois dire, a grogné le duc de Shippening à son oreille, je n'aurais jamais cru être si heureux de te voir vivante, princesse !

Elle a crié de nouveau, et Félix, en rugissant comme un lion, s'est jeté tête première vers le duc avec toute la force de son jeune corps et l'a percuté solidement sur le flanc, juste en dessous de sa cage thoracique. Le duc a grogné et titubé, et Una s'est libérée de sa poigne. Elle a repris le trousseau de clés pour essayer les dernières dans la serrure. Elle a entendu le grincement d'une épée que l'on tirait de son fourreau, mais elle n'a pas regardé derrière elle. Il ne lui restait que trois clés à essayer. Elle en a introduit une dans la serrure de la chaîne autour du cou de son père et a entendu un déclic.

Fidel s'est levé comme un ouragan et a balancé les chaînes qu'il tenait au visage du duc. Le duc les a attrapées, mais l'une d'entre elles a échappé à sa poigne pour le frapper en plein front. Il a reculé en titubant.

— Félix ! a crié le roi.

Félix, à quatre pattes derrière le duc, s'est tassé du chemin en rampant à moitié vers son père. Le duc a brandi une main grasse et a saisi le collet de la chemise du jeune prince en levant son épée de l'autre.

Un rugissement atroce a fait trembler les pierres. Una s'est serrée contre son père et a vu le Dragon approcher, ses yeux rouges ressemblant à de la lave, mais devant lui courait Aethelbald, le regard rivé sur le duc. Il a fait un bond vers l'avant pour attraper la lame de l'épée du duc à main nue, la lui ôter et, simultanément, enfoncer le genou dans le creux du dos du duc. Le duc et lui ont culbuté sur les pierres, et Félix s'est libéré pour courir vers le roi et Una.

Le roi a tiré ses deux enfants derrière le socle de la statue au moment où des torrents de feu passaient près d'eux en rugissant pour brûler l'air et faire fondre l'extrémité de leur abri. Le cri du duc leur a percé les oreilles pendant un instant avant d'être englouti par les flammes.

Pendant une fraction de seconde, Una a respiré alors que le feu diminuait. Puis, dans un cri, elle s'est libérée de la poigne de son père pour courir dans le tourbillon de fumée et de cendre. Elle a avancé en trébuchant et en toussant et ne pouvait rien y voir.

Des yeux rouges ont brillé au-dessus d'elle, transperçant l'obscurité et la cendre. À leur lueur, elle a vu des os brûlés étalés sur les pierres.

37

– Aethelbald, a murmuré Una.

Elle a levé lentement le regard pour passer des os aux yeux du Dragon. En soufflant du feu de sa gueule, il a fouetté la queue pour l'enrouler autour d'elle comme un python autour de sa proie. Dans un mouvement à rendre malade, elle a été soulevée dans les airs où elle a senti le vent mordant sur son visage et, au même moment, la brûlure horrible des écailles de dragon qui s'enfonçaient dans sa peau. Elle est devenue molle comme une poupée de chiffon sous sa poigne.

Ils ont survolé la Colline de la pierre dorée jusqu'aux ruines spectrales de ce qui avait déjà été sa ville et là, au milieu de la place publique, qui avait autrefois fourmillé d'activités, mais qui empestait maintenant la mort, le Dragon l'a relâchée. Una est restée couchée là où elle était tombée, roulée en boule, et elle a senti la terre trembler quand le Dragon a atterri.

— Tu vois, petite princesse ? a sifflé la voix du Dragon qui remplissait l'air et se répercutait dans les longues rues sombres et mortes de Sondhold.

On aurait dit que des milliers de voix démoniaques répétaient chacune de ses paroles et les lançaient sur elle comme des couteaux.

— Tu vois, même lui a manqué à ses engagements envers toi. Il a brûlé lui aussi sous mon feu. À quoi te servirait son cœur à présent ?

Elle s'est poussée à la verticale. Ses cheveux ont couvert son visage comme un voile. Elle s'est agenouillée dans la cendre, visage entre les mains.

— Personne ne résiste à mon feu, a dit le Dragon.

Elle a senti son grand corps lourd au-dessus d'elle et a eu l'impression qu'elle allait fondre.

— Abandonne son cœur, petite princesse !

Una a levé le visage pour fixer le regard dans des abysses de flammes.

— Abandonne son cœur, a dit le Dragon, et son souffle empoisonné a repoussé le voile de ses cheveux. Reprends mon feu, ou tu mourras à cet instant.

Perdue dans les ténèbres et la nuit enflammée, elle ne trouvait aucune voix.

— Reprends mon feu.

La chaleur était comme un poids qui l'écrasait contre le sol. Elle n'arrivait pas à respirer.

— Prends mon feu et tu vivras, mon enfant !

Elle a fermé les yeux.

Quelque part, si loin qu'Una peinait à l'entendre, une grive des bois a chanté.

Elle a fermé les yeux très fort et tendu l'oreille pour mieux entendre. Le chant — des notes argentées comme les cloches matinales — a monté. La chanson a résonné encore plus fort pour emplir sa tête, noyer la voix du Dragon et chasser la fumée de son esprit.

« Je t'aime, Una. »

« Ne me reviendras-tu pas ? »

Elle a levé les yeux dans le ciel noir au-dessus de la tête du Dragon, au-dessus du brasier de ses yeux.

— Je préfère mourir, a-t-elle dit.

La mâchoire du Dragon a baissé, et elle a senti la chaleur de sa fournaise augmenter. Mais au-dessus de sa tête, elle a vu un petit être ailé qui chantait de sa voix d'argent en volant.

« Je t'aime, Una. »

Devant ses yeux, la grive des bois a filé comme une flèche dans la gueule du Dragon. Puis Una a vu Aethelbald, son prince, agenouillé sur la langue du monstre, épée à la main. Même sous les flammes qui s'élevaient dans la gorge du Dragon, le prince lui poignardait le palais.

Le Dragon a hurlé. Comme l'océan dans une tempête. Comme les vents d'un ouragan qui détruisent une ville. Comme des montagnes qu'on croyait immortelles, mais qui s'effondrent dans une avalanche de pierres. Il a hurlé et s'est cabré pour tomber à la renverse en se contorsionnant, emportant avec lui des bâtiments et étouffant ses flammes sous son corps.

Una a fui la place publique pour courir vers les quais et la mer houleuse dans la tempête. Elle s'est jetée dans l'eau pour échapper à la pluie de feu et s'est cramponnée aux poteaux d'un quai pour résister aux vagues qui déferlaient sur elle. Le rugissement a résonné dans ses oreilles, et des cendres chaudes grésillaient autour d'elle dans l'océan. Elle a observé le Dragon se débattre et s'enflammer dans l'agonie, jusqu'à ce qu'elle cache son visage derrière un bras.

Enfin, le calme est revenu.

Dans l'eau soudain froide, Una a frissonné. Devant elle, dans la ville, le feu a crépité, puis s'est éteint. Une petite brise a soufflé sur son visage pour l'asperger de petites goulettes d'eau avant de tomber.

Una a barboté jusqu'au rivage, qu'elle a gravi. Ses vêtements étaient lourds sur son corps frêle. De la fumée a troublé ses yeux et l'a étouffée, mais elle a avancé en titubant sur le chemin désert qui menait à la place du marché. Les voix démoniaques avaient laissé place à un silence vide et béant. Elle ne parlait pas, respirait à peine en avançant, et ses pas ne faisaient aucun bruit contre les pierres. La fumée s'épaississait à chacun de ses pas, mais elle ne ferait pas demi-tour.

Le Dragon était étalé dans la place du marché.

Son corps avait écrasé l'ancien centre-ville et réduit en poussière des bâtiments sous lui. La chaleur de son feu mort érigeait un mur autour de son corps, mais Una a persisté.

La gueule du Dragon était ouverte, et sa longue langue noire était drapée sur les pierres. De la fumée empoisonnée a envahi les narines d'Una qui a eu des haut-le-cœur. Elle a regardé entre les rangées de crocs.

L'épée était plantée dans la mâchoire supérieure du Dragon. Mais la lame brillait d'une lueur rouge provoquée par la chaleur et était tortillée comme un fil ; l'argent fondait comme de la cire.

– Non, a murmuré Una en secouant la tête. Non, tu as promis.

Elle est tombée à genoux, et la chaleur et la fumée ont enseveli ses sens.

– Aethelbald, ne me quitte pas… Pas tout de suite.

Elle a enroulé les bras autour de son corps et s'est penchée, si bien que son front s'est appuyé contre la pierre.

– Je t'en prie, ne me quitte pas. Je préfèrerais mourir plutôt que vivre sans toi à présent !

Ses mains ont agrippé sa poitrine, où elle sentait les battements de cœur si fort sous sa peau. C'était son cœur et non le sien, mais elle a cru qu'il allait se briser.

– Je t'en prie, mon amour ! Ne me laisse pas seule !

– Una.

Elle refusait de lever les yeux et détournait son visage.

– Una, regarde-moi.

– Non !

– Una.

Des mains solides ont pris les siennes. De vraies mains chaudes.

– Una, je suis revenu à toi.

– Non !

Elle a essayé de se libérer, mais il n'a pas lâché prise.

– Una, je ne suis pas un fantôme.

Une des mains qui tenaient les siennes a libéré sa poigne, et il a tourné sa paume vers le haut. Elle y a vu deux filets de sang qui s'échappait d'une blessure fraîche provoquée par une épée.

– Est-ce qu'un fantôme saigne ? a-t-il demandé gentiment.

Elle a levé lentement le visage. Des yeux doux, d'une profondeur et d'une limpidité infinies, ont croisé les siens.

— Je t'ai dit que je reviendrais, n'est-ce pas ? Peu importe.

Aethelbald a souri et a essuyé la cendre du visage d'Una.

— Tu ne me crois toujours pas, même après tout ce qui est arrivé ?

— Je…

Sa voix s'est brisée dans un sanglot, et elle s'est jetée dans ses bras pour s'agripper à lui avec l'énergie du désespoir. Aethelbald l'a serrée contre lui, lui a caressé les cheveux et a murmuré :

— C'est terminé, maintenant. Il n'y a plus de danger. Je ne t'abandonnerai jamais. Je ne t'abandonnerai jamais, Una.

L'aube s'est levée sur la carcasse noire du Dragon. Les rayons de soleil ont percé la fumée qui se dissipait et ont réduit son corps en cendre. Une douce brise a porté les cendre jusqu'au désert, où elles ont été éparpillées sur le sable.

38

Fidel se tenait avec son fils à l'extérieur des grilles brisées du palais d'Oriana, le bras passé autour des épaules du garçon. Ils observaient en silence les feux mourir dans la ville devant eux.

Enfin, Félix a parlé :

– Que ferons-nous à présent, père ?

– Nous allons rebâtir, a dit Fidel.

– Avec quoi ? La plus grande partie de votre fortune a brûlé.

Fidel a serré son fils contre lui et est redevenu silencieux. Ils ont gardé les yeux encore une fois sur la route sombre devant eux, et l'aube s'est levée lentement, la lumière a transpercé la fumée de dragon qui se dissipait. Monstre s'est entortillé en ronronnant autour des chevilles du prince jusqu'à ce qu'il persuade Félix de s'agenouiller pour flatter de manière réconfortante la tête et le dos du chat. Et ils ont continué à observer la route.

Soudain, Félix a poussé un cri de chiot et a dévalé la colline à folle allure, et Monstre l'a suivi aveuglément, queue dressée au-dessus de la tête. Le prince a à peine ralenti la cadence avant de tomber dans les bras tendus de sa sœur qui montait sur la route. Elle a ri et est pratiquement tombée à la renverse, mais Aethelbald les a attrapés pour les remettre en équilibre. Félix a remarqué, dégoûté, que des larmes roulaient sur ses joues et il les a essuyées au premier abord, mais sans succès. Una a ri de nouveau et a tenté d'essuyer sa joue de son pouce, mais il l'a repoussée d'un air bourru avant de la faire tournoyer de nouveau dans un câlin.

Aethelbald les a séparés avec gentillesse et a pris Una par la main pour la mener à Fidel, qui attendait comme une sentinelle devant les portes du palais. Aethelbald s'est incliné devant lui.

— Je vous ai amené votre fille, Votre Majesté.

Fidel a pris la main d'Una qu'Aethelbald lui tendait. Il l'a fixée des yeux un moment — petite et blanche dans sa main. Puis il s'est agenouillé aux pieds d'Aethelbald et a fondu en larmes.

Una, son père et son frère étaient si transportés par la joie de se revoir après leur séparation amère qu'ils ne songeaient pas à leur position précaire. Ils se serraient, riaient, pleuraient, s'interrompaient à qui mieux mieux, puis riaient et pleuraient de nouveau. Quand enfin, le prince Aethelbald leur a demandé de le suivre dans la forêt, ils ont accepté sans poser de questions, en riant, en pleurant et en échangeant des propos sans trop d'intérêt sauf pour les voix joyeuses qui les prononçaient.

Aethelbald n'a jamais lâché la main d'Una.

Il les a dirigés dans les ombres de la forêt vers un sentier étrange qui brouillait leur vision périphérique et semblait les porter sous leurs pas, si bien qu'ils avançaient sur des kilomètres à chaque pas. Mais ils se sont tenus par la main et n'ont pas eu peur de suivre le prince des Rives lointaines loin des ruines du palais d'Oriana et de la ville détruite de Sondhold remplie de fumée.

Quand ils sont sortis de ce sentier, ils se trouvaient tout au nord de la côte, devant la ville de Glencrocus.

Félix a regardé en direction d'où ils étaient venus, mais ne voyait la forêt nulle part et il a frissonné, non de peur, mais d'émerveillement.

Monstre, qui marchait sur ses talons, a miaulé impérieusement jusqu'à ce que Félix le prenne et le porte sur le chemin qui les séparait de Glencrocus.

Les sentinelles postées aux portes de la ville ont salué les nouveaux venus et quand ils ont appris que le roi Fidel approchait, ils ont envoyé un message au maire. S'en est suivi tout un cirque, car le peuple fidèle de Parumvir a accouru pour accueillir Fidel et ses enfants et les accompagner dans la ville jusqu'à la belle demeure du maire. Mais avant que les serviteurs n'affluent pour les servir, le prince Aethelbald a tiré Una en retrait.

— Je dois partir, a-t-il dit.

Elle n'a pas répondu ; elle s'est contentée de le regarder.

— Je dois retrouver mes serviteurs et m'occuper aussi des intérêts de ton père.

Elle a hoché la tête.

— Mais je reviendrai, Una. M'attendras-tu ?

Alors la foule s'est refermée sur eux, les gens se sont agglutinés autour de la princesse et ont tiré sa main de celle d'Aethelbald. Elle n'a pas eu le temps de répondre à sa question, mais elle lui a souri. Elle a continué de lui sourire même lorsqu'ils ont été séparés et qu'elle a disparu dans la cohue qui l'a menée vers la ville.

Et dans l'excitation de recevoir le roi perdu et ses enfants, personne n'a remarqué le prince des Rives lointaines quand il s'est tourné et s'est éclipsé pour disparaître dans son sentier étrange.

Una est passée dans les rues achalandées de Glencrocus où elle a perdu de vue son père et son frère, mais elle a fait confiance aux gens joyeux autour d'elle. Elle approchait du seuil de la demeure du maire quand une voix a attiré son attention.

— Una ! Princesse !

Elle a regardé par-dessus son épaule et a reconnu le vieux visage comique qui l'appelait et lui envoyait la main dans le creux de la foule.

— Nounou ! a crié Una avant de demander qu'on mène la vieille dame à elle.

Les gens ont déferlé vers eux pour pousser Nounou dans les bras d'Una, et les deux femmes se sont serrées en pleurant.

— Allons, mademoiselle la princesse, a dit Nounou enfin en reniflant brusquement. Ce n'est pas convenable pour une dame de ton rang de faire tout ce flafla pour son personnel. Et en public ! Que penseront-ils ? Rentre tout de suite avec moi, et je te ferai couler un bon bain parce que ton odeur est terrible, ma chère ; je ne mentirai pas…

Le prince Aethelbald n'est pas revenu avant quelques jours. Durant cette période, Félix et Una ont peu vu leur père, mais ont passé du temps paisible ensemble et avec Monstre qui ronronnait sur leurs genoux. Una s'est aperçu qu'elle ne souhaitait pas raconter à son frère ses aventures après avoir fui le palais d'Oriana et ne souhaitait pas non plus s'en souvenir.

Félix, assis et occupé à flatter le chat orange, fronçait souvent des sourcils, car chaque fois qu'il ouvrait la bouche pour raconter à sa sœur tout ce qui lui était arrivé durant leur séparation, les mots lui échappaient. Sa mémoire devenait floue et sa langue s'embrouillait, et il s'apercevait qu'il n'arrivait pas à discerner quelles aventures étaient réelles et lesquelles faisaient partie de ses rêves.

Ainsi, ils parlaient peu et profitaient simplement de la présence de l'autre.

— Vas-tu épouser Aethelbald ? a demandé Félix quatre jours après leur arrivée à Glencrocus alors qu'ils étaient assis dans les appartements d'Una près du foyer vide.

Même si le temps était quelque peu frais, Una s'était rendu compte qu'elle n'aimait pas avoir un feu dans ses appartements et préférait s'emmitoufler dans des couvertures. Félix et Monstre s'en plaignaient bruyamment, mais elle était immuable.

— Épouser Aethelbald ? a dit Una avec un sourire. Je ne sais pas.

Félix a ricané.

— Ne ricane pas de ce que je dis, Félix. Ce n'est pas convenable.

— Tu vas l'épouser, n'est-ce pas ?

— Peut-être. Ça ne te regarde pas.

— Ça me regarde ! As-tu la moindre idée du genre d'affublements qu'on va me forcer à porter à ton mariage si tu te maries ?

Il a poussé un soupir.

— On va me couvrir de bijoux — voilà ce qui arrivera. Et encore plus maintenant, avec tout ce qui est arrivé. Dois-tu vraiment te marier, Una ?

Una a souri de nouveau sans répondre.

— Pourquoi cet idiot de chat est-il assis sur mes genoux plutôt que sur les tiens ?

Félix a repoussé Monstre et a croisé les bras et les jambes. Monstre a miaulé avec irritation et a entrepris de se laver la patte.

— Una, a dit Félix sans prendre la peine d'adoucir sa mine renfrognée.

— Oui ?

— Tu vas me manquer quand tu seras partie. Un peu.

Una a avancé le bras pour prendre la main de son frère et la serrer gentiment en souriant de la voir éviter son regard.

— Je t'aime aussi, Félix.

Quand Aethelbald est revenu le lendemain, il n'était pas seul. Il était accompagné des chevaliers qui lui restaient, sir Œric et sir Imoo, et des survivants de l'armée de la forteresse du nord qui comprenaient, à la joie du roi Fidel, le général Argus qui, bien qu'il fût blessé, était toujours vivant. Le roi a étreint son général avec grand bonheur et était presque trop distrait pour remarquer ce que le prince des Rives lointaines lui apportait.

Les trésors du palais d'Oriana, qui avaient été éparpillés dans la cour la nuit du dernier feu du Dragon, n'avaient pas été détruits. En fait, Aethelbald et ses serviteurs en transportaient la majeure partie à Glencrocus indemne, et les trésors royaux ont été reconquis. Ainsi Fidel était assuré que, malgré sa position affaiblie, il aurait la force et les ressources pour rétablir son royaume dans sa gloire d'antan.

Mais certaines choses ne seraient jamais restaurées. Le palais sur la Colline de la pierre dorée, rempli de fumée de dragon et brûlé par son feu, est demeuré en ruines et n'a jamais été reconstruit. Et bien qu'un village de pêcheurs prospère se soit érigé sur les ruines le long du port de Sondhold, le prestige d'antan de la capitale de Parumvir n'a jamais été rétabli.

Una était assise aux côtés de son père quand il a reçu le prince Aethelbald et ses cadeaux. Après avoir présenté ses trésors au roi Fidel, Aethelbald s'est tourné vers la princesse et lui a fait la révérence. Ensuite, il a dit :

— J'ai trouvé autre chose, gente dame. Fais une coupe de tes mains.

Elle a obéi, et il a déposé quelque chose dans sa paume.

C'était une bague d'opale qui brillait de ses propres feux.

Elle a levé les yeux vers lui et lui a souri.

— Avec le respect des Rives lointaines, a-t-il dit.

— Prince Aethelbald.

Elle a baissé les yeux en maudissant les taches rouges qui explosaient sur son nez, mais en s'obligeant à prendre la parole malgré tout.

— Je serais… Je pense que j'aimerais que tu la gardes. Si tu veux bien.

Il s'est agenouillé devant elle, et elle a poussé la bague dans ses mains. Toujours incapable de le regarder, Una a murmuré :

— Tu repartiras bientôt ? Pour retourner aux Rives lointaines, n'est-ce pas ?

— Oui, a-t-il dit.

Et soudain, il lui a serré les mains fort, et elle sentait tous les regards de l'assemblée rivés sur le prince et elle et savait que tout le monde comptait ses taches rouges jusqu'à la dernière. Aethelbald a dit :

— Mais si tu acceptes de m'épouser, princesse Una, je t'amènerai avec moi.

Elle a croisé son regard et lui a souri, et taches rouges ou non, tous ceux qui ont observé la scène se sont dit qu'ils n'avaient jamais vu leur princesse plus ravissante.

— Il faudra que j'y pense, a-t-elle dit.

Félix a grogné et roulé des yeux.

— Applebald ! a-t-il marmonné, et les commérages sont allés bon train parmi tous les gens de la cour réunis dans la pièce.

39

La princesse Una de Parumvir et le prince Aethelbald des Rives lointaines se sont épousés près de la mer. Una, au grand dégoût de Nounou, a refusé de porter la robe aux nombreuses jupes et parée d'ornements conçue spécialement pour elle par les experts en mode de Parumvir. Elle a plutôt arrêté son choix sur une simple robe blanche sans ornements ni bijoux et, à la place d'une couronne, elle portait des fleurs dans ses cheveux.

Pour soulager leur dignité blessée, les mêmes tailleurs ont jeté leur dévolu sur le prince de Parumvir, et Félix (comme il l'avait soupçonné) a été serré dans un habit au collet en dentelle raide et étouffant, serti d'une quantité énorme de petits bijoux sur ses bordures, de manches si bouffantes à crevés de soie écarlate que Félix a cru qu'il tomberait à la renverse si sa tenue n'était pas rééquilibrée par d'autres bijoux suspendus et une paire de chaussures aux pointes recourbées. À bout de souffle, il s'est presque évanoui plusieurs fois durant la cérémonie.

Mais à son soulagement, personne n'a remarqué Félix, avec l'air grandiose de la compagnie présente. Sir Œric et sir Imoo se tenaient d'un côté du prince Aethelbald ; sir Œric aussi énorme et escarpé qu'une montagne, sir Imoo noir comme la nuit et aux yeux brillants comme des étoiles. Derrière eux, Félix a aperçu une masse de gens dont une partie semblait disparaître sous un certain angle pour réapparaître l'instant d'après dans leur étrangeté éclatante. Félix a cru apercevoir un roi à la barbe noire à peine plus grand qu'un lièvre qui se tenait près d'une reine de la même taille dont les cheveux si longs et dorés ressemblaient à une rivière d'or liquide. À un moment, il aurait juré voir une fille vêtue en vert assise sur le dos d'une grenouille géante, et l'instant d'après, il a cru voir un garçon d'à peine cinq ans tirer un lion blanc au bout d'une laisse comme s'il s'agissait d'un chiot. Félix a aussi entrevu un homme à la tête de cygne, un tigre à la fourrure de flammes, une femme aux yeux de chat, et bien d'autres personnages.

Cependant, quand il a cligné des yeux, il n'a vu personne d'autre que le prince et ses deux chevaliers, de même que le peuple de Parumvir réuni et vêtu de couleurs éclatantes. Il a tiré sur le collet serré autour de son cou en souhaitant qu'une maladie horrible prenne tous les experts en mode de Parumvir pour les empêcher de concevoir un seul autre habit.

— Te voilà ! a chuchoté férocement une voix au beau milieu de la cérémonie.

Félix a jeté un regard furtif par-dessus son épaule vers la foule non existante qui se tenait derrière le prince et a aperçu une jeune femme au visage foncé, aux cheveux encore plus sombres et aux dents légèrement croches. L'espace d'un moment, il a cru qu'elle s'adressait à lui, mais a compris par la suite qu'elle jetait un regard mauvais vers ses pieds. Il a suivi son regard jusqu'à l'endroit où Monstre était assis, la queue enroulée bien sagement autour de ses pattes, une oreille baissée à la voix de la femme.

— Où t'es-tu cachée toutes ces années, minable bête ? a dit la femme en se rapprochant.

Le chat a rabattu son autre oreille et a remué le bout de la queue avant de bondir dans la foule pour disparaître de la vue de Félix.

Félix s'est tourné pour regarder de nouveau la jeune femme, mais elle avait disparu. Fidel, qui se tenait près de son fils, lui a donné un coup de coude dans les côtes, et le garçon a rapidement rapporté son attention vers la cérémonie devant lui. Il a cru peut-être reconnaître la femme de quelque part, d'une certaine époque. D'une lointaine époque, peut-être, ou l'avait-il vue dans un rêve ?

Enfin, la cérémonie s'est terminée. Quand Aethelbald a serré son épouse dans ses bras, de nombreuses voix se sont élevées depuis la mer et dans le vent autour d'eux ; un millier de voix, aussi belles et sauvages que les étoiles qui brillent et le clair de lune. Elles ont chanté :

« *Au-delà de la dernière chute d'eau,*
Les chansons de la sphère montent en crescendo.
Lorsque le soleil descend dans le ciel du crépuscule,
Me suivras-tu ? »

Félix, qui se tenait près de son père, a regardé vers la mer, où il a presque aperçu — pas tout à fait — les êtres de Féérie qui nageaient dans les vagues. Leurs voix ont piqué de nouveau sa mémoire pour y faire naître une impression insistante de… de quoi ? Une promesse et un doux sourire et un pichet d'eau en argent. Des images étranges de montagnes élevées et de rayons de lumière perçant les feuilles vertes, d'une femme drapée de vêtements lavande et verts. Comme ces pensées étaient trop étranges, il a secoué la tête d'un air renfrogné. Il y repenserait peut-être le lendemain.

Una, qui se tenait droite après l'étreinte de son époux, a regardé vers l'océan pour y apercevoir pour la première fois les êtres de Féérie dans l'eau, leurs cheveux étincelant comme des feux. Les poissons-licornes ont levé la tête de l'écume pour briller comme des milliers de soleil et chanter.

— Chantent-ils pour toi ? a-t-elle demandé à son époux.

— Ils se réjouissent pour moi, a dit Aethelbald en passant la main d'Una sous son bras. Car tu es mienne à présent. Pour toujours.

Elle l'a regardé dans les yeux en souriant et s'est sentie comblée par la lumière de la chanson.

REMERCIEMENTS

Je ne peux exprimer toute ma gratitude à ma mère, Jill Stengl, pour toutes les heures de critique et de remue-méninges qu'elle m'a consacrées pour m'aider à peaufiner cette histoire afin qu'elle soit la meilleure possible. Maman, tu as fait bien plus que ton devoir.

Merci à Erin Hodge, Esther Shaver, Paula Pruden-Macha et Edward Schmidt, qui ont tous lu diverses versions du roman et m'ont donné leurs franches opinions. Quelle chance d'avoir de si bons amis !

De grands mercis à Kim Vogel Sawyer, Jill Eileen Smith et Elizabeth Goddard qui ont encouragé cette jeune auteure quand elle en avait besoin.

Merci à tous les gens qui ont lu mon manuscrit par plaisir : Peter, Tom, Jim, Ben, Abbey, Debbie, Laura, Hannah, April… Si j'ai oublié l'un d'entre vous, je vous prie de croire que votre nom est inclus ici avec toute ma gratitude. Vous avez tous été une source d'encouragements.

Et je ne peux oublier mon agente, Rachel Zurakowski, qui a cru en moi et en mon histoire depuis le tout début. Tu es un superhéros, Rachel.

L'équipe de Bethany House Publishers s'est montrée fantastique à chaque étape de ce processus. Ce fut une expérience merveilleuse que je n'oublierai jamais. Merci à vous tous!

À PROPOS DE L'AUTEURE

Anne Elisabeth Stengl réside à Raleigh, en Caroline du Nord, où elle exerce sa profession de professeure d'arts. Elle donne des leçons privées dans son studio et enseigne à des groupes à l'Apex Learning Center. Elle a étudié l'illustration au Grace College et la littérature anglaise à la Campbell University. *Cœur perdu* est son premier roman.

Extrait du livre 2

1

La rumeur courait qu'un monstre vivait dans les montagnes.

Personne ne savait où il se cachait. Personne ne pouvait dire à quel moment il était arrivé là. Personne ne pouvait certes dire à quoi il ressemblait, bien que les opinions à ce sujet fussent contradictoires. Mais tout le monde s'entendait pour dire qu'il était là. Quelque part.

« Tout le monde » ne désignait personne en particulier et tous ceux qui travaillaient à la Maison sur la colline, là où Léo a passé l'été de ses onze ans. De prime abord, Léo a présumé qu'il s'agissait d'une de ces expressions que les adultes aimaient se renvoyer, un peu comme le juron « Dame silencieuse ! », poussé quand ils étaient effrayés, ou « Dents de dragon ! », quand ils étaient fâchés.

— Vous feriez mieux de rentrer, il fait presque nuit, l'appelait sa nounou depuis la fenêtre de sa chambre quand il jouait sur les pentes de pelouse et dans les jardins de la Maison sur la colline.

— Il ne faudrait pas que le monstre de la montagne ne vous enlève.

C'était faux. Léo n'aurait pas été mécontent si le monstre l'enlevait réellement ou, du moins, essayait de le faire. Il prenait tout son temps pour rentrer et n'obéissait que lorsque sa nounou était à deux doigts de sortir dehors pour le ramener par le collet. Mais peu importait la longueur des ombres sur le flanc de la montagne, il n'avait jamais aperçu jusqu'à un poil du monstre.

Puis un jour, il a emprunté, depuis sa chambre, l'escalier des serviteurs, car il menait plus rapidement aux jardins. Il y a surpris des voix furtives, et rien au monde n'aurait pu l'empêcher de tendre l'oreille.

— Je suis prêt à mettre ma main au feu et à jurer l'avoir vu ! a fait la voix que Léo reconnaissait comme celle de Petit-Ours, le caléchier. Je montais le sentier de la montagne pour me rendre chez ma vieille mémé, quand je l'ai vu, aussi vrai que je te vois !

Petit-Ours était un homme robuste, habitué à maîtriser les poneys de montagne qui tiraient les chariots dans cette partie sauvage du pays. Mais il parlait alors d'une voix basse et chevrotante.

— À quoi ressemblait-il ? a demandé maîtresse Rouge-Gorge, la cuisinière, d'une voix trop sèche pour être sympathique. Était-il gros et poilu ? As-tu vu le fantôme du Seigneur des loups ? À une époque, on disait qu'il hantait la région.

— Ce n'était pas un loup, Rouge-Gorge, je te le dis tout de suite, a dit le caléchier. J'ai chassé ma part de loups et je suis fier de dire que je n'ai jamais même senti un pincement au cœur à les entendre hurler par une nuit d'hiver. Ce n'est pas un loup que j'ai vu.

— C'était quoi, alors ? a demandé Rouge-Gorge. Un troll ? Un diablotin ? Une sylphide ?

— Cela se rapprochait davantage… d'un démon.

Léo a frémi dans l'escalier sombre — un frisson de terreur délicieux que seuls les garçons ayant un esprit bien précis pouvaient ressentir. Mais maîtresse Rouge-Gorge a éclaté d'un rire sans ambages.

— J'aurais préféré que tu parles d'un dragon, Petit-Ours.

— Tu sais aussi bien que moi qu'il existe, a rugi le caléchier.

Pendant un moment, maîtresse Rouge-Gorge a adopté un ton plus sérieux.

— Je sais ce que je sais et je ne prétends pas comprendre le reste. Mais je dis qu'il est préférable que tu gardes de telles sottises pour toi, surtout avec le petit monsieur dans les parages.

Petit-Ours a grogné, mais les deux interlocuteurs ont changé de sujet sans apercevoir Léo, qui se tenait dans l'escalier sombre.

Léo n'a pas bougé pendant un bon moment. Il avait déjà planifié sa journée ; il avait emballé les beaux pions du jeu d'échecs de la bibliothèque dans sac en cuir pour les apporter en cachette dans les jardins, où il avait l'intention de creuser une forteresse dans la terre pour livrer une bataille qui n'avait absolument rien à voir avec les échecs. Mais un jeu aussi dérisoire n'avait aucun poids devant l'inspiration qui emplissait alors son âme.

Les pions ont cliqueté dans le sac quand Léo s'est tourné pour gravir les marches en courant et gagner la bibliothèque de la Maison sur la colline, où il était certain de trouver son cousin, Fin-Renard.

Fin-Renard était un soi-disant chérubin pâle et à l'air maladif que la mère de Léo affectionnait particulièrement. Elle voyait en lui une bonne influence sur Léo et insistait pour qu'ils deviennent les meilleurs amis au monde. Cela en soi n'aurait pas tellement dérangé Léo — pas même les remarques persistantes de sa mère du style « Pourquoi ne peux-tu pas ressembler davantage à ton cousin ? » —, si seulement il avait pu convaincre Fin-Renard de mettre de côté ses livres et de se lever de son fauteuil rembourré.

— Fin-Renard ! s'est exclamé Léo en surgissant dans la bibliothèque.

Son cousin a levé le nez de son livre. Il s'agissait d'un de ses bouquins pour « se parfaire » avec un titre comme *Préoccupations économiques du statut de commerçant,* rempli de chiffres et de dates et d'autres caractéristiques hideuses de la même nature. Fin-Renard faisait semblant d'apprécier sa lecture. En fait, il était si bon à ce jeu qu'il arrivait parfois que Léo le croie. Il avait même feuilleté un ou deux de ses bouquins pour finalement découvrir qu'ils ne valaient rien.

— Fin-Renard ! a-t-il crié. Il y a un monstre dans les montagnes !

— Non, ce n'est pas vrai, a dit Fin-Renard.

La Maison sur la colline appartenait à la mère veuve de Fin-Renard, ce qui signifiait qu'en cas de désaccord entre les garçons, Fin-Renard arrivait normalement à gagner la manche par une simple salve :

— Nous sommes dans la maison de ma mère, alors tu dois faire ce que je dis !

Toutefois, des deux, Léo était celui qui avait la personnalité la plus forte, si bien qu'en y mettant l'effort, il pouvait parfois contrer Fin-Renard avec un tel enthousiasme que son cousin oubliait d'user de cette réplique redoutée.

Fin-Renard a jeté un coup d'œil au visage rouge de Léo et à ses yeux qui brillaient à l'idée de partir à l'aventure avant de fourrer de nouveau le nez dans son livre comme s'il se mettait à l'abri d'un assaut.

— Oui, c'est vrai ! a affirmé Léo. Le caléchier l'a vu !

— Il voit aussi des fées danser quand il avale des rasades du cidre qui fermente depuis l'an dernier.

— Nous devons le chasser !

— Non, absolument pas, a fait Fin-Renard en se carrant davantage dans son fauteuil confortable. Tante Fleur-Étoilée n'aimerait pas ça.

— Mère n'est pas ici !

— Elle l'apprendra.

— Et nous félicitera d'avoir attrapé un démon qui terrorise les campagnards !

— Il n'y a pas de démon.

— Comment le sais-tu ?

Le visage de Fin-Renard est sorti de derrière le livre en affichant, cette fois, une expression patiente qui donnait envie à

Léo de lui balancer un coup de poing dans l'œil. Puis Fin-Renard a dit :

— J'ai vécu ici toute ma vie. J'entends les propos insensés des villageois depuis des années. Mais je ne l'ai pas vu. Je ne l'ai pas entendu. Il n'existe pas.

Puis, après avoir enfoui de nouveau le visage dans son livre, il a ajouté :

— Va-t-en.

Léo a fixé du regard l'épaisse couverture rouge pendant plusieurs secondes de rage. Puis il a saisi le sac de pions accroché à sa ceinture et l'a lancé à la tête de Fin-Renard, qui a poussé un « Aïe ! » satisfaisant à ses oreilles.

— Tu ne vaux pas mieux qu'une fille, Fin-Renard, a déclaré Léo en sortant de la bibliothèque en coup de vent.

La journée était beaucoup trop belle pour la gaspiller sur son cousin.

Une fois dans les jardins, Léo est resté immobile un certain temps, à quelques pas de la porte, survolant les alentours du regard. La Maison sur la colline portait ce nom parce qu'elle était perchée haut dans les montagnes, au sud du pays. Elle offrait une vue imprenable sur le paysage du pays natal de Léo. Le temps était clément en ce lieu ; plus froid en raison de l'altitude, mais frais et revigorant… L'atmosphère idéale pour un cœur aventureux.

Normalement, les jardins en flanc de montagne de la Maison sur la colline suscitaient suffisamment d'intérêt chez le garçon. Mais depuis qu'il savait que le monstre ne se réduisait pas aux avertissements de sa nounou, les jardins lui paraissaient bien trop petits et étroits. Aucun monstre ne pénètrerait à l'intérieur des jardins de la Maison sur la colline. Il faudrait que Léo aille à sa rencontre.